Johannes Gönner

DAS GEHEIMNISVOLLE KLOSTER

KRIMINALROMAN

benno

Bibliografische Information der Deutschen Nationalbibliothek
Die Deutsche Nationalbibliothek verzeichnet diese
Publikation in der Deutschen Nationalbibliografie;
detaillierte bibliografische Daten sind im Internet unter:
http://dnb.d-nb.de abrufbar.

ISBN 978-3-7462-4602-4

Umschlaggestaltung: Ulrike Vetter, Leipzig
Umschlagabbildung: © Christian Müller/Fotolia
Gesamtherstellung: Kontext, Lemsel (A)

Die Hauptpersonen des Buches
... zur leichteren Orientierung

Stefan ist schon seit einigen Jahren Pfarrer der Canisiuskirche. Von Musik und Archäologie versteht er weit mehr als von Rotwein und vom Urlaubmachen. Im an sich ruhigeren Jänner bereitet er den größten Konzert-Event des Jahres vor.
Clara war früher Mitarbeiterin der Pfarrcaritas. Die ausdauernde Allwetter-Sportlerin legte aber im vergangenen Sommer einen starken Abgang hin: Während ihres pompösen Ehejubiläums-Festes in der Kirche distanzierte sie sich von ihrer Familie, von der sie sich nur noch ausgenutzt fühlte, warf ihr Brautkleid vor den Altar hin – und setzte sich nach Kreta ab.
Eberhard, früher Ordensmann und Praktikant in Canisius, war mit 40 noch immer nicht geweiht und wirkte auf die meisten auch zu behäbig für die Gemeindearbeit. Er kam vom Urlaub in seiner Wahlheimat Kreta nicht mehr zurück. Er spricht ausgezeichnet Griechisch und hat dort mehr Freunde als andere auf Facebook. Besonders in den entlegenen und von Touristenmassen verschonten Teilen der Insel.
Marcella war schon vor 20 Jahren Eberhards erste Liebe. Dass sie dann doch einen smarten Manager geheiratet hat und selbst eine steile Businesskarriere hinlegte, bereute sie im vergangenen Sommer endgültig. Sie stieg aus, suchte und fand Eberhard auf Kreta. Es scheint, als hätten sie einander nie vergessen.

David ist irgendwie immer noch Claras Mann. Er verdiente sein Geld mit undurchsichtigen „Russen-Geschäften", überließ die Sorge um die Familie jedoch ganz ihr. Als er auch noch Schulden macht und seine ständige Untreue gar nicht zu verbergen sucht, hat sie ihn und ihre Töchter Manu und Bella stehen gelassen. Claras Abgang zeigt bei dem unverbesserlichen Macho Wirkung.

Manu und **Bella** studieren angeblich. Wer in der Pfarre das Wort „Tussi" ausspricht, verwendete es für die beiden. Seit Claras Abgang sieht man sie wieder in Canisius. Erst jetzt zeigt sich, dass ihr Modebewusstsein, ihre Lebensfreude und ihre „verrückte" Fantasie den Jugendtreff durchaus beleben könnten.

Ob **Sam** wirklich Manus Freund ist, steht oft im Mittelpunkt endloser Diskussionen. Der ernste und grüblerische Sam, der doch tatsächlich auf klassische Musik steht und dem Erscheinungsbild eines Nerds sehr nahe kommt – und die leichtlebige, stylishe Manu? Wie soll denn das gut gehen?

Franziska war bis vor Kurzem die allseits beliebte Pfarrsekretärin. Doch dann kündigte sie mit über 50 und baute mit ihrem griechischen Lebensgefährten Kostas ein gegenüber der Kirche liegendes griechisch-indisches Restaurant auf, das einen guten Start hinlegte. Es heißt „Alexander der Große".

Kostas ist Kreter und kam als Koch nach Wien. Nichts bringt ihn so schnell aus der Ruhe. Besonders in Glaubensfragen ist er recht konservativ. Von bunt angemalten Kirchtürmen und Manus „verrückten" Modekollektionen hält er wenig – und mit diesem Urteil auch nicht hinter dem Berg.

Arnold ist erfolgreicher Persönlichkeitstrainer, sprüht vor Ideen und verfolgt seit einiger Zeit die fixe Idee, die Canisiuskirche weltberühmt zu machen – wie auch immer. Das ist ihm mit den bunten Türmen schon gelungen, aber er will noch mehr. Sein Sohn Benjamin steht am Anfang einer vielversprechenden Karriere als Geiger.

Fabiola war von Beruf Tänzerin und stand in ihrer Glanzzeit sogar Picasso Modell. Und das soll auch jeder wissen, obwohl sie dabei verrät, dass sie „auch keine 60 mehr ist“. Irgendwie wurde sie von der Jugendszene adoptiert.

Gregor und seine langjährige Freundin **Lena** studieren noch, leiten die Jungschargruppen und sind auch ordnender Mittelpunkt im oft chaotischen Geschehen des Jugendtreffs. Als einziger „Jüngerer“ hat er im Pfarrgemeinderat oft einen schweren Stand.

Kapitel 1
Stefan
Mittwoch, 5. Februar

Die Kerzen flackern ... warum eigentlich? Frau Schwerzig, die letzte Besucherin, ist doch längst gegangen! Alle Türen sind seit Minuten geschlossen. Also warum flackern die so? Jetzt haben wir unsere Krypta monatelang nach allen Regeln der Baukunst thermisch isoliert – und es zieht! So stark, dass bald das Wachs herunterrinnen wird! Und auch die indirekte Beleuchtung flackert, zuckt ... Das macht mich richtig nervös. Jetzt bloß kein Kurzschluss zwei Tage vor dem großen Konzert! Und ... was hat denn bitte das eine mit dem anderen zu tun? Die Kerzen und die Beleuchtung, das ist doch ...

Mein Handy! Benjamin!

„Eine halbe Stunde, nicht länger? Dreiviertel ... Gut ... aus Salzburg? Schon gelandet ... ach so, im Taxi ... nein, nein, überhaupt kein Problem, Florian ist auch noch nicht da ... ja, ich warte in der Krypta, bis ihr ..."

Benjamin, unser Gaststar, der „Teufelsgeiger mit der Passacaglia", dieser unverschämt teuren Guaneri-Violine. Sie gehört ja eigentlich der Pfarre, diese Wahnsinnsgeige, aber er hat sie auf Lebenszeit für sich. Seit ein paar Monaten kann man bei ihm jetzt wirklich von einer Karriere sprechen, fast schon von einer internationalen Karriere. Und für uns hier hat er Zeit gefunden, immerhin! Zwischen Salzburg und ... irgendwo in Italien – und

spielt übermorgen mit Florian und einer Cellistin, die Susanne heißt, unser großes Schubert-Konzert.
Der gute Florian, wo bleibt er denn wieder? Ich muss ihn schnell anrufen, einen Benjamin Konzelmann sollte man doch nicht warten lassen! Hat wohl in all der Aufregung der letzten Monate den Moment verpasst, sich einen Künstlernamen zuzulegen.
„Florian ... Florian? Du klingst so ... eigenartig! Schon unterwegs, ja ... was? Waaas? ... Deine Hand, bist du wahnsinnig? Das darf doch jetzt nicht ... Wie ist denn das passiert? ... Auf ... dem Glatteis! Den rechten? Ist doch völlig egal ... Aber was sollen wir denn jetzt ... Was ist? ... Du Mistkerl, mich so erschrecken ... puh! Also ... eine halbe Stunde, das passt, aber mach schnell! Und die Cellistin ist bei dir? Ja, gut!“
Stefan, durchatmen! Ganz ruhig! Nimmt mich der so auf den Arm: auf dem Glatteis den Arm gebrochen! Alles nur ein Scherz, typisches Florian-Scherzchen, und ich fall jedes Mal darauf herein! Wo hätten wir jetzt noch einen Pianisten herbekommen? Einfach Wahnsinn: Ein angehender Weltstar, und wir schicken ihn unverrichteter Dinge wieder nach Hause! Also gut: Das Es-Dur-Trio ist gerettet. Aber die zwei Proben werden sie noch gut brauchen können, ist ja so ziemlich das Schwierigste, was es auf diesem Gebiet überhaupt so ... Was ist denn das schon wieder? Dieses ständige Flackern! Aber das sind jetzt die Deckenstrahler! Als ob die Lampen ... und die Kerzen ... wie im Gleichtakt mit den Deckenstrahlern. Warum im Gleichtakt? Das spottet doch jeder Physik! Ein seltsamer

Effekt, den das auslöst, ganz eigenartig: Wie wenn sich die Marienstatue über dem Altar bewegen würde – sieht tatsächlich so aus! Unglaublich, wirklich eigenartig ... Eigentlich ein toller Effekt, das muss ich mir merken. Aber das ist schon seltsam ... Ich kenne da jemanden, der würde gleich morgen überall verkünden: „Ich habe eine Marienerscheinung gehabt!"
Eine Marienerscheinung in unserer Kirche! Das wäre ja ... nein, also wirklich! Wird schon was dran sein an solchen Erscheinungen, an *manchen* zumindest. Als Pfarrer darf man da nichts ausschließen, *will* ich ja auch gar nicht. Lourdes ist eindrucksvoll, dort geschieht viel Gutes, keine Frage ... obwohl, ich war dort noch nie. Auch diesen Buswallfahrten nach Fatima oder Medjugorje bin ich immer irgendwie ausgekommen ... aber manchen bedeutet das sehr viel. Bloß diese „Botschaften" von der Jungfrau Maria, die halt ich schwer aus. Ist ja auch ... Hunderte „Boschaften" und immer dasselbe: „Fastet und betet!", „Bekehrt euch und bereut eure Sünden!", „Fallet nicht in Versuchung!", „Betet unablässig den Rosenkranz!". Also wenn das alles ist, das grenzt ja schon an eine Beleidigung der heiligen Maria. Warum sollte sie hundertmal wiederholen, was ohnehin auf der ersten Seite jedes Evangeliums zu lesen ist? Aber gut, wer weiß schon, was echt ist? Und viele, für die das wirklich etwas bedeutet, sind sicher bessere Christen als ich, ist so ... obwohl ... Bitte, was *ist* das? Jetzt dreh ich dieses blöde Licht aber schnell ab, bevor wir auch noch einen Kurzschluss ... übermorgen ist Konzert! Die bewegt sich ... ja, wirklich!

Sie bewegt sich irgendwie – und hat ja auf einmal ... ja Farben... richtige Farben! Sie ist doch sonst nur dunkelgrau! Sie schaut mich an! Ich gehe möglichst geräuschlos auf die Seite, ob sie auch ... ja, sie dreht mir den Kopf zu ... jaja, wie diese Augen auf den Gemälden, perfekte Täuschung, ich weiß ... sie hat grüne Augen! Das kann ich mir doch jetzt nicht alles einbilden ... Es sind gute Augen, ganz sicher, gütige, aber die lassen mich nicht aus! Sie öffnet den Mund ... was? Was sagst du? Die Stimme einer entschlossenen Frau, einer g'standenen Frau, gar nichts Salbungsvolles oder Säuselndes, wie ich mir das ... Was? Hab ich sie jetzt richtig ... Ja, die Messe in der Krypta, auch am Sonntag, aha? Und wieso *das* bitte, das wird doch verdammt eng hier herinnen, deshalb feiern wir ja oben trotz der Kälte ... Flüchtlinge? Was sollen wir mit ihnen, das hab ich jetzt nicht ganz ... der Jugend die Bibel nahebringen, ja das machen wir doch ohnehin, so gut wir ... auf einer Reise? Ja gut, warum nicht ... Reise? Ich muss mir das aufschreiben ... Und?

Die Farben verblassen zusehends, ihr Blick bleibt ... mir im Gedächtnis. Noch was: ein Duft! Ich rieche plötzlich etwas ganz Intensives, süß, aber auch blumig, nach Frühling. Aber sie selbst ist wieder ... so dunkelgrau wie immer, dass man die Gesichtszüge fast nicht erkennen kann, wie immer eben ... bisher ...

Was hat sie alles gesagt? Bring ich das jetzt überhaupt noch zusammen? Das ist doch ... ich wäre der Erste, der sagen muss: „Mir ist Maria erschienen! Aber was sie mir gesagt hat ... hab ich doch jetzt glatt vergessen!" Nein,

nein, es ist noch da, so einigermaßen zumindest, ich bekomm's noch mal zusammen. Also ... irgendwie ... schon seltsame „Botschaften“, so ganz anders, als ich mir so etwas vorgestellt habe. Das Licht ist wieder ... wie immer halt, auch die Kerzen. Hab ich das jetzt geträumt? Ich gehe zaghaft auf die Statue zu. Stein! Hart wie Stein wie immer, wahrscheinlich Gips. Das hab ich mir jetzt doch alles bloß ... aber die Kerzen! Das Wachs ist tatsächlich aufs Altartuch geronnen, so stark wie noch nie, sonst hätten wir doch längst andere Kerzenständer ...
Und dieser Blütenduft! Keine einzige echte Blüte ist hier herunten! Woher jetzt auch bitte Anfang Februar, wie auch! Also doch ... Ich setze mich hin, ich zittere ja richtig. Mein Gesicht glüht, als hätte ich Fieber. Also ... also eines steht fest: Das erzähl ich keinem, nein – unmöglich! Ich meine: Ich! Ausgerechnet ich! Oder muss ich? Nein, nein, sie hat nur mich persönlich angesprochen, ich meine, *wenn* ... Aber warum bitte ich? Wo ich doch ... aber gut, die Propheten und all diese Hirtenkinder und kranken Ordensschwestern, die sagen ja auch immer, dass sie das gar nicht wollten ... behaupten sie zumindest immer. Aber die waren doch sicher alle ganz anders als ... ich! So ein eher nüchterner, naturwissenschaftlicher Typ wie ich ...
Nein! Jetzt flackern sie schon wieder! Noch einmal? Ach so, die Türe geht auf! Ein Luftzug ... flackernde Kerzen ... Gott sei Dank: Die Welt ist wieder im Lot!

Kapitel 2
Florian
Mittwoch, 5. Februar

„Warte, Susanne, ich glaube, der ist ... das muss *er* sein!"
Aus einem Taxi springt ein ganz schön aufgedrehter Typ mit Geigenkasten. Klarer Fall: *Solo*geiger! Wir Musiker haben einen Blick dafür. Er kennt uns ja nur vom Telefonieren, begrüßt uns aber sofort überschwänglich: „Ich darf doch Susanne sagen?"
Ihr Cellokasten hat uns verraten. Ein klein wenig gönnerhaft klingt er schon, unser „Weltstar", mit dem wir beide jetzt mithalten müssen. Aber immerhin.
„Kommt schnell, Pfarrer Stefan wartet schon fast eine Stunde!"
„Wenn schon! Was soll einem Pfarrer schon ein wenig stille Einkehr schaden ... der Arme, ich muss euch noch schnell etwas erzählen ..." Ich muss die Geschichte von meiner gebrochenen Hand einfach loswerden.
„Florian, das ist aber auch wirklich gemein von dir. Du sagst doch selbst, vor diesen Konzerten ist er immer viel aufgeregter als die Musiker selbst."
Susanne hat recht. Als ich ihn so sitzen sehe, bekomme ich jetzt wirklich noch ein schlechtes Gewissen: Er ist ja richtig verfallen seit Sonntag, ganz blass – und bemerkt uns zunächst gar nicht: „Entschuldige, Stefan, wir sind wirklich spät ... und das mit meiner Hand, du ..."
„Was? Mit deiner Hand? Deine Hand, was soll ... ach

so, schnell verheilt, was? Deine G'schichtln, dass ich immer noch auf die hereinfalle!"
„War eben eine richtige Wunderheilung ..."
Er schaut mich ganz entgeistert an, als hätte ich ... als würde er schon wieder an etwas ganz anderes denken. Mein Scherz war's also sichtlich nicht, was ihn so ... ja richtiggehend verstört hat. Was ist los?
„Hhhm, da riecht es ja unglaublich nach ... nach was eigentlich?"
Susanne kann Ben weiterhelfen: „Das ist ... Jasmin, ja sicher, und wie, den haben wir im Garten. Aber wo ist der denn, ich seh gar keinen. Na ja, wie auch zu dieser Jahreszeit? Wo kommt das her?"
Stefan bringt nur eine leichte, abwehrende Handbewegung zuwege. Egal auch, es ist spät, das Trio sauschwer im Zusammenspiel – und noch dazu locker eine Dreiviertelstunde lang. Bis wir heute fertig sind, fährt bestimmt keine U-Bahn mehr. Also los!
Ich gebe ihnen den Ton vor. Das eine Mal zumindest ... Zum Glück kommt morgen noch einmal der Klavierstimmer. Sogar ein nagelneuer Bösendorfer-Flügel braucht regelmäßige Zuwendung. Stefan bleibt natürlich und entspannt sich sichtlich, als wir loslegen. Aber was hat er bloß? Ist er wegen Benjamin so aufgeregt? Mensch, mach dir nicht ins Hemd! Wir kriegen das schon hin. Und beide Konzertabende werden voll sein bis auf den letzten Platz, don't worry, be happy, Stefan!

Kapitel 3
Stefan
Donnerstag, 6. Februar

Dichter Schneefall, fast nirgends noch geräumt. Das Wintertief, das Benjamin gestern am Flughafen Salzburg festgehalten hat, legt jetzt in Wien so richtig los. Sturmböen wirbeln alles wieder durcheinander. Kurz vor fünf! Mein Gott, was mach ich denn hier? Das erste Mal, dass ich dem Zeitungsausträger in die Arme gelaufen bin. Aber ich muss einfach raus. Sind tatsächlich schon Leute unterwegs, haben es jetzt schon eilig wie jeden Tag – denk ich einmal. Dabei ist es spät geworden gestern, wirklich spät. Ich war bis zuletzt bei ihnen. Ich glaube ... nein ich störe sie nicht wirklich. Zuerst war's zäh, bis Florian dann doch eingesehen hat, dass Benjamin Konzelmann hier die Tempi vorgibt – und niemand sonst, Diskussion zwecklos. Danach klang es dann bald recht überzeugend. Besonders der zweite Satz, so ziemlich das wienerischste Musikstück, das ich kenne. Und Florian war nicht eingeschnappt auf den diktatorischen Ben. Ich glaube, letztlich respektiert er ihn voll. Ich hab die beiden mit dem Auto nach Hause gebracht. Ben wohnt ja bei seinem Vater gleich ums Eck.

„Der kann schon was, versteht auch was von Schubert ... Aber das mit diesem überzogenen Ritardando, das müssen wir ihm noch ausreden, das hemmt ja den ganzen Fluss im 3. Satz." Susanne wollte sichtlich nicht bei allem klein beigeben. Und Florian nickte, als sie ausstieg.

Geschlafen hab ich nichts seither, viel Zeit war auch noch nicht. Aber müde bin ich trotzdem nicht, irgendwie total aufgedreht. Das kommt sehr selten vor bei mir, eigentlich gar nie, dass ich nicht einschlafen kann. Aber wie auch! Das ist alles so unwirklich, so wie ... aus der Zeit gefallen. Alle um mich herum machen weiter wie bisher, sogar im Schneesturm! Was soll ich denn jetzt machen? Mit wem soll ich denn *darüber* sprechen? Die ganze Nacht ging's hin und her: Alles Einbildung! Überreizt? Aber gerade die letzten Wochen seit Weihnachten waren doch gar nicht so hektisch. Also doch! Aber warum denn ich?
Ich kann doch jetzt nicht so tun, als ob überhaupt nichts gewesen ... ich meine, da *war* doch etwas, ich hab's doch gesehen – und gehört ... ja, und: Sie haben es doch auch gerochen, diesen Jasminduft. Da geschieht ein ... so etwas wie ein Wunder, ganz allein in meine Verantwortung gelegt, niemandem sonst ... und ich unterschlage es, verschweige es einfach! Aber was denn? Also diese „Botschaften" oder wie man das nennen soll, ja ehrlich, wer braucht denn die wirklich? Die sind ja kaum weltbewegender als die, über die ich mich schon des Öfteren lustig gemacht habe.
Clara war um diese Zeit immer joggen. Bei solchem Wetter eigentlich auch? Ich trau's ihr zu. Wahrscheinlich ist sie jetzt auch gerade unterwegs – auf Kreta. Von ihrem beinharten Abgang beim Hochzeitsjubiläum sprechen sie bei uns immer noch, und geraten immer noch gehörig in Streit darüber, ob es ein sagenhaft mutiger Befrei-

ungsschlag war – oder doch unnötig, ja sogar Unrecht, zumindest gegenüber ihren Töchtern Bella und Manu. Dass es sich ihr Macho-Mann, dieser David, verdient hat, darüber sind sich dann doch fast alle einig.

Bitte, hat die heilige Maria wirklich keine anderen Sorgen als – Vorsicht, wer weiß, ob der bei dem Matsch bremsen kann – wo wir die Messe feiern? Und niemand kann doch bestreiten, dass wir uns für Flüchtlinge einsetzen, soweit wir können ... gut, in letzter Zeit ... ja, man kann immer noch mehr tun. Sobald sich etwas Konkretes ergibt, finden sich schon Engagierte. Und diese Bibelreise für Jugendliche? Kein Problem, lässt sich schon machen – wenn die das überhaupt interessiert. Aber braucht es dafür so einen Aufwand, so einen „wunderbaren", meine ich? Eine Erscheinung! Ausgerechnet mir? Andere wären so glücklich jetzt – an meiner Stelle!

Der erste Schneepflug hat die Sobieskigasse entdeckt. Wo war ich jetzt eigentlich überall? Ich war doch grad erst am Donaukanal ... Gibt's vielleicht viel mehr davon, als ich dachte? Solche Erfahrungen, Visionen oder was auch immer? Nicht nur für besonders empfängliche Geister? Auch für uns Abgeklärte, also für die Mehrheit? Und reden die meisten einfach nicht darüber, so wie ich es vorhabe? Worüber man nicht sprechen kann ... na eben, Wittgenstein, der Klassiker! Aber wie viele sind es? Auch jemand von diesen vermummten Gestalten, die jetzt immer zahlreicher an mir vorbeistapfen? Wie viele haben einfach nur klug den Mund gehalten? Vielleicht schon damals, zu Zeiten von Amos und Ezechiel – und

seither? Ist ja kein Geheimnis, dass *so etwas* das Leben nicht einfacher macht. Bin ich einfach nur feig?
Nein, also bitte: Das sind aber ganz andere Kaliber von Botschaften als das gestern. Es ist nur: Ihre leuchtenden Augen verfolgen mich auch jetzt noch. Nein, erschreckt hat sie mich nicht, nicht wirklich, aber ... also diskutieren wollte sie mit mir sicher nicht. Sie sagt, was sie sagen will und ... das war's. Verdammt, was soll ich denn jetzt tun? Das ist alles so ... ja, so unnötig, ja genau: absolut unnötig! Ich brauch den Kopf jetzt frei! Morgen ist Konzert, großes Schubert-Konzert mit mehrgängigem Biedermeier-Festmahl danach. Ausverkauft: Schaut gut aus für die Pfarr-Caritas! Und ich werde moderieren, Schubert erklären, ein Wunder erklären ... Ja, *solche* Wunder, die liegen mir, auf die freue ich mich, aber ...

Kapitel 4
Clara
Freitag, 7. Februar

„Das ist doch einfach nur noch nervtötend, ja aber wirklich! So kommen wir nie zu etwas. Und das ganze Land kommt zu nichts, typisch Griechenland! Aber in Brüssel das Blaue vom Himmel versprechen ..." Jetzt bin ich auch schon so weit. Das zieht sich jetzt schon über viele Wochen, über gut drei Monate, unsere Firmengründung! „Start-up" – schon in Österreich mühsam, aber hier! Im-

mer wieder neue Hürden von Seiten der Zulassungsbehörden.
Mit Marcella und Eberhard will ich doch im Sommer loslegen, mit Beginn der Saison, mit unserer sehr speziellen, kleinen Reiseagentur. Mein Traum seit mehr als zwanzig Jahren. Jetzt, wo unser Team steht und menschlich alles passt, kann das doch bitte nicht an dieser verblödeten Bürokratie scheitern. Wir haben uns so einigermaßen eingerichtet – fürs Erste in einem kleinen Haus im Hinterland von Rethymno. So behäbig und unpraktisch Eberhard in der Pfarre auch war: Hier läuft nichts ohne ihn und seine allgegenwärtigen „Freunde". Das Haus bekommen wir zum Freundschaftspreis vermietet und ein „Mietauto" ebenfalls sehr günstig. Wurde wie viele hier schon mit 30.000 Kilometern ausrangiert. Und man merkt auch, dass es bereits von etlichen Touristen auf den hiesigen Schotterstraßen malträtiert wurde.
„Ist doch ein Witz, reine Schikane, das mit dieser Bergführer-Lizenz!", gibt mir Marcella recht. „Ich hab mit dem Griechenlandexperten meiner Ex-Firma telefoniert. Der hat rausbekommen, dass die letzte derartige Lizenz auf Kreta vor vier Jahren ausgestellt wurde!" Marcella hat also doch nicht alle Brücken zu ihrer früheren Firma abgebrochen, als sie ihren Überdrüber-Job voriges Jahr frustriert an den Nagel gehängt hat. „Wenn wir diesem Kerl ein paar Scheine hinübergeschoben hätten, hätte er sicher gegrinst – und wir hätten endlich unseren Stempel."
„Gut beobachtet!" Erst jetzt meldet sich unser Experte für

griechische Familienverwicklungen zu Wort: „Die Sache hat nur einen Haken: Ich kenne diesen Typ, diesen Manoli, das heißt, ich kenne seinen Onkel, und mit dem muss ich zuerst reden. Das läuft jetzt nicht mehr so, aber der hat das noch nicht mitgekriegt, dieser Kindskopf! Wenn der so weitermacht, bekommt der noch große Schwierigkeiten. Bei jeder Tankstelle laufen sie dir jetzt auf einmal mit dem Kassenbon hinterher, wegen der Steuerkontrolle. Die bauen doch immer noch Beamte ab auf Teufel komm raus. Und wenn sie dem Manoli draufkommen, dass er auch jetzt noch Bestechungsgeld annimmt, und die kriegen das mit, weil so blöd ist der, dann ist er der nächste. Und der Vernaderer hat seine eigene Haut gerettet ..."
„Ich vernadere den sofort, wenn das möglich ..." Marcella ist wirklich genauso sauer wie ich.
„Ich mach das schon, aber zuerst muss ich mit seinem Onkel reden, Stefanos ist mein Freund, ein *richtiger* Freund sogar ..."
„Stefanos? Der, von dem wir den Clio haben?"
„Genau der, Marcella! Manolis Vater lebt nicht mehr. Und Stefanos hat seinem Bruder versprochen, auf seinen Kindskopf Manoli und seine Schwestern zu schauen, bevor er starb. Ich seh ihn morgen, danach sollte die Sache ... Ist ja wirklich lächerlich: Bei wem sollten wir hier denn eine Bergführerprüfung ablegen? Auf einer Insel voller Berge. Aber die einzige Hütte, die nicht ständig versperrt ist, die wird hier von Tirolern geleitet. Woher der überhaupt weiß, dass es so etwas wie Bergführer gibt? Ich denke, das lässt sich regeln."

Na dann! Sobald hier die Familie ins Spiel kommt, wird es richtig kompliziert. Für Leute wie mich zumindest. Nur wenn man sich dabei auskennt ... und viele Leute kennt, also wenn man Eberhard heißt, kann auch alles schlagartig wieder sehr einfach sein. Es wird noch einige Zeit brauchen, bis Marcella und ich da aufgeholt haben, das heißt, wenn das als Frau hier überhaupt möglich ist ...
Es geht die letzten Serpentinen hinauf. Unter uns wird das große Fort der Stadt sichtbar, heute fast leer bis auf den einsamen Kuppelbau, der natürlich schon lange keine Moschee mehr sein darf. Darunter noch der kleine venezianische Hafen und darüber die dichte Phalanx weißer Betonhäuser, alles umrahmt vom seit Langem wieder einmal tiefblauen Meer.
Unser Team, das besteht ... zuerst einmal aus meinem Traum vom ganz anderen Reisen. Viel mehr kann ich nicht einbringen. Das heiß: doch, meine Kondition und ein halbes Jahr Erfahrung mit dem Leben hier – Sommer *und* Winter, immerhin. Marcella ist unsere Managerin, die in beeindruckendem Tempo alles auf die Reihe bringen kann und dabei die entscheidenden Dinge nie übersieht. Und in rechtlichen Fragen kann sie sich erstaunlich schnell schlau machen. Ohne sie brächten wir es nie zu einer Firma. Dabei scheint sie immer noch ein wenig unterfordert zu sein, kein Wunder bei ihrem früheren Top-Job. Und sie weiß immer, was finanziell geht – und was nicht, ohne Rechnen, einfach so. Sie hat auch kein Problem damit, ihren Eberhard und mich wieder auf den Boden der Realität herunterzuholen. Und ... auch nicht

gerade unwichtig: Ihr finanzieller Rückhalt gibt uns allen Sicherheit in der Startphase.
Und Eberhard? Der kennt Gott und die Welt, zumindest die kretische Welt und wie die so tickt. Seine Freunde im „Hinterland“, in den Bergen, an der entlegenen Südküste. Also genau die, die wir für unsere Programme brauchen – wie Stefanos eben. Als Einziger von uns versteht er Griechisch. Marcella und ich können es schon einigermaßen sprechen, aber verstehen, das ist viel schwieriger. Und natürlich kennt er Wander- und Trekkingrouten besser als die meisten Einheimischen, wenn er auch nicht gerade ein begnadeter Kletterer ist. Also wen auch immer dieser selbstgefällige „Herr Manoli“ zu seinem Prüfer ernennen möchte: *Der* könnte von Eberhard noch eine Menge lernen!
„Moment, ich hole schnell noch Brot.“ Eberhard hat angehalten.
„Jetzt? Am Nachmittag?“ Marcella weiß längst, dass es Brot hier nur beim Bäcker selbst gibt – und auch das nur, solange es nicht ausverkauft ist.
„Ich habe Eva gesagt, sie soll uns zwei Wecken zurücklegen!“
Am besten, man holt es ganz zeitig, wenn es gerade heiß aus dem Ofen kommt. Aber da muss er dann selbst zu Eva hinunter, denn wenn es noch auskühlen muss, verkürzt sie dir die Wartezeit mit einem Glas Raki. Nichts für mich auf nüchternen Magen!
„Ich dreh noch schnell eine Runde! Wartet ihr mit dem Essen auf mich?“ Meine Laufschuhe habe ich immer bei

mir und bei 15 Grad oder so muss ich mich auch nicht groß umziehen.

„Aber bleib nicht zu lange aus! Zu viel ... und zu schnell ist ungesund ... *für ihn!*" Marcella lächelt mir hinter Eberhards Rücken zu – und hat die letzten Worte nur stimmlos angedeutet. Wir beide treffen einander öfter mit Giannis zum Griechisch-Lernen. Er ist Lehrer, jetzt allerdings auf Teilzeit heruntergestuft, wie viele seiner Kollegen auch. Aber nur sie weiß bisher, dass ... sagen wir mal, dass er mir guttut – und dass er jetzt höchst wahrscheinlich schon auf mich wartet.

„Bis bald!"

Ich bin ja eher der Typ Solo-Läuferin. Giannis ist der Erste, mit dem ich gerne über die Feldwege trabe. Er nutzt die ungewollt freie Zeit, um sich „sportlich ein wenig aufzumöbeln". Er geht jetzt sogar boxen – in irgendeinen Klub. Also allein der Gedanke daran ... aber um ihm das auszureden, ist er viel zu begeistert davon und von den Leuten, mit denen er das betreibt. Wenn ich schon ein paar Kilometer in den Beinen habe, passen wir im Tempo ganz gut zusammen. Ich mag ihn einfach, ohne ihn noch großartig zu kennen. Er drängt mich zu nichts und ist doch nicht übertrieben zurückhaltend. Frag mich bloß, warum einer wie er eigentlich allein ist? Doch so weit sind wir noch nicht, da schwenkt er schnell auf andere Themen um.

Marcella wollte natürlich längst mehr wissen: „Und, wird das was mit euch zwei?" Weiß nicht. Ein gutes Gefühl hab ich schon, so irgendwie, denn ... das ist schon recht seltsam: Ich habe keine Ahnung, ob er „gut aussieht"! Bei ihm ist mir das einfach egal. Obwohl: *Natürlich* sieht er gut aus „für sein Alter" ... also für *mein* Alter. Und ich? Nach einem halben Jahr im ganz anderen Leben? Klar: Ich sehe immer so gut aus, wie ich mich fühle. Also muss ich ja geradezu unwiderstehlich sein! Nur diese beruflichen Sorgen: Ich hoffe, das sieht man nicht ... Ein Anstieg noch, ein knapper Kilometer, bloß nicht nachlassen!

Ob sich das alles finanziell ausgehen wird? Auch Marcella legt sich da noch nicht fest. Unser Programm ist einzigartig: die besten Routen, die schönsten Plätze zum Übernachten unter Sternen, Essen bei einfachen Familien am Dorf, dieses stille Bergdorf mag ich ganz besonders, oder mit Fischern unterwegs zu Buchten, die sonst unerreichbar sind – und jede Menge Alternativen, die wir längst aus dem Hut zaubern können, je nach Lust und Laune der jeweiligen Gruppe, soweit ich das jetzt schon ... Aber gibt es genug Leute, die nicht bloß im 4-Sterne-all-inclusive-Klub ausspannen wollen? Und die sich das zutrauen, denn ohne Anstrengung geht bei uns nichts. Und ob wir die finden werden?

Ein Vorhang bewegt sich im Nachbarhaus. Giannis' Nachbarin entgeht selten etwas Wichtiges. Und „Frauen-Geschichten" sind doch stets das Wichtigste! Er sitzt in den letzten Sonnenstrahlen am Campingtisch vor seinem Häuschen, liest oder korrigiert irgendetwas. Was für ein Zufall: Seine Laufschuhe stehen schon auf der Treppe, fast griffbereit. Er *hat* auf mich gewartet!

„Los, komm!"
„Komm du rein, schnell!"
„Was ist denn? Wie siehst du denn aus?"
„Ach was, das?"
„Wenigstens ein Pflaster!"
„Vergiss es, los komm rein!"
„Lauf mit, ich bin grad gut drauf!"
„Ich auch!", er lächelt. „Ich hab da was für dich ... na komm schon!"
Also gut. Ohne Vorwarnung wirft er mich hinein wie ins Meer, in warme, sonnige, weiche Wogen, mitten hinein ins Sommermeer ... und ich tauche unter und auf, woge mit, tief hinunter, bekomme keine Luft mehr ... wie lange schon ... seit ... mein letzter Kuss, wie lange? Bevor ich wieder Luft bekomme und meine Augen öffnen kann ... will ... Er hat mich einfach ... ja natürlich wollte ich! Aber wenn ich nicht gewollt hätte? Hätte nicht das Geringste geändert. Er konnte doch gar nicht wissen, ob ich schon ... Und das nächste Mal? Wirft er mich dann gleich auf sein Bett oder irgendwohin? Den plötzlichen Gedanken an David verdränge ich so schnell wie möglich. Also los!
„Zum Wasserbehälter?" Er hat seine Schuhe schon an. Wie ... war ich so benommen?
„Was? Ja ... gut!" Das ist hier unsere anstrengendste Route, genau das Richtige jetzt zum Auspowern, los!
Wie war die Frage noch schnell? Keine Ahnung, aber ich weiß jetzt die Antwort: „The girl's attractive!"

Kapitel 5
Eberhard
Freitag, 7. Februar

Sie ist eingeschlafen, neben mir. Oder tut sie nur so, weil sie nicht will, dass ich aufstehe?
„Keine Angst, Marcella, ich bleibe schon!“, flüstere ich ihr zu.
Nein, sie schläft wirklich. Marcella – ich habe keinen Kosenamen für sie. Ich glaube nicht einmal, wenn’s wirklich heftig wird. „Marcella“ ist mein Zaubername. Manchmal ist mir, als hätte ich ihn zwanzig Jahre lang ein- und ausgeatmet, fast wie ein Mantra, oder wie das „Herzensgebet“ der frühen Mönche.
Es heißt doch, es sei immer irgendwie traurig ... gleich danach. Keine Ahnung, was die meinen damit. Nein, wenn du so lange wartest, und sogar erwartet wirst ... Und sie? Du? Traurig? Marcella doch nicht. Und wenn, würde sie’s mit einer Handbewegung wegwischen und mich augenblicklich zum Lachen bringen. Geradlinig, genau, wenn sie glücklich ist, dann ist sie ... selig. Und wenn sie leidenschaftlich ist, dann hält sie nichts zurück ... „Bittersüß“? Nein, so etwas Kompliziertes gleitet an ihr ab. Ich glaube, sie könnte auch heute noch mit einer kleinen Umhängetasche verreisen, mit nicht viel mehr, als sie gerade anhat. Sich für alle Eventualitäten rüsten, das ist nicht ihr Lebensgefühl. Vielleicht war sie ja gerade deshalb so erfolgreich in ihrem Job, weil die anderen da viel zu kompliziert sind.

Entscheidungen treffen, das kann sie! Und sie hat sich für mich entschieden. Ich habe uns mit einer warmen Decke zugedeckt. Es ist kühl im Zimmer nach Sonnenuntergang. Fast wie damals in diesem Bergdorf, vor gut 20 Jahren. Als wir ohne Decke so gefroren haben, die ganze Nacht nur aneinandergeschmiegt ertragen konnten – und dann, mit den ersten Sonnenstrahlen ... heute waren es die letzten. Ich hatte nie eine andere Frau ... und will es mir auch gar nicht vorstellen. Heute weiß ich, wo die warmen Decken hier zu finden sind, damals nicht. Schicksal! Ein Wort, dass ich sonst überhaupt nicht mag, aber für uns zwei habe ich dann doch kein besseres.

Wir hatten uns viel zu erzählen, und wir haben viel nachzuholen, wir zwei. Als ich längst dachte, die Lücke so einigermaßen gefüllt zu haben, das Wichtige aus all den Jahren nun verstanden zu haben ... es war wie gerade jetzt ... da musste sogar sie, meine Marcella, mehrmals dazu ansetzen: „Halt mich jetzt fest, ja so, nein fester – und lass mich einfach nicht aus, ja? Versprich es!"

Sie, so ernst? „Nichts lieber als das, du weißt doch ..."

„Hör jetzt nur zu, bitte! Und nicht loslassen!" Fast eine Minute verging. „Du weißt ja, als Gert damals nach Schanghai abflog, für drei Jahre ..."

Ihr Mann hatte sich immer leidenschaftlicher verliebt ... nein, nein, keine Freundin, der Idiot, in seine Karriere, wie sie selbst ja auch. Nur, sie wollte damals schon heraus aus dieser künstlichen, wichtigtuerischen Welt. Und er wollte immer noch mehr davon und fand nichts

daran, für drei Jahre nach China zu gehen, allein, ohne sie auch nur zu fragen.
„... Du, als er schon das Ticket hatte, da war ich schwanger. Bitte ... ja so, fest! Ich war einfach so blöd. Natürlich hat er mich gedrängt ... in München sei da eine ganz hervorragende Klinik ... und ich hab mich selbst überrumpelt ... und ich fuhr hin und lag da in so einer Wohlfühlliege. Während er gerade irgendwo über Sibirien ... sicher in so einem Business-Class-Liegesitz. Es fühlte sich auch an wie ein Wellness-Weekend, sollte es zumindest, ob du's glaubst oder nicht, egal ... diese dicken, weichen Badetücher, dieser kuschelige Bademantel, ganz gedämpfte Musik, die Düfte wie eben in so einer teuren Wellness-Oase, dieses ‚Gönnen Sie sich doch einmal etwas richtig Entspannendes, lassen Sie allen Druck der letzten Zeit von sich abfallen ...' – ‚Etwas Beruhigendes? Aber ja, nehmen Sie nur, rein pflanzlich, alles mit der Ruhe, wir holen Sie dann.'
So weit kam's aber gar nicht. Ein Stich im Rücken, ein ziehender, ein wilder Schmerz. Wir Frauen kennen das, aber ich war doch schwanger ... noch ... Und dann dieser blutrote Fleck, auf dem blütenweißen Bademantel, der immer größer wurde. Ich lief panisch aufs Klo, sperrte mich ein und hatte überhaupt keinen Einfluss mehr darauf, was dann mit mir geschah. Ich hab mein Kind aus mir herausgewürgt, kannst du das verstehen? Kannst du das verstehen? Das viele Blut, ich konnte es nur wegspülen, immer wieder wegspülen. Und runter damit, weg damit! Und nicht nur das Blut!

Und dann war's plötzlich weg. War alles vorbei. Aus und vorbei. Der Schmerz ließ langsam nach. Und ich war leer, ausgeleert. Wusch mich notdürftig. Suchte meine Tasche. Zog mich an. Ganz die Ruhe weg, wie ferngesteuert. Hörte noch meinen Namen ausrufen. Zuletzt besorgt. Lasst mich doch in Ruhe, ich brauch euch nicht mehr, ich hab's selbst getan! Rief ein Taxi, eins gleich bis nach Wien zurück.

Natürlich kann eine Fehlgeburt viele Gründe haben. Aber mein Kind ging, weil ich's nicht wollte, weil ich es mir ausreden ließ! Das ist die Wahrheit, alles andere ist Geschwätz. Und musste ständig kotzen, wochenlang kotzen, konnte nichts bei mir behalten. Und hab doch am Montag schon wieder funktioniert, bis auf das Kotzen eben, aber das ließ sich in meinem Badezimmer gleich neben dem Büro verbergen. Diese Übelkeit, als wäre ich noch schwanger ... nur viel schlimmer. Da war nichts mehr, einfach gar nichts mehr. Weißt du, wie das ist, wenn das Leben auf dich eindrischt? Mit beiden Fäusten? Und wenn dich diese Stimme in dir in den Dreck zieht und beschuldigt und niedermacht, und wenn du jedes Mal verschämt dein Gesicht waschen musst, wenn du auch nur an kleine Kinder denkst, und schnell nachschminken musst vor dem nächsten Meeting. Wasserfest natürlich, sicherheitshalber ...

Und ich, ich saß da hinter meinem Schreibtisch, vor dem Monitor voll mit den bekannten Tabellen und Kennzahlen, schluckte meine Pillen – ‚zur Sicherheit', in meinem sexy kurzen Rock, gerade noch ‚elegant', meine Füße in

oder neben sauteuren, hohen Pumps ... und versuchte zu funktionieren. Verstehst du das? Das übermütige Mädchen mit Flipflops und ohne Reisegepäck! Mit traumwandlerischem Gespür für die wirklich wichtigen Dinge im Leben! Ich! Unter lauter Leuten, denen nichts auffällt an mir, die nur Tabellen diskutieren wollen ... Und schmiss alles hin! Wäre ich geblieben, wäre ich heute tot ... auf die eine oder andere Weise, glaub mir!
Und laufe aus dem Bürohaus, ist ja nicht weit zu mir nach Hause, mach, warum auch immer, einen kleinen Umweg, muss mich kurz auf eine Bank setzen, steuere ein Geschäft an, um etwas zu kaufen ... was denn? Zum Essen, ich kann doch seit Tagen gar nichts mehr essen ... diese Häuser, die sind doch alle nur Fassaden, dünne Wände, nichts dahinter, die weht doch der schwächste Luftstoß um, die stürzen doch gleich ... Weitergehen, schnell weg von hier, bloß nicht wegsacken jetzt, halte mich auf der Schattenseite, denn die Hitze ... verliere fast meinen Schuh, eine Straßenbahnschiene, ein Stück ganz altes Pflaster, kann nur auf den Zehenspitzen auftreten, sehe in der Ferne das grünblaue Zeichen ... Schweißtropfen auf der Stirn, rinnen schon in den Kragen meiner Bluse, hab nichts zum Wegwischen, nur plötzlich ein paar Geldscheine in der Hand ... sie kommen noch, fast wundert's mich, dass die immer noch herauskommen ... schnell weiter, weiter, weg hier ... so viele Menschen unterwegs, laut, in großen Gruppen, Italiener? Spanier? Ich halte mich im Schatten. Bücher-Wühltische vor dem Geschäft, ich wühle, halte mich am Tischchen fest und

schließe die Augen, blättere ... ‚Motivation durch Power-Atmung', tief durchatmen ... Da wäre eine Sitzbank, unbesetzt sogar, aber in der Sonne ... Die meisten hier essen Eis, unter Sonnenschirmen. Nein, ich brauche jetzt auch kein Mozart-Konzert, andere kaufen den Kostümierten die angebotenen Tickets ab ... „Sorry, where ist this Musikverein?'
Endlich im Schatten da drinnen, sogar eine Spur weniger heiß. Eine Bettlerin im Tor. Hab ich ihr jetzt einen Hunderter zugeworfen? Und habe ein Kerzerl in der Hand, ein kleines, schon angezündet, ich meine, verstehst du das? Wie bitte komme ich auf einmal in den Stephansdom? Ich setze mich schnell auf einen einzelnen Sessel, der ganz verloren neben dem Strom der Touristen steht. Hergestellt und vergessen, schaue keinen an, sie starren mich sicher alle an, es ist mir doch anzusehen ... der rote Fleck! Schaue unwillkürlich an mir hinunter, die weiße Leinenhose, atme durch, nein, nichts ...
Eine Tür gleich nebenan geht auf. Eine blasse Frau ... sie strahlt nicht, auch nichts Frommes in ihrem Blick, du verstehst schon, einfach nur ruhig, aber eine solche Ruhe in ihrem Gesicht. Nur ein Augenblick. ‚Beicht- und Aussprachezimmer' steht an der Türe. Als kleines Mädchen war ich einmal, aber ... Ich weiß, so was gibt mir nichts, kann mir nichts geben. Und ich kenne auch niemanden, also wirklich niemanden, wen denn auch ... es ist nur, nur diese Frau eben. Und diese Ruhe.
Der Typ da drinnen ist kein Langbärtiger mit Kapuze, eher so ein Durchschnittstyp. Der wusste sofort Bescheid, das

heißt, er kapierte schon nach den ersten Worten. Hätte mich streng anschauen können. Schlimmer noch: hätte mir alles ausreden können, weil ich ja doch gar nichts gemacht habe, na also. Sie wollten das doch gar nicht, stimmt's? ... Und hab's doch gewollt! Wollte es loswerden, mein Kind! Keiner hat's mit weggemacht, keiner! Ich selbst, ich selbst, mein eigener Wille, mein willenloser Wille, mein halb betäubter... dafür war er noch stark genug, es rauszu ... rauszuwürgen.
‚Sie können es sich nicht verzeihen? Und ihm auch nicht? Ja? Nicken Sie nur, ich sehe ja, das ist schwer ... Sie müssen nicht sprechen!' Und weil ich nicht musste, *konnte* ich auf einmal. Mit wem denn hätte ich reden können? Darüber! Ich hatte ja mit einem Schlag niemanden, ja wen denn, wo denn? Überhaupt niemanden! Und der hier musste immerhin zuhören und den Mund halten danach. Alles hab ich ihm erzählt! Dass ich mich hab betäuben lassen. Den Stich im Kreuz, die Blutung ... und dass ich's weggespült habe, in wilder Panik ... wieder und wieder ... es musste einfach alles raus aus mir, wie bei Kotzen, das ganze Gift.
Wir schwiegen, aber nur kurz. Und danach nimmt er meine Hände, und schaut mich an, ich hab ihm wohl zugenickt, dreht ganz vorsichtig meine Handflächen nach oben ... schau, so ... ‚Und jetzt geben Sie dieses winzige Leben zurück in seine ... in *ihre* Hand ... schauen Sie nicht so, es ist doch auch unsere Mutter, auch wenn wir hier üblicherweise ‚Gott Vater' sagen. Geben Sie es zurück in ihre Hände, seine Hände, lass los ... sag nichts, atme einfach tief durch, ja, kannst du das?'

Ich habe wohl genickt und geheult. Und er hat mich heulen lassen, bis es vorbei war. ‚Und jetzt unterstehen Sie sich, noch einmal zurückzuschauen, haben Sie das verstanden? Nie mehr zurück! Das Leben liegt *vor* ihnen, es liegt immer *vor* uns. Versprechen Sie mir das! Wir werden uns hier nie wiedersehen!‘ Wahrscheinlich hat er dann noch gesagt, was eben zu sagen ist, das kennst du ja besser als ich. Und ich hab nicht mehr geweint seither ... außer ... jetzt gerade.
‚Wir werden uns hier nie wieder sehen!‘ Eigenartig, was? Aber er hat recht: Ich werd’ bei dieser Tür nie wieder hineingehen, nie wieder! Das weiß ich! Nie wieder werde ich so gegen meine Natur, gegen alles, was ich bin ... nie wieder!
Ich bin hinaus, vors Riesentor – und kann auf einmal keinen Schritt mehr weiter, keinen einzigen! Meine Füße sind völlig hinüber, wund gelaufen, Blasen. Ich bin ja von Hietzing, das musst du dir einmal vorstellen, von Hietzing ... dafür sind solche Schuhe nicht gebaut, es ging nicht mehr. Und ich steh barfuß vor dem Tor. Und die Sonne strahlt mich an, durch und durch, einfach übermächtig warm ... verzeih, das kann ich jetzt gar nicht beschreiben, verzeih, obwohl ... Seither ist nichts Eisiges mehr in mir ... glaub mir, die Marcella vorher, nein, die hättest du nicht lieben können, bestimmt nicht. Dieses Eisige ...
Zwei Tage später lag dein Brief in der Post. Ein richtiger Brief. Handgeschrieben! ... Danke!“
„Wofür?“

„Du hast mich nicht ausgelassen. Ich hatte schon Angst, wenn ich das erzähle ... drück mich, fester, wenn du mich jetzt noch ausstehen kannst!"
Wieder spüre ich ihren Herzschlag, wie damals, als wir so erbärmlich froren und es keinen anderen Weg gab, die Nacht zu überstehen. Als wäre die Zeit dazwischen weggeblasen.

...

„Du? Wir sollten schön langsam mit dem Kochen anfangen!" Ihre unwiderstehliche Erscheinung verschwindet in einem dicken Pullover und Shorts.
„Wie lange haben wir denn? ... Na dann aber schnell! Gut, dass wir eine so einfühlsame Mitbewohnerin haben!" Clara taucht immer wieder einmal ab aus unserer allzu kleinen Wohnung. Und sie kommt auch nie überraschend zu früh. Sie verlängert ihre Jogging-Runden offensichtlich irgendwie, damit wir beide ungestört sind.
„Ihr Griechisch wird immer besser! Fällt dir das auch auf?"
„Stimmt!"
Warum lächelt sie so seltsam?

Kapitel 6
Stefan
Freitag, 7. Februar

Drei Stunden noch bis Konzertbeginn. Wenn ich jetzt noch in der Küche vorbeischaue, bekomme ich sicher den Höhepunkt der Hektik mit. 80 viergängige Menüs, das ist eine Herausforderung: Altwiener Suppentopf, dreierlei Gebackenes mit Vogerl-Erdäpfelsalat, süßer Krautstrudel und zuletzt ein Brandteigkrapferl – alles aus der Biedermeierzeit. Obwohl – der Schubert wird sich so ein Festessen selten leisten haben können. Eigentlich gehörte ja noch die gebackene Blutwurst dazu, das war aber nicht durchzubringen: „Das isst doch keiner!" Basta! Auch mein nicht ganz ernst gemeinter Einwurf half da nichts mehr: „Es muss doch nicht *gut* schmecken, sondern vor allem *authentisch*!"

Blumen! Vergessen! Wer besorgt mir jetzt noch Blumen für die Cellistin und die Sängerin? Ein Anruf genügt, alles erledigt, Daniele hat mitgedacht. Er ist seit wenigen Monaten Pfarrsekretär, organisatorisch perfekt und ... na ja an seiner Freundlichkeit arbeiten wir noch.

Also Schubert! Bei ihm kenne ich mich schon aus – und soll daher die Einleitung halten. Traurig, ehrlich, wunderschön, aber nie strahlend. Ja, gut, die große C-Dur-Sinfonie, die ja. Wehe, wenn seine Musik lieblich wird oder gar süß, da kippt sie dann besonders tief in den Abgrund.

Manche erwarten sich hier natürlich so eine Art „Kirchenkonzert" ... geistlich, religiös! Lasst euch nicht täuschen! Nur weil er aus den meisten seiner Messen den „Glauben an die heilige Kirche“ einfach gestrichen hat. Sein Vater war einmal ganz erstaunt, als er einen Mariengesang komponiert hat. „Ich zwinge mich nie zur Frömmigkeit, aber wenn sie mich überkommt, hindere ich sie auch nicht.“ Ich zwing mich ja auch nicht. Weiß Gott, als Pfarrer kenne ich genug Erzwungenes und Zwängliches. Aber was bitte sollte das vorgestern? Warum wird mir so etwas aufgezwungen? Ausgerechnet mir? Wir haben doch immer gelernt, dass man die Menschen immer dort abholen muss, wo sie gerade stehen, wo sie sind, wie sie sind. Na eben! Aber das ist ja, ja ... wie wenn ich einen 16-Jährigen zwinge, sich den Schubert jetzt gleich anzuhören. Na eine wie die Manu zum Beispiel. Was soll denn das bringen.

Wann werd' ich das endlich wieder aus dem Kopf bekommen? Also eins steht fest: Von mir erfährt keiner etwas. Die einen würden mich beglückwünschen, die anderen interviewen und dicke Protokolle nach Rom schicken, andere hinter meinem Rücken hämisch lächeln über den unfrommen Pfarrer, „der jetzt ja doch ...“. Darauf kann ich verzichten. Ich werd' das Kirchentor irgendwie blockieren und dann eben alle bitten, ausnahmsweise in der Krypta zusammenzurücken. Und das war's dann!

Jetzt denk ich schon wieder nur daran! Ich muss doch meine Moderation fertig stellen. Sie spielen sich sicher schon ein. Der „Hirt auf dem Felsen“ ist jetzt noch dran, der Klarinettist musste noch bis 16 Uhr unterrichten. Ist wahrscheinlich das Letzte, das er überhaupt komponiert hat – und klingt richtig zuversichtlich in Dur aus. Eigentlich unglaublich. Gut, er wusste ja nicht, dass er so plötzlich sterben würde, ist also kein Vermächtnis, aber eigenartig schon. Ich werd' wieder einmal nicht fertig, wie immer. Aber ich muss jetzt hinunter. Künstler sind oft so aufgeregt, brauchen dies und das – und zwar augenblicklich. Nur der Florian, der hat immer die Ruhe weg. Wenn ihm bloß nicht wieder so ein Scherzchen einfällt! Gebrochene Hände ... verlorene Noten, wie wär's damit?

Kapitel 7
Manu
Freitag, 7. Februar

Also auch in der Küche brauchen sie mich nicht. Hmm, das wäre meine letzte Chance gewesen, hier noch einen eleganten Abgang hinzulegen. Wahrscheinlich besser so. Hätte mir zum Schluss noch mein neues Shirt versaut mit einer Soße oder Marinade! Und Sam will ja auch unbedingt, dass ich mir das hier anhöre, weil ich so was ja überhaupt nicht kenne ... also gut! Wird ja brechend voll hier der Laden, unglaublich! Die werden noch Türsteher brauchen, wenn das so weiter geht, ich mein, vor einer Kirche, ich check's nicht! Alle Plätze schon reserviert? Typisch! Wie die Liegen in Jesolo, wo die Omis schon um sieben Uhr reservieren gehen, wo jeder anständige Mensch noch pennt. Okay, sind ja auch fast lauter Omis und Opis da, na fast jedenfalls.

Samuel! Da hinten ist er ja! Ich glaub's nicht: Er hat die Orgelbank für uns reserviert! Echt süß! What else?
„Sam, lass dich küssen!“ Natürlich auf den Mund! Ich mag ihn, also küsse ich ihn! Weich ja nicht aus! Wenn ich küsse, will ich auch was spüren: „Und, schmeck ich dir?“
„Ja, fantastisch, aber ... hier?“ Warum flüstert er bloß?
Ich löse meine Umarmung noch nicht: „Sam, wenn du mich willst: Ich bin nicht dort und dann, ich bin jetzt und hier! Und still bin ich auch nicht!“ Ich drücke ihn noch einmal und lasse ihn los. Ich weiß, dass er das „Sam“ nicht so mag, aber ich kann doch keinen küssen, den ich „Samuel“ nenne! Abartige Vorstellung! Da muss ich ja an bärtige Großväter ... in Pferdewagen denken, diese Amischen in Amerika oder so, igitt! Es wird mir schon noch etwas Geileres einfallen als „Sam“, wenn wir uns noch ein wenig näherkommen. Die Bank hat er gut ausgewählt! Warte nur, da ganz hinten kann man herrlich kuscheln, wenn bloß diese Art Musik ... na mal sehen, also hören ... Schon seltsam, dass Sam gerade auf so was abfährt! Er ist ja ganz besessen davon. Was tut man nicht alles ...
Also jetzt! Nein, zuerst kommt noch Stefan, die Musik erklären, also den Schubert. Ein cooler Typ war der ja nicht gerade: arm, eigensinnig, oft ungepflegt, ziemlich verschroben sogar. „Nur, und wirklich nur durch seine Musik wird er sympathisch, sogar liebenswert und lebendig ...“ Wie bitte? Also das ist gut: Um sich an eine Schülerin heranzumachen, hat er extra was Vierhändiges komponiert, und zwar so, dass sie dabei die Arme be-

sonders oft überkreuzen müssen, also er über sie drübergreifen ... ist ja abartig! Aber irgendwie wieder auch nicht so blöd: waren ja abgefahren prüde Zeiten. Gut, aber eine 13-Jährige! Da geht's uns heute besser! Ich kuschle mich ganz ohne biedermeierliche Tricks wie ein Kätzchen an Sam. Er weicht kein bisschen zurück, na wehe dir auch, ich hab Krallen! Das hat unser armes Genie also nie erleben dürfen ... na ja, das heißt: Der hatte doch die Syphillis, die kommt doch nicht vom Klavierspielen! Nicht einmal vom vierhändigen. Na die Betten, wo der ... die hätt' ich lieber nicht sehen wollen. Also ich wär gestorben damals!

Florian kommt mit einer „Studienkollegin" herein. Wir klatschen, pfeifen kommt hier weniger gut an, die beiden grinsen sich an, dann noch einmal, als er sich das erste Mal theatralisch über ihre Hände hinwegbeugen muss ... Okay, dieses Intro ist witzig, aber durchaus noch jugendfrei. Ein paar lachen sogar, immerhin. Aber sonst, reichlich steif, die ganze Performance hier.

Stefan preist das „große Trio" in höchsten Tönen: „sinfonisch", „vielschichtig", „voll dunkler Wahrheit". Vor allem aber als „sauschwer". Besonders dieses „endlos gewundene Thema" im 2. und 4. Satz, das „alles Menschliche in 26 Takte zusammenbindet". Auch Sam raunt zu mir herüber, ich könne mich da „voll drauf legen und ganz reinkippen". Ja, ja, alles gut und schön ... nur ich hab zuvor aufgeschnappt, dass ... ich meine: 48 Minuten!

Jetzt kommt endlich dieser Ben, wegen dem die meisten

gekommen sind. Und wegen seiner Uralt-Geige. Schaut gar nicht so schlecht aus, dieser Ben, für sein Alter. Wo könnt ihr den schon für fünf Euro Körberlgeld hören, ihr Schnorrer?
Ich hab mir wirklich alle Mühe gegeben, hab oft zu Sam hinübergeschielt. Und manchmal, ja, da hat's mich ja auch wirklich... ja auch Gänsehaut ... aber Leute, he, verzeiht mir ... ich meine: 48 Minuten! Sam ist so dankbar, weil ich durchhalte, ohne jede blöde Bemerkung oder so, weil ich's wirklich versucht habe. Klar muss man sowas öfters hören, aber so direkt live kommt am besten rüber. Vielleicht hab ich da ja eine Türe zum wirklichen Sam gefunden, denk ich mal. Mal schauen, ob ich da einen Spalt weit rein sehen kann ... Aber verdammt eng ist die Tür schon, ehrlich, Sam, das musst du zugeben. Wie kommt er bloß auf so was Uraltes, so was Ernstes und Kompliziertes. Er hat mir erzählt, dass seine Mum einmal fast tot war, tagelang sogar, eine ganz seltsame Infektion ... vielleicht daher? Clara, meine Mum, ist nie krank, aber sie war monatelang verschollen, einfach weg. Das war ja auch nicht ... vielleicht wirklich eine Tür? Zu meinem Sam – und zu mir?
Keine Zugabe vom Star, Schubert hatte es nicht so mit Geige solo, gut so, ich auch nicht! Auch keine Pause? Aha, nichts soll ablenken. Also nur, wenn jemand ganz schnell ... „Der Hirt auf dem Felsen“, echt süß die Vorstellung, noch dazu ist's ein ganz junger, verliebter Hirt! Aha: Stefan lässt ihn hoch am Berg über Felsen springen, seine Schafe einsammeln und ... jodeln. Und man

soll das richtig heraushören, diesen Jodler ... den soll sie unten im Tal hören. Der wilde Kerl ist ganz zerrissen, romantisch halt: Hier oben hat er seine grenzenlose Freiheit – und unten seine Liebe. Armer Kerl, *das* kenn ich ... Und im Moment, wo er sich ganz und gar für seine Liebe entscheidet, weiß er, dass er alles gewonnen hat: „Der Frühling wird kommen!" Ich hätt's ihm ja vergönnt, dem armen Franz ... Hat's aber nicht mehr erlebt! Moment, sie kommen!

Sam schaut mich fragend an, ich nicke ihm zu, er entspannt sich. Ja, ich geb mein Bestes, ehrlich! Dabei kennt er das Stück selbst gar nicht! Stell sich einer vor: Wir beide hören es zum ersten Mal! „Hollodiri, hollodiri" – ja, ich hab ihn, den Jodler. Diese Melodie – Klarinette, was? –, wie kann man zugleich so traurig und so glücklich sein? Und ... na bumm, ihre Stimme, die haut dich um, total unplugged – und doch ... wie jemand so intensiv singen kann, ich meine: hier! Als ob sie selbst ... ich schau mich um: Sam, nein alle sind sie total gebannt. Sie singt mich an, genau auf mich zu, ich will ausweichen, aber ...

Und? Und ich? Was will ich? Oben am Berg bleiben und unbeschwert herumhüpfen? Na und, warum nicht, ich bin jung, und kaum einer, den ich kaltlasse, wenn ich mich ins Zeug lege! ... Oder Sam! Mit Nerds wie ihm konnte ich doch nie was anfangen, hat sich auch nie ... ich meine, die leben ja in einer anderen Welt, wie besessen, fanatisch. Warum bitte häng ich ausgerechnet mit ihm hier ab, auf einer Orgelbank? Hast du sie noch alle?

Mann! Bella würd' sich krumm lachen, wenn sie mich hier sehen könnte ... oder die anderen! Das kann doch nichts werden mit ihm – und mir! Aber ... „Es ist, was es ist", haben wir mal in Deutsch gelesen ... und es *ist* etwas, verdammt ... und ich hab keine Chance dagegen.
„Der Frühling wird kommen!" Diese Stimme, die wirft mich fast von der Bank. Unwillkürlich halte ich mich fest an Sam. Sam? Der heult ja, dieses Weichei! Du liebe Scheiße, selber Weichei! „Der Frühling wird kommen", soll er doch, unser erster Frühling.
„Sam?" Ich flüstere ihm ins Ohr, alle sehen gebannt nach vorne.
„Was?"
Ich beug mich schnell hinüber, umarme ihn fest, wirklich fest, aber nicht mehr, ich will ihn nicht überfordern.
„Unser Frühling!"
„Was?"
Mann, du kapierst auch gar nichts. Er hat mich nicht verstanden, kein Wunder bei dem Getöse, das genau jetzt ausgebrochen ist.
„Unser Frühling, Sam!", brülle ich ihm zu. Er strahlt.

„Wenig junge Leute hier!", höre ich im Hinausgehen.
„Wundert's dich, für die ist so was doch nichts!", gibt eine mir unbekannte, sehr elegante Frau von sich, während sie zehn Euro ins Körberl wirft... für sich *und* ihren Mann, versteht sich.
Eine andere sieht mich irgendwie mitleidig an. Was is'! Verdammt! Ich wische mir schnell mir der Hand über

die Augen. Und schau auf meine schwarzen Finger. Das kann euch Kerlen nicht passieren, was? Sam hat's gesehen und lacht mich an, als wir gemeinsam in die Kälte hinausdrängen. Ach Mama, du mit deinem Egotrip hoch oben in den Bergen Kretas, du hast keinen, den du so ...

Kapitel 8
Stefan
Sonntag, 9. Februar

Genial! Genial einfach! Wenn mich jetzt bloß keiner gesehen hat. Achtung: Nicht aufs Gendern vergessen: Hier ist „kein*e*" viel wahrscheinlicher! Schön sauber abbrechen, dass nichts heraussteht. Das Böse ist immer und überall: Hat es doch schon wieder so einen Vandalen-Anschlag auf unsere Kirche gegeben. Diesmal kein gewöhnlicher Sprayer, sondern ... ja, fertig, ein Bleistift ins Türschloss gesteckt und abgebrochen. Schnell weg, bevor unser Mesner heraufkommt. Jetzt gibt es nur noch den schwer zugänglichen Seiteneingang. Aber der Weg dorthin ist vereist. Und wenn sich niemand schwer verletzen soll, müssen wir diese Messe eben in der Krypta feiern.
Ich darf heute nicht vergessen, mich zu bedanken. Das heißt, wenn die vom Küchenteam heute überhaupt kommen. Die waren ja gestern nach dem zweiten Einsatz fix und fertig. Aber es hat sich ausgezahlt, kulinarisch gesehen ein Höhepunkt des Jahres. So ein Aufwand ist bei

unserem Mitarbeiterkreis nicht oft möglich. Und musikalisch war es ein Ereignis, nicht nur wegen Ben, keineswegs.
Alles erledigt. Ich bin allein in der Krypta. Das hab ich vermieden – seither. Die dunkelgraue Figurengruppe blickt starr an mir vorbei. Was sonst! Und so möge es jetzt bitte auch bleiben! Franz, unser Mesner, kommt mit seinem vor Aufregung noch mehr als sonst klimpernden Schlüsselbund die Wendeltreppe herunter: „Stefan, stell dir vor, ich krieg das Tor nicht auf. Ich versteh das nicht, auch nicht von innen. Irgendetwas steckt da drinnen! Was sollen wir denn jetzt ...?“ Er blickt gestresst auf seine Uhr.
„Also wenn *du* das nicht schaffst ... Feiern wir halt hier herunten, wird sich schon ausgehen. Heute kommen sicher weniger ... und ehrlich gesagt: bei minus einem Grad oben vielleicht gar nicht so unpassend.“
„Aber wer hat denn diesmal wieder so etwas ... Immer gegen die Kirche! Typisch für unsere Zeit! Die werden schon noch sehn, wenn sie uns hier wegrationalisieren und zusammenlegen oder was weiß ich! Die werden schon sehen, was dann alles fehlt! Nein, also früher ...“
„Du, Franz, das schauen wir uns dann nachher in aller Ruhe an. Ich schreib schnell ein Schild und kleb's ans Tor. Und du, stell bitte noch Sessel auf, so viele wie möglich!“
„Wenn ich das bloß geahnt hätte! Gestern hab ich sie alle noch weggeräumt nach dem Konzert! Bis Mitternacht!“
Er darf jetzt bloß nicht sehen, dass ich das Schild schon

vor der Morgenmesse vorbereitet habe. Bevor ich jetzt noch allen einzeln erzählen muss, was – in Wahrheit ja gar nicht wirklich – mit dem Schloss geschehen ist, eile ich schnell wieder hinunter und helfe dem immer noch grummelnden Franz beim Aufstellen der letzten Sessel: „Aber, Herr Pfarrer, das müssen Sie doch nicht ...!"
Unsere Hauptmesse zeigt sich mir in ganz neuem Bild: Statt der jetzt eisigen, viel zu großen Kirche, wo ich die Hinteren oft gar nicht mehr erkennen kann, wirkt das ja heute richtig familiär. Ich denke, auch die meisten empfinden da so wie ich, wenn ich die Mienen richtig deute. Zugegeben: ganz schön eng. Aber heute hören wir uns ja richtig singen.
Im Hinausgehen wird natürlich eifrig diskutiert, wem dieser erneute Sabotageakt an unserer Kirche zuzutrauen ist. Ein perfekter Test für die Vorurteile, wie sie auch in katholischen Köpfen herumschwirren. Morgen werden wir das Schloss aufschrauben, das Stück Bleistift finden – und die Sache möglichst schnell vergessen.

Kapitel 9
Arnold
Sonntag, 9. Februar

Wir stehen noch vor der Tür zur Krypta. Die Ersten sind schon drüben im Pfarrcafé. Ich muss Stefan noch schnell etwas Wichtiges fragen. Es muss jetzt endlich beschlossen werden, was mit der knallbunten Bemalung unserer Kirche geschehen soll. Mit der hab ich ihn im Vorjahr überrumpelt. Dank des plötzlichen Geldsegens war es damals möglich. Und die „bunte Kirche" hat uns auch weltweites Echo eingebracht: „Stefan, nur ganz kurz bitte, ist aber dringend ..."

Da rumpelt es plötzlich von der Straße her, immer lauter ... eine kurze Stille ... dann lautes Knirschen und ein dumpfer Knall, man spürt es richtig im Magen – und so etwas wie Splittern und Rieseln.

„Was ist denn das?"

„Um Gottes Willen, ist da etwas eingestürzt?"

„Ein Autounfall, oben vor der Kirche, schnell!"

Wir laufen auf die Straße hinaus, ums Eck. Nur geparkte Autos ... Aber da! Auf den Kirchenstufen liegt verbogenes und verbeultes Blech und Ziegel, jede Menge Dachziegel! Und obenauf zwei steinerne Wasserspeier, der eine pink, der andere orange, und grinsen uns mit ihrem neoromanischen Lächeln an. Ein riesiger Haufen! Gut zwei Meter hoch.

Nach und nach finden sich alle ein, auch die aus dem Pfarrcafé, ohne Mäntel. Alle starren wir hinauf: Dort oben in 86 Metern Höhe fehlt etwas: das Turmkreuz – samt der ganzen Turmspitze aus Kupfer, die auf dem linken Turm noch hochragt. Und die Schneise im Dach ist auch unverkennbar.

Stefan ist kreidebleich, er zittert am ganzen Körper, mehr als alle anderen: „Da, da genau ... wären wir jetzt gestanden!"

Natürlich! Er hat recht, jetzt erst begreife ich, begreifen wir, was wir diesem Vandalen verdanken, der unsere Kirchentür blockiert hat. Ausgerechnet heute! Einige von uns lägen jetzt erschlagen unter diesen Trümmern. Ich wollte ja immer, dass unsere Kirche weltweit Schlagzeilen macht. Und mit der knallbunten Bemalung ist uns das ja auch gelungen. Aber doch nicht so!
Wir stehen immer noch entgeistert da.
„Das ist ja richtiggehend ein Wunder!"
„Dass der Herrgott aus so etwas, aus so etwas Schrecklichem ... so eine großartige Rettung machen kann!"
„Also Zufall, nein, Zufall ist das keiner, da bin ich mir ganz sicher!"
Ich muss mich einmischen: „Bevor wir das hier theologisch klären, meine Lieben, sollten wir hier alles absperren. Vielleicht rutscht ja noch was nach! Und das muss doch untersucht werden ... Wenn eins von den Kreuzen herunterkommt, wer weiß, wie lange es dauert ..." Wenn die alle nur schauen und philosophieren – einer muss das doch in die Hand nehmen hier. „Wann war denn zuletzt wer oben bei den Turmkreuzen?"
Daran kann sich keiner erinnern, obwohl die Erinnerung der versammelten Jahrgänge ziemlich weit reichen müsste. Also 30 Jahre lang hat das keiner kontrolliert, wahrscheinlich noch viel länger nicht.
„Müssen wir jetzt die Polizei verständigen?"
„Das war tatsächlich ein Wunder ... das könnt ihr mir glauben! Das ist ein Wunder ..." Stefan starrt immer noch entgeistert auf den mächtigen Schutthaufen. Mann, so-

weit waren wir doch schon! Will denn hier niemand ein wenig praktisch ...?

„Dann ist es also doch wahr ... also doch wahr! Sie hat es gewusst, das hätt' ich doch nie ... nein niemals ..."

„Sie? Wer? Wer hat das vorhergesehen?" Jetzt kenne ich mich nicht mehr aus.

„Was?"

„Wer? Wer ist ‚sie'?"

„Ach so, nein ... was hab ich gesagt?"

Was ist denn los mit ihm? Sicher, als Pfarrer ist er mit uns Pfarrgemeinderäten gemeinsam für alle Gebäude verantwortlich – und für alle Schäden haftbar. Wenn's blöd hergeht, können wir ihn im Gefängnis besuchen – ich meine ohne dieses „Wunder" oder diesen „Zufall". Pfarrer ist wirklich ein saublöder Job, in mancher Hinsicht zumindest. Aber es *ist* ja nichts passiert!

„Na servas, es hobt's vielleicht wos beinander do! Saubers G'schäft, waun i do mit mein Hund a Viertelstund früher vorbei geh'! Und? Wer ramt des jetzt ollas wieda weg do, den gaunzn Mist? Na, da feine Herr Pforra bestimmt ned!" Herr und „Schnuffi" ziehen mit Kopfschütteln im Gleichtakt ab. Was ist heute nur mit mir los? Normalerweise hätte ich auf so was doch immer eine passende Antwort parat!

Aber Stefan ist sichtlich noch viel stärker außer Tritt als wir alle. Wie ferngesteuert geht er nebenan durch die Seitentür zur Krypta hinunter. Ich will ihn jetzt nicht allein lassen. Er setzt sich in die erste Reihe und starrt vor sich hin.

„Sie hat es gewusst! Das ... das ist ...“ Er bemerkt mich überhaupt nicht und starrt ... zur Madonna? Auf die Statuen oben auf dem Altar?
„Was ist los mit dir, Stefan, ist dir nicht gut? Soll ich Dr. Markovics holen? Er wohnt gleich um die Ecke. Er war in der Messe.“
„Was? Nein! Später ... vielleicht später ...“

Kapitel 10
Gerald
Mittwoch, 12. Februar

„Und, Stefan, kommt da irgend eine Art von Sabotage infrage?“
„Nein, nein, das sicher nicht! Der Dachdecker, so ein spezieller, den uns das Bauamt vermittelt hat, der hat nur verrostetes Eisen gefunden und total morsches Holz unter dem Kupferblech. Es ist ja die ganze Turmspitze abgebrochen. Eine massive Eisenstange, umgeben vom obersten Dachstuhl, aber von dem Holz war nicht mehr viel übrig und die Stange längst hinüber, weil das Kupfer aufgerissen ist ...“
„Oder hat nicht vielleicht doch der alte ... na der berüchtigte Tischlermeister ...?“
„Der Morosini?“
„Ja, genau der! Hat er vielleicht etwas angesägt ... vor 110 Jahren?“

„Nein, das alles kommt nicht infrage, schlicht der Zahn der Zeit: Holz morscht, Eisen rostet, Kupfer reißt irgendwann einmal ein. Wir haben es einfach verabsäumt, das zu kontrollieren. Ist aber auch ein irrer Aufwand, da oben in 80 Metern Höhe."

Ich muss meinen Freund schon ein wenig auf die Schaufel nehmen: „Also, ich bin jetzt schon auf der anderen Straßenseite zu dir hergegangen, man weiß ja nie ... wenn bei mir ein Scheinwerferlicht am Auto ausfällt, dann geht das nächste auch nach ein paar Tagen ..." Ich trete auf seinen Balkon hinaus: „Na ja, meinst du nicht auch, dass das andere Turmkreuz ... ein bissl schief steht das schon da, was?"

Er kommt erschrocken aus der Küche: „Meinst du wirklich? Aber die vom Bauamt haben sich das doch genau angesehen: Dort ist angeblich alles stabil!"

„Scherz! ... Obwohl: Die von unserem Bauamt schauen doch selbst immer ganz schief ..."

„... aber doch nur, wenn du von ihnen eine Subvention willst!"

Sie waren vorgestern, also gleich am Montag, stundenlang auf den Türmen, erzählt er mir. Und natürlich haben sie sich die Bemerkung nicht verkneifen können, es wäre besser gewesen, auf die Substanz zu schauen, als das Geld für bunte Bemalungen hinauszuwerfen.

„Weißt: Seit unsere bunte Kirche Furore gemacht hat, waren sie schmähstad. Aber kaum passiert was, haben sie es immer schon gewusst. Wenn jetzt bloß die Stimmung nicht kippt deswegen! Ich hab heute schon eine E-Mail bekommen, anonym natürlich, genauso oberg'scheit!"

Stefan bringt Salat und Käse aus seiner Miniküche: „Für mehr hat's heute nicht gereicht: Baumeister, Versicherung, Ansuchen formulieren, ein Interview am Telefon – und dann war noch dieser Ruhandl da, du weißt schon, dieser Inspektor von der Polizei, das heißt, der ist jetzt Oberinspektor! Der schon den Absturz von Arnold untersucht hat. Bis der endlich abgezogen ist. Nicht ohne „mündlichen Verweis"und mahnende Worte ... „fahrlässige Gemeingefährdung" oder so."

„Hat er ja recht: Wir als Pfarrer, na und besonders du mit deinem Kirchenmonster; jeden Tag kann was sein. Und dann bist du dran – mit deinem ganzen Pfarrgemeinderat!"

„So wie jeder Betriebschef eben auch. Der is' ja auch für sein Produktionsgelände verantwortlich!"

„Ja, aber der hat wahrscheinlich einen Gebäudeverwalter, der was davon versteht. Aber so jemanden kann sich die Kirche heutzutage nicht leisten, nicht einmal ihr in Canisius. Und wenn ein Ast von einem Baum abbricht und ein Kind vom Kindergarten trifft? Oder sich eins bei den Spielgeräten einzwickt, weil unsereins sich die letzten TÜV-Auflagen nicht leisten kann? Oder wenn die teuer bezahlte Schneeräum-Firma wieder einmal nicht kehrt und jemand ausrutscht und sich was bricht?"

„Da sind aber doch *die* schuld!"

„Nein, nein, Stefan, wenn du die nicht jedes Mal extra anrufst – und das nicht dokumentieren kannst –, dann hast du auch Teilschuld, mein Lieber! Und glaub mir, die haben sehr gute Anwälte! Wer kann denn von der armen Räumfirma verlangen, dass sie ausgerechnet bei dir kehren, wo es doch in ganz Wien schneit ... Hat jemand bei euch den großen Erste-Hilfe-Kurs? Ja? Aber wenn der auf Urlaub ist? Und die Ausbildung zum Liftwart? Und ist immer jemand Zweiter dabei, wenn euer Mesner auf eine Leiter steigt?"

„Hör bloß auf! Nimm dir einmal, das ist ein alter Pecorino, also Ziegenkäse. Rot oder Weiß?" Den Wein bringe sonst immer ich mit, aus Erfahrung! Ich sehe, ich muss ihn ein wenig aufbauen. Wir reden über den großen Konzerterfolg und über die vorbildliche Sozialberatung hier. Ich möchte in meiner Pfarre etwas Ähnliches einrichten, habe aber die dafür geeigneten Leute noch nicht gefunden. Aber dann interessiert mich noch etwas anderes:

„Sag einmal: Was ist denn mit dieser ... ich meine die, wegen der du im Juli deinen Urlaub hast verkürzen müssen ... und die euch dann alle hat stehen lassen ... und euch ihr Brautkleid hingeschmissen hat?" Ich stelle mir die Szene zum wiederholten Mal lebhaft vor: Zuerst inszeniert sie ein echtes Mega-Jubiläums-Fest, nur um dann vor versammelter Festgemeinde alles hinzuschmeißen – und vor entsetzter Menge in rot besprühter weißer Unterwäsche durchs Seitentor zu entschwinden. Echt stark!"

„Clara, ja sie ist auf Kreta wieder aufgetaucht. Ich glaube, es geht ihr gut. Sie hat sich mit unserem ehemaligen Praktikanten Eberhard und seiner alten und neuen Liebe zusammengetan. Sie machen jetzt gerade eine kleine, alternative Reiseagentur auf – ihr alter Traum."

„In Griechenland eine Firma gründen? Jetzt? Na viel Glück!“
„Ich glaube, sie sind ein gutes Team. Angeblich kommt sie in nächster Zeit nach Wien ... mehr weiß ich aber auch nicht.“
Er will sichtlich nicht weiter darauf eingehen. Es steht nur noch der Wein auf dem Tisch. Er legt auch nicht wie üblich genau jetzt eine CD ein, um mir seine neueste Entdeckung zu präsentieren. Irgendetwas will er noch loswerden ...
„Ich hatte eine Marienerscheinung!“
„Äh, eine was!?“ Jetzt hab ich meinen Rotwein verschüttet ... eher schade um das Tischtuch als um den Wein ... „Sag das bitte noch einmal!“
„Ich kann's ja selbst nicht glauben. Und bitte red mit keinem darüber, das musst du mir versprechen ...“
„Versprochen! Also was bitte hattest du?“
„... es war so, alles so ... real, so plastisch ... und die anderen haben es doch auch gerochen ...“
„Gerochen? Was gerochen? Den ‚Ruch deiner Heiligkeit‘? Wer?“
Farbig sei sie geworden. Und ganz schön fordernd, sie habe ihn richtig hergenommen. Um sie herum konnte er gehen. Und Jasminduft, der noch lange in der Luft hing ... den die Musiker auch noch deutlich wahrnahmen ... Aha ...
„Ausgerechnet ... du? ... Na ja, das war ja auch bitter nötig, bevor du noch ganz vom ... rechten Wege abkommst. Und? Sollst du mehr Rosenkranz beten? Nein, nein, ich

weiß ... öfter Maiandachten feiern? So wie dieser fromme Eberhard voriges Jahr? Oder vielleicht, was ich dir auch schon so oft gesagt habe: ... endlich einmal besseren Wein einkaufen?" Ich muss ihn einfach aufziehen, das ist jetzt einfach zu skurril. Fast so absurd, wie wenn ... ich ... also sie *mir* ...

„Mach dich nur lustig! Nein, ich war hellwach, nüchtern – und wie gesagt: Dieser Duft, den auch die Musiker ... der kam aus dem Nichts! Nicht eine Blüte ..."

„Was wollte sie denn dann von dir?" Ich versuche, ernst zu bleiben und mich zurückzuhalten.

„Das ist es ja: Das Erste, was sie wollte ... dass wir auch die Hauptmesse in der Krypta feiern müssen ... also letzten Sonntag zumindest."

„Das ist originell, das hab ich noch nie gehört, entschuldige, aber das ist doch ... Und? Habt ihr?"

„Würde ich sonst noch mit dir hier sitzen und Wein trinken!"

„Wie, was meinst du?" Endlich begreife ich: Du glaubst ...?"

„Wenn ich's ignoriert hätte, könntest du mich jetzt bei den Barmherzigen Brüdern in der Intensivstation besuchen ... mit viel Glück! Und zehn, zwölf andere von uns auch! Du, das waren Tonnen, die ganzen Stiegen waren voll damit, aus heiterem Himmel. Es war genau in dem Moment ..."

Jetzt ist mir das Lachen vergangen. Erst nach einer gehörigen Schrecksekunde bringe ich wieder etwas heraus: „Und du hast niemand davon erzählt?"

„Natürlich nicht, stell dir doch vor, was dann wäre! Ich

hab das Schloss verstopft und alles ganz schnell in die Krypta verlegt. Und genau, als wir rauskamen, hat es gerumpelt und geknallt."

„Da wärt ihr gleich wieder weltberühmt geworden ... verzeih, aber du hast recht, das ist kein Spaß ... Und du denkst jetzt, sie wollte dich warnen? Aber da hätte sie dir doch gleich sagen können, dass euer Kreuz schief hängt oder so!"

„Na eben!" Er klingt richtig sauer. „Wie normale Menschen eben miteinander umgehen! Ohne diese Theatralik. Ich bin ja heilfroh, dass das so ausgegangen ist. Aber das passt doch so überhaupt nicht zu mir ... zu uns! Stell dir doch vor, dir wäre das passiert!"

"Is' ja gut, ich geb dir ja recht. Wollte sie sonst noch was von dir!"

„Ja, zwei Dinge noch: Ich soll mich besonders für in Not geratene Flüchtlinge einsetzen, auch, wie sie gesagt hat, ‚gegen den Widerspruch der vielen'."

„Da rennt sie bei dir doch offene Türen ein!"

„Doch, aber gut, wir könnten uns noch mehr engagieren, stimmt schon."

„Und das Dritte?"

Ich soll den Jugendlichen die Botschaft der Bibel nahebringen und, wenn ich das richtig verstanden habe, aber ich kann mich nicht mehr so genau erinnern, irgendwas mit einer Reise ..."

Ich muss wieder lachen und verstelle meine Stimme: „‚Prophet Jeremia, was ist deine Botschaft für uns?' – ‚Also, ja, wenn ich so recht, äh ... ich weiß nicht mehr so genau'. Du bist der erste Seher der Geschichte, der seine Botschaft vergessen hat?"

„Lach nur: eine Bibelreise für Jugendliche, genauer war's nicht, glaub ich."

„Na bitte, das gibt ja richtig Sinn, das kannst du ja ruhig machen. Also ich find das viel konkreter und klüger als sonst bei solchen Erscheinungen. Vielleicht deshalb ... du!"

„Ja, eine direkte und g'standene Frau, durchaus sympathisch. Trotzdem: Erzähl das ja nicht weiter!"

„Klar: Versprochen! Sie hat ja schließlich auch nicht gesagt, dass du es weitererzählen sollst, oder?" Nach kurzer Denkpause nickt er erleichtert. „Na eben! Versprochen, vorausgesetzt, ich darf jetzt den Wein aufmachen, den ich mitgebracht habe: ein Sankt Laurent, Mittelburgenland, sieben Jahre alt, genau richtig, kost' einmal!"

Wir stoßen an, wissen aber nicht so recht, worauf eigentlich ... Da fällt mir noch etwas ein, worauf ich ihn ansprechen wollte: „Du, übrigens, was ich dich fragen wollte: Der Senftenburger, du weißt schon, der Chef von den Domführern, der hat mich für nächste Woche eingeladen. Er sagt, das zeigt er nur ganz wenigen. In einer Kapelle im Dom, die kaum wer kennt, da gibt es unzählige Reliquien, vieles geht schon auf Rudolf den Stifter zurück. Natürlich ist da eine Menge Seltsames versammelt ..."

„Du meinst diese Windeln vom Jesuskind?"

„Ja, auch, zugegeben. Aber der Senftenburger sagt, ein paar Stücke haben sie jetzt wissenschaftlich untersuchen lassen. Und das eine oder andere ... also plum-

pe Fälschungen sind es jedenfalls keine. Hättest du Interesse?"
„Warum nicht ... ich mein, wenn ich schon mal dabei bin: Reliquien, Wunder, Erscheinungen ... des Glaubens liebste Kinder! Ja, schon."
Es läutet an der Tür. Jetzt? Halb zwölf vorbei. Da müsste doch unten längst zugesperrt sein! Stefan steht auf und geht zur Türe. Ich höre ihn mit zwei Stimmen verhandeln, zwei junge Stimmen, ein Mädchen und ein Bursch, scheinbar ziemlich aufgeregt. Einmal glaube ich, das Wort „Usbeken" zu verstehen. Dann kommt er zurück.
„Du, Gerald, hast du noch etwas Zeit? Ich muss hinunter. Könnte ein wenig dauern. Wenn ich nur wüsste, wo dieser Schlüssel liegt. Es sind Samuel und Manu, du weißt schon, die Tochter von Clara, na, du weißt schon ..."
Ich nicke: „Wofür brauchen die jetzt noch einen Schlüssel?"
„Ist ja Jugendtreff heute. Sie wollten gerade als die Letzten gehen, da sind ihnen die beiden in die Arme gelaufen ..."
„Die beiden? Wer denn?"
„Usbeken, sie sagen, sie sind Flüchtlinge aus Usbekistan, wir können sie bei dem Wetter jetzt nicht wegschicken ..."
„Ich warte, ich werde einmal den Laurent ..."
Weg ist er. Aus Usbekistan? Nein, Usbekistan, seit wann kommen jetzt welche auch aus Usbekistan? Wo liegt denn das überhaupt genau? Flüchtlinge! Also schön, langsam glaub ich auch noch, dass da was dran

ist. Also nein, Stefan erfindet doch so etwas nicht! Und psychisch, ich meine, ich kenne Stefan doch seit meiner ersten Pfarre ... ausgerechnet ihm! Und jetzt auch noch Flüchtlinge!

Kapitel 11
Stefan
Samstag, 15. Februar

„Die beiden sind Muslime, darauf müssen wir unbedingt Rücksicht nehmen, Leute! Der eine hat sogar einen Gebetsteppich, also genau genommen ist das nur eine Decke. Der wollte gleich wissen, wo von hier aus Mekka liegt."

Schau mal an: Manu hat also doch die soziale Ader ihrer Mutter geerbt. Gemeinsam mit Samuel nahm sie vom ersten Moment an die Betreuung der beiden Usbeken in die Hand. Läuft da jetzt doch etwas mit ihr und Samuel? Jedenfalls haben wir die beiden Flüchtlinge im „Musikzimmer" untergebracht, ein idealer Platz. Die meisten in der Pfarre wissen noch gar nicht, dass uns dieser kleine Saal seit Kurzem überhaupt gehört. Die Ordensgemeinschaft nebenan braucht ihn nach dem Umbau ihres Studenten ... nein, Studierendenheims nicht mehr. Wir wollen ihre Einquartierung dort möglichst geheim halten. Sie haben Angst, dass der Geheimdienst ihres Landes sie bis hierher verfolgt – wer weiß.

Im Jugendtreff-Team hat es sich aber schon herumgesprochen. Darum wollte ich mit ihnen allen noch vor dem Sonntag beraten, was wir als Nächstes mit ihnen vorhaben. Manu und „Sam", unser Jungscharleiter Gregor und seine Freundin Lena sind gekommen, beide eben erst zurück von einer Skiwoche.

„Wie heißen die beiden eigentlich?" Lena ist noch am wenigsten eingeweiht.

„Ismailow und Tamerlan." Samuel hat sich schon schlau gemacht: „Dort gibt es immer noch viele russische Namen, seit der Sowjetzeit eben. Und Tamerlan, das ist ihr Nationalheld, obwohl er eigentlich ein brutaler Schlächter war, so einer vom Kaliber eines Dschingis Khan. Ich hab auch gegoogelt, dass es dort gar nicht so friedlich zugeht, wie die immer tun. Es soll 7.000 politische Häftlinge geben, besonders viele Journalisten darunter."

„Der Ismailow ist auch einer; das erklärt seine Flucht."

„Und, Lena, können die jetzt nur ... Usbekisch? Gibt's das überhaupt?"

„Glaub schon, und Russisch ..."

„Dein Vater kann doch Russisch?"

„Ja, Paps hatte öfters mit Russen zu tun. Frag mich nicht, was ... aber Ismailow kann einigermaßen Deutsch ..."

„Deutsch? Wie denn das? Die sind doch gerade erst angekommen, oder?" Gregor will es wie immer genau wissen.

„Ja, sein Vater war eine Zeit lang in der DDR, der hat's ihm beigebracht. Na ja so viel halt, wie du nach einem Spanienurlaub Spanisch kannst, aber immerhin."

„Und warum suchen die nicht einfach um Asyl an?", hakt Gregor wieder ein, da er offensichtlich noch seine Zweifel hat.
Das war es ja auch, was ich zuerst nicht verstehen konnte. Also fasse ich schnell zusammen, was wir bisher herausbekommen haben: „Die beiden dürften so um die 25 sein. Ismailow hat mir seinen Ausweis gezeigt, so eine Art Presseausweis. Und sie sind vom selben Dorf und Freunde seit ihrer Kindheit. Ismailow ist hinter irgendeinen Dreh gekommen mit Baumwoll-Spritzmitteln und manipulierten Preisen oder so ... Und hat dabei so einen Provinz-Parteichef ins Visier genommen mit seiner Zeitung. Ist ihm nicht gut bekommen: In die Redaktion wurde eingebrochen und alles abgefackelt. Und dann lag eines Morgens ein blutiger Schafskopf vor seiner Haustür."
„Das is ja grauslich!", schreit Lena laut auf. „Kein Wunder, dass sie weg sind. Und jetzt haben sie Angst, dass sie ihnen auch bei uns noch hinterher sind?"
„Warum nicht? Das Regime hat sicher kein Interesse daran, dass die beiden hier gegen Usbekistan Stimmung machen. Gerade jetzt, wo sie die EU mit angeblich ‚demokratischen Wahlen' eingelullt haben. Und Touristen brauchen sie doch auch ..."
Manu unterbricht mich: „Touristen, was sollen die denn dort?"
„Buchara, Samarkand ... Seidenstraße eben."
„Ach so, *dort* ist das!"
„Sie haben gute Freunde, die es längst bis Australien ge-

schafft haben. Die wollen ihnen helfen. Aber es wird halt zwei bis drei Monate dauern, bis sie alles für sie beisammen haben. Bis Mai sind sie weg – und dort sucht sie dann keiner mehr. Nur bis dahin bitten sie uns, sie zu verstecken."

„Wie Anne Frank? Streng geheim versteckt hinter Geheimtüren?"

Samuel beruhigt Manu, die immer in Tuchfühlung neben ihm sitzt: „Bei uns in der Pfarre können sie ruhig ab und zu auftauchen, zum Pfarrcafé oder so oder bei uns in den Jugendräumen. Aber dass sie hier *wohnen*, sollen möglichst wenige wissen, sicherheitshalber. Sie haben dort drüber ein eigenes WC und sogar eine Kochnische. Da können sie sich auch waschen."

„Und was sollen die dort die ganze Zeit über tun?", fragt Gregor nach.

„Der Tamer...dings, der ist irgendein Handwerker. Aber was soll der schon viel tun im Versteck. Wenn er Dachdecker wäre, da hätten wir ja jetzt genug für ihn ..." Lena grinst mich an. Ich zwinge mich zu einem Lächeln: „Das ist viel zu gefährlich! Aber vielleicht fällt uns ja noch irgendwas Nützliches ein."

„Wir könnten ihnen Englisch beibringen!"

„Englisch? Ausgerechnet du, Manu?"

„Idiot! Wegen Australien, kapische?" Sie boxt Gregor spielerisch in die Seite.

Wir diskutieren ihre Versorgung und wie wir das alles finanzieren können. Für „Verpflegung Illegaler" gibt es in der offiziellen Pfarrbuchhaltung ja keinen Posten. Ich werde Franziska fragen, unsere ehemalige Pfarrsekretärin, die mit ihrem Lebensgefährten Kostas gleich gegenüber ein Lokal betreibt. Da bleibt immer mal was übrig. Wenn dann noch jeder bei sich zu Hause etwas abzweigt ...

„Aber kein Schweinefleisch!"

„Ah geh! Aber bitte nicht auch noch vegetarisch!"

„Klar, sind ja richtige Männer", ätzt Manu zurück. „Und irgendetwas G'scheites zum Anziehen. Die müssen doch nicht herumlaufen wie ..." Sie schielt unübersehbar auf ihren Sam hinüber und seufzt: „... ich sag nichts!" Sam schluckt den Seitenhieb seiner stylishen Freundin, rückt aber etwas von ihr ab. Daran wird er sich gewöhnen müssen ...

Gregor ist immer noch besorgt: „Und wenn das in Wirklichkeit Islamisten sind, die untertauchen müssen, weil sie gesucht werden wegen ..."

„... dann hätten sie doch Bärte!"

„Schon mal was von Rasieren gehört?" Wieder so ein Seitenhieb, aber diesmal von Lena.

„Die rasieren sich doch nicht, das ist doch gegen ihren Glauben. Bevor die so was tun, schreien sie ‚Allahu akbar' und gehen lieber in Allahs ewige Jagdgründe ein!"

„Manu, bitte!", Samuel ist entsetzt. „Die Usbeken sind alles andere als radikale Moslems. Denen haben die Russen längst das Wodkatrinken beigebracht, den meisten zumindest. Islamisten gibt's dort nur als Vorwand für das Regime, damit sie die Leute unterdrücken und einsperren können. Das imponiert dann den Amis!"

„Sam, unser Intellektueller! Direkt zurück von der Wikipedia-Akademie!“

Für frisch Verliebte geben es sich Sam und Manu ja ganz schön heftig! Doch bevor sie sich noch vollends in die Haare geraten, nehme ich das Heft wieder in die Hand und wir beschließen: weitgehende Geheimhaltung, die Aufgabenverteilung in der Versorgung, den Englischkurs – und wenn möglich auch die Suche nach einer unauffälligen Arbeit für die beiden.

„Sam, jetzt schau nicht so! War doch nicht bös' gemeint. Is ja voll gut, wie du immer informiert bist!“ Als er immer noch schmollt, überfällt Manu ihn mit einem Kuss, bei dem man früher hätte wegschauen müssen. Ich schaue weg und bringe Gläser, Saftpackerl und Chips-Teller in die Küche. Lena und Gregor helfen mir dabei. Die sind da schon ein wenig abgeklärter.

Kapitel 12
Arnold
Sonntag, 16. Februar

„Herr Pfarrer, haben S' Ihnen schon wieder erholt von dem Schock?“

Frau Luftensteiner ist mir zuvorgekommen. Eigentlich wollte ich Stefan wegen der bemalten Türme fragen, ob ich jetzt ihre Reinigung in die Wege leiten soll – oder ob sie jetzt doch so bleiben. Denn das Echo ist immer noch vorwiegend positiv. Zuerst hieß es: „Nach Weihnachten, bitte!“, dann „Bitte *nach* dem Konzert“ Und jetzt noch die Geschichte mit dem Turmkreuz. Wann entscheiden wir denn das endlich?

„Welchen Schock, Frau Luftensteiner?“

Ich verstehe ihn nicht: Welchen Schock soll sie denn wohl meinen außer dem Absturz vorige Woche?

„Ach so, ja einigermaßen. Haben wir da ein Glück gehabt!“

„Und weiß man schon etwas über den Kerl? ... Na über den, der das Schloss ruiniert hat?“

„Nein, den werden wir sicher nicht finden. Aber wir müssen ihm ja noch dankbar sein!“

„Na ja ...“

Ich mische mich ein: „Na nicht auf dieselbe Art, wie wir Ihnen dankbar sind – für Ihren unglaublichen Kuchen. So ein saftiger Marillenkuchen, und das mitten im Winter!“

„Herr Pfarrer, wie soll man das denn eigentlich bezeichnen? Das war doch sicher kein Zufall! Eine *Fügung*? Schicksal? Oder war das gar ein Wunder, ein richtiges Wunder?“

Sie ist ganz aufgeregt.

Ich weiß, dass es Stefan nicht so hat mit diesen philosophischen Zuordnungen. Er überlegt erstaunlich lange, um dann mit großem Ernst zu antworten: „So viele gerettet ... und ich wär an all dem schuld ... ordentlich mitschuldig ... sicher war das ein Wunder, ganz sicher ... es geschehen viel mehr Wunder, als wir glauben, als wir sehen ... ganz bestimmt, und ganz anders, als wir denken ... erwarten, das könnt ihr mir glauben!“

Aber hallo! Stefan, so kenn ich dich doch gar nicht! „Aber du sagst doch immer: Es ist zuerst einmal ein Wunder, wenn sich zwei verlieben, und noch eins, wenn auf Dauer noch mehr daraus wird. Und wenn ein Mensch über seinen Schatten springt und großzügig ist, auf den eigenen Vorteil verzichtet. Und dass dir diese Wunder viel wichtiger sind als ... na wenn zum Beispiel die Sonne am Himmel stehen bleibt wie in Fatima oder wenn bald fünfzigjährige ‚Hirtenkinder' nach einem fixen Stundenplan in Verzückung fallen."

„Stimmt schon, jedes Neugeborene ist ein Wunder ... nur, diese anderen Sachen, die gibt's eben auch. Und ich denke, das wenigste davon ist reiner Schwindel ..."

Mir gelingt es, Daniele abzuwimmeln, der sich einmengt und ausgerechnet jetzt mit Stefan „ganz dringend" etwas vereinbaren muss. Er hockt doch ohnehin jeden Tag in seiner Pfarrkanzlei! Soll er das doch morgen erledigen. Diese alte Pfarrcafé-Krankheit, wo jede Art von Checkerei immer Vorrang hat. Und ständig jeder in Gespräche hineinplatzt, besonders um den Pfarrer in Beschlag zu nehmen. Er zieht wortlos ab.

„Aber du hast doch einmal ironisch gesagt: ‚Das Wunder ist des Glaubens liebstes Kind!' Und du hast gewettert gegen die, die immer nur diese absonderlichen und wunderlichen Eingebungen suchen. Und die glauben, damit könne man sich alles Suchen und Zweifeln ersparen ..."

„Stimmt ja auch! Glauben heißt Vertrauen schenken und die alltäglichen Wunder sehen lernen – und das ein Leben lang. Aber ... vielleicht brauchen wir auch diese ... speziel-

len Dinge ... als Hinweis, weil wir eben noch zu blind sind, zu unaufmerksam ... ich wahrscheinlich auch ..."
Was hat er bloß? Wird er alt? Frau Luftensteiner nutzt die nachdenkliche Pause: „Eine Freundin von mir, die kennen Sie nicht, weil die geht immer zu den ... na so eine Ordenskirche eben. Die fährt jedes Jahr zu einer Nonne, fast bis nach Neapel hinunter, und das in ihrem Alter ... *unserem* Alter eben. Die hat Visionen und kann Dinge vorhersehen, dass es einen ... Stellen Sie sich vor: Da haben sie einmal eingebrochen in ihre Ordenskirche. Aber, was glauben Sie, auf die hat die Polizei dann schon gewartet. Weil diese Eustachia, ja genau, so heißt sie, hat es geträumt, den Einbruch – und alle gewarnt. Schon erstaunlich, was!"
„Manchmal ahnen wir ja Dinge, die auf uns zukommen, und erst im Traum wird uns das bewusst ... wie dem heilgen Josef der Kindermord des Herodes ..."
Schön langsam wird mir das zu blöd: „Stefan! Albanische Einbrecher, wie soll man die denn ahnen?"
„Arnold, solche wunderbaren Erfahrungen, die gibt es eben auch ... Wer weiß, warum, aber die gibt es, hin und wieder ..."
Ich sag nichts mehr.
„Herr Pfarrer, sie wünscht sich so, dass ich sie nächstes Mal begleite; gleich nach Ostern fährt die Gruppe wieder hin. Die sieht auch für einzelne Menschen vieles voraus ... Aber anstrengend is die Fahrerei schon, sie ist jedes Mal mindestens drei Tage krank nachher! Ja, und wissen S': Was soll sie mir in meinem Alter schon noch großartig

vorhersagen? Krankheiten? Dass ich sterben werde? Weiß ich doch auch so ... aber sie hat so eine Ausstrahlung, so eine richtige Aura, sagt meine Freundin."
„Dann besuchen Sie doch unsere Stephanie! Die ist nach ihrem Schlaganfall in einem Rehabilitationsheim und freut sich sicher!" Irgendwie halt ich diese seltsamen Geschichten jetzt nicht mehr aus. Und dass Stefan nichts sagt dazu, versteh ich langsam auch nicht mehr.
Der wacht endlich auf: „Da hat er recht! Unsere Stephanie ist ein ganz wunderbarer Mensch, wie sie mit ihrer Krankheit umgeht, ist wirklich erstaunlich. Von ihr können wir alle eine Menge lernen."
„Das haben Sie jetzt aber schön gesagt, Herr Pfarrer! Jetzt ist mir leichter! Weil so eine weite Fahrt ... und wissen Sie, immer kommt man ja gar nicht an sie ran, an diese Eustachia, sie ist ja auch schon steinalt. In welchem Heim ist die Fabiola denn?"
Frau Luftensteiner ist beruhigt, weil sie dorthin sogar öffentlich fahren kann. Und Stephanie darf sich schon darauf freuen, einen köstlichen Kuchen ... verschenken zu können. Sie selbst? Nein, niemals, sie ist und bleibt doch Tänzerin! Nur Stefan, der beunruhigt mich jetzt ernsthaft. Er wirkt, wie wenn er plötzlich alt würde. Aber warum denn? Das mit dem Kreuz und dem Dach – das kriegen wir doch bis Ostern locker wieder hin! Als ich ihn nun endlich wegen der Türme ... da wartet schon Gregor, um ihn zu entführen: „Hast du kurz Zeit, es ist wichtig, kannst du schnell mal zu uns hinaufkommen!"
Weg sind sie.

Kapitel 13
Stefan
Sonntag, 16. Februar

„Wir sind in den Jugendräumen – mit *ihnen*. Bevor sich wer verplappert und die unten noch checken, was hier abläuft."

Ich bin heilfroh, weiteren Gesprächen wie dem soeben entkommen zu sein. Seit meiner Erscheinung, Vision … meinem Traumbild, was weiß denn ich, bin ich ständig mit diesen Themen konfrontiert. Als ob manche etwas spüren würden.

Von oben kommt rhythmischer Gesang und … Gitarre? Dabei steht unsere alte Gitarre doch nur noch verstimmt in der Ecke, seit Ulli auf Auslandssemester ist. Im „Südseezimmer" ist ganz schön was los. Gesichter, die man am Sonntag „so früh" sonst nie zu Gesicht bekommt. Und mittendrin Tamerlan mit der Gitarre und Ismailow, der ruckartige Tanzschritte andeutet. Und immer wieder so eine Art Refrain, bei dem alle lauthals mitgrölen. Das muss jetzt aber Russisch sein. Die Usbeken sollen ja so ziemlich das einzige Volk sein, das den Sowjets sogar mehr verdankt – als es von ihnen zu erdulden hatte … wenn's stimmt.

Eine effektvolle Schlusswendung, tosender Applaus.

„Guter Vater, guter Vater, danke, danke, gute Mensch alle hier!" Ich kann gerade noch verhindern, dass er mir die Hände küsst, was manchen der Anwesenden ein Grinsen entlockt.

„Tami, bitte noch eins! Deine Lieder sind ja echt so was von ..." Sie sind schon recht familiär miteinander.
„Später, Sophie, wir sollten noch ein paar Dinge auf die Reihe bekommen, bevor die Ersten von euch wieder abhauen!" Gregor hält das Steuer wieder fest in der Hand: „Also, wir haben schon einiges an Lebensmitteln beisammen. Aber wir brauchen die ganze Woche über was für unsere Gäste, auch frische Sachen."
„Alles gut, sehr gut! Danke, danke!" Tamerlan will sichtlich keine Umstände machen: „Reis, Chleb, eh ... Brot, Zwiebler, Tschai, genug, ganz genug!"
„Ja eben, Tee fehlt noch, aber schwarzen bitte, nicht Omas ‚Magenfreund-Mischung' oder so was! Wenn jede und jeder zu Hause etwas abzweigen ..." Lena rennt offene Türen ein, alle wollen helfen.
„Aber sonst Klappe zu bitte", ergänzt Manu, die mit ihren orangen Jeans und einem wirklich apart bedruckten schwarz-orangen Shirt mal wieder heraussticht. Kunststück: Ihre kongeniale Schwester Bella ist noch Skifahren ... „Kein Wort zu Hause! Nicht dass es auch noch die Nachbarin erfährt und das dann noch die Runde macht. Ist das angekommen zwischen euren Ohren? Gut so! Stefan, haben wir in der Pfarre irgend so eine Kochplatte für Tami und Isma?"
„Irgend so was steht noch im Abstellkammerl herum, hat zwei Platten, eine geht aber nicht ..."
„Tommy, checkst du das schnell mal? HTL verpflichtet!"
„Morgen Abend, so gut wie neu, versprochen, großer Häuptling. Kann ich den Schlüssel haben?" Ich drücke

Tommy meinen Generalschlüssel in die Hand – und er trabt ab. Ein wirklich origineller Kerl, gar nicht nur Technikfreak, liest sogar Sartre! War sicher noch nie in einer Messe bei uns ... doch! Voriges Jahr hat er den Beamer „gecheckt“ beim Firmgottesdienst, wo sie immer die meist englischen Liedtexte einblenden – und die Fotos von den Firmwochenenden. Da schon.

Gregor bittet mich zu Wort, was weitergeplant ist.

„Also, ich denke, am wichtigsten ist, dass die beiden in Sicherheit sind! Und da wäre es vorteilhaft, dass nicht allzu viele Leute Bescheid wissen. Außer euch muss ich es den Pfarrgemeinderäten sagen, diese Woche Donnerstag ist Sitzung, und natürlich Daniele, der bekommt sowieso alles mit. Und Franziska weiß es auch. Zu ihr ins Lokal können sie ein-, zweimal pro Woche gehen, wenn sie mal einen Engpass haben. Oder wenn drüben etwas überbleibt, dann sowieso. Für Kleidung könnt ihr sorgen, was Warmes vor allem jetzt?“ Lena und Manu nicken gleichzeitig. „Und da ist noch die Sache mit der Beschäftigung ...“

„Ja, apropos: Wir haben ihnen gestern nachmittags alles hier gezeigt, auch die Kirche und oben unseren Ausguck ...“

„... im Dachreiter“, bessert Sam Kathi aus.

„... ja, jedenfalls *alles* halt. Und Tami sagt, der Aufgang dort ist lebensgefährlich!“

„Was, der auch noch?“ Ich bin entsetzt nach dem Desaster mit der Turmspitze: „Aber da waren wir doch erst zum Silvester oben – und da schien mir alles noch stabil!“

Beide Usbeken haben bisher aufmerksam zugehört, Ismailow manchmal genickt. Jetzt wird er lebendig: „Vater, wollen nicht schwer Unglück! Tamerlan ... äh ... mit Holz ..."
„Tami ist Zimmermann. Der hat den vollen Durchblick, echt!" Sophie ebenfalls.
„Holz *oben* gut, fast gut, okay, aber stark Holz, dick Holz ..."
„Er meint die tragenden Balken, die die Wendeltreppe stützen. Die sind echt voll im ... also hinüber, ganz abgemorscht, sagt er, da soll keiner mehr hinsteigen! Tami war ganz erschrocken und sagt, da darf ja keiner mehr hinauf. Aber er kann das reparieren ... also zuerst die Treppe abbauen ... und darunter neue Balken."
„Tamerlan macht gern ... fest, sehr fest, 100 Jahr fest!"
Ich wundere mich zwar immer noch, aber seit letzten Sonntag bin ich für alles zu haben, was der Sicherheit dient. Und auf das tragende Gebälk hat wirklich keiner von uns geachtet. Außerdem ist das ideal: Dort sieht sie keiner. Der ideale Arbeitsplatz für Untergetauchte: „Aber wird euch nicht zu kalt da oben?"
„Kalt? Nix kalt! Buchara jetzt kalt, brrr ... 30 Grad minus!"
„Er hat erzählt, wie sie in einem LKW versteckt drei Tage lang gefroren haben – auf ihrer Flucht!", weiß Kathi längst, die die beiden besonders ins Herz geschlossen hat. „... und die Werkzeuge in der Werkstatt reichen für Tami." Der nickt lächelnd und will noch etwas sagen, wird aber durch Karos lautstarke Ankunft unterbrochen: „Essen ist fertig!" Karo gelingt es, voll bepackt aus ihren Stiefeln zu schlüpfen, denn Schuhe ausziehen ist hier absolutes Muss. Zumindest in dem Punkt müssen

sich unsere Gäste ganz heimisch fühlen. Wir suchen alle möglichen Einzelstücke zusammen, die hier ein Service ersetzen. Zwei oder drei verabschieden sich demonstrativ unwillig zum familiären Mittagsmahl. Zum Vorschein kommen Brathuhn, Reis, Salat und zwei Kuchen.

„Huhn mit Reis essen fast alle, dacht' ich, sie sind ja schließlich keine indischen Brahmanen."

„Ist wohl nicht ihr Problem, aber bei uns gibt's Vegetarier, schon vergessen?"

„Vegetarier*innen*, um genau zu sein." Tommy, gerade im richtigen Moment wieder eingetroffen, kann's nicht lassen.

„Kannst gleich wieder chillen: Ich hab auch zwei Gemüselaibchen dabei, sicherheitshalber ..."

„Und für die Glutenfreien, Laktose-Unverträglichen?"

„Was? Ich werd gleich unverträglich! Blödsinn ... die sollen sich halt einen rechtsdrehenden Tee machen, Schluss!"

Sophie kommt mit einer Decke herein, auf der hoffentlich nicht schon zu oft ihr Hund gelegen hat: „Weg mit dem Tisch, ist ja doch zu klein für uns alle! Tami und Isma haben gesagt, bei ihnen zu Hause isst man auf dem Boden, traditionell zumindest, oder auf ganz flachen Tischchen, wenn die was abfeiern."

Schnell finden wir uns alle am Boden wieder und kauern um die Töpfe herum.

„Sollen wir ein ... Tischgebet?" Manu schielt auf mich und die beiden Usbeken gleichzeitig.

„Gut, gut, beten gut! Jesus und Allah, beide gut!" Die

beiden vertreten eine einfache, aber sympathische Theologie. Also bete ich vor. Wann waren wir in dieser Runde zuletzt so ... andächtig? Unsere beiden Gäste murmeln etwas mit und langen dann zu.
Die ersten Englischlektionen werden für Dienstag vereinbart. Ziemlich schnell sind wir alle satt und haben auch alles aufgegessen ... ach ja, bis auf die beiden unbeachtet gebliebenen Gemüselaibchen. Unsere Teilzeit-Vegetarier ... und -Vegetarierinnen haben gerade Pause.
Bevor die beiden ihre Essensvorräte in Kisten packen und alle losziehen, ruft sie Gregor noch zurück: „Diese Aufstrichdosen, wer auch immer die gebracht hat, nehmt gleich wieder mit. Ist überall Schwein drinnen!“
Unsere Gäste haben auch die Gemüselaibchen eingepackt – müssen die Armen Angst vor Hunger haben!
Ich bin doppelt erleichtert: Gregor ist jetzt endgültig mit an Bord und von der Sache überzeugt. Sicher taugt auch ihm jetzt, wie dieser sonst so zerstreute Haufen sich auf einmal ein gemeinsames Ziel gesetzt hat und das Projekt jetzt sicher auch durchziehen wird. Im Pfarrgemeinderat wird er mir sicher eine große Hilfe sein. Manchmal denk ich, die hören mehr auf ihn als auf mich! Engagierte und überzeugte Junge sind nicht so zahlreich und machen stets Eindruck. Mir soll's recht sein!
Ich spüre, wie dieser seltsame Druck langsam von mir abfällt: Endlich ergibt diese ... Vision ja doch noch einen Sinn. Wer weiß, ob ich mich so konsequent für die-

se beiden eingesetzt hätte, es war ja schließlich spät abends, wenn nicht ...
Ja und auch meine Beine sind jetzt erleichtert, als ich mich nach diesem bodennahen Mahl wieder aufrichten kann. Endlich kommt wieder Leben in sie. Mit dieser Meute fühle ich mich ja manchmal richtig jung – aber manchmal auch ganz schön alt.

Kapitel 14
Victor
Donnerstag, 20. Februar

Sie kann so herrlich entspannt daliegen, meine kleine Gruscha. Gut, wir haben uns ja auch ganz schön verausgabt in den zwei, drei Stunden, seit sie zu mir hereingeflogen kam. Ich bin nicht ganz so entspannt, nie, gespannte Aufmerksamkeit, ohne die geht nichts in meinem Metier, zumindest nicht lange. Na ja, ich hab da noch ein wenig nachgeholfen. Im Champagnerglas neben dem Bett, also in *ihrem*, da waren auch noch ein paar Tropfen, die nicht aus Frankreich kommen, aber nur ganz wenige. Ihr natürlicher Erschöpfungsschlaf wird heute noch etwas tiefer ausfallen. Das reicht, um ihre Handtasche und ihr Gepäck ein wenig zu „untersuchen“, vor allem ihr Handy. War aber nichts, da hab ich einen Blick dafür: keine falsche Nummer, kein Anruf zu verdächtiger Zeit, keinerlei Fotos, die ungebetene Gäste

hierher führen könnten. Kein Grund zur Unruhe. Und sie wird auch kein Kopfweh bekommen davon: Ich kann mir die besten Mittel leisten!
Überraschungen gehören zum Geschäft. Wenn du sie blitzschnell zu nutzen verstehst, hast du bald deinen Privatjet ... so wie ich eben. Wenn du dich überraschen lässt, bist du schnell weg vom Fenster oder auch für immer. Einer wie ich ist vielen anderen im Weg ...
„Gruscha?“
Eigentlich heißt sie Tatjana. Für mich ist sie meine „Gruscha“ oder „Gruschenka“. Obwohl – einen Dostojewskij wird sie sicher nie lesen. Eine, für die du dich ruinierst, mit der du in einer Nacht ein Vermögen durchbringst und nicht einmal dein eigenes! Wenn du Dimitri Karamasow heißt. Gut, dieses Problem hat ein Victor Krawtschuk nicht. Schon gar nicht, wenn ich das hier einmal durchgezogen habe! Aber jeder Russe ist ein Dimitri, jeder *richtige* Russe. Auch ich! Nur ein wenig kalkulierter halt, sonst hätte ich eben keinen Privatjet – und eine wie Gruscha nicht in meinem Bett.
Tatjana Welofkina, das wäre nicht das Problem. Pjotr Welofkinow, der schon eher: ihr Mann. Natürlich ist sie nur eine Ehevertrags-Frau, und an schönen Frauen fehlt's dem alten Pjotr sicher nicht. Aber ... sie ist *seine* Frau! Und dass ich ausgerechnet sie liebe, zeigt das nicht, dass ich ein echter Dimitri bin? Ihr Pjotr ist noch eine Nummer größer in der Stankt Petersburger Szene. Bei uns im großen Mutterland gibt's immer einen, der noch eine Nummer größer ist ...

Und seine Frau liegt in meinem Bett! Hat mich einmal mächtig übers Ohr gehauen, der alte Sack! Nur – wenn das hier durch ist, pokern wir zwei dann am selben Tisch, ob er will oder nicht. Und dann werden wir uns das Blatt neu ansehen ...
Ich hab sie in Kitzbühel in einer Bar kennengelernt ... Mann, ich kenne Frauen zur Genüge, solche und solche. Aber ich bin noch auf keine abgefahren wie auf sie! Diese giftige Mischung aus harmlosem Liebchen, anrüchigem Augenaufschlag, sehr direkten Signalen und einem Körper ... mehr als zwei Drinks haben wir noch nie geschafft, dann fallen wir übereinander her – sie muss Unsummen für Fitness-Studios ausgeben. Natürlich ist es auch die Gefahr, das absolute Tabu! Aber es war schon beim ersten Mal so – und da wusste ich ja noch gar nicht, was für ein Edelfischlein da an meiner Angel zappelt. Zuerst bin ich ganz schön erschrocken: Welofkina? Welofkina! Sie war nur amüsiert, sie liebt die Gefahr. Tja, und was für mich noch viel wichtiger ist: *Wie* sie liebt in der Gefahr ...
... sie reckt sich, schaut mich mit verschlafenem Lächeln an: „Hast du Champagner, Vic?“
Ich entkorke eine Flasche und trete ans Bett. Sie will sich aufrichten.
„Bleib liegen, ich will aus deinem Bauchnabel schlürfen ...“
„Du Idiot! Gib schon her!“ Sie springt blitzschnell auf.
„Nur wenn du so bleibst!“
„Wie ...? Ach meinetwegen, aber nur, wenn du nachschenkst.“

Sie könnte sich jede Schönheits-OP der Welt leisten, aber sie braucht definitiv keine, und das mit 34! Und das strahlt sie auch aus, wenn sie durchs Zimmer geht. Gedämpftes Licht ist nicht ihre Sache, vielleicht beim Essen, aber sicher nicht beim Sex.

Sie steht jetzt vor der großen Fensterwand meiner Penthouse-Wohnung: „Echt süß, deine neue Bleibe, Vic! Erinnert mich an mein Studium."

Keine Ahnung, was sie studiert hat. Ist ja auch gleichgültig, welches Fach sie *nicht* studiert hat. Denn *das* steht fest. Bevor sie mir jetzt noch von einem Kunststudium erzählt, das sie durch Modellstehen finanzieren musste! Mein Sekretär hat doch längst über ihr Vorleben in Erfahrung gebracht, dass ihr Vater ein typischer Privatisierungsgewinnler ist.

„180 Quadratmeter in bester Lage, was war denn das für ein Studentenheim, Gruschenka?"

Sie lächelt nur, blickt in den leichten Schneefall hinaus, öffnet die Terrassentüre und geht auf Zehenspitzen hinaus. Ich will sie hereinrufen, aber der Anblick der schmelzenden Schneeflocken auf ihrem Körper ... mir bleibt der Atem weg.

Und tänzelt wieder herein. Schade, aber bei der Kälte ...

Trotzdem entgeht mir nicht, dass sie dann doch etwas zu neugierig wird: „Du verstehst schon, Vic, ich meine, das hier ist doch nicht deine wahre Preisklasse! Was machst du denn solange ausgerechnet in Wien?"

Ein Alarmglöckchen läutet in meinem Kopf, ein kleines zwar nur ...

„Gruscha, du weißt doch: Geschäfte, die macht man, über die spricht man nicht! Ich muss hier Leute treffen ... und ein paar Dinge steuern. Das geht von Wien aus so herrlich unauffällig. Ist doch auch der beste Platz, um dich zu treffen. Bist du sicher, dass er nichts weiß?"
Ich habe sie aus Kitzbühel einfliegen lassen mit meinem Jet. Und als sie vorhin in die Sicherheitskamera blickte, hätte ich sie fast nicht erkannt. Meine tiefschwarze Gruscha mit blonder Perücke!
„Ich bin doch die ganze Zeit über in Kitzbühel, oder? Seit drei Tagen! Und habe dort für ein wenig Aufsehen gesorgt, du weißt doch ..."
„Ich weiß, wie gut du das kannst!"
„Beim Shopping ein wenig herumgezickt und etwas mehr ausgegeben als sonst, also wirklich eine Menge. Vorgestern bei der wichtigsten Party möglichst oft in die Kamera gelächelt – immer nur mit Ludmilla an meiner Seite, versteht sich ... die Fotos sind schon auf der Kitzbüheler Homepage – und werden auch bald in der BUNTEN sein. Als die Fotografen weg waren, hab ich so auf besoffen gespielt, dass sich niemand wundern wird, dass ich heute nirgends auftauche ... außer bei dir, Vic! Sag mal, was ist denn das da für ein Ungetüm?"
„Na was schon, irgend eine Kirche halt, eine der größten von Wien sicher, aber mir gefallen unsere besser."
„Fehlt da nicht etwas, da oben auf dem Turm? Haben die immer nur ein Kreuz?"
„Was weiß denn ich, wie das hier ist, schaut schon seltsam aus so ... aber vielleicht dürfen die nur eines haben,

so wie die Moscheen nur so und so viele Minarette haben dürfen, je nach Rang ..."
„Bleibst du noch länger hier?"
„April, Mai, mal sehen. Aber dazwischen muss ich wahrscheinlich nach Kreta ... in Griechenland ... etwas abwickeln. Und dann, stell dir vor: auf den Athos." So viel kann ich ihr verraten, ohne Angst haben zu müssen, man weiß ja nie.
„Ach, du Armer! Am Athos? Was ist denn dort zu holen? Du willst doch nicht Ikonen verschieben. Nein, verzeih, das ist ja was für kleine Ganoven. Das hältst du aber nicht lange aus dort, ganz ohne Frauen, wie traurig! Ohne deine Gruscha? Bevor du noch zum Mönch wirst, komm schnell noch einmal ... komm schon!"
Sie will mich aufs Bett werfen, schüttet mir dabei ihr Glas über.
„Willst du nicht zuerst mal etwas essen. Ich habe eigens für heute ..."
„Nachher!"

Kapitel 15
Stefan
Montag, 24. Februar

„Und jetzt bitte, die geweihten Häupter ein bissl einziehen, weil's eng wird hierherauf – und da sind wir dann auch schon. Das heißt, wenn man das richtige Schlüsserl

hat für diese Eisentür aus dem 15. Jahrhundert. Gibt's nur drei davon, hat nicht einmal seine Eminenz eins, war übrigens letztens einmal da, lange sogar ... bitte schön!"
Bei all den Domführungen verschiedenster Art, die ich schon mitgemacht habe: Von der Existenz dieser gar nicht so kleinen Kapelle habe ich noch nie etwas mitbekommen.
„Herr Doktor, Herr Konsistorialrat, eingetreten bitte sehr ... ja ich hab im Schematismus nachgesehen – Ehre, wem Ehre gebührt." Domführer Senftenburger, der unumstrittene Chef seiner Zunft, führt uns in diese meist unerwähnte Kapelle der Reliquien.
„Is' eigentlich ewig schade, dass wir diese Schätze fast nie herzeigen, ja richtiggehend verstecken. Früher einmal, da gab's gleich nebenan so eine Art Loggia, dort, wo's in die Rotenturmstraße reingeht, da haben sie einmal im Jahr die wichtigsten Stücke dem staunenden Pilgervolk präsentiert. Das waren halt Zeiten. Dann haben's das alles weggerissen und vergessen, noch vor der Maria Theresia – und beim U-Bahnbau ham's dann ganz schön g'schaut, wie's die Fundamente gefunden haben."
„Und warum versteckt ihr das hier? Wegen der Sicherheit?", fragt Gerald, wohl um nicht ganz stumm dazustehen, was man ihm als ehrfürchtiges Schaudern auslegen könnte. Die Stellagen und Tische sind ja auch so vollgestellt, dass eines dieser Kästchen oder monstranzartigen Behältnisse wohl kaum so schnell abgehen würde.
„Wegen der Sicherheit, ja auch. Obwohl die Reliquien selbst haben ja heute kaum einen Markt. Und die Be-

hälter sind meist nur 19. Jahrhundert. Die alten haben's halt immer wieder eing'sammelt, wenn's a Geld braucht haben – Türkenkriege zum Beispiel. Aber eine Auswahl könnte man schon präsentieren, mit a bissl an guten Willen. Also gut, fang' ma bei den lustigen G'schichtln an. Ich mein, der gute Rudolf, der diese Sammlung hier dankenswerter Weise gegründet hat, na der hat sich schon auch Sachen andrehen lassen! Schaun S' amal, meine Herren: Für dieses Fetzerl von den Windeln vom Jesuskind hat er 95 Gulden bezahlt ... jaja, die Register sind größtenteils erhalten. Schaun S', meine Herren, das hier ist alles eine Glaubensfrage ... aber jetzt keine so wie das Credo, gell. Man kann's glauben, ma muass oba a ned. Aber allein schon, dass so viele Generationen das alles so inbrünstig verehrt haben, na das is doch a scho was! I weiß ja ned, wie Sie da eing'stellt sind – das heißt: Bei Ihnen weiß ich's schon", wobei er Gerald schelmisch zuzwinkert. „Also do bin i der ungläubige Tomas, bei diese Windeln. Glauben's, der Josef hat bei der Flucht nach Ägypten nix Besseres zu tun g'habt, als die ang'sch... pardon, als die Windeln vom Herrn Sohnemann einzusammeln und herumzuschleppen? Na also! Oder da: der Schlüssel von der Herberge, wo der Barmherzige Samariter den Überfallenen hat pflegen lassen. Schönes Reliquiar, keine Frage, eines von den alten. Aber des is jo a G'schichtl, das der Herr Jesus erfunden hat ... vielleicht isses ja der Originalschlüssel von so einer Herberge dort, aber der Samariter, der war nie dort, weil ... na Sie verstehn's schon, Sie ham ja studiert. Wenn i Ihnen jetzt einen Kreuzpartikel vom Kreuz Jesu zeig, werdn's vielleicht abwinken und mir erzählen, dass all die Holzstückln, die weltweit gezeigt werden, locker zehn oder zwanzig Kreuze ausmachen. Ja, aber wer sagt denn das? *Des* is a G'schichtl, meine Herren! Eine ‚urban legend', wie das heute so heißt, was einer dem anderen abkauft und weitersagt. Schaun S': Das sind ja meistens nur winzige Splitterchen. Alle einigermaßen gut bezeugten Partikel ... na da fehlt sogar noch was auf einen ordentlichen Balken. Ich mein, ich sag ja ned ... aber unmöglich isses ned. Glauben Sie auch den Zweiflern nicht alles, gell!"

Wenn das stimmt? Er hat ja recht, das mit den Kreuzpartikeln ist wirklich nur so nachgeredet. Ich hab noch nie etwas von einer ernsthaften Studie gehört, die da wirklich nachrechnet ...

„Also wie gesagt: alles Glaubensfragen. Aber manchmal, da hilft uns die Wissenschaft auch a bissl auf die Sprünge. Kommen S' einmal da her. Was glauben S', is des?"

In einem Kästchen liegt ein zusammengefaltetes Tuch. Wenn es je Farben hatte, sind sie längst verblichen. Senftenburger schlüpft in weiße Handschuhe und hebt den schlierigen, also uralten Glasdeckel feierlich ab: „Ab und an darf ich es sogar einmal herauslegen – für ganz besondere Betrachter!" Er lächelt, faltet es auseinander und legt es auf ein Tischchen. Es hat etwa die Größe eines Geschirrtuchs. Und dann in feierlichem Ton:

Ein Teil vom Tischtuch ... vom Tischtuch ... des ... Letzten Abendmahles!"

Gerald bekommt seinen Mund schneller wieder zu als ich – und schließt ihn zu einem wissenden Lächeln: „Aber nicht im Ernst, Herr Senftenburger! Das haben Sie mir letztens ja vorenthalten, das gute Stück!"
„Nicht vorenthalten, Herr Doktor. Das war jetzt fast ein Jahr lang beim Spektrografen – oder wie dieses Wunderding jetzt heißt. Nicht beim C14, auf das ja nie ein Verlass is' und mit dem's das Tuch von Turin so verpfuscht haben. Ja und, was glauben S'?"
Wir schauen ihn nur ehrfürchtig staunend an.
„Erstes Jahrhundert, Palästina, fast sicher sogar Judäa – das sagen die Pollen und die Webetechnik ..."
„Das heißt, dass das ... echt ist?" Irgendetwas von dem Gefühl in der Krypta überkommt mich plötzlich wieder – nur dass es hier mehr nach Staub riecht als nach Jasmin.
„Sagen wir einmal so: Es könnte höchstens eine Verwechslung sein, aber sicher keine Fälschung! Und wenn, dann eine sehr frühe Verwechslung. Vielleicht hat es ja einem der Jünger gehört ... und sie sollen dort ja noch bis Pfingsten geblieben sein, da wussten sie dann schon ..."
„Das muss aber jetzt wieder nicht historisch sein, dass sie 50 Tage im selben Saal geblieben sind. Steht ja nur bei Lukas, Apostelgeschichte eben."
„*Sie* haben's studiert, meine Herren. Aber dass ein Jünger aus der Urkirche irgendein Tüchl herauszieht und sagt: ‚Das hier war's!' Nein, das waren doch alles Heilige und keine Lügner! Und 100 Jahre später hätt' er so ein herodianisches Tuch, ich mein: ein genauso gesponnenes und gewobenes, doch gar nicht mehr ge-

kriegt. Da war doch alles kaputt und verbrannt nach dem Aufstand, Masada und so! Also ich, und wenn S' mich schlagen tun: Ich halt's für echt! Und da is' nix verkohlt und nix geflickt so wie in Turin, a saubere Sache!"
Jetzt ist auch Gerald das Schmunzeln vergangen, tatsächlich! Wir betrachten es ganz aus der Nähe: „Und ... gibt es noch weitere Stücke davon, es muss ja viel größer gewesen sein."
„Soweit wir wissen: nur das eine hier. In einem böhmischen Kloster soll ein zweites gezeigt worden sein. Haben aber die Hussiten abgefackelt – das ganze Kloster samt dem Tuch, wenn's wahr ist. Ausgerechnet in Böhmen. Was hätt' der Kaiser Karl gegeben dafür! Noch dazu, wenn er gewusst hätte, sein Rivale in Wien hat so eins! Und der hat's ihm sicher unter die Nase gerieben, wie ich die zwei kenn."
Auch meine Nase klebt schon fast an diesem ehrwürdigen Tuch, um das Gewebe möglichst genau zu betrachten. Es ist wirklich außerordentlich gut erhalten ...
„Ned eineschneuzen, Hochwürden!"
Ich zucke zurück.
„Ein Scherz! Aber zu nahe sollt'n ma wirklich ned, Sie wissen scho, wegen der DNA. Obwohl, die haben da nix Verwertbares mehr gefunden drauf."
Im Gegenlicht fällt mir etwas Bemerkenswertes auf: „Schaut einmal da! Seht ihr das auch?" Unsere Köpfe rücken zusammen; wir halten die Luft an. Sehr blass, aber doch deutlich erkennbar, zeichnet sich da etwas

nahe dem Rand des Gewebes ab, das auch meinem Freund nicht entgeht:
„Ein Ring, ja so etwas wie ein Ring, vielleicht sechs, sieben Zentimeter im Durchmesser, aber sehr blass.“
Wirklich nur im starken Gegenlicht, fast verblasst, aber als ganz heller brauner Ring durchaus noch erkennbar ... An drei Stellen unterbrochen, zwei davon nahe beisammen auf dem Ring, die dritte gegenüber.
„Und da! Da ist noch einer!“ Gerald hat die besseren Augen als ich, und er hat recht: Eine gute Handbreite daneben ist noch so ein Ring, wieder mit denselben Unterbrechungen.
„Was ist das?“, wende ich mich an den erstmals schweigsamen Herrn Senftenburger.
„Na ja, also wenn's ein Tischtuch ist, dann ist's wahrscheinlich der Rand von einem Glas, oder was meinen Sie?“
Jetzt kommt mir meine archäologische Sammlung biblischer Keramik zugute: „Könnte sein ... Das Glasblasen haben sie erst kurz davor erfunden – und zwar nicht in Rom, sondern in Ägypten und ... in Palästina. Aber das war sicher zu teuer, in der Größe jedenfalls. Außerdem ... diese Unterbrechungen, diese Fehlstellen, das deutet alles auf Keramik hin, denk ich mal. Das bricht schnell einmal aus, oder ist's schon beim Töpfern passiert. Wenn Glas so ausbricht, gleich dreimal, dann ist es bestimmt hinüber. Aber ein Keramikbecher, der hält das aus.“
„Jedenfalls noch ein Hinweis auf ein Tischtuch!“, fühlt sich Senftenburger bestätigt. Und uns ist die Lust zum

Widerspruch jetzt auch vergangen. Und dann erinnert er sich voll Begeisterung: „Ja, genau! Jetzt fällt's mir wieder ein! Dieser Paläochemiker oder was ... der hat etwas von Pigmentspuren erzählt, die auf Rotwein schließen lassen ... *könnten*. Da hat er wohl das da gemeint. So ein g'studierter Heini! Von den Ringerln hat er nix g'sagt. Also meine Herren, ich weiß nicht, wie ich Ihre staunenden Mienen deuten soll, aber ich ... *ich* bin überzeugt, jetzt noch mehr!"

Wir schauen uns an. Keiner will sich so recht festlegen, obwohl ... erstaunlich ist das alles schon!

„Man kann die Skepsis auch übertreiben. Wir wissen doch, es gibt mehr Dinge zwischen Himmel und Erde ... und mehr noch zwischen den Mauern unseres Stephansdomes ..."

„Wie recht er doch hat!", murmle ich vor mich hin. Da drängen wir uns aber schon nach herzlicher Verabschiedung durchs Riesentor, durch ganze Karawanen von Fotografierenden hindurch, die von all dem nichts ahnen ...

Kapitel 16
Stefan
Donnerstag, 27. Februar

Was? Schon sieben? Die Glocken läuten, das heißt natürlich: die Glocke, wir haben ja nur eine. Und das bei einer so großen Kirche. Aber wir werden jetzt keine zusätzlichen anschaffen. Jetzt ist wirklich nicht die Zeit für großartige Geläute, weder bei uns noch sonst wo. Derzeit wird überall nur gespart.

Ich schaue mir die Tagesordnung für die Sitzung in ein paar Minuten an:

1. Geistlicher Impuls – Gebet

2. Begrüßung

3. Protokoll der letzten Sitzung ... wo ist das wieder? Das hätte ich mir durchlesen sollen ...

4. Sanierung Turmspitze und Turmkreuz

5. Zusätzliche Maßnahmen zur Sicherheit, zum Schutz von Gemeindemitgliedern, Mitarbeitern, Kindergartenkindern und Passanten, weiters der Bausubstanz – und zur rechtlichen Absicherung ... bei uns wird immer noch nicht ordentlich gegendert! Der Bauausschuss hat sich informiert, auf was wir alles achten müssten, um auf der sicheren Seite zu sein. Da kommt eine Menge auf uns zu!

6. Einsatz für Flüchtlinge ... Ich habe gebeten, das so schwammig zu formulieren, damit nicht allzu viele mitbekommen, dass wir Illegale beherbergen. Ich werde auch bitten, nicht zu viel darüber nach außen dringen zu lassen und diesen Punkt im Protokoll nicht zu veröffentlichen. Obwohl: Wer außer den Mitgliedern liest denn das nach?

7. Termine und Allfälliges ... Na ja, die pastoralen Themen kommen wieder einmal zu kurz. Andererseits: Unser Einsatz für die Usbeken ist ein ganz wichtiges Thema. Und wie sich die Jungen da reinhauen, ist wirklich beachtlich. Der „geistliche Impuls" bleibt immer mir, warum delegiere ich das nicht auch einmal? Gut, zu spät jetzt. Ich wollte diese Geschichte von Buber, die mit dem „innersten Pünktchen" heißt die doch oder so. Ja, da ist das Internet wirklich eine Hilfe: „Buber ... chassidisch ... Geschichte ... Pünktchen". Nichts? Ist doch wirklich ein klares Stichwort ... hat denn noch niemand die „Chassidischen Geschichten"? Gibt's doch nicht, immer wenn du's eilig hast ... nur „innerstes Pünktchen"? Nichts! Zu blöd, hab doch keine Zeit mehr ...

Dann muss ich mir's halt zusammenreimen, wie ich's in Erinnerung habe: „Kommt ein ... ein, egal, irgendein Chassid zum Rabbi und fragt ihn, was man braucht zu einer guten Schul, also für eine gute, geistvolle Bibelschule. Fragt der Rabbi zurück: Was denkst du denn? Sagt der andere: ein festes Haus, eine gute Heizung, genug zu essen für die ärmeren Schüler ... Ja, sagt der Rabbi, was ist noch wichtiger? Ja, gute Bücher natürlich und vor allem einen weisen und heiligen Lehrer ... Ja, sagt der Rabbi, ist alles sehr wichtig. Aber am wichtigsten, am wichtigsten vor allem anderen ... ist das innerste Pünktchen, um das sich alles das dreht. Und dann sagt er: Eines Tages kam der Böse und nahm das innerste Pünktchen weg ... und alles drehte sich weiter und weiter, und lange bemerkte es keiner, aber das innerste Pünktchen, das war verloren. Und dann sagt er beschwörend: Möge der Herr doch verhindern, dass uns das widerfahre, mög' er es verhindern!"

Ja genau, darum geht's mir! Ob die Geschichte bei Buber jetzt wirklich genau so lautete? Hauptsache, die Pointe

stimmt. Und sie ist mir wichtig: Was wir hier alles planen und durchführen und evaluieren und verbessern – den lieben langen Tag lang. Manchmal kommt dir als Pfarrer dann doch die Sorge, dass uns das innerste Pünktchen abhanden kommen könnte. Bei den Jungen weniger; ohne Begeisterung machen die ohnehin nichts, aber wir Älteren?
Mein Terminkalender! Ohne den geht doch nichts! Ich muss noch einmal hinauf.
Den finde ich auch im Dunklen. Was ist das? Wo kommt das jetzt her ... ein grüner Punkt ... oder Strahl, der durchs Zimmer tanzt ... wie wenn er von drüben ... oben? Ein Laserpointer? Aber da ist doch nichts bei mir gegenüber, nur die Kirche, groß und breit. Weg ist er. Aus keinem Haus der Nachbarschaft schaut jemand in meine Fenster, also woher? So eine blöde Angewohnheit: Den gegnerischen Tormann beim Match stören, zuletzt hat jemand sogar einen Rettungshubschrauber damit attackiert, das ist ja kriminell so was. Vielleicht eine Reflexion, wer weiß, wo das herkam ... Die werden doch jetzt nicht auf die Hubschrauber, die zum Allgemeinen Krankenhaus hinüberfliegen ... ich muss runter! Natürlich ist der Lift jetzt wieder blockiert, na endlich!
Alle warten sie schon auf mich, unser ganzer Pfarrgemeinderat: Daniele Morosini als Pfarrsekretär – er sitzt allein am Tisch und hat seinen Laptop schon hochgefahren, um alles zu protokollieren. Arnold und Gregor diskutieren heftig und sehen mich gar nicht kommen; wahrscheinlich will Arnold noch Informationen über die

Usbeken einholen, bevor es losgeht. Walter ist unser jüngstes Mitglied, der Nachrücker nach Claras Abgang und erst das dritte Mal dabei; er hat einen dicken Ordner vor sich liegen. Samuel wechselte sich bisher mit Manu als Jugendvertretung ab, heute sind sie aber beide da – ob schon alle wissen, dass die beiden? Sie sind aber auch wegen der Usbeken-Aufnahme gekommen. Dann noch Frau Schwerzig, die es sich zur Aufgabe gemacht hat, immer wieder auf „frühere Zeiten in Canisius" hinzuweisen, eine Aufgabenstellung, die einen hier nicht gerade zum Sympathieträger macht. Und Franziska ... ah, sie kommt später, muss noch warten, bis eine ganze Gruppe bei ihr drüben im „Alexander dem Großen", den sie mit Kostas führt, abgefüttert ist. Arnold ruft alle zum Tisch und ich beginne mit der „Schul" und ihrem „innersten Pünktchen". Dann übernimmt Arnold, der wie üblich moderiert.

Kapitel 17
Arnold
Donnerstag, 27. Februar

Ich leite über zu Punkt 4: *Sanierung Turmspitze und Turmkreuz* und berichte über die Begehung mit Bauamtsvertretern und Handwerkern: „Also zuerst die gute Nachricht: Das linke Kreuz samt Turmspitze ist in gutem Zustand, Holzdachstuhl und Eisenverankerung weisen

keine bedrohlichen Schäden auf. Dort hat die Kupferummantelung gehalten. Der Schaden am abgestürzten Kreuz und seiner Aufhängung hingegen dürfte schon seit mindestens zehn Jahren bestanden haben, wenn nicht viel länger. Der böige Schneesturm war dann ausschlaggebend. Schäden entstanden auch an der Eindeckung des Daches und an den Steinfiguren. Insgesamt sind fast fünf Tonnen Material heruntergekommen. Wenn wir nach der Messe dort gestanden wären ... wir hatten ein Riesenglück!"
Gregor möchte wissen, was denn das jetzt kosten werde. Und ob so etwas versichert sein könnte.
„100-150.000 Euro sicher, schätzt der Baumeister. Versicherung greift da keine, da werfen sie uns dann nur ‚Fahrlässigkeit' vor und putzen sich ab. Wenn das Bauamt die Hälfte übernimmt, können wir von Glück sprechen. Es wird uns nicht ruinieren, wegen der glücklichen Umstände rund um den vorjährigen Lotto-Gewinn schaffen wir das. Trotzdem schade um die Rücklage."
Manu möchte wissen, wie man da oben überhaupt arbeiten könne. Frau Schwerzig, ob das dann auch wieder ganz so aussieht wie früher – und was denn noch alles abbrechen und abstürzen könne von unserer wunderbaren Kirche. Stefan und ich versuchen zu beruhigen. Die Arbeiten werden voraussichtlich nach Ostern beginnen und von Handwerkern aus Osttirol durchgeführt, die dabei alpine Klettertechniken anwenden werden und so ohne teures Gerüst auskommen.
Ich leite über zu Punkt 5, von dem die meisten hier noch

gar nicht wissen, was für ein Hammerpunkt das wird: „Walter Merowitsch stand mir dankenswerter Weise zur Seite auf der Suche nach allen Verantwortlichkeiten und Gefahrenquellen unterschiedlichster Art, die wir ab sofort konsequent im Auge behalten müssen. Bitte ..."
Walter legt los. Es ist sein bisher größter Auftritt im Gemeinderat und er wirkt sehr angespannt: „Der erste Teil meiner Ausführungen umfasst alle Verantwortlichkeiten, die meist ohnehin von außen eingefordert werden. Aber auch wenn diverse Behörden und Stellen darauf vergessen, sind wir keineswegs aus dem Schneider: regelmäßige Kontrolle der Abgase bei allen Gasgeräten, ihr wisst, wie oft etwas mit Kohlenmonoxid passiert, Wartung von Blitzschutz, Kirchenglocken und Lift. Wobei stets ein ausgebildeter Liftwart im Haus anwesend oder schnell erreichbar sein muss. Was ist, wenn der auf Urlaub ist? Schädlingsbekämpfer und Rauchfangkehrer kommen ohnehin, da kann nicht viel passieren, nur teuer können die sein. Auch der Anschluss an die Fernwärme muss regelmäßig kontrolliert werden, von Fachleuten, versteht sich. In der Kanzlei liegt seit ... wahrscheinlich einigen Jahren ein Ordner mit Auflagen des Arbeitsinspektorates. Wenn wir den nicht bald durcharbeiten und absegnen lassen ... Schon bei der ersten Durchsicht ist nicht zu übersehen, was da auf uns zukommt, auch an Kosten! Was wir selbst in die Wege leiten müssen, ist zum Beispiel ein umfassender Elektrobefund. Mit Entsetzen erfuhr ich dieser Tage, dass die Leitungen im Bereich der Orgel noch aus der Zeit vom alten Kaiser stammen.

Die Dachdeckung muss zweimal im Jahr von Fachkräften kontrolliert werden, ebenso die Dachrinnen ums Kirchendach und die Sicherungen gegen Dachlawinen, in Kirche und Pfarrhof. Alle Fassaden, Aufbauten, Steinmetzarbeiten und Fenster müssen regelmäßig kontrolliert werden, zum Teil geht das nur von benachbarten Häusern aus. Eine Begehung mit dem dafür zertifizierten Rauchfangkehrer-Betrieb ist nötig, um den Mindestanforderungen des Brandschutzes nachzukommen. Was nicht die behördliche Kontrolle der Fluchtwege besonders vom Kindergarten aus durch die MA ... ersetzt! Wir sind auch für jeden Ast verantwortlich, der von den 37 Bäumen unseres Pfarrgartens fällt, insbesondere im Bereich des Kinderspielplatzes. Die Spielgeräte müssten längst wieder einmal vom TÜV überprüft und auf den letzten Stand gebracht werden. Oft heißt das dann aber erfahrungsgemäß: ‚Veraltet, bitte entsorgen und neu aufbauen!' Nicht zu vergessen noch die Schneeräumung, deren Arbeit wir überprüfen und fristgerecht beanstanden müssen ... Das alles ist noch nicht vollständig! Und für all das sind wir verantwortlich, der Pfarrer und der Pfarrgemeinderat. Wäre nicht dieser unglaubliche Zufall eingetreten am vorletzten Sonntag ... wir alle hätten schon eine Gerichtsvorladung."

„Das war Vorsehung, mein Lieber, Vorsehung, doch kein Zufall! So viel Glauben sollte man schon mitbringen als Gemeinderat!"

„Aber auch die Vorsehung sollte man nie herausfordern, Frau Schwerzig!"

„Da haben S' auch wieder recht, Herr Pfarrer. Aber es gibt auch Wunder im 21. Jahrhundert, auch wenn gewisse Neuerer das nicht so sehen wollen. Und das hätte ich gerne so im Protokoll festgehalten!"
Daniele blickt auf, brummt etwas vor sich hin und tippt dann in seinen Laptop. Ansonsten betroffenes Schweigen. Keiner weiß, wie wir das alles leisten sollen, wo doch Normen und Vorschriften von Jahr zu Jahr komplizierter und umfangreicher werden. Damit wäre ja fast eine ganze Kraft als Hausverwalter ausgelastet. Aber wer soll die bezahlen? Wir einigen uns darauf, die Liste, die wir jetzt immerhin haben, möglichst gründlich abzuarbeiten, so gut es halt geht ... Aber es bleibt ein flaues Gefühl, auch deshalb, weil es schon Pfarrgemeinderäte gibt, die wegen eines Versäumnisses vor Gericht mussten, das uns garantiert auch unterlaufen könnte ... eigentlich schon unterlaufen *ist*!
Um nicht ganz in Trübsinn und Zukunftsängste zu verfallen, leite ich zum Punkt 6 über. Über die Einquartierung der beiden Usbeken haben zwar fast alle schon etwas mitbekommen, richtig informiert sind aber nur wenige. Weil Manuela sich sehr engagiert, über alles Bescheid weiß – und schließlich auch, weil man in kirchlichen Kreisen begeisterten Jungen ja kaum etwas abschlagen kann, erteile ich ihr das Wort und bitte sie um Informationen.
„Also das ist einmal wirklich etwas, wo man weiß, warum man herkommt, weil nur zum Kaffeekochen und zum Beten, das wär mir zu wenig ..."
Oje! Hätte ich doch Gregor bitten sollen?

„Also. Die beiden heißen Tamerlan und Ismailow. Der eine ist Journalist – und Journalisten werden in Usbekistan eingesperrt, das kann man überall lesen. Ismailow ist Handwerker, also Zimmerer. Und sie haben die große Panik, dass sie hier jemand greift, und zwar vom Geheimdienst aus ihrer Heimat, die sind überall. Darum gehen sie auch zu keiner Behörde. Und sie bleiben auch sicher nur noch zwei bis drei Monate, danach legen ihnen Freunde die Rutsche nach Australien. Also bis nach Ostern. Wir haben sie im ‚Musikzimmer' einquartiert, dort unter der Sakristei. Und wir vom Jugendtreff versorgen sie mit Essen, was G'scheitem zum Anzieh'n und so ... und Englisch lernen sie auch mit uns, wegen Australien eben. Sie sind ganz, ganz lieb und dankbar und wollen uns helfen, den vermorschten Stiegenaufgang auf den Dachreiter auszubessern. Und ihr solltet die mal singen und tanzen sehen. Ja und Moslems sind sie und beten nach Mekka. Ja, so weit ..."
Stefan scheint nur darauf gewartet zu haben, dass sie fertig wird, und bekräftigt das Anliegen, die beiden etwa bis Ostern zu verstecken. Es sei unsere besondere Aufgabe als Christen, Vertriebene und Fremde zu schützen und gastfreundlich aufzunehmen.
Und Franziska, die vor ein paar Minuten hereingeschlichen ist, bietet an, sie bei Bedarf in ihrem Lokal zu verköstigen.
„Fragen? Wortmeldungen?", fordere ich in die Stille auf, die folgt.
„Und wenn das in Wirklichkeit Terroristen sind?", gibt

Frau Schwerzig zu bedenken. „Die von der Polizei nennen die ‚Schläfer', die sich irgendwo ganz unauffällig verstecken, harmlos tun – und dann bei Bedarf zuschlagen. Stellt euch vor, es passiert etwas ganz Schreckliches und dann kommt heraus: Die haben das alles in der Pfarre Canisius vorbereitet, wie schaut denn das dann aus?"
Jetzt kommt mir Gregor zu Hilfe: „Frau Schwerzig, ich war zuerst ja auch skeptisch und habe mich das alles schon gefragt. Aber bei denen stimmt irgendwie alles, was sie sagen. Und die Muslime in Usbekistan sind alles andere als Radikale. Die meisten trinken sogar Wodka, kein Wunder nach fast 100 Jahren Russen im Land. Die beiden sind echt Klasse, bieten uns immer wieder an, etwas zu arbeiten. Also bis Ostern sehe ich kein Problem. Dass sie nicht länger bleiben können, das haben wir ihnen deutlich ..."
Walter ist die ganze Zeit ruhig, aber doch sichtlich angespannt vor seinem dicken Aktenordner gesessen. Jetzt aber fährt er mit einem Schlag drein: „Also was hier geschieht, ist absolut ... absolut untragbar, das geht so nicht! So nicht! Das alles bringt uns in Teufels Küche, seid ihr denn alle ... Sagt einmal, habt ihr was mit den Ohren? Habt ihr nicht verstanden, was ich vorher alles aufgelistet habe? Wenn wir nur einen Fehler machen, landen wir alle vor Gericht! So wie die in Währing, wo die Statue umgefallen ist und den Mann erschlagen hat, obwohl der das selbst verursacht hat! Die sind jetzt dran, und wie! Jeden Tag kann da etwas geschehen, wer bitte hat die ganze Kirche im Griff? Wir haben es ja gesehen,

was alles geschehen kann! Wenn da wer druntersteht, könnt ihr den Pfarrer im Gefängnis besuchen, das heißt, dort können wir uns dann gegenseitig ... Und jetzt brechen wir die Gesetze gleich auch noch mit Vorsatz! Ihr wollt allen Ernstes Illegale monatelang verstecken? Deine Menschenkenntnis in Ehren, verzeih mir, Gregor, aber wirkliche Gangster können dir immer was vormachen. Hab noch nie was von einem usbekischen Geheimdienst in Wien gehört ..."

Jetzt muss sich Gregor verteidigen: „Tschuldigung, klar hab ich auch noch nichts davon gehört, aber es is' halt ein *Geheim*dienst, und von denen hört man eben nichts, das ist ihr Geschäft. Und wer sagt, dass das nicht die Russen für sie besorgen, die stecken doch voll unter einer Decke. Und dass es in Wien keine Russen gibt ..."

„Also ich stimme dagegen, aus voller Überzeugung! Ich bin nicht bereit, österreichische Gesetze zu brechen für Leute, die ich nicht durchschaue. Wenn sie zu den Behörden gehen, bekommen sie sicher Personenschutz. Und warum wenden sie sich nicht an ihre Glaubensbrüder? Warum wohl? Weil die durchschauen sie wahrscheinlich schnell!"

Ich möchte ... doch da steht Stefan auf, ja, er steht tatsächlich auf und kontert mit einem Nachdruck, den ich bei ihm so noch nie erlebt habe: „Ich kann da nicht mehr zuhören! Tut mir leid, Walter, so kann man bei gewissen Parteien im Wahlkampf sprechen, aber nicht hier, nicht in einer Gemeinde, in der ich Pfarrer bin! Wir haben nicht den geringsten Anlass, ihnen zu misstrauen, im Gegen-

teil. Und es ist unsere verdammte Pflicht als Christen, Flüchtlinge und Vertriebene aufzunehmen – und sie nicht im Stich zu lassen. Da geb ich den Jungen unter uns ganz recht, die haben da das richtige Gespür dafür!"
„Soll das jetzt heißen, dass ich kein Christ bin, nur weil ich mich zuerst einmal an die Gesetze meines Staates halte! Willst du das damit sagen?!"
„Wir haben ein Gesetz, und nach dem Gesetz muss er sterben! Oder was?" So zynisch habe ich Stefan noch nie gehört. Und diese Bibelstelle passt nun wirklich nur sehr bedingt.
„Gut ... wenn das so ist, lege ich mein Mandat zurück. Wenn ihr euch darauf einlassen wollt, ist das eure Sache. Ich nicht! Ich habe Familie und nicht die geringste Lust, mich wegen eurer Misswirtschaft und wegen eurer illegalen Aktionen strafbar zu machen, mehr noch: schuldig zu machen. Ich lege mein Mandat hiermit zurück, hast du das, Daniele?"
Alle meine Versuche, das Rad wieder zurückzudrehen und in Ruhe zu überlegen, schlägt Walter aus: „Ob ich hier noch weiter mitarbeite, muss ich noch überdenken. Aber Verantwortung ... *dafür* ... nein, die übernehme ich ganz bestimmt nicht mehr. Die Unterlagen lass ich euch hier ... macht nur ruhig weiter, macht nur ruhig weiter so ..." Und weg ist er.
Franziska fasst sich als Erste wieder: „Er hat recht, dass unsere Aufgabe hier nicht ungefährlich ist. Und nur im Eifer und ohne unsere Vernunft zu bemühen, geht's wirklich nicht. So weit liegt Walter richtig. Aber als Christen

müssen wir auch Mut beweisen – und zuerst einmal zusammenstehen. Also ich schlage vor: Wir beschließen, die beiden bis Ostern zu beherbergen und zu versorgen, nicht länger. Und wir halten die Augen offen, wenn uns irgendetwas auffällt."

Gregor und Manu nicken ihr zu. Stefan ist sichtlich froh über die deeskalierende Wirkung ihrer klaren Worte. Aber man sieht ihm die Emotion, die Verärgerung noch an: „Danke, das ist auch in meinem Sinn! Danke für eure Unterstützung. Aber ... aber ich muss auch sagen: Also wenn ihr das abgelehnt hättet, und die zwei hinausgeworfen, also ... dann wär ich mit ihnen gegangen, dann hättet ihr euch einen anderen Pfarrer suchen müssen. Ich meine, wofür macht man denn das alles, wenn dann ... aber gut, ihr stimmt also Franziskas Antrag zu?"

Gregor hat sich auch wieder gefunden und grinst: „Was hast denn du gedacht? Dass wir alle Weicheier sind und uns aus der Verantwortung drücken, also bitte!"

Manu fällt das Reden noch schwerer: „Danke, danke, dass ihr die beiden nicht ... Ich weiß, wie sehr sie uns brauchen!"

Sogar Frau Schwerzig lenkt ein, was sonst so gar nicht ihre Art ist: „Also mein Schwiegervater hat Juden versteckt, zwei Jahre lang, unterm Hitler, und nie groß darüber geredet nachher ... Da werden wir doch zwei Usbeken verstecken können, zwei Monate lang, unter der Großen Koalition, also bitte?"

Keiner hat mehr Lust, etwas „Allfälliges" vorzubringen. Wer rückt jetzt eigentlich nach Walter nach? Dass es so emotional wird, habe ich nicht vorhergesehen. Aber auch Stefan, der doch sonst so oft für Ausgleich sorgt. Heute war er unerbittlich, kompromisslos, fast verletzend in seinem „heiligen Zorn“. Ich schätze ihn als sozialen Menschen. Nur, wenn ich ehrlich bin: Allzu sehr hat er sich bisher noch nicht für Flüchtlinge eingesetzt. Okay, hat sich auch noch nie so eine Aktion bei uns ergeben. Aber dass er da so einsteigt! Beeindruckt mich das jetzt? Oder befremdet es mich mehr? Ich weiß noch nicht ...

Kapitel 18
Clara
Mittwoch, 5. März

Das war knapp! Das erste Mal, dass ich auf einem Flughafen ausgerufen worden bin! Und unser Gepäck ist auch drin, irgendwie. Irgendein Gepäck, so gut wie nichts von dem drin, was ich eigentlich mitnehmen wollte. Noch dazu unsere Rucksäcke, wo sie die doch so gar nicht wollen beim Check-in. Aber heute war ihnen das ziemlich egal, Hauptsache sie haben uns durch. Und bei den wenigen Fluggästen kann es auf drei Stück ungenormtes Gepäck doch auch nicht ankommen. Als wär's schon die Rückreise – mit lauter Schmutzwäsche im Gepäck. Natürlich kommen wir *zurück* nach Wien, ist ja auch noch gar nicht so lange her seit dem letzten Mal. Zurück zu Manu und Bella, zu David auch, kurz zumindest – und

zu den anderen. Aber ich glaube: Wir alle drei arbeiten schon sehr daran, dass Kreta unsere neue Heimat wird.
Mir ist immer noch etwas flau im Magen, gibt's denn das? Ich drehe mich zu Marcella neben mir. Sie schaut mich an, zieht ihren Unterkiefer hinunter und lächelt mich müde an: Also auch sie! Von Chora Sfakion zum Flughafen Chania in weniger als eineinviertel Stunden, da solltest du nicht viel essen vorher! Na ja, davon kann ja auch nicht die Rede sein, nein, das genaue Gegenteil ...
Nur Eberhard war überhaupt fähig, nach all dem noch unseren Wagen zu fahren, noch dazu in diesem Tempo die unzähligen Windungen hinauf und wieder hinunter, durch die Stadt und hinaus auf die Halbinsel. Zumindest hat er sich am schnellsten erholt. Weil auch er ... Nur war er halt schon öfter als wir zwei mit Fischern auch in heftiger See unterwegs. Ein Schnaps wär jetzt gut!
Vor knapp einer Woche kam die Einladung. Eigentlich wollte ich ja mit Giannis übers Wochenende erstmals eine Skitour im Ida-Gebirge machen. Dort, wo so viel Schnee fällt, dass man auch im Hochsommer noch kleine Schneefelder finden kann. Und wo man sich gut auskennen sollte. Denn manchmal soll schon einer in so eine hinterhältige zugeschneite Doline gefallen sein. Wenn du nicht weißt, wo die sind, tauchst du dann im August wieder auf, oder auch nie wieder ... Also immer die Bergrücken hinauf, und nicht in die Senken abbiegen. Giannis sagt, er war da schon oft. Wir werden das noch nachholen, der Schnee reicht locker noch bis Ostern dafür.
Natürlich kamen wir zu der Einladung über Eberhards

Freunde. Freunde aus der Sfakia, das ist so ziemlich die wildeste Gegend auf Kreta. Und deshalb auch eine der interessantesten für unsere Agentur. Zu einem Totengedenken nach Gavdos! Vor vierzig Tagen verstarb der ehemalige Inselpriester. Damals konnte niemand von Kreta hinüber, zu stark wütete ein Sturm. Jetzt aber könnten wir mit der Großfamilie übersetzen und auch an der Feier teilnehmen, wenn wir möchten.
Also Gavdos konnten wir uns nicht entgehen lassen: Das ist nicht nur die südlichste Insel Europas, sondern – und das ist wirklich kaum zu glauben – ein Ort, der selbst für Eberhard neu ist! Irgendwie war's ihm immer zu kompliziert. Dann kennt er dort auch niemanden. Von den gerade einmal achtzig Bewohnern sind selbst im Sommer nie alle anzutreffen. Eberhard hat da so seine Theorie: Die Gewässer um Gavdos sind viel ertragreicher als alles, was Kreta selbst an Fischgründen zu bieten hat. Darum fahren die Fischer aus der nahen Sfakia gerne hinüber. Wahrscheinlich dürfen sie das nur, wenn sie dort offiziell gemeldet sind. Für die meisten kein Problem, da sie aus Auswandererfamilien stammen und noch irgendwo über Grund oder ein Häuschen verfügen. Inzwischen weiß ich aber, in welchem Zustand diese „Häuser" heute längst sind.
Hinüber kamen wir schon am Freitag, dem wärmsten Tag heuer überhaupt, bei strahlendem Sonnenschein. Mit all den Familienangehörigen setzten wir mit dem offiziellen Fährboot über. Die Strecke ist für ihren Seegang berüchtigt. Oft müssen die Überfahrten deshalb aus-

fallen, manchmal sogar im Sommer. Wir beschränkten unser Mittagessen also auf ein Minimum, um uns nicht vor den Einheimischen zu blamieren. Kaum abgelegt, packten die aus großen Säcken aus und langten ordentlich zu: Brot, Schafkäse, Oliven, hart gekochte Eier und Hauswein aus Plastikflaschen. Ich kostete den Wein eher symbolisch, obwohl er zur durchaus akzeptablen Sorte gehörte. Kein Gemüse, denn hier wird das nicht importiert. Und keine Würste oder Speck, denn hier wird der Fasttag streng befolgt. Ein wenig neidisch beobachtete ich die quirlige Großfamilie, die ihr Mahl erst beendete, als offensichtlich alles aufgegessen war. Nur eine Kleine, die ihr Brot einem Delphin zuwerfen wollte, bekam einen Klaps und mahnende Worte vom Opa.

Die anfangs ruhige See täuschte uns, auch die Einheimischen. Die sogar noch mehr als uns. Nach und nach zeigte sich, dass es auch auf Kreta jede Menge „Landratten" gibt. Denn kaum hatten wir den Windschatten der Weißen Berge hinter uns gelassen, kam eine unberechenbare, böige Brise auf – mit unregelmäßigen, aufgepeitschten Wellen. Einer nach dem anderen wurden sie blass, setzten sich zur Reling, beugten sich mit jämmerlichen oder verzweifelt lächelnden Blicken darüber. Die Männer kamen ihren Kindern und Frauen zu Hilfe und hielten sie fest. Bis manche von ihnen selbst das ausgiebige Mittagessen bereuten. Wir drei überstanden das Ganze mit einem ziemlich flauen Gefühl in der Magengrube, letztlich aber doch ohne Verluste.

Nach dreieinhalb Stunden waren wir da durch, für

mich keine Minute zu früh. Wir hatten zwar ein Angebot zum Übernachten bekommen, wollten aber vor der Feier noch auf eigne Faust das Neuland erkunden. Da standen wir nun an der Anlegestelle – und saßen auch schon auf einem Traktoranhänger, das heißt auf den darauf festgeschraubten Sitzbänken und hielten bei dem, was folgte, unsere Rucksäcke fest umklammert. Ein paar Worte auf Griechisch hatten gereicht, um das zu dieser Jahreszeit absolut alternativlose Angebot anzunehmen. Wir ruckelten immer die Ostküste im Blick ein paar Kilometer bis zu einem Betonhaus mit gutem Ausblick und „rooms to let". Marcella nippte nur kurz an ihrem Begrüßungs-Raki – und war plötzlich weg. Ich sah sie erst wieder, als sie die Straße vom Strand unter uns eben wieder heraufkam.

„Also die Zimmer da unten, die sind nicht schlecht, sicher etwas neuer als das hier – und auch direkt am Wasser. Ich hab zwar niemanden gesehen, aber sollten wir nicht ..."

Eberhard fiel ihr entsetzt ins Wort: „Unmöglich, was denkst du denn, *er* hat uns doch hierher gebracht ..."

„Wir sind doch zu nichts verpflichtet und wir konnten doch gar nicht wissen, wie das hier aussieht!"

„Wir sind doch jetzt seine Gäste! Es wäre eine schwere Beleidigung für ihn und seine Frau, wenn wir jetzt gehen. So macht man sich hier keine Freunde."

„Okay, okay, passt schon. Nur vom Geschäftlichen her ..."

„Auch fürs Geschäft gibt's hier nichts Wichtigeres als Freunde. Glaubt mir, er wird uns alles erklären und nach zwei Tagen wissen wir, ob das hier etwas ist für uns … also unsere Firma.“

Ich denke, unsere Gastgeber hatten etwas mitbekommen von unserer Diskussion. Und irgendwie hatte ich den Eindruck, dass sie sich Marcella, aber auch mir gegenüber etwas reserviert verhielten, am ersten Abend zumindest. Den wir am prasselnden Ofen verbrachten, sobald die Sonne weg war. Natürlich als die einzigen Gäste des Hauses. Weil uns das sehr einfache Essen sichtlich schmeckte, brach langsam doch das Eis. Sie konnten ja nicht wissen, wie hungrig wir schon waren. Es stellte sich heraus, dass sie sehr weitschichtig mit Kostas verwandt sind, der ja als Kind die Insel verlassen hatte. Auf der einmal bis zu 8.000 Menschen gewohnt hatten, heute einfach unvorstellbar. Versehen mit zahlreichen Tipps für Ausflüge und Badebuchten zogen wir uns in unsere Zimmerchen zurück. Mein Fenster schepperte fast die ganze Nacht über im Wind, weit weg von allem … Der auffallend helle Mond wurde immer wieder von Wolkenfetzen verdunkelt. Schade, dass Giannis nicht mitkommen konnte. Aber jeden zweiten Tag muss er ja auch bei halbiertem Job in die Schule. Erst vor Kurzem war ich ganz schön verwundert, als er mir eröffnete, er plane alles hinzuschmeißen und die Schule aufzugeben. Was denn dann? Und dass er nach Athen gehen wolle. Jetzt? Wo viele Junge Athen den Rücken kehren?

Es ist selten, dass ich einen Sonnenaufgang verschlafe, noch dazu einen, der so viel verspricht. Aber morgen ist auch noch ein Morgen. Wir strebten gleich nach dem wie üblich spartanischen Frühstück dem südlichen Kap Thripiti zu. Ein paar Ziegen suchten panisch das Weite, als sie uns bemerkten – viele Menschen bekamen sie hier sicher nicht zu sehen. Herbe, verlassene und vor allem steinige Hügel und kaum noch erkennbare Reste von Häusern, verlassen seit den 50ern – oder gar schon seit der Antike? Irgendwo hier in der Nähe musste auch das Geburtshaus von Kostas stehen oder was wahrscheinlicher war: liegen. Schwer zu sagen, wie es sich hier im Sommer wandert. Jetzt war es jedenfalls sehr angenehm, stets im Wind. Was aber noch fehlte, war dieser intensive Duft nach wildem Thymian.

Das Kap selbst überzeugte uns dann: Ein dramatisches Felsentor beendete Europa, daneben ein großer Schotterstrand. Schotter war gut für uns, denn Sand zieht immer Leute an, und wir wollten unserer zukünftigen Kundschaft doch zuerst einmal Wildnis bieten – ohne Sonnenschirme, ohne Taverne und ohne überquellende Mistkübel. Das hier, dieses leichte Grollen der Kiesel bei jeder Welle, das war genau richtig.

Auf dem Rückweg kamen wir durch ein ehemaliges Dorf. Zwei, drei Häuschen standen noch aufrecht. Aber was einmal Stall oder Schuppen war, lehnte nur noch in Resten daran. Auch schon aufgegeben. Nicht ganz, hinter einem der Häuser kläffte ein Hund, zwar aus heiserer Kehle, aber bedrohlich. Eine Stimme rief – und augenblicklich war er still. Also doch! Zuerst kam der alte Hirtenstock um die Ecke, dann ein sehr betagter Mann, Schritt für Schritt. Dunkel gekleidet, aber nicht im alten

Stil. Den tragen sie wirklich nur noch für die Touristen, dort wo die Busgruppen aussteigen.
„Ah! Diás! Jermánia?"
„Uchi, Avstria, Diassás!"
„Uchi Jermánia? Aha!" Ob er uns glaubte? „Chorío kalós!" Er deutete mit seinem Stock rundum.
So viel verstand ich inzwischen auch schon. Er wollte uns sagen, wie schön sein Heimatdorf ist. Auch wenn die Häuser eingestürzt waren, nur hier wollte er wohnen. Durch Eberhard erfuhren wir, dass er im Winter als Einziger hierblieb. Sein Sohn kam immer mal wieder „von drüben" zum Fischen und besuchte ihn. Aber auch er verstand ihn schlecht, die Stimme des Alten brach immer wieder, und Husten unterbrach ihn. Er hatte es seit Jahren mit der Lunge, aber es ging so, deutete er uns leicht resigniert.
„Uchi Jermánia? Jermánia bomba, bumm-bumm, ha, polivólo, aeroskáphos, bómba, poli bómba."
Er wurde immer lebhafter, drehte sich nach allen Richtungen, besonders zum Meer. Eberhard verstand: „Deutsche ... Bomben, Maschinengewehr, Flugzeuge, Bomben, viele Bomben ..."
„Se más! Se más!" Er deutete fragend auf sich, auf die Hausruinen ringsum, nach Kreta hinüber, das von hier aus am Horizont hoch aufragte. Der alte Mann hatte die Welt nicht mehr verstanden, verstand sie bis heute nicht: „Auf uns! Auf uns hier!"
Er war auf einmal nicht mehr der gebrechliche Greis. All das erlebte das Kind noch einmal oder der junge Mann,

der er damals ja höchstens gewesen sein konnte. Die ganze Angst stand ihm ins Gesicht geschrieben:
„Ekí! Ekí! ... Edó! Edó! Edó!!“
„Dort, dort!“, er ahmte die Einschläge der Geschosse nach, deutete zunächst in die Umgebung, dann aber direkt auf unsere Füße: „Hier, hier! Hiiiier!!“
„Petrós ptósi, ptósi ... nekrón ... Pétros!“
Er kniete sich hin, blickte zum Boden, dann in den Himmel: „Petros ist hingestürzt ... er ist tot ...“
Auch Eberhard erfuhr nicht, wer dieser Petros denn war, den deutsche Geschosse tödlich trafen. So wie der Alte nie erfahren hat und nie verstehen wird, was die denn von ihnen hier wollten, von Bauern und Hirten in einer der ärmsten und entlegensten Gegenden Europas. Der Alte richtete sich wieder auf, fuhr sich übers Gesicht, auf dem trotz der angenehmen Kühle Schweißperlen standen. Er schaute uns eindringlich an – und ging dann in sein Haus zurück. Sein Hund begrüßte ihn mit rauem Gekläffe. Diesmal ließ er ihn.
Wir schauten uns betreten an. „War die Wehrmacht denn auch auf Gavdos?“, wollte ich von Eberhard wissen.
„Kann ich mir nicht vorstellen. Die suchten hier vor allem Flugplätze zum Auftanken für Rommels Armee. Im Grunde dasselbe Anliegen, wie es die Zugvögel haben. Wahrscheinlich hat er das als Kind drüben erlebt, aber wer weiß?“
In dieser abgeschiedenen Einsamkeit hatte sich jahrzehntelang nichts ereignet als der immer gleiche Lauf von Geburt, erster Liebe, den Festen der Heiligen, den

trockenen Sommern, der harten Arbeit auf den Feldern, unglücklicher Ehen, Krankheit und Tod. Und dann fielen die aus heiterem Himmel über winzige Dörfer her, schossen, vertrieben, setzten Exempel – und die meisten wussten überhaupt nicht, wie ihnen geschah. Das einschneidendste Ereignis seines Lebens hatte sich ins Gedächtnis des uralten Mannes eingebrannt – wir wussten nicht einmal, wie er hieß, welche Menschen er damals verloren hatte.

„Im Zimmer drinnen hat er sicher die Militärfotos seiner Söhne hängen. Er hat sicher Söhne – und die waren wie alle lange beim Militär, viele freiwillig länger. Und mir ist aufgefallen, dass sie gerade hier auf Kreta so oft zu den Fliegern gingen – und gehen. Immer wieder diese Kampfflieger-Bilder. Jetzt verstehe ich: Hier kamen die Deutschen vom Himmel, mit Flugzeugen und Fallschirmen. Als ob sie sich dagegen wehren wollen ... auch heute noch!“ Die Theorie Eberhards leuchtete mir ein. Kaum ein Tag, an dem nicht mehrmals Kampfjets über die Küsten Kretas donnerten. Erst nach einigen Hundert Metern verhallte das Gekläff in der Ferne.

„Ach, das muss der alte Asimakis gewesen sein. Den hab ich schon lange nicht mehr gesehen. Der wird immer seltsamer, höre ich. Aber eigentlich war er das immer schon ...“ Nach dem Totengedenken kamen wir mit dem „Papas“ ins Gespräch. Auf der kleinen Insel gab es einen eigenen Popen, der aber hauptsächlich von seinem Geschäft lebte. „Der kam als Bub mit zehn oder so von drüben, von Anopoli oder dort in der Nähe. Die Deutschen müssen dort schrecklich gewütet haben, wahrscheinlich so eine Vergeltungsaktion. Die Sfakioten haben sich ja nie ergeben. Nach dem Fliegerangriff haben sie den völlig verstörten Buben zu Verwandten herübergebracht. Ich glaub, sein größerer Bruder war tot. Familie hatte er dann schon, der Asimakis, aber seine Frau ist ihm davongelaufen, mehrmals ... und einmal blieb sie dann ganz weg, ganz was Seltenes hier bei uns, damals zumindest ... Ein Sohn ist angeblich beim Militär geblieben, einer kommt öfters herüber, von dem weiß ich ein wenig. Irgendwie hat er das nie überwunden, im Alter wird das dann immer ... na ja, alte Leute leben im Gestern, da kommt er nicht los davon. Aber lasst die Grübeleien, wir feiern doch, dass Manolis beim Herrn ist!"

Obwohl wir noch bis in die Nacht hinein zusammensaßen, fuhren alle schon am Montag wieder ab. Wir wollten noch den Norden erkunden und erst zwei Tage später „in See stechen". Es wurde uns auch zugesagt, ein Fischer werde uns mitnehmen, kein Problem! Das tat er dann auch – aber die vier Stunden in seinem allzu kleinen „Kaiki" möchte ich so schnell wie möglich wieder vergessen. Mit den unberechenbar zuschlagenden Wogen kamen uns immer mehr Zweifel, ob es wirklich sinnvoll wäre, mit Gruppen hierherzukommen. Erst nahe der Küste ließ es langsam nach ... und noch einmal muss ich das nicht erleben. Alle guten Tipps wie „immer in der Mitte stehen", „schau auf die Wellen vor dir" oder „Kaugummikauen" ... das hilft dir gar nichts, wenn der Kerl vor dir am Steuer ein Kraut raucht, das dir den letzten

Atem raubt. Und als er dann seinen Glimmstängel wegwarf und hektisch herumlief und seinem Gehilfen zuschrie, der aber auch schon nicht mehr konnte ... Wenn du dann über die Bordwand ... und irgendwann ist es so weit ... und nicht aufpasst, kann es dir alle Zähne ausschlagen. Auch die beiden anderen wollen Gavdos im Angebot eher hinten einreihen.
Warum wir jetzt eigentlich Richtung Wien unterwegs sind? Wir haben einen Probelauf beschlossen. Nachdem wir nun doch alle bürokratischen Hürden nehmen konnten, vorläufig zumindest, und ganz ohne Schmiergeld. Wir wollen die erste Reise mit einer uns bekannten Gruppe durchführen, zum halben Preis. Und denken dabei an die Jugend von Canisius. Manu würde sicher mitkommen und Bella wahrscheinlich auch, und es täte mir gut, sie etwas länger um mich zu haben. Stefan weiß noch gar nichts davon, aber ich habe ein gutes Gefühl, dass wir ihn dafür begeistern könnten.

Kapitel 19
Stefan
Donnerstag, 13. März

Das große Wohnzimmer der Hebsteiners ist auffällig schlicht eingerichtet, fast spartanisch. Keineswegs billig, nein, allein die Jugendstilkommode ... und auch die beiden Bilder, aber eben nur zwei! Jedes Stück spricht für

sich und hat Platz um sich herum. Und gegenüber eine Pflanze, ähnlich einem Stück Bambuswald, aber Botanik ist eine meiner Schwächen.
„Die Hauptspeise haben heute die Kinder gekocht, Herr Pfarrer."
„Waren wir nicht schon beim ‚Du', Lisa?"
„Ach, entschuldige, natürlich – ich war noch nie mit einem Pfarrer per Du. Hat sich nie ergeben, wenn ich ehrlich bin, *konnte* sich gar nicht ergeben."
„Steinpilzrisotto mit echten Steinpilzen von der Oma und einem Wein vom Papa! Magst du kosten?" Ruth, die nächstes Jahr wohl zur Erstkommunion kommen wird, schmeckt es hörbar, denn ich verstehe sie kaum. Auch die Küchenecke ist sehr einfach gehalten. Sie streckt mir den Kochlöffel entgegen. Ich zögere ein wenig, doch ihre Mama nickt mir zu. Ihre Tochter darf spontan sein. Und ich muss ihr auch gar nichts vormachen: Diese Kostprobe schmeckt ausgezeichnet nach Waldpilzen, echter Rindsuppe und fein abgestimmten Gewürzen.
„Also auf das freu ich mich jetzt aber wirklich! Das hast du gemacht?"
„Ja, mit Samuel, der darf sogar schon den Wein kosten."
„Sam" steht am Herd und achtet penibel darauf, dass ihr kulinarisches Kunstwerk nicht in letzter Minute Schaden erleidet. Er streckt mir lässig die Hand entgegen, fast so lässig, wie es seinem Alter entspricht. Sonst wirkt er immer ... also eigentlich wie zu alt für sein Alter.
Manuel, sein Vater, ist gerade mit dem Aufdecken fertig

und ruft mich: „Magst du vor dem Essen einen, der ist von meinem Vater ...“
„Der isst die Zwetschken gar nicht auf, der macht nur einen Schnaps daraus!“, mischt sich Ruth nochmals ein und verzieht dabei das Gesicht. „Schade um die guten Zwetschken!“
Die Kinder bekommen ein Glas Apfelsaft, Lisa schließt sich ihnen an, und alle prosten wir einander zu. Ruths Blicke bleiben fest auf mich gerichtet: „Dir schmeckt das *auch*?“ Aber bevor ich ihr antworten kann, läuft sie zu ihrem Bruder hinüber, um schnell noch einmal zu kosten. Und der sagt zu ihr, was große Brüder eben sagen: „Mann, wir haben einen Gast, also sei nicht so vorlaut!“ Sie schüttelt nur den Kopf und läuft wieder zu uns herüber. Sie flüstert mit Papa – und die beiden holen die Vorspeise: gekochte, kleine Erdäpfel mit Salzkruste und zwei Soßen, eine grün, die anderen orangerot. Lisa erklärt, was sie uns serviert: „Wir waren auf den Kanarischen Inseln ... als ich wieder gesund war, also um das zu feiern. Da haben wir dieses einfache Rezept mitgebracht. Und wenn du die Mojo-Rosso-Soße versuchst, wird dich Ruth wieder genau beobachten, die ist nämlich so scharf wie sie aussieht. Die grüne ist milder. Da sind auch Avocados und Petersilie drinnen.“ Die Knoblauchbasis ist unverkennbar. So einfach es ist ... also ich lasse mir noch ein zweites Mal Erdäpfel geben. Seit knapp zwei Jahren wohnen sie nun hier. Die alte Wohnung ist ihnen zu klein geworden. Und das bei uns hier nicht gerade üppige Grün ersetzt ihnen eine kleine Terrasse einen halben Stock höher.

Lisa deutet auf die Einrichtung im Raum: „Wir brauchten einfach mehr Platz, aber wir haben beschlossen, keine Möbel dazuzukaufen. Wir versuchen einfach einmal, mit möglichst wenig auszukommen. Meine Mutter hat oft mit mir geschimpft, ich soll doch endlich aufräumen. Aber mein Kasten war einfach schon voll!"
„Und das haltet ihr wirklich durch? Ich meine, man bekommt doch so viel ... und wo Platz ist, da füllt es sich schnell."
„Bisher schon. ‚Simple Life' ist unsere Devise, aber nicht sklavisch, oft auch elektronisch. Also alles, was auf die Festplatte geht, braucht hier nicht herumstehen: unsere ganze CD-Sammlung, die Kochrezepte, auch viele Bücher inzwischen. Ruths Spielsachen natürlich nicht. Computerspiele haben wir grundsätzlich nur solche, die wir gemeinsam spielen."
„Ruths Spielsachen, also ihr Zimmer zeigen wir besser nicht ..." Natürlich: der große Bruder!
„Das stimmt ja gar nicht! Und mein Zimmer ist ja auch das kleinste! Aber wenn ich etwas Neues bekomme, schenke ich immer etwas her, womit ja sowieso nur Babys spielen."
„Wer's glaubt ... Darf ich euch das Risotto bringen?"
Mir gefällt, wie hier alle vier gleichberechtigt mitreden dürfen. Das Konzept vom „vorlauten Kind" ist bei den Hebsteiners unbekannt, und wahrscheinlich gibt es hier gerade deshalb auch gar kein „vorlautes Kind".
Nach dem Obstsalat verabschiedet sich Samuel: „Ich bin heute der Englischkurs, die anderen können am Don-

nerstag nie. Ich hab ihn ohnehin nach hinten verschoben, weil du heute unser Gast bist. Inzwischen kann man auch mit dem Tamerlan schon einigermaßen reden ..."
Jetzt müsste eigentlich nach dem üblichem Familienritual folgen: „Aber bis zehn bist du *spätestens* zurück!" Aber es erfolgt nicht. Samuel wird ohnehin nur dann später kommen, wenn es ihm sehr wichtig ist. Und das wird er selbst entscheiden. Und nach demselben Ritual müsste Ruth jetzt alle Register ziehen, um doch noch nicht schlafen gehen zu müssen. Und genau das geschieht jetzt natürlich auch! Ich müsste ja schließlich fast beleidigt sein, wenn sie wegen mir *nicht* länger aufbleiben möchte. Also bleibe ich abwechselnd mit Manuel, dann wieder mit Lisa allein im Zimmer, bis der Schlaf ihre Neugierde besiegt hat. Als Lisa das letzte Mal aus Ruths Zimmer kommt, fragt sie, ob sie Musik spielen soll – und welche? Wahrscheinlich wegen „meiner" Konzerte. Aber wir kommen schnell überein, dass Musik und ein Gespräch zwei verschiedene Dinge sind – und einander nicht brauchen.
„Also es ist dir ja sicher schon aufgefallen: Ich bin der Praktiker, der fade Typ eben – und Lisa ist unsere Philosophin, aber auch die Künstlerin. Also eingerichtet hast *du* das alles."
Sie widerspricht ihrem Mann auch gar nicht: „War aber nicht immer so! Ich hab mich stark verändert. Genau genommen bist du mit einer anderen Frau verheiratet, als du damals geheiratet hast."
„Kleine Korrektur: Damals *waren* wir noch gar nicht verheiratet ..."

„Ja, ich meine aber, seit wir eben ganz zusammen sind. Ich war Sekretärin – aber dann habe ich aufs Massieren umgesattelt. Früher hatte ich mit Papier zu tun und mit Protokollen, jetzt mit Menschen mit Haut und Haar."
„Und ich bin immer noch der alte Papiertiger, na ja, stimmt ja auch." Ich weiß inzwischen, dass Manuel irgendeine Art von Abteilungsleiter in einer der Mobiltelefon-Firmen ist, in welcher auch immer. Aber das scheint ihm viel zu unwichtig zu sein, um das Thema zu vertiefen. „Wir haben uns *alle* verändert! Außer Ruth natürlich, die kam ja erst danach."
Ich gehe im Geiste schnell alle Möglichkeiten durch, was denn da geschehen sein könnte, vor sieben oder acht Jahren. Ein Bekehrungserlebnis? Nein, die sind doch meist viel frömmer danach, eben viel offensichtlich religiöser? Also zumindest Tischgebet, und da war aber keines zuvor ... Eine Katastrophe? Wohnung ausgebrannt, zumindest arbeitslos? Passt nicht zu dem, was ich schon weiß ... Eine schwere Krankheit? Ja, da hab ich schon was gehört, aber ...
Lisa hat meine Ratlosigkeit als Erste bemerkt und kommt mir zu Hilfe: „Verzeih, dass wir so herumreden. Ich sehe, du weißt ja noch gar nicht ..."
„Ich habe nur gehört, keine Ahnung mehr wann, dass du krank warst ...?"
„Ja, dabei sind sie nie draufgekommen, woher ich das hatte: Plötzlich, mitten im Skiurlaub, bekam ich Fieber wie wild und dann auch noch Durchfall. Blutigen ... Ich

will dir die Einzelheiten ersparen, aber wir waren in Panik. Natürlich am Samstagabend!"

„Als sie ins Spital kam, dachten alle, es sei schon zu spät. Ihre Nieren arbeiteten überhaupt nicht mehr. Sie haben sie überall angeschlossen, aber da lag sie schon nur noch unansprechbar da ... im Koma. Und das ging Tage so, mehr als eine Woche."

„Es war eine besonders heimtückische Form von EHEC, eine seltene Bakterieninfektion. Aber atypisch, wie sie mir nachher sagten, also schwer zu erkennen. Und ich hab zunächst auf nichts angesprochen."

„Sie war furchtbar anzusehen ..."

„... dabei ging es mir überhaupt nicht schlecht. Im Gegenteil, das ist es ja, was ... ja wer's nicht erlebt hat, versteht es nicht. Genauso ist es, seither weiß ich das. Es ging mir einfach gut, mir war angenehm warm. Nur dass ich mich selbst sah. Ich kann nicht behaupten: ‚von oben', wie die meisten sagen. Irgendwie sah ich mir selbst zu. Lange, also mir kam es sehr lange vor. Es war schon ganz normal für mich zuletzt, dieser Zustand."

„Ein Nahtoderlebnis?", frage ich ganz unwillkürlich, ohne es eigentlich aussprechen zu wollen.

„So heißt das wohl. Irgendwie ja, aber sonst auch ... wieder ganz anders. Es heißt doch immer, man gehe durch einen dunklen Tunnel, und dann kommt das große Licht. Also nein, da war kein Tunnel, sicher keiner, gar nichts Dunkles. Ja, irgendwie weg war ich dann schon, also nicht mehr im Bett mit den Schläuchen ... angenehm, warm, unendlich zufrieden, also wie ein Baby halt, wenn

alles gut ist ... Und immer, wenn die Stimme da war, kam ich wieder zurück."
„Eine Stimme, welche Stimme?"
Sie lacht: „Nein, sorry Stefan, nicht die Stimme Gottes, Manuel eben – und Samuel sicher auch, aber den ließen sie nicht immer rein. Er hat mich zurückgehalten. Und ich war gar nicht glücklich darüber, überhaupt nicht. Ich wäre gern dort geblieben ... Heute bin ich natürlich froh, dass du mich nicht ausgelassen hast. Aber glaubt mir, das vergisst man nicht, nie ... mit einer Ausnahme: Als Ruth zur Welt kam, da hab ich ein paar Tage lang ganz darauf vergessen, da war das alles ganz weg. Aber nur damals ... Seither hab ich keine Angst mehr, also nicht *diese* Angst ... und seither brauch ich vieles nicht mehr."
„Sie ist Vegetarierin geworden, sie trinkt keinen Alkohol, ihr Kastenabteil ist nicht voller als meines, ich meine, wir Männer ..."
„Hat sich so ergeben, muss auch nicht immer so bleiben, was weiß ich, aber jetzt passt es eben so. Nur auf eines wollte ich um nichts in der Welt verzichten: Wenn ich schon lebe, noch einmal leben darf, will ich's auch weiterschenken. Die kleine Ruth, die wollte ich unbedingt, noch einmal ein Kind ... nur ja nicht immer nur zurückschauen, *darauf* ..."
„Also Hirnforscher meinen heute, sie können das alles erklären. Eine bestimmte Konstellation der Neuronen in diesem Schockzustand ... es soll auch etwas mit diesen Spiegelneuronen zu tun haben, die einen dazu befähigen, sich in andere einzufühlen." Ich habe den Eindruck,

Manuel möchte das für ihn allzu emotionelle Gespräch auf eine sachlichere Ebene herunterholen. Aber sie will ihm da nicht folgen: „Kann ja alles sein, aber diese Hirnphysiologen wissen immer alles haarklein. Alle Gefühle sind immer nur Anhängsel von Transmitter-Ausstößen oder elektrischen Entladungen, und alles kann man ganz genau messen. Und da gibt's genug Idioten, die sich von denen auch noch beim Sex verdrahten lassen. Also mit so einem Hirnforscher möchte ich einmal schlafen ... nur um zu erforschen, wie so einer tickt. Natürlich will ich *nicht, bloß nicht*, was red' ich da nur, Verzeihung, Herr ... Stefan ... aber mich ärgert einfach diese Vielwisserei, die sich heute quer durch die Wissenschaftsmagazine breittritt – und doch keine Ahnung hat."
„Das meiste davon kommt aus Amerika, die sind ganz versessen darauf, alles auf Chemie und elektrische Ladungen zu reduzieren. Auch den Glauben und die Mystik, über ‚religiöse Erfahrungen' lachen die doch nur ..."
„... wie die Mystiker selbst übrigens auch!", falle ich ihm ins Wort. „Alles, was noch Erfahrung ist, musst du zurücklassen, hinter dir lassen, weil Gott immer der ganz andere ist, sagen die, viele von ihnen zumindest. Manchmal hat man ja von außen den Eindruck, in Amerika gibt's überhaupt nur noch naive Rundum-Neubekehrte vom Kleinkaliber eines Bush – oder rabiate Atheisten, die mit derselben Inbrunst glauben, nur halt an ihre atheistischen Dogmen."
Und in dieser Frage kann sogar Lisa ironisch werden: „Wäre doch einmal interessant zu erforschen, welche

biophysiologischen und sonstigen materiellen Vorgänge Menschen dazu vorherbestimmen und lenken, derart versessene Atheisten zu werden. Aber in die Richtung forscht keiner. Da beißt sich die Katze ja in den Schwanz. Aber die Amis glauben ja auch immer, dass sie den Krieg schon gewonnen haben, wenn er gerade erst beginnt. Und dass sie alles wissen und beantworten können, bevor sie auch nur die Frage verstanden haben. Ich mag diese selbstgefällige Schlaumeierei einfach nicht – auf *beiden* Seiten nicht ..."
Sie bleiben dabei, dass Lisas Krankheit, aber natürlich auch die Freude über ihr schrittweises Gesundwerden, dass das alles sie geprägt hat und zusammenwachsen ließ. Ich bin kurz davor, ihnen von meiner „Erfahrung" zu erzählen. Weil ich mir plötzlich sicher bin, dass Lisa das nicht nur lächelnd abtun würde. Sie erwähnt ja auch, dass sie nach ihrer Krankheit viel öfter auf übersinnliche Phänomene angesprochen wird. Irgendwie spüren Menschen in ihrer Umgebung, dass sie selbst Ähnliches erlebt haben muss:
„Vor gar nicht langer Zeit spricht mich eine meiner Großtanten an, weit über achtzig ist sie schon – und fast dreißig Jahre verwitwet. Sie flüstert mir zu, dass sie das nur mir sagt, die anderen hielten sie sonst für ‚spinnert'. Wenn sie nicht weiterweiß und ratlos ist, geht sie ins hintere Zimmer, da wo immer noch der Lehnstuhl ihres Mannes steht. Sie setzt sich hinein und fragt ihn dann: ‚Sepp, was sagst du dazu? Was würdest du denn an meiner Stelle jetzt tun, ha?' Und dann hat sie ihn schon öf-

ters ‚gesehen' ... nein nicht so wie ich dich jetzt sehe, nein, so aus dem Augenwinkel, also wie wenn er da wäre ... ist er ja auch ...' Und dann, sagt sie mir, ist ihr leichter – und sie weiß wieder weiter, als ob er es ihr gesagt hätte. Ja solche Sachen passieren mir immer wieder, von all den Kriegserzählungen einmal abgesehen, die in den Familien weitergegeben werden: Von den heruntergefallenen Bilder oder zerbrochenen Sachen oder auch von dem unverständlichen Glücksgefühl ... und dann haben sie erst viel später erfahren, dass er genau in dem Moment gefallen ist – oder aber den Typhus im Lager überstanden hat und so. Warum sollten sie mir was vorlügen? Da ist schon was dran, das ist schon alles möglich, wenn du ihn nur wirklich liebst, dann ... dann ja. Früher hat mir nie jemand so was erzählt. Aber du als Pfarrer, du wirst derartige Geschichten sicher öfters hören?"
Ich denke kurz nach und nicke. Stimmt schon, ich habe ja öfters mit älteren Leuten zu tun, jüngere sprechen über so etwas kaum. Als ich gerade antworten will, springt sie ein Stück weiter: „Auch das mit dem Turmkreuz, das ist doch auch so eine unglaubliche Geschichte! Noch nie wart ihr um halb zehn in der Krypta und ausgerechnet, als das geschieht ... es gibt schon Unerklärliches."
Ich bin zu unentschlossen oder einfach zu feig – und verpasse die gute Gelegenheit. Da wechselt er das Thema: Um Samuel machen sie sich schon Sorgen. Er ist so nachdenklich, so ernst und tiefgründig geworden, seit damals eben, vorher war er nicht so. Mit gerade mal 18 interessiert er sich für Dinge ... jedenfalls findet er

niemanden in seinem Alter, den er damit irgendwie begeistern könnte. Niemand, den sie kennen, ist so radikal und kompromisslos in religiösen Fragen, in seinem Alter schon gar keiner. Er redet wenig, scheint das meiste aus dem Internet zu haben, woher denn sonst? Kennt die Bibel in- und auswendig. Einerseits freuen sie sich, dass er mit Manu seine erste „feste“ Freundin gefunden hat. Aber sie haben große Zweifel, ob das lange gut gehen kann.

„Nichts gegen die Manu, ganz im Gegenteil, ich mag sie, weil sie so lebenslustig und ... was soll's: auch ziemlich oberflächlich sein kann. Soll sie doch, in ihrem Alter! Ob er überhaupt bemerkt, dass sie eine richtige Schönheit ist? Ich meine, hinter ihrem ganzen Glamour?“ Manuel lächelt seiner Frau zu. „Aber manchmal hab ich das Gefühl, sind sie schnell enttäuscht voneinander, weil sie gar so unterschiedliche Interessen haben. Dabei sollten sie doch, ich meine ... wenn man verliebt ist, zumindest *solange*, ist dir das alles doch egal.“

„Also, ich denke, sie schaffen es schon, Manuel. Aber zugegeben, einfach wird das nicht, das Zusammenwachsen. Da hatten wir's schon ein wenig leichter, was? Und ich bin froh, dass sie in der Pfarre jetzt an einem Strang ziehen bei dieser Usbeken-Betreuung. Und bei der Plünderung unserer Eiskästen. Man kann ja nicht immer alles ausreden. Sich gemeinsam für etwas stark machen, das hilft ja auch!“

„Typisch Mann“, lächelt Lisa ihm – und dann auch mir zu, „aber du hast recht. Stimmt das, dass ihre Mutter

nach Wien kommt? Das täte ihr sicher gut. Und ich würde sie auch gerne mal kennenlernen."
Soweit ich weiß, ja, irgendwann in den nächsten Tagen. Und wenn wir schon so weit sind, muss ich jetzt natürlich auch ihnen, wie schon so oft, die Szene von Claras heftigem Abgang erzählen. Das gibt natürlich Diskussionsstoff ohne Ende. Sodass es weit später wird als geplant.

Kapitel 20
David
Freitag, 21. März

Schon wieder mal die Arschkarte! Das kann jetzt lange dauern. Durchatmen, cool bleiben! So wie's den matschigen Schnee derzeit runterhaut – das da draußen muss ich mir ja jetzt auch nicht geben. Frühlingsbeginn, eine Frechheit, so was! Drei Typen vor mir. Und die will „einen Computer für die Oma mit großer Schrift" kaufen, Mannomann! Hier kauft doch keiner einfach einen „Computer"! Das „Techno" ist der beste Laden in der Stadt für ganz spezielle Einzelteile, elektronische Bauteile am derzeitigen Limit der Technik. Und echte 1A-Beratung noch dazu. Du da! Ja du, wer denn sonst? Könntest du vielleicht ...? Schüttelt nur langsam den Kopf, typisch Lehrling, kann noch nichts als Schrauben sortieren. Die gibt immer noch nicht auf: Verdammte Tussi, die verkau-

fen keine Häuser hier, die verkaufen ganz spezielle Türklinken ... oder Edelarmaturen, sozusagen, du bist hier völlig falsch! Was du willst, das kriegst du jeden zweiten Donnerstag beim HOFER oder in so einem Billigmarkt. Und die Großbuchstaben stellt dir jeder Volksschüler für fünf Euro ein ... Genau das sagt ihr auch der Verkäufer, schon zum dritten Mal ... ja, und? Jetzt hat sie's endlich kapiert und geht enttäuscht, und tschüss!
Also früher hätt' ich die abgeschleppt, notfalls hätt' ich ihr den Computer umgestellt ... und bei der Gelegenheit, also bei solchen Gelegenheiten, hat sich so manches ergeben. Eigentlich unglaublich, dass ich an so was fast gar nicht mehr denke. Dabei ... was ist dabei, gerade jetzt, wo Clara abgehauen ist. Bin ich so blöd verdrahtet, dass ich das schlechte Gewissen dafür brauche, das mich so eine antörnt? Lächerlich, seit wann hab ich ein schlechtes Gewissen, wenn ich eine wie sie flachlege? Verdammt, es interessiert mich einfach nicht mehr!
Noch zwei, nein, die gehören zusammen, na immerhin! Nein, auch das noch, die können kein Deutsch oder nur ganz wenig. Also ich versteh nicht, was die wollen. Bella, meine Tochter, will ihren Laptop aufmotzen. Der macht einfach nicht mehr mit bei den Bildbearbeitungsprogrammen, die sie sich einbildet. Ich bin auf der Suche nach einer speziellen Grafikkarte, die das doch noch schafft und wahrscheinlich brauch ich da noch so eine Art Zusatzprozessor, damit das nicht ewig langsam wird ... Ach so, Russen! Die reden Russisch miteinander, so weit verstehe ich. Für meine russischen Geschäftspart-

ner habe ich ein wenig gelernt. Früher, im Moment läuft da wenig, ist auch nicht gerade ungefährlich mit denen ... Sie reden irgendetwas von „Fotos, wo die noch schauen werden" oder so. Ha, der eine hat Jeans an, solche hab ich auch gehabt. Genau die! Bis sie mir Manu unlängst abgeschwatzt hat. Vielleicht besser so, weil ... na ja, die sind nach und nach eingegangen. Haben schon noch gepasst, aber so halt, dass du merkst, wenn du 200 Gramm zunimmst.

Was wollen die wirklich? Einen riesigen Hochleistungsspeicher, okay, aber was soll das sein: „Ein große Linse für Kamera, klein Kamera, aber sehr gute ... sehr weit ... jaja, kostet, macht nix, kostet eben, aber gut?" Der Verkäufer sucht nach passenden Teleobjektiven für die kleine Kamera, die sie ihm hinhalten. Heutzutage gibt's wirklich alles. Der ... der hat *meine* Hose an, ja klar doch! Der längliche Fleck da auf der Seite, eigentlich ein Kugelschreiberstrich, aber haargenau! Dann müsste da vorne die kleine Naht sein ... von dem Riss ... dreh dich schon um, na komm schon ... na bitte, wirklich: *meine* Jeans! Wie bitte ... ach so! Die? Das sind die beiden Usbeken! Für die hat Manu ja meine Sachen mitgenommen. Was bitte machen die denn hier? Und „Usbeken"? Das sind waschechte Russen, wenn mich nicht alles täuscht, Petersburger Akzent, den hab ich doch noch im Ohr. Klar gibt's genug Russen in Usbekistan, aber die dort, die reden anders ... Und jetzt blättert der Typ mit meinen Jeans auch noch vier Hunderter hin, und das sind nicht die einzigen in seiner Brieftasche. Wofür bitte brauchen Manus

„Usbeken“ diese Hightech-Teile. Ich dachte, die arbeiten an dieser Holztreppe, mit Bohrmaschine und Stichsäge! Moment, denen geh ich jetzt aber nach ...

„Entschuldigung, ich seh grad, ich komme später wieder, zu spät jetzt, ich brauche noch Blumen für meine Frau ...“

Blöde Ausrede. Draußen bin ich. Sauwetter! Gar nicht so blöd: Clara kommt morgen zu uns, warum also keine Blumen für sie ... später! Ich gehe ihnen bis zum 38er nach. Klar, die fahren Richtung Canisius. Drinnen kann ich nur wenig verstehen, was sie reden. Nur dass sich der Stillere bei dem Jeanstypen über das „miese Quartier“ beschwert und wie lang er da noch hausen muss, bevor sie „endlich abhauen können und das Geld sehen“. Das, glaub ich, hab ich verstanden. Mit den beiden stimmt doch was nicht! Klar wollen sie weg von hier, nach Kanada oder Australien, weg jedenfalls. Aber Geld, woher sollten die denn Geld bekommen?

Ich werd' einmal mit dem Pfarrer sprechen, der das Ganze mit den Jungen eingefädelt hat. Eigentlich eine geniale Aktion, auch wie er sich im Gemeinderat durchgesetzt hat, wild entschlossen und energisch. Vielleicht bild ich mir das ja jetzt nur ein – aber ich muss mit ihm reden. Nicht jetzt, ich brauch doch noch diese Teile für Bella, also wieder retour zum „Techno“-Laden. Gut, dass ich momentan die Zeit habe. Ja, und die Blumen ...

Kapitel 21
Gregor
Mittwoch, 26. März

Irgendwie kommt mir das Ganze jetzt ziemlich seltsam vor: „Also ist das jetzt nicht ganz schön an den Haaren herbeigezogen? Ich hab ja nichts gegen Kreta, geile Insel, wir waren ja letzten Sommer dort. Und ich bin mir sicher, dass da alle mitwollen, noch dazu bei dem Programm. Aber nur weil der Paulus dort einmal kurz vorbeigeschaut hat, also wenn's überhaupt wahr ist ... das Ganze deshalb „Bibelreise" zu nennen, also ich weiß nicht!" Aber Stefan ist voll unter Dampf, wie überhaupt oft in letzter Zeit: „Also die Landungsstelle, wie sie in der Apostelgeschichte beschrieben wird, die war schon dort oder halt einen Kilometer weiter. So viele Strände zum Landen für römische Schiffe gibt's dort ja nicht. Und diese Reise sagt unglaublich viel über den Charakter des Paulus, dass er unbedingt nach Rom wollte mit seiner Botschaft, ins Zentrum der Welt. Nicht lockergelassen hat er, bis er endlich auf dem Schiff war. Und genau dort war es, wo er sie gewarnt hat, so spät im Jahr noch weiterzufahren. Und vor Malta haben sie ja die Quittung dafür erhalten, in dem Sturm ..."

„Ich kenne die Geschichte, und wir wollen ja sicher auch hin. Aber ‚Jugend-Bibelreise', deswegen? Ich find das übertrieben."

Aber das überzeugt ihn gar nicht, obwohl die anderen, also Lena, Manu und Sophie, deutlich nicken: „Es geht

ja nicht nur um Paulus. Die entscheidende Figur für die kretische Kirche ist Titus. Er war mit Paulus am Apostelkonzil, dort haben sie Weltgeschichte geschrieben, also aus einer Sekte wurde dort die Weltkirche. In Korinth hat er im Streit vermittelt, und die große Kollekte für die Verwitweten in Jerusalem hat man auch ihm anvertraut. Und wahrscheinlich hat ihn Paulus selbst zum Bischof von Gortyna eingesetzt, das ist im Süden – und da kann man noch vieles anschauen dort ..."
„Leute, wie ihr das Ganze nennt, das überlassen wir gerne euch." Erst Marcella, die Freundin von Eberhard, kann ihn bremsen. „Gortyna können wir gerne ins Programm aufnehmen, und bei dieser uralten Kirche an der Landestelle geht sowieso eine wirklich starke Wanderung vorbei, sollte man aber unbedingt in der Früh machen im Sommer, nur so nebenbei. Und jetzt kostet mal unseren Tee! Der ist eine absolute Rarität und wächst nur an einer bestimmten Stelle in den Weißen Bergen, und zwar *weltweit* nur dort, hat ein ganz zartes Salbei-Aroma, aber auch etwas wie Honig ist dabei, also ... einzigartig eben!" „Ich hätte ja gerne Wein mitgebracht, aber Wein, das ist so ziemlich der größte Schwachpunkt der Insel!" Gib nicht so an! Immer Eberhard mit seinem Weinsnobismus!
Die beiden sind mit Clara gekommen, um uns einen Deal anzubieten. Wir sollen Versuchskaninchen sein. Stefan hat alle vom Jugendtreff-Team eingeladen, die spontan Zeit hatten. Sie bauen gerade eine echt coole Agentur auf, wo du Pauschaltouristen nur am Flughafen

und durchs Fernrohr siehst. Schon eher was für Sportliche, aber unsere Faulsäcke können bis dahin ja noch trainieren! Fast nichts Städtisches also, Archäologie eher an unbekannten, entlegenen Stätten. Wandern, nein, so nenne wir das nicht, sonst bleiben noch ein paar zu Hause, also besser: Trekking! Übernachten auf Berggipfeln – oder in Buchten, wo keiner hinkommt, echt scharfes Programm, wenn das wirklich so hinhaut. Und Einladungen zu Familien, zum Essen irgendwo in den Bergen. Oder auch einmal Party machen mit einheimischen Jugendlichen, na ja, ob die derzeit so gut drauf sind? Aber Party unplugged, also mit echten Instrumenten ... also meinetwegen soll das halt „Bibelreise für Jugendliche“ heißen. Wir sagen ihnen schon, was Sache ist. Denn jetzt kommt der Clou: alles zum halben Preis, weil sie noch einen Testlauf brauchen. Immer noch eine Menge Kohle für zwei Wochen, aber das stellen wir schon auf!
Clara hat noch etwas anzubieten: „Ich habe gleich nach unserer Ankunft mit Arnold gesprochen, Arnold Konzelmann. Wie ihr sicher wisst, ist er Mental-Trainer und so. Mit Spezialgebiet Erlebnispädagogik, also eher für Erwachsene eben, aber ist im Grunde eh dasselbe, und für Outdoor-Aktivitäten. Und er würde mitkommen. Taugt ihm die Idee, sagt er, und im Sommer kann er sich's einrichten. Also sollte irgendwann einmal jemandem langweilig werden oder ein Teil von euch halt einmal eine Pause brauchen, fällt ihm sicher was ein. Und ich würde ihm nur allzu gerne etwas abschauen für andere Gruppen.“

Sophie stimmt ihr zwar zu, gibt dann aber doch zu bedenken: „Na dann landet unsere Reise sicher irgendwo in den Schlagzeilen, darauf legt er's doch immer an – ‚15 Jugendliche beim Rafting in trocknem Bachbett stecken geblieben', na wär das was? Nein, passt schon mit ihm."
„Dann also zum genaueren Programm: Was von dem, was wir euch jetzt gezeigt und vorgeschlagen haben, wollt ihr auf alle Fälle dabeihaben? Also wir können immer noch was ändern – und Spontaneität gehört ohnehin ganz zentral zu unserem Firmenprofil, also wir werden auch unterwegs noch Änderungen im Programm vornehmen, wenn ihr wollt. Aber was sollen wir vorläufig ...", versucht Clara Klarheit zu bekommen.
Wir sammeln, was uns zuvor durch Schilderungen und Bilder besonders ins Auge gestochen ist. Eberhard bremst uns ein, wenn wir nur noch Übernachtungen draußen einplanen wollen: „Glaubt mir, selbst in eurem Alter sind ab und zu eine Dusche und ein richtiges Bett nicht zu verachten. Aber da im Süden, da haben wir zum Beispiel einen Saal und Duschen. Aber wer will, kann dort auch am Strand schlafen. Wenn wir bei Nikos essen, ist das Quartier ohnehin frei."
Sogar die Mondphasen haben sie immer im Auge, wenn wir etwas vorschlagen: Der beste Sternenhimmel verträgt kein Mondlicht, wogegen wenn in dieser bestimmten Schlucht dann der Mond aufgeht ... Also so hab ich meine Urlaube noch nie geplant.
„Trotz aller Rabatte wird das Ganze doch auch etwas kosten. Habt ihr irgendwelche Ideen, wie wir das finan-

zieren können?“ Stefan würde nicht fragen, wäre er nicht davon überzeugt, wir finden gleich heute noch Quellen dafür. Aber jeder hier im Raum weiß, was Stefan von Flohmärkten hält, das fällt also flach.
„Wie wär's mit einer Modenschau, ich meine: mit einer richtigen Kollektion, die man auch verkaufen kann. Für Junge natürlich. Wir müssen ja nicht alles selber nähen, sondern bedrucken, bemalen oder auch so richtig fetzige Sachen selber machen, für den Sommer halt. Bella hat alle Sachen dafür, die wir brauchen ...“ Manu ist kaum zu bremsen. Ihre Schwester Bella hat auf Modeschule umgesattelt und damit Zugang zu verschiedenen Materialien und Maschinen oder ... was weiß ich: „Das ist aber schon eher was für euch Mädels ...“
„Sagt wer? Ihr könnt euch ruhig auch zur Abwechslung in den Spiegel schauen ... zur Abschreckung zumindest!“ Lena, brems dich ein!
„Meinst du mich? Sag das doch einmal deinem Sam, ich mein ... ja wirklich ... wo ist der überhaupt?“
Da hat Lena sichtlich ordentlich in den Fettnapf ...
„Was heißt ‚*mein* Sam‘? Keine Ahnung, was schon wieder mit ihm ist ...“
Sophies Begeisterung rettet die Situation, aber sicher noch lange nicht diese komplizierte Beziehungskiste: „Und wir sind die Models! ... Die Stars vom Catwalk, Elegance ... Drama, Baby, Dramaa ... Attitude! Wo machen wir das überhaupt, da müssen dann aber schon ein paar Hundert hineingehen ... verdammt, müssen wir dann mit ‚verdammt highen heels‘ und so? Und die Bade-

sachen auch selbst präsentieren? Igitt ... und wer zahlt mir denn bitte das Fitness-Center? Dreimal die Woche Minimum! ... Egal, machen wir!"

Clara kann sich noch ans Vorjahr erinnern, als die Jugendgruppe hundert Ideen für ein eigenes Musical hervorbrachte und auch immer wieder verwarf: „Manu, was ist mit eurem Theater oder Musical, wird das noch was vor dem Sommer?"

„Alles gestorben! Du weißt schon, am Schluss müssen sie sich küssen, eh klar, was sonst. Wir machen ja keinen Stummfilm, wo sie vorher ausblenden! Aber alle wehren sich, keiner will, und das war's dann!"

Clara muss laut lachen: „*Daran* ist alles gescheitert? Aber doch nicht an dir, Manu?"

„Natürlich nicht an mir! Ich bin Profi, ist doch nur Theater!"

„Dann ist's gescheitert, weil niemand ... *dich* ... glaub ich jetzt aber nicht!"

„Mann, *dafür* hat man Mütter! *Sam* wollte nicht, das war's. Und jetzt Schluss damit ... Wobei: Ich habe da so eine Idee, so was war noch nie da, das könnten wir noch hinkriegen in sagen wir mal zwei Monaten, das wär echt ein Knüller – und gar nicht so schwer. Wir müssen nur den Florian ..."

„Florian? Meinst du ein Konzert?" Sie hat Stefans Neugier geweckt.

„Verrat ich nicht, muss ich mit euch besprechen." Sie deutet auf Lena, Manu und mich. „Machen wir nachher. Aber wenn's klappt, schaut auch was raus dabei, Geld

mein ich. Und Sam krieg ich auch noch rum, verlasst euch drauf!"
„Für den Catwalk?" Ich kann's nicht lassen. Und habe auch schon einen Polster im Gesicht, ziemlich hart sogar.
„Lasst mich und Sam in Ruhe! Verdammt noch mal! Lasst uns endlich in Ruhe, es ist so schon ... es reicht jedenfalls!"
„Hab schon verstanden, verzeih." Wie kommen wir da wieder raus? Die zwei machen sich wirklich noch fertig. Ich weiß! „Sollten wir bei dieser Modenschau aber nicht auch biblische Modelle vorstellen, so Kaftane und Turbane und Römersandalen dazu, ich mein, wenn's schon eine *‚biblische Reise‘* werden soll?"
Da hat jetzt plötzlich Stefan einen Polster in der Hand: „Blödmann, hör ja auf! Sonst ..."
Endlich lachen einmal alle. Und trinken artig ihren „welteinzigsten" Tee aus.

Kapitel 22
Stefan
Sonntag, 6. April

Endlich hab ich's geschafft. Der Weg von der Messe ins Pfarrcafé ist kurz, aber meist sehr langwierig. Wer etwas von mir will, wartet irgendwo auf diesen 60 Metern von der Kirche herüber. Und das ist auch gut so! Eine Familie will in Deutschland bei der Oma taufen und sie haben erst vorgestern erfahren, dass sie da ganz dringend die Dokumente von uns brauchen. Jemand möchte mich daran erinnern, dass wir das Fest „Maria Königin“ diesmal besonders feierlich „zelebrieren“ sollen ... äh, wann ist denn das überhaupt? ... ach so, im August, und warum ... damit wir genug Zeit zum Vorbereiten haben, und weil da ja alle auf Urlaub sind, na ja, wenn aber doch alle auf Urlaub sind, wozu ... Der Mutter geht es momentan besonders schlecht, ob ich am Nachmittag vorbeischauen könnte ... Jemand hat Geld, viel Geld und möchte es der Pfarre schenken, für etwas Wichtiges ... nein, nein, Scherz! Auf diesen „jemand“ warte ich schon seit so vielen Jahren, *der* kommt nie. Viel eher schon jemand, der Geld *braucht*, und zwar *jetzt sofort* und natürlich ohne jede Chance für mich, das jetzt irgendwie nachzuprüfen: Ihm wurden alle Ausweise gestohlen, ihre Mutter in Ungarn ist gestorben und sie braucht das Fahrgeld, der Chef schuldet ihm den Lohn und er bringt das Geld ganz bestimmt morgen, wenn ... also ich kann beschwören, in 28 Dienstjahren noch keinen Groschen oder Cent jemals wieder zurückbekommen zu haben. All diese Patentgeschichten, die immer auf dieselbe Pointe hinauslaufen: Geld! Viel Geld! Und zwar jetzt und sofort! Und grundsätzlich nicht nachprüfbar. Nein! Wirklich: Nein! Weil ich weiß, dass es fast immer gelogen ist. Was morgen einer Nachprüfung standhält: gerne, soweit wir uns das leisten können – oder ich. Wenn einer fragt: „Host drei Euro für mi, waast eh: fia Tschick!“ Warum nicht, das ist immerhin ehrlich! Aber diese Singsang-Lügen: Nein, und dazu stehe ich!

Also geschafft! Na wumm, jetzt wäre ich fast mit Walter zusammengestoßen, das heißt: Wir *sind* es, aber gerade noch verletzungsfrei. „Nicht mit mir! *So* nicht! Da mach ich nicht mehr mit, wenn das hier so weitergeht. Jetzt machen sich die schon im Pfarrcafé breit, ich geh' wegen euch doch nicht in den Häfen. Bevor die nicht weg sind, könnt ihr auf mich ...", und draußen ist er. Sind „Tami" und „Isma" ins Café gekommen? Und wenn schon, sind doch keine Aussätzigen. Und die meisten wissen ohnehin nicht, wo sie wohnen. Walter hat viele Orte, wo er hingehen kann – die beiden haben nur uns! Also können wir ihn eher ziehen lassen als unsere usbekischen Gäste – so leid es mit tut. Wenn er das nicht einsieht ...

Drinnen seh ich sie zuerst gar nicht, also von „breitmachen" keine Spur. Sie sind am Jugendtisch ohnehin von der ganzen Meute umzingelt. Die sind stolz, wie viel Englisch sie ihnen schon beigebracht haben. Sie erzählen mir aufgeregt, die beiden haben Nachrichten aus Melbourne, von den Freunden, es läuft alles gut, nur noch ein, zwei Monate ... Sie zeigen mir den Brief. Aber wie haben die beiden ... ach so: Der steckte in einem anderen Brief, der an unsere Pfarradresse ging. Daniele hat ihnen den Brief gerade ausgehändigt. Na bitte, alles bestens. Und die Stiege? Sie haben eine Liste mit den Maßen für die nötigen Bretter und Schrauben; und sie sind guter Dinge, dass sie das noch vor ihrer Weiterreise schaffen. Wirklich: Der Englischkurs zeigt Wirkung, zumindest mit Ismailow kann ich mich fast fließend unterhalten.

Neulich hat mich Claras Mann ... oder Ex? ... Also jedenfalls hat ihr David angerufen und mich gewarnt vor den beiden, dass „da was nicht stimmt“ mit ihnen. Aber warum sollen sie keinen Speicher kaufen, vielleicht fürs Handy, also für die Kamera, denk ich mal. Sie fotografieren viel, sind ja noch nicht viel herumgekommen in der Welt, vielleicht als Erinnerungen an Europa, ist doch ihre Sache. Und ein Teleobjektiv, aber das hat er gar nicht gesehen, war verpackt ... also David entwickelt sich ja zu seinem Besseren, logisch: zum Schlechteren war ja kaum noch denkbar. Aber ob sein Russisch dafür ausreicht? Na für ein paar „Männerscherze“ vielleicht, aber sonst? Und er ist sich ja selbst unsicher: Manu soll ich jedenfalls nichts erzählen von seinen Bedenken. Na, die würd' ihm auch Kontra geben! Natürlich sitzt sie wieder mittendrin, *mit* Sam diesmal, Gott sei Dank.

„Hast du den Merowitsch noch gesehen?“, fragt Gregor. „Der ist vielleicht ungut drauf, der soll einmal chillen, der Typ! Und überhaupt: Wenn er nicht so ein Theater macht, interessiert sich doch eh keiner für die beiden, ich meine, wo sie gerade zufällig wohnen.“

„Der ist doch völlig angepisst, der Typ!“, legt Charlie nach.

Gregor ist keiner, der sich fürchtet. Nicht, dass er die Konfrontation herausfordert, aber Angst hat er keine vor Konflikten, auch nicht vor der Fremdenpolizei. Die beiden schauen jetzt ganz verängstigt drein. „Keine Angst, Walter will jetzt wegbleiben, bis die beiden ... ihr beide abgereist seid. Okay, soll er. Aber er wird sicher nichts herumerzählen.“

Sam fährt dazwischen: „Wenn wir die beiden wegschicken wegen so einem Gesetzeslehrer – na wirklich, wenn das kein Pharisäer ist –, dann können wir doch gleich zusperren. Was hat das noch mit Jesus zu tun? Jünger müssen sich bekennen, wie das schon am Anfang der Kirche ... Oder wollt ihr jetzt auch schon ..."
Gregor ist sichtlich unwohl, und bevor Samuel jetzt auch noch zum Martyrium aufruft, lenkt er lieber ab: „Und Daniele. Er hat zuerst den Brief gebracht, aber irgendwie war er sehr ..."
Da kann ich ihn beruhigen: „Ach Daniele, der schaut doch auch sonst öfters finster drein. Nein, nein, der ist stolz auf seine Herkunft aus dem damals auch fernen Italien, auch jetzt noch in vierter Generation. Der steht da voll dahinter. Auf seine Art halt."
„Und diese Sache mit Ostern, na, du weißt schon, die Statue, also die beiden haben da eine Superidee, wir brauchen dazu nur ein paar Ytong-Blöcke." Sam wollte eigentlich noch nachlegen, aber Gregor gibt das Heft nicht mehr aus der Hand.
„Ostern? Welche Statue? Ytong-Blöcke? Steh ich auf der Leitung oder ...?"
Lena füllt den tatsächlich weiten Gedankensprung aus: „Stefan, du hast doch letztens, also am Mittwoch, von den Gefangenen gesprochen, na, von diesen Statuen vom Michelangelo, kannst dich nicht mehr erinnern?"
Natürlich kann ich. Sie haben mich eingeladen, mit ihnen das Thema „Sünde" zu diskutieren. Natürlich sind sie davon irritiert, dass „in der Kirche" dauernd von den

Sünden die Rede ist. Erstens viel zu oft – und zweitens von den falschen. Und wollten wissen, ob die Leute Umweltsünden auch beichten oder Gewalt gegen Kinder, oder immer noch die mysteriösen „unehrenhaft ausgesprochenen heiligen Namen" oder diverse Formen von „Unkeuschheit", wo doch heute wirklich jede und jeder weiß ... Also bitte, es gibt ein Beichtgeheimnis! Und bei der geringen Zahl der Beichtenden wäre das schnell unterlaufen. Aber natürlich haben sie teilweise, sogar mehr als nur teilweise, recht. Wie die Jungen ja meistens recht haben, sofern sie ehrlich sind. Wenn ich ehrlich bin.
Es wurde ein gutes Gespräch, auch wenn sich die Jüngeren daran weniger beteiligten. Und mir fielen als Bild die „Sklaven" des Michelangelo ein, aus der Akademie in Florenz. Vier Statuen mit kräftigen Männern, die sich erst aus dem Stein herauskämpfen, zum Teil noch im Stein stecken, sogar noch Stein *sind*. Im Kern heißt Sünde für mich, dass ein Mensch noch nicht der ist, der er sein könnte, also unfertig. Der Prophet Ezechiel spricht vom „Herz aus Stein", das zur Liebe noch nicht fähig ist. Und so sind wir halb schon lebendiger, mitfühlender, fantasievoller Mensch, zum Teil noch geistlos, dumpf und egoistisch, eben noch im Stein gefangen.
Sam hat die Statuen gegoogelt und legt mir Kopien vor: „Also, groß muss er schon werden für eine Megakirche wie unsere. Alles unter zwei, eher drei Metern kannst du vergessen. Aber warum nicht?"
„Verstehe ich euch richtig? Ihr wollt einen Michel-

angelo ... kopieren? Aus Ytong? Und wer pinselt jetzt noch schnell das Letzte Abendmahl von Leonardo an die Wand, nur so, für den Gründonnerstag?“

„Null Problemo! Tamerlan ist Spezialist für Kettensägen-Massaker.“ Ausgerechnet Charlie! Eine klassische Statue?

Lena greift wieder ein: „Schau, der da ... der geht, der heißt ‚Atlas‘. Der steckt noch am meisten im Stein, ich mein, wir müssen da nicht das Gesicht, nur seinen Sixpack-Body und Teile der Beine und Arme, keine Hände und Füße, das wäre zu steil.“

„Ihr meint, ihr kriegt das hin? Die ganzen Proportionen, das ist nicht so leicht wie ...“

„Schau, wir beamen die Bilder auf den Block, von zwei Seiten immer, gibt tausend Bilder davon im Internet. Tami sagt, er hat bei ihm zu Hause im Winter einmal Eisskulpturen gemacht – nur so mit seiner Motorsäge. Er macht das Grobe – und wir dann die Details. Klar wird uns das keiner für echt abkaufen, aber es geht ja um den Sinn ...“ Da muss ich zustimmen. Ziemlich unverfroren, diese Idee. Das wäre wirklich was, das einem dann durchaus einleuchten kann. 18 Quader möchten sie ... na ja, das ist leistbar, auch wenn ...

„Stark Hand – und weich Hand, stark und weich!“ Tamerlan zeigt mir, wie er sein Gerät halten und bewegen will. „Nur, nur ...“

„Nur grob!“, kommt ihm Sam zu Hilfe. „Den Rest machen dann wir. Also ich nenn’s eine Herausforderung. Ist ein wichtiges Thema ... Sünde.“

„Na gut, wenn das gelingt, das wär wirklich was! Wie steht's übrigens mit der Bibelreise? Interesse?"
„Erst sechs Anmeldungen. Irgendwer hat das Gerücht aufgebracht, dass dort lauter Skorpione lauern, besonders wenn wir im Freien schlafen. Den Unsinn müssen wir noch abstellen. Ich hab Mama und die zwei anderen auf Kreta schon angemailt. Die müssen uns da beim Beruhigen helfen."
Gregor fällt Manu unverschämt in den Rücken: „Also, wenn ich mich recht erinnere, Lena, als wir zwei im Sommer oberhalb der Schlucht waren. Also dort in der Kantine, dort haben wir doch einen Skorpion in Spiritus gesehen ... und, was glaubt ihr? Also ich sag nur eins: dreißig Zentimeter!"
Sophie ist entsetzt: „Dreißig! Das ist jetzt aber ein Scherz! Lena, das ist doch ..." Die nickt nur stumm – und zeigt die entsprechende Länge.
„Also ich bin dabei, ich meld mich an, jetzt habt ihr mich überzeugt! Kannst mich gleich auf die Liste setzen: Charlie Bergler! Dreißig Zentimeter, wow!"
„Und wann wollt ihr anfangen?" Bevor ich selbst noch die Panik krieg vor diesen Viechern ...
„Am besten gleich am Mittwoch. Paps besorgt die Blöcke ... auch wenn er bisher noch nichts davon weiß."
Niemand zweifelt an der Wirksamkeit von Manus „Charme", außer Sam vielleicht, aber die beiden dürften gerade wieder eine ihrer besseren Phasen durchmachen.
„Ihr habt ja noch gar nichts gegessen! Aber hallo, den Kuchen hab ich selbst gemacht, also bitte ..."

Ismailow wendet sich dann noch direkt an mich, um mich zu beruhigen. Für seinen Freund ist so eine Statue überhaupt kein Problem. Er hat schon viel kompliziertere gesägt für ein Eisfestival in Taschkent. Und sollte ich irgendwo Hilfe brauchen, jetzt vor Ostern, soll ich es ihm nur sagen. Maria kann also zufrieden sein mit uns! Welche Maria? Na, *die* Maria! Wenn nur diese blöden Skorpione nicht wären ...

Kapitel 23
Lena
Mittwoch, 16. April

Wo sind sie denn? Kein Licht! Kein Mensch da? Ist doch Mittwoch? Nicht einmal Taschen oder Schlafsäcke. Klar sind einige jetzt weg, sind ja Osterferien. Aber die anderen quartieren sich doch sonst immer mal hier ein, wenn schulfrei ist. Auch Gregor kann sich's nicht erklären: „Schwache Performance heuer, herrscht wieder einmal Krise? Du brauchst nur ein paar Tage weg sein, und irgendein Stress bricht aus ..." Ich gehe gerade die Liste in meinem Handy durch, da kommt Sophie atemlos hereingestürmt, weiß angestaubt, als käme sie aus einer Backstube: „Hallo! Was macht ihr denn da? Du, Lena, glaubst du, dass wir damit den Ytong kleben können?"
„Was? Was hast du denn da? Leim ... also ich weiß nicht ... Gregor, schau mal!"

„Das Zeug ist doch zum Bauen da, also am besten wäre Zement, zum Beispiel so einer fürs Fliesenlegen, aber ..."
„Mann, wo soll ich denn jetzt Zement auftreiben. Ich versuch's halt mal", und weg ist sie.
Ich laufe schnell ins Stiegenhaus und schreie ihr nach: „Wo rennst du denn hin?" Hört sie nicht mehr.
„Du, ich schätze, die sind irgendwo drüben in der Kirche. Die machen den Michelangelo also doch, diesen ... ‚Atlas', dachte schon, das wird heuer nichts mehr. Schau'n wir rüber?"
Seit ein paar Jahren fahre ich mit zwei Freundinnen noch aus der Schulzeit so knapp eine Woche vor Ostern zum Skifahren nach Tirol. Unsere Partner kommen jetzt auch mit. Die meiste Zeit echt ein Traum, das Wetter. Und Schnee mehr als genug, hört ja heuer überhaupt nicht auf, dieser Winter. Zu den Feiertagen müssen wir natürlich da sein, Ehrensache.
Das mit der Statue war so eine Last-Minute-Idee, kam eigentlich viel zu spät. Zuerst hatten sie alle noch ihre Megatests und Schularbeiten. Und dann hat sich Manus Vater ewig mit dem Ytong Zeit gelassen. Eigentlich haben wir Stefan schon auf nächste Ostern vertröstet. Soll ja auch noch irgendwas mit einem Tanz oder gar einer Choreografie über die Bühne gehen. Wo doch die Hälfte irgendwohin ausgeflogen ist noch dazu, wie wir zwei ja auch. Andererseits: Was nicht gleich geschieht, solange die Leute noch geil drauf sind ... Also in einem Jahr ist das Ganze abgestandenes Wasser, will's auch keiner mehr. Natürlich lassen wir alles liegen und begeben uns

auf die Suche. Null problemo: Wer könnte schon Tamerlans Motorsäge überhören. Im vorderen Seitenschiff fällt gerade ein weißer dünner Keil zu Boden und zerbricht. Nur dort brennt das volle Licht. Je zwei Quader nebeneinander, acht Quader hoch, wie eine Säule und weiß wie Carrara-Marmor, bestrahlt von zwei Beamern im rechten Winkel, die Abbildungen projizieren ... tatsächlich! Das hat ja schon Form angenommen, noch ziemlich eckig, aber schon erkennbar, sogar vom Eingang aus ... also groß genug ist das Ding, definitiv!

Manu und Sam kommen auf uns zugelaufen – „Hej! Gratuliere, das ist ja ..." – kommen *nicht* auf uns zugelaufen, zischen an uns vorbei, bleiben vor dem Gitter hinten stehen, ignorieren uns völlig! Aber hallo! Die Säge macht gerade Pause, sodass ich Sam verstehen kann. Er ist ja auch nicht gerade chillig drauf:

„Kapierst du denn das wirklich nicht? Am Karfreitag soll ich mit irgendwelchen unnötigen Tussis irgendwo abtanzen, ausgerechnet am Karfreitag? Das ist doch krank!"

„Du, das sind meine besten Freundinnen, du Blödian! Die haben nur am Freitag Zeit, und Geli hat Geburtstag!"

„Du machst doch das alles hier! Ist dir der Karfreitag völlig ... ist das alles *nichts* für dich? Nur so eine Show, ha ... für zwischendurch? Geht dir das nicht auch an die Nieren?"

„Sam, wir feiern ja hier, aber das ist ja aus um acht oder so. Und dann? Ich bin doch keine Klosterschwester, ich kann doch die Geli nicht allein ..."

„Und ich? Es geht doch um Jesus hier! Um sein brutales

Ende, alles freiwillig, nur aus Liebe! Zu uns! Soll ich um acht dann den Schalter umlegen, also *ich* kann so was nicht – und will auch nicht, ich versteh dich nicht, wie du ...!“

„Was hat denn der Jesus davon, dass ich die ganze Nacht um ihn trauere?“ Manu verzerrt ihr Gesicht zu einer heulenden Grimasse. „Ich will doch nur meiner besten Freundin eine Freude machen, gerade jetzt, die muss raus jetzt und leben, und ich auch – und du bist ein verdammt fader ... Herumhocker! *Das* ist pervers!“

„Ein was? Drum geht's doch nicht! Aber wenn wir hierherkommen und ... ich mein, wir beten hier für alle, die verdammt leiden an dieser Welt, wirklich, mehr als unsereins überhaupt ... die allein sind und nicht weiterwissen ... all die Millionen Flüchtlinge ... also mir geht das nahe, ich kann da nicht eine halbe Stunde später ...!“

„Ach, oje, all die leidenden Menschen. Die *sind* mir nicht egal, wirklich nicht, aber die Geli, die kann damit nichts anfangen, also mit Kirche und so. Und soll ich die allein lassen an ihrem verdammten Karfreitags-Geburtstag? Ihr Freund hat mit ihr Schluss gemacht, ich mein, die braucht doch jetzt auch jemanden ...“

„Ist doch kein Wunder, dass der mit ihr ...! Ist doch nur ein Wunder, dass überhaupt einer mit der etwas *angefangen* hat ... so wie die ...“

Das ist zu viel. Manu kann sich nicht mehr halten: „Weißt du, dass du ein Scheißkerl bist, ein arroganter ... scheinheilig tiefsinniger Scheißkerl! Du brauchst mich nie mehr, verstehst du: NIE MEHR ...“ Sie schlägt auf ihn

ein. Er schaut entsetzt, rennt dann zur Tür hinaus. Sie hält sich heulend am Gitter fest. Ich lauf zu ihr hinüber, halte sie fest, es schüttelt sie richtig, durch und durch, sie kann sich kaum auf den Beinen halten.
Zum Glück hab ich vom Skifahren noch Taschentücher eingesteckt. Gregor steht ziemlich hilflos daneben. Die anderen vorne haben nichts bemerkt, sehen nicht direkt hierher – und dazu wieder der Lärm der Motorsäge. Erst nach einiger Zeit ist sie fähig, mit uns nach vorne zu gehen. Unterwegs flüstert sie halb zu sich selbst, halb zu mir: „Das ist doch nicht möglich, ich mein, dass ich ihn trotzdem ... wo er mich so, so ... dieser Scheißkerl."
Benzindampf, ganz schön ungewöhnlich hier. Ob das bis morgen rausgeht? Tamerlan hat die Säge abgestellt. Er lächelt Gregor und mir zu, zieht sich schnell den Arbeitshandschuh aus und begrüßt uns. Jetzt sehe ich erst Ismailow: Er putzt die Holzböden unter den Bänken, kluger Weise vorerst weitab vom staubigen Geschehen. Sophie, Tommy – und sogar Ulli, das erste Mal seit Weihnachten wieder in Wien. Wir umarmen uns, bis ich endgültig staubig bin wie alle hier. Nur Gregor noch nicht, der umarmt nicht so viel wie ich – na ja, vielleicht auch besser so. Ein bisschen Leben kommt zurück in Manus Augen. Und blass schauen hier ja alle irgendwie aus, also fällt den anderen fürs Erste nichts auf. Sophie scheint bei ihrer Reparaturarbeit Erfolg zu haben. Es ist aber nur eine Ecke oben im Block, also an dem Teil, der ohnehin nicht Mensch wird. Die anderen haben offensichtlich nur darauf gewartet, dass das „Kettensägen-Massaker" ein

Ende nimmt und machen sich jetzt mit Feile, Hammer und Spachtel an die Feinarbeit.
„Könnt ihr bitte mal aus dem Licht gehen! ... Ach, ihr seid das, na? Was sagt's?"
„Und bis wann ...?"
„Bis wann? Was heute nicht fertig wird ... was soll's, *er* ist ja auch nicht fertig geworden! Morgen ist Gründonnerstag, und bis Samstag muss ja auch der Tanz noch stehen ..."
Wir sind ehrlich begeistert. Der Ellbogen ist fast fertig, markant und dem Original wirklich ähnlich. Der „Sixpack-Body" ist ganz okay, ja, zugegeben, dass der Michelangelo da schon noch seine Überlegenheit ausspielt – verstand ja auch was von schönen Männern ... Vielleicht ist da noch etwas mehr drin. Das Bein, das heißt das Knie, das ist erst in Arbeit. Wir sind richtig stolz auf sie. Das hätten wir ihnen, ja auch uns, nie zugetraut. Unglaublich. Nur kann ich das nach dem wilden Streit zuvor noch nicht so richtig zeigen. Aber die drei sind ohnehin mit sich und ihrem Werk beschäftigt und geben sich fürs Erste mit unseren hoch gestellten Daumen und dem üblichen „Gimme five!"-Abklatschen zufrieden. Ich setze mich zu Manu, die sich etwas abseits in eine Kirchenbank verdrückt hat. Wir sagen nichts, rücken aber ganz nahe zusammen, es ist ja auch verdammt kalt hierherinnen, aber nicht deswegen. Auch Gregor setzt sich neben uns ... ab und zu fangen wir fragende Blicke ein, aber nur kurz, sie sind gleich wieder voll beschäftigt. Nur Ismailow arbeitet sich langsam von Bank zu Bank zu uns

nach vorne. Und tippt mir auf die Schulter. Ich dreh mich um: Es ist nicht Ismailow, sondern David, Manus Vater. Will sicher sehen, was aus seinen Steinen geworden ist. Na, da staunst ... Der ist aber gar nicht so cool drauf wie sonst immer. Jetzt hat ihn auch Manu bemerkt.

„Ich komme gerade vom Gürtel, gleich nebenan, also ... Sam ist in ein Auto gelaufen! Ich hab nur das Blaulicht gesehen ... ich wollte gerade herkommen und sehen, was ihr hier ..."

„Was ist mit ihm?" Manu ist mit entsetzt aufgerissenen Augen aufgesprungen.

„Ich weiß es nicht, sie haben ihn weggebracht, ins Unfallspital. Ich weiß es echt nicht! Manu, komm mit, Stefan fährt uns hin, ich hab ihn angerufen, komm schnell!"

„Stefan, warum Stefan, ist es so schlimm, Paps, was ist mit ihm? Nein! ... Nein!"

„Sie wissen es nicht, sie haben ihn ganz schnell ... Ich hab ihnen nur die Nummer seiner Eltern geben können."

Manu springt auf, zieht Gregor und mich mit sich und wir laufen raus und ums Eck, wo Stefan bereits mit dem Wagen wartet.

Kapitel 24
Stefan
Mittwoch, 16. April

Manu wollte unbedingt noch eine Kerze anzünden. Sie hat mir einmal verraten, dass sie öfters in die Lourdes-Grotte neben der Kirche gekommen ist in den letzten Monaten, möglichst heimlich, um ein Licht anzuzünden für ihre Mutter, als die noch verschwunden war, und für ihren Vater auch. Ich musste nur noch schnell ins Pfarrbüro, um den Schlüssel zu holen. Inzwischen sind die drei Bildhauer gerade aus der Kirche gekommen und haben sich ihnen angeschlossen. Sie hatten zuvor gar nichts mitbekommen. Ein paar Lichter brennen hier noch. Wenn ich abends hier vorbeikomme, scheint das warme Licht fast immer durch die Glastüren. Manu findet im Halbdunkel eine Kerze und zündet sie an einer brennenden an, dann auch ihr Vater, Lena und Gregor eine gemeinsame, die Staubigen auch, alle mit etwas Abstand zu Manus Licht, zuletzt noch meines.

„Danke! ... Und beschütz ihn, damit nicht doch noch ...“ Manu hat sich wieder erfangen. Ihre Stimme klingt wieder fester, fast entschlossen. Nach und nach verlassen wir den Ort, der auf einmal gar nichts Kitschiges mehr an sich hat. Draußen weiß dann keiner so recht.

„Was macht ihr denn da? Ach mein Gott ja, Samuel, wegen Samuel seid ihr hier! Wie geht es ihm denn ... er ist doch nicht, nein!“ Franziska hat uns entdeckt, als sie gerade ihr Lokal, den „Alexander“, verlassen wollte. Eine

Gastwirtin erfährt eben immer alles, vor allem eine, die zuvor so lange Pfarrsekretärin gewesen ist.
„Nein, er ist außer Lebensgefahr! Aber es hat nicht viel gefehlt ..." Lena springt für Manu ein, die plötzlich wieder nichts herausbringt.
„Kommt rüber zu uns!"
„Aber du ..."
„In dem Zustand geht ihr mir nicht nach Hause, kommt rüber, war nicht viel los heute. Ihr habt sicher noch nichts gegessen!"
Kostas, der eben abgesperrt hat, schließt nach einem kurzen, erstaunten Blick wieder auf und schaltet das Licht ein: „Wartet, ich bringe euch mal was Warmes! Kretischen Bergtee mit Thymianhonig, oder wollt ihr was Stärkeres?" Dabei blickt er David und mich an, aber wir schütteln die Köpfe. „Jetzt erzählt schon: Ist es doch nicht so schlimm?"
Ich übernehme den Bericht. Samuel ist scheinbar ohne zu schauen quer über den Gürtel gestürmt. Mitten in den Pulk hinein, der schon Grün hatte und wahrscheinlich gerade ordentlich Gas gab. Aber er hatte noch Glück und stieß auf den Wagen eines jungen Türken, der sehr schnell reagierte. Der kam sogar noch ins Spital mit aus lauter Sorge, obwohl er ziemlich sicher schuldlos ist. Er ist Hobby-Boxer, hat er uns erzählt, und wer weiß: Vielleicht hat seine schnelle Reaktion Samuel das Leben gerettet.
Nach und nach fanden wir im Spital alle die richtige Station, bald auch Sams Eltern. Gut eine Stunde lang war

nichts zu erfahren aus dem Operationssaal. Manu war wie versteinert. Plötzlich sprang sie auf und ging auf Sams Eltern zu: „Bitte verzeiht mir, ich wollte das doch nicht. Wir haben gestritten, ganz hässlich gestritten ... ich wollte ihn noch festhalten ... das darf doch nicht das Letzte sein, das wir beide ...“ Aber Lisa hat sie nur fest umarmt und ihr etwas zugeflüstert, was viel mehr bewirkte als die meisten Lossprechungen, die ich in der Beichte geben kann. Für den Augenblick zumindest.
Dann gab's endlich in Gestalt einer jungen Ärztin eine vorsichtige Entwarnung: Sein rechter Arm ist gebrochen, doppelt, eine Abwehrhaltung wahrscheinlich, schwere Gehirnerschütterung, aber kein Trauma, Milzriss vermutet, das braucht eben Zeit zum Heilen – und was auch jetzt noch Grund zur Sorge gibt: Zwei Rippen sind gebrochen, haarscharf am rechten Lungenflügel, zum Glück nicht eingedrungen, aber das muss jetzt einige Zeit ganz ruhiggestellt werden, darum der Tiefschlaf, zwei Tage zumindest, aber ... „Atmen Sie durch, das hätte wirklich schlimmer ausgehen können, ein paar Stundenkilometer mehr ... Natürlich, Sie können ihn kurz sehen, aber dann ... Sie können heute schlafen, wir schauen auf ihn!“
Lisa, Manuel und Manu mussten sich dann die Hände desinfizieren und diese grünen Überzüge anziehen, aber immerhin keine Gesichtsmasken. Wir anderen sahen ihn nur durch ein Fenster. Zumindest von hier aus wirkte das Bild nicht so bedrohlich wie befürchtet: Nur eine Infusionsflasche und ein Kontrollgerät für die Herztöne, sonst schien er ruhig zu schlafen. Lena nutzte die erste

Möglichkeit, um mir von dem Streit zu erzählen: „... also Gregor und ich, also *so* könnten wir nie streiten, so verletzend, so als gäb's kein Morgen! Aber sie werden wieder, du wirst sehen ... Sam kann so starr sein, wie ein, wie ein richtiger Taliban fast, nein, das will ich auch nicht so sagen, aber ..."

In dem Moment kamen sie wieder heraus, nur Manu drehte sich noch einmal um und drückte ihm einen Kuss auf die Stirne, das heißt eher auf die Schläfe, denn auf seiner Stirne klebte ein großes Pflaster. Seine Eltern mussten dann wieder nach Hause. Sie hatten Ruth nur schnell bei einer Nachbarin „abgegeben". Ihr müssen sie jetzt noch alles erzählen. Von Manuel habe ich bei all dem kaum ein Wort gehört. Und von David viel weniger als sonst.

Kostas bringt den Tee und kurz danach eine einzige, riesige Omelette und Brot: „Keine Ahnung, was da alles drin ist, alles, was gefunden ich in der Küche ... aber das schmeckt mir dann immer am besten so, kalí órexi!" Wir sitzen um den runden Tisch und löffeln einmütig aus der schweren Pfanne. Manu bemüht sich tapfer, auch ein wenig zu essen, viel ist es nicht. „Wenn ich dran denke, wie schnell alles aus sein kann, einfach alles, dann wird mir ganz schlecht!", entfährt es ihr und sie legt den Löffel weg. Ich denke an eine Familie, die bis heute täglich ein Licht anzündet, für ihren Sohn. Doch der kam nicht mehr nach Hause, nicht einmal mehr bis in ein Spital. Wenige Wochen nach dem ersehnten Führerschein konnte er die Spur nicht halten ... Gegenlicht ...

schmutzige Straße, nasses Herbstlaub. Der Traktorfahrer konnte nicht mehr ausweichen. Sie alle hier haben noch nichts Schlimmeres erlebt als diesen heutigen Tag, nicht einmal David. Ich schon. Dann kommt auch noch Bella. Sie ist schon seit einer Stunde hinter uns her. Als auch sie alles Wichtige weiß, bietet sie ihrer Schwester an, ihr „den Tanz abzunehmen“.

Das glaub ich jetzt nicht: „Von welchem Tanz redet ihr da? Davon weiß ich ja noch gar nichts! ... Sagt bloß nicht, das wollt ihr jetzt auch noch ...!“

„Wir wollten dich ja auch überraschen damit!“, kommt prompt Bellas Antwort. „Außerdem war bis heute nicht sicher, dass das wirklich noch was wird, sind ja noch drei Tage, Zeit genug ... normalerweise. Aber jetzt, wo die Statue fertig ist, viel schneller als erwartet, na ja fast fertig zumindest.“

„Und wie wollt ihr das ... Ich meine, als Pfarrer sollte ich doch so einigermaßen wissen, was in der Osternachtfeier geschieht ... so ungefähr zumindest.“

„Lass dich überraschen! Ein ‚Tanz des Lebens‘ jedenfalls ...“

Lena und Gregor zucken auch mit den Schultern: „Keine Ahnung, sind gerade erst wieder zurück in Wien. Null Ahnung, was die aushecken ...“

„Lass sie doch, und wenn schon, warum sollen nur wir Alten immer was anstellen? Sie bringen sicher Leben in unser Osterfest, wird uns allen guttun nach all dem heute. Wartet, ich bring euch noch was ...“ Franziska läuft in ihre Küche und kommt mit einem Teller Bäckerei zurück: „Griechische *Winter*-Bäckerei – hoffentlich für heuer zum letzten Mal. Soll schöner werden mit Ostern, deutlich sogar. Wenn der Sam rauskommt, ist Sommer. Ich glaub, das brauchen wir jetzt alle. Schaut euch meinen Kostas an, der ist schon ganz mieselsüchtig ..."

„Ich, miesel..., was heißt das überhaupt? Wie soll denn ein alter Mann wie ich ausschauen, der in drei Monaten verheiratet sein wird ..." Zuerst schaut er ganz verzweifelt drein, dann bricht er in schallendes Gelächter aus und kann sich gar nicht mehr halten.

„Ihr beide ...?"

„Im Sommer?"

„Da sind wir ja auf Kreta, oder? Das ist ja genau ..."

„Gratuliere, Franziska, Kostas, was hast du für ein Glück!", rufe ich ins Durcheinander.

„Na, sie vielleicht nicht?"

Mitten in die ganze Aufregung hinein hat er gekonnt eine Flasche herbeigezaubert, der jetzt niemand mehr auskommt. Rundum gießt er ein und prostet zuerst Franziska, dann allen einzeln zu: „Und du, also ihr ... Ihr beide seid die Nächsten nach uns, glaub's dem alten Kostas, der spürt sowas!"

„Wir?" Manu steht plötzlich wieder im Mittelpunkt. Es ist schlagartig still geworden.

„Er hat ja selten recht, mein guter Kostas", lächelt Franziska sie an, „aber für so was hat er ein sagenhaftes Gespür. Und ich auch!"

Manu bringt ein kleines Lächeln hervor. Immerhin das erste heute. Und ehrlich ist es auch, dafür hab ich wieder ein Gespür. Wir belassen es aber bei dem einen Glas und machen uns kurz vor Mitternacht auf den Heimweg. Was Kostas da gesagt hat? Wenn das bloß wirklich so ist ... Je länger der Abend wurde, umso mehr quält mich die Frage, die niemand ausgesprochen hat ... oder vielleicht doch – Manu, als sie seine Eltern um Vergebung bat ... Wollte er sterben, wollte er sich umbringen? War er denn so verzweifelt? Mein Gott, was kommt da noch auf die beiden zu! Oder war's doch nur Unachtsamkeit in einer Ausnahmesituation? Wenn Kostas da bloß recht behält!

Kapitel 25
Victor
Karsamstag, 19. April

„Gruscha, zieh dir doch was an! Oder komm rein ...!"
„Wieso denn, wer soll mich denn hier sehen? Komm du doch raus, hier ist es herrlich: der erste warme Abend seit ewigen Zeiten! Du, die Glocken läuten überall ... warum überhaupt?"
„Ostern."
„Was, heute?"
„Die feiern selten wie wir, meistens vor uns. Nur unsere Nachbarn hier, die scheinen Ostern verschlafen zu haben."
„Ja wirklich, gar kein Licht in der Kirche."
„Komm rein jetzt, ich serviere nicht auf die Terrasse!"
„Was hast du denn? Eine Minute ..."

Von wegen „sieht mich ja keiner“! Wenn ich bloß wüsste, wie die das gemacht haben. Da hab ich extra alles über Strohmänner abgewickelt, eine Tarnwohnung in Prag angemietet und bin dort gut sichtbar eingezogen, was soll ich denn noch tun! Es muss ein ganz blöder Zufall sein, vielleicht hat sie mir die Leute ja hierher mitgeschleppt, irgend so ein Paparazzo, der hinter dem „geheimen Leben der Partyqueen Tatjana Welofkina“ her ist. Wenn ich bloß wüsste, wie die das angestellt haben. Dieses Penthouse ist absolut uneinsehbar, deswegen hab ich's ja ... Ich meine, die werden doch nicht auf den Kirchenturm geklettert sein! Es fliegen verdammt viele Hubschrauber hier herum, wahrscheinlich wegen dem Riesenspital gleich nebenan. Wenn ich das gewusst hätte! Vielleicht war ja einer davon nicht mit Patienten unterwegs.
Gegen Drohnen hab ich mich abgesichert. So ein neuartiger Sensor, der ihre Motorengeräusche aufspürt. Zumindest so weit, dass scharfe Fotos nicht mehr möglich sind. Hat aber nie angeschlagen. So ein Schmierfink wäre noch das kleinste Problem: Der kriegt sein Geld, kriegt gesteckt, was für ein Kaliber ich bin – und hat die Hosen gestrichen voll. Aber wenn ihr Mann dahintersteckt? Pjotr! Der hat so was drauf. Und der ist doppelt gefährlich: wegen ihr – und wegen unserer „geschäftlichen Differenzen“. Nur warum dann dieser Brief? Wenn der von uns weiß, der erpresst mich doch nicht. Tatjana ist eine Frage der Ehre für ihn, das ist die Kriegserklärung für ihn – und der Krieg tendiert immer zum Äußersten ...“
„Vic!“

„Jetzt komm schon rein!"
„Gleich!"
Ob sie was merkt? Nein! Ich kann pokern; ich bin ein exzellenter Schauspieler. Wenn sie schon da ist, wollt' ich's noch einmal richtig krachen lassen ... bevor ich zu den Mönchen geh. Ist ja auch ein verdammtes Teufelsweib, meine Gruscha, nicht mehr meine ... So eine – da können mir diese ganzen Nutten gestohlen bleiben, auch die teuren. Aber einer wie ich muss eben wissen, wo man schnell zuschlagen muss – aber auch wo's vorbei ist. Interessante Frage, was davon wichtiger ist.
„Wenn du jetzt nicht kommst, verdrück ich auch deinen Hummer, ich hab einen Riesenhunger!"
„Ja warum denn das, mein kleiner Vic?" Das sagt sonst keiner zu mir, freches Luder, aber immerhin kommt sie jetzt endlich herein. „So wild wie du mich vernascht hast, müsstest du doch für Tage satt sein. Brrrr, die Abkühlung hab ich einfach gebraucht." Sie wirft sich ihre Seidenbluse über, sonst nichts – und setzt sich mir gegenüber: „Lass mal schauen! Hast du noch den Sauvignon von letztens, der war einfach irre?"
„Sicher." Ich hole die letzte Flasche. Alles Erstausstattung. Seit ich hier bin, ordere ich nichts mehr von Bedeutung. Hinterlässt alles Spuren, zumindest wenn du „Freunde" mit Bluthund-Qualitäten hast. Wir trinken, also das Zeug ist wirklich exzellent. Echt schade, dass es die letzte Flasche ist. Von ... 36? Ich nehme mir noch ein Glas. Sie prostet mir zu, ihre Bluse gleitet über diese unglaubliche Brust, ich hab noch nie eine gesehen, die

mich so ... am liebsten möchte ich sie gleich noch einmal, was soll's ... wer weiß, wie lange ... NEIN! Ich trinke aus, greife in die Schublade gleich nebenan, und werfe ihr die Bilder hin: „Tatjana, pack deine Sachen, wir sehen uns *nie* wieder!"
„Vic, bist du ..." Sie kann das Glas gerade noch abstellen, aber gießt dabei den Wein aus. „Bist du verrückt? So kannst du mich ..."
„Schau sie dir an. Irgendwer erpresst mich. Das Geld ist kein Problem, das erledige ich, aber wenn Pjotr die in die Hände kriegt ... es geht einfach nicht mehr!"
Ihr ist mit einem Mal kalt geworden, sie hat sich blitzschnell in ihre Bluse gewickelt. Die Hände verschränkt, starrt sie auf die drei Bilder.
„Die sind vom 23. oder 24. März, da war noch Schnee auf der Terrasse. Wir sind beide gut zu erkennen, du draußen, ich hinterm Fenster, unglaublich scharf ..."
„Kann man wohl sagen!" Ein Lächeln huscht über ihr Gesicht, ein sehr kurzes jedoch nur. „So ein Kerl wie der, der mich im Vorjahr auf Ibiza erwischt hat, na, du weißt schon, so ein Paparazzi? Hat mich aber gut getroffen, nur halt ein bisschen ... beim Umziehen halt ... der Mistkerl ..."
„Paparazz*o*! Schön wär's, so einer kriegt das Geld und hält sein Maul. Wird auch so sein. Aber bevor der anderen Leuten auch noch den Tipp verkauft ... Wir sehen uns nie wieder, alles andere wäre Selbstmord. Hast du das kapiert?"
„Aber wie haben die denn, das geht doch hier gar nicht ..."
„Scheißegal, *wie* ... sie *haben* jedenfalls, und bevor das

Ganze endgültig zum Albtraum wird, musst du augenblicklich verschwinden!! Ist das klar?"
„Du schmeißt mich raus? Mitten in der Nacht! Du ... du weißt das schon alles, vögelst mich wie ein Verrückter ... und dann ... Du, du bist ja ein richtiger Scheißkerl!"
„Kapierst du denn nicht? Sex ist das Schönste im Leben, überhaupt ... mit dir, aber das *Aller*schönste ist schlicht zu überleben! Du und ich! Pass auf jetzt, was ich dir sage: Du rufst jetzt ein Taxi ... nicht hierher, nach vorne zur Währingerstraße, immer links hinunter, so weit musst du schon gehen, nein ... ruf deine Freundin an, die soll's dir bestellen, aber auf einem Prepaid-Handy, verstanden? Und fahr mit der Westbahn, mein Gott, dann fahr eben mit dem Taxi bis ... Linz. Oder Salzburg, was weiß ich. Und dort nimm ein anderes. Keine durchgehende Spur, verstanden? Hast du das verstanden?"
Sie zieht sich wortlos an, so schnell sie kann. Sie zittert? Vor mir? Aus Angst? Vor Wut? Auch ihrem Blick kann ich's nicht entnehmen. Sie rennt ins Bad, um sich zu schminken. Sie würde darauf niemals verzichten, selbst wenn sie schon durch die Türe schießen würden ... Sie ist nicht zu bremsen. Wütend stülpt sie sich die Perücke über. Sie packt ihren hastig geschlossenen Koffer und stöckelt zur Türe und ist auch schon ... nein, dreht sich mit einem Mal um, blitzende Augen, Tränen auch: „Du *bist* ein Scheißkerl, schlimmer noch: ein Scheißkerl, der recht hat!" Sie drückt mir einen schnellen, aber energiegeladenen Kuss auf den Mund ... stößt mich mit beiden Fäusten von sich ... und dann knallt nur noch die Tür.

Kurz darauf stehe ich auf der Terrasse. Und überlege, wie ich diesen Paparazzo am besten einschüchtere, und zwar nachhaltig. Ja, genau! Ich lächle ja schon wieder! Wäre ja auch gelacht! Und in den nächsten Wochen hab ich nun wahrlich genug zu erledigen. Ein Fehler – und ich bin weg vom Fenster! Kein Fehler – und ich spiele mit in Pjotrs Liga. Und das ist schon was wert! Ich hab noch nie eine wie sie von der Bettkante gestoßen. Und sie wird mit fehlen, verdammt, wie sie mir fehlen wird. Gut, dass ich übermorgen schon über alle Berge bin ... Ich beschließe, ins andere Schlafzimmer zu übersiedeln. Das Bett hier ... Gruschas Duft, nein, das halt ich nicht mehr aus heute ... Ihr BH! Hat sie liegen gelassen, dieses kostbare Ding! Wie werd' ich den bloß los. Wenn ich weg bin, darf hier nichts an sie erinnern, man weiß ja nie ... Wohin jetzt bloß damit? Die werden sich wundern, die von dieser „Caritas", wenn sie dieses Ding in ihrem Container finden!

Kapitel 26
Stefan
Ostersonntag, 20. April

Vier Uhr, noch eine Stunde Zeit. Ich bin hellwach und das um diese Zeit! Aber das ist jedes Jahr so. Ostern ist einfach etwas ganz Besonderes. Und wir feiern am frühen Morgen, schon seit einigen Jahren. Natürlich hat die ewige Motzerei seither nie ganz aufgehört, warum denn „um diese unmögliche Zeit“ und dass „sicher viele deswegen nicht kommen“ oder – schlimmer noch – „in die Nachbarpfarre ausweichen“. Aber die, die nicht motzen, sondern um fünf Uhr kommen, die sind fast alle begeistert. Wer feiert denn einen Ball von 14 bis 21 Uhr? Oder beendet die Hochzeitsfeier um 11? Ostern ist nur einmal im Jahr, und Ostern ist doch irgendwie ... verrückt, so wie der Stein vom Grab ... da passt nur eine verrückte Zeit, basta! Außerdem können wir am Vorabend alles vorbereiten, so lange wir eben brauchen. Und in der Früh feiern wir dann einfach. So weit die Theorie. Natürlich geht da jetzt noch einmal alles drunter und drüber.

„Jetzt hält das blöde Zeug doch wieder nicht!“ Sophie rennt mit Leimtopf und Pinsel durchs Kirchenschiff nach vorne zum „Gefangenen“. Dabei ist mir nichts aufgefallen vorhin, als ich mir die Statue noch einmal aus der Nähe ansah. Erstaunlich, wie sie das noch hingekriegt haben. Michelangelos Idee ist unverkennbar umgesetzt: der unfertige Mensch, unfähig zu blicken, auch noch unfähig zum Umarmen, zur Zärtlichkeit, halb noch Stein eben. Wenn wir „Sünder“ zu ihm sagen müssen, dann hat es keinen Sinn, mit dem Finger auf ihn zu zeigen. Ihn aus dem harten Stein herausholen, darauf kommt es an. Wie viele Jahre ist das jetzt her, seit ich damals in Florenz vor den Originalen gestanden bin ... und jetzt steht einer von ihnen hier.

Schon gestern bei der Karfreitags-Passion haben wir ihn

mehrfach mit einem Scheinwerfer angestrahlt: Einmal war er Judas, der Jesus zum Gewalttäter machen will; einmal Petrus, der es mit der Angst zu tun bekommt, ihn nicht mehr kennen will und davonrennt; und dann war er Pilatus, der ja genau weiß, was Recht wäre, ihn dann aber trotzdem seinen eigenen Karriereplänen opfert. Und heute wollen sie ihn befreien. Heute im Gottesdienst wird er wirklich Mensch, so wie der erste wirkliche Mensch Jesus. Wie sie das inszenieren wollen, ist striktes Geheimnis der Gruppe vom Jugendtreff. Irgendetwas mit Tanz ist geplant, Bella soll für die ursprünglich vorgesehene Manu einspringen, die ihren Kopf jetzt wirklich anderswo hat. Auch wenn sie Sams Verletzungen jetzt im Griff haben, muss er doch noch mindestens zwei Wochen im Spital bleiben.

Sophie hat das Eck wieder angeklebt, für heute wird's schon halten. Eine zauberhafte Melodie, ganz plötzlich. Erst jetzt bemerke ich, dass die ganze Meute hinter mir steht und irgendwie auf etwas wartet. Gregor gibt mir taktvoll zu verstehen, dass ich jetzt besser anderswo ... irgendwas vorbereiten könnte. Sie wollen proben, aber es soll ja eine Überraschung bleiben: „Ist schon gut, aber ... was ist das für eine Musik?" Ich kenne doch das Repertoire der „klassischen Musik", das klingt auch irgendwie nach Spätromantik, aber ich kenn's nicht. „Was gibt's da zu kichern? Ich kenn auch nicht alles."

„Nein, das ist nur ... das können wir dir jetzt nicht sagen, Hauptsache es gefällt dir, aber ... nein, ehrlich, geht nicht!" Kichern. Also gut, ich schaue mich einmal

um, ob alle da sind, die eine Aufgabe übernommen haben. Denn um diese Zeit kann schon mal jemand verschlafen.
Ich war doch erst ... nein, wann war ich zuletzt um diese Zeit ...? Ach ja, nein, *die* Erinnerung brauch ich jetzt wirklich nicht. Der Morgen nach meiner ... Vision, ja Vision. Ich hab mich darauf geeinigt, es so zu nennen, mit mir selbst geeinigt, mit wem sonst. „Vision" klingt irgendwie am neutralsten. Bloß nicht „Erscheinung"! Es ist sehr plötzlich warm geworden, draußen zumindest. Gleich nach Ostern beginnt der Wiederaufbau der Turmspitze. Herinnen ist es noch empfindlich kalt. Ja, das mit der Messe in der Krypta war wirklich unser Glück. Und die Sache mit den Usbeken läuft sogar ausgezeichnet, nicht konfliktfrei, aber das hat sie ja auch vorhergesagt. Jetzt noch die Reise, und das war's dann. Der Rest ist Schweigen.
Aber jetzt hab ich wirklich keine Zeit mehr für das alles. Noch ... 17 Minuten. Die Probe ist abgeschlossen, also darf ich wieder ins Kirchenschiff. Ich setz mich noch in eine Seitennische. Vor so einem Gottesdienst tut das gut, wenn's auch nur ein paar Minuten sind.
„Stefan, verzeih!", Lena reißt mich aus den Gedanken. „Wir finden einfach kein Verlängerungskabel, weißt du ...?"
„Verlängerungskabel, wofür ..."
„Wenn wir das Licht abschalten in der Kirche, dann geht auch die Steckdose hier nicht mehr, keine Ahnung warum. Bei allen Proben war das Licht an, aber jetzt ..."
Ostern beginnt mit dem Einzug in die stockdunkle Kir-

che, nur mit dem Licht der Osterkerze, dann der anderen Kerzen, aber ohne elektrische Beleuchtung.
„Wir müssen uns den Saft aus der Sakristei holen. Uns fehlen noch gut zehn Meter, weißt du ..."
„Ich glaube, oben auf der Empore. Der Sender fürs Funkmikro, der hat eins. Aber das brauch ich dann wieder bei der Tauffeier, bis dahin müsst ihr es dort wieder ..."
„Null problemo, das kriegen wir hin ... notfalls musst du halt länger predigen!"
Zwei Minuten später spielen sie diese Melodie nochmals kurz an, zur Probe, es klappt. Debussy? Nein, dafür ist's doch ein bisschen ...
Nur Kerzenlicht. Fast 200 Lichter. Und vorne die große Osterkerze, ihr Leuchter selbst eine Feuersäule: von kleinen Kerzen beleuchtete, funkelnde „Flammen" aus Metallfolie, in die eingeritzt wurde, was Einzelne unter uns schon an Auferstehung erlebt haben: nach Scheidungen, Unfällen und ernsthaften Krankheiten. Eine Flamme erzählt heuer auch die Geschichte von Ismailow und Tamerlan und ihrer geglückten Flucht.
„... die Wolkensäule wich bei Tag nicht von der Spitze des Volkes und die Feuersäule nicht bei Nacht." Die Rettung der Flüchtlinge aus Ägypten, aus der Sklaverei. Damit hat wahrscheinlich alles angefangen, unsere Glaubensgeschichte. Mit dem Jubellied am rettenden Ufer, als sie wussten, dass sie es geschafft haben. Aber jetzt, vor der eigentlichen Osterbotschaft, jetzt ... Unruhe wird spürbar. Die Jungen sind auf einmal alle verschwunden. Drei von ihnen haben sich hinter den Gefangenen ge-

schlichen. Blitzschnell bauen sie ihn ab, Stein für Stein, bis auf den Sockel. Ein gedämpfter Lichtschein richtet sich jetzt auf ihn. Aber genug, dass wir jetzt alle auf ihn schauen, auf ihn ... nein: auf *sie*! Manu! Also doch Manu. Hat sie sich's nicht nehmen lassen. In eng anliegendem, kurzem Kleid und Leggins, farbig bemalt, in strahlenden Farben. Und, zuerst fast unhörbar leise, wie aus dem Nichts, wieder diese Musik. Noch starr, wie die Figur zuvor, und den Kopf verborgen, bewegt sie sich, zuerst fast unmerklich, ganz sachte, wie gehemmt, eingeschlossen, dann bricht sie langsam aus der Starre heraus, die Hände suchen, ein Bein befreit sich, sie richtet sich auf, wächst zu ihrer vollen Größe, schlägt die Augen auf, dreht sich, eine fantastische Tänzerin, so grazil ... steigt herunter vom Sockel, die Musik erfüllt längst den ganzen Raum, beflügelt ihre Schritte und Wendungen ... und dann tanzt sie hinaus, den ganzen langen Gang hindurch, eine nach dem anderen anblickend, lächelnd, immer wilder ... und weg ist sie! Als wär's nur ein einziger Augenblick gewesen ... Florian übernimmt die Melodie mit der Orgel. Langsam gehen die Lichter an. Jetzt erst sehe ich Bella mit irgendetwas in der Hand, das sie scheinbar stets auf ihre Schwester gerichtet hatte, eine Kamera? So eine winzige Webkamera? Wozu denn das? Gregor, der die Ministranten anleitet und neben mir sitzt, flüstert mir zu: „Für Sam. Der kann zuschauen!"
Was? Jetzt gerade?
„Der Sam schaut am Laptop zu, technisch kein Problem! Vielleicht ein bisschen wackelig." Also für ihn hat sie ge-

tanzt, diesen Tanz vom Leben, von der Auferstehung, vom Neubeginn in der ersten Dämmerung. Natürlich für uns alle, aber zuallererst für ihn, der so knapp dran war ...

Florian hat das Gloria-Lied erreicht, wir stehen alle auf und singen, auch unsere einzige Glocke kann man bis herein hören. Im Seitengang kommt Manu wieder herein. Sie hat einen Mantel übergezogen, ist aber immer noch barfuß. Und Clara! Ihre Mutter ist also auch gekommen, musste sie auch. In so einem Augenblick muss eine Mutter da sein, zumindest eine wie Clara. Sie huschen in eine Bank, die sind wenigstens geheizt. Und setzen sich neben Bella, die ihre Kamera neben sich festgeklemmt hat.

Manchmal ist Ostern ein wenig historisch, manchmal irgendwie theoretisch, aber heute ist Ostern ganz nahe, wie Clara ihrer Tochter – und die wieder ihrem ramponierten Freund. Dem sie das entfesselte Leben getanzt hat.

„Stefan! ... Das Evangelium!"

Gregor schreckt mich aus meinen Gedanken. Irgendetwas muss ich heute auch tun! Ich bin ja schließlich der Pfarrer ...

Kapitel 27
Stefan
Dienstag, 22. April

Das Ufer ist erreicht! Ein besonderes Ostern liegt hinter uns. Aber heute früh merke ich, wie müde ich bin. Immerhin: ein wirklich freier Tag!

Vorgestern abends waren wir bei Sam auf der Station, auf der „normalen“ zum Glück, nicht mehr auf der Intensiv. Er macht schon einen besseren Eindruck, nur bewegen darf er sich nicht, dann zuckt er gleich zusammen und verzieht das Gesicht: die Rippen!

„Und? Warst du mit der Geli?“

Manu sieht ihn entgeistert an. Eine blödere Frage konnte er ja auch wirklich nicht stellen.

„Sam, glaubst du denn wirklich, ich könnte ...“

„Hättest mit ihr feiern sollen. Du hast ja recht ... ich mein’, wenn’s ihr wirklich dreckig geht. Ich weiß nicht, was da in mich gefahren ist ... Ich mein, das Lokal ist ja wirklich das Letzte, aber Jesus war ja auch in solchen ... ich meine bei Leuten wie der Geli.“

„Sam, lass doch bitte einmal den Jesus Jesus sein und dieses ganze Bibelzeug – und horch in dich hinein, was dir das da sagt! Herztöne! Herzworte! Ha?“

Sam schweigt eine Weile, will es aber doch wissen: „Also was war mit Geli?“

„Natürlich sind wir nicht! Sie war bei mir und wir haben die halbe Nacht gequatscht. Fast die ganze. Und wir sind auch noch einmal in die Kirche rüber. Und sie hat

mir geholfen, für den Tanz, sie hat ja früher mal Ballett gemacht.“
Clara findet einen Ausweg aus diesem offensichtlich immer noch heiklen Thema, indem sie ihn nach der Aufnahme fragt. Er hat Manus Tanz abgespeichert. Mit möglichst geringen Bewegungen ruft er das Video ab. Es wackelt zwar zwischendurch immer wieder gehörig, fängt aber gerade dadurch den Zauber des Augenblicks recht gut ein.
„Danke!“ Sam schaut seine Manu fest an. Umarmen kann er sie nicht. Und glücklich sieht er auch nicht aus, überhaupt nicht. Er wirkt verloren, fast depressiv. Dann ist’s also wahr: Er wollte sich tatsächlich das Leben nehmen, schießt es mir ein.
„Habt ihr’s oft genug gesehen? ... Natürlich das Video, was sonst? ... Ja, gut, dann lösch ich es jetzt!“
„Halt, das ist unsere einzige Auf...“
„Schon passiert! Es gibt Momente, die kann man nicht festhalten. Nicht hier drauf. Die sind einfach geschehen und leben in uns weiter. In uns, nicht auf Festplatte. Wir werden diesen Moment sicher nie vergessen ...“
Da hatte er wieder recht. Manches verliert an Wert, wenn wir es künstlich festhalten wollen. Nur diese Melodie, was war das nur ...

Gestern Morgen nach der familiären, aber wie üblich spärlich besuchten Messe nutzen wir Claras Anwesenheit zu einem weiteren Planungstreffen für Kreta. Bisher sind zwölf angemeldet. Also, wenn Sam dann schon

kann. Dazu noch Arnold und ich. In zwei Wochen fällt die Tür dann aber ins Schloss, wegen der Flüge. Wir fliegen gleich nach Schulschluss, weil es da noch ruhiger ist.
Allen ist klar, dass wir unter dieser Leitung auch ziemlich anstrengende Tage erleben werden. Zweimal gäbe es auch Alternativprogramm für alle, die sich diese Bergtouren nicht zutrauen, aber davon will keiner etwas wissen, momentan zumindest.
„Also wenn danach wieder genug Zeit zum Chillen ist ...“, will Sophie bestätigt wissen.
„Sicher! Also am Psiloritis, im Unterstand gleich neben der Gipfelkapelle, da hat's in der Früh gerade mal so drei oder vier Grad und mit Garantie starken Wind, wirklich chillig da oben ... schau nicht so geschreckt! Unten am Meer lassen wir uns genug Zeit, ist ja euer Urlaub.“
„Urlaub? Also ich weiß nicht, wollten wir nicht eine Bibelreise, also genau genommen fast eine Wallfahrt ...“, muss mich Gregor natürlich wieder veräppeln.
Clara legt lächelnd nach: „Also ich wüsste da so ein abgelegenes Höhlenkloster ... Nikephoros heißt das, da kann man stundenlang in brütender Küstenhitze hinpilgern, wenn ihr das wollt.“
„Bloß nicht! Einstimmig abgelehnt!“ Tommy spricht unwidersprochen für alle.
Jetzt erst bemerke ich, dass Tamerlan und Ismailow zu uns gestoßen sind. Wahrscheinlich auf der Suche nach Essbarem, das sie hier in den Jugendräumen immer wieder für sie zusammentragen. „Nikephoros? Das Höhlenkloster?“, entfährt es Tamerlan erstaunt.

„Ja, warum, kennt ihr das denn? Wart ihr schon einmal auf Kreta?“, fragt Clara erstaunt nach.
„Nein, nein, wie denn? Nikephoros ... ist eine Heiliger, zu Hause in unserem Dorf sehr verehren, nein, Deutsch schwer, immer noch, heißt: Die Russen in unserem Dorf ihn sehr verehren ...“
Wir vertiefen uns wieder in unsere Landkarte, die Route zeichnet sich immer deutlicher ab, sodass wir sie schon vorsichtig einzeichnen.
„Und was machen wir bei Schlechtwetter?“ Marion ist mit 14 unsere jüngste Teilnehmerin und in Geografie sichtlich nicht unter den Besten. Alle lachen, wenn auch etwas zurückhaltend.
Clara versucht sachlich zu bleiben: „Die Frage ist nur, ob wir 30, 35 oder 40 Grad haben. Zu Mittag können kleine Quellwolken aufziehen, aber sonst ... okay, oben auf den höheren Bergen ist das anders. Aber das sag ich euch dann immer. Und eine wirklich warme Jacke müsst ihr alle mithaben, Schlafsack sowieso.“
Unsere Usbeken interessieren sich lebhaft für die Planungen, betrachten die Landkarten, als wollten sie selbst mitkommen. Tatsächlich werden sie uns aber bald verlassen. Höchstens noch ein Monat, dann ist alles für Australien bereit. Aber den Stiegenaufgang, den schaffen sie noch bis dahin, versprechen sie mir gleich nachher.
Clara hat einiges an Bildern mitgebracht. Mithilfe eines Beamers stimmt sie uns auf die Reiseroute ein, ohne natürlich die biblisch und frühkirchlich relevanten Stätten zu vergessen: die alte Kirche bei der Anlegestelle des

Paulus, wo sie Proviant aufnahmen auf ihrer allzu früh fortgesetzten Reise nach Rom, die dann im Sturm vor Malta ein jähes Ende fand; die alte Basilika in Gortyna, dem Zentrum der ersten Christen unter Titus und ... na ja, das ist es auch schon, mehr ist auf Kreta beim besten Willen nicht biblisch.

Die Stimmung wird immer ausgelassener. Wir alle freuen uns auf das Unternehmen. Auch Clara ist jetzt überzeugt, dass ihre Generalprobe gelingen wird. Als sie einen kargen Küstenabschnitt mit einem grünen Garten auf den Klippen und einem kleinen Kloster zeigt, wird Tamerlan neben mir plötzlich lebendig: „Nikephoros?"

„Ja ... woher kennen Sie den Ort?" Clara ist erstaunt.

„Ort, nein, nicht Ort. Ähh ... Das Bild ... wie bei uns ... also wie bei Christen bei unser Dorf: auf Pferd!"

Man muss aber schon sehr genau hinsehen, um das Bild über der Eingangstür ins Höhlenkirchlein zu erkennen. Alle Achtung. Clara zeigt, wie gut sie schon gebrieft ist: „Ja, er wird ähnlich wie der Erzengel Michael in Rüstung auf einem Pferd dargestellt ... und sticht mit seiner Lanze irgend so ein Ungetüm nieder ... gut, das war's, aber dorthin werden wir ja voraussichtlich gar nicht kommen, liegt auch gar etwas weit abseits. Also, seid ihr überzeugt?"

Das sind wir. Gut zwei Monate noch. Und mit Pläneschmieden, wie wir noch Geld auftreiben könnten, klang der gestrige Abend dann aus. Fix sind die Modenschau und irgendetwas, das sie statt des verunglückten Musicals doch noch auf die Bühne bringen wollen. „Du musst ja nicht alles wissen!" Wieder einmal.

So, aber heute, heute ist einmal nichts los, gar nichts! Türe zu hinter mir! Und das heißt dann: Aufräumungsarbeiten in meiner Wohnung. In den letzten Tagen hätte ich schon keinen mehr hereinlassen dürfen. Allein für die Küche brauchte ich fast zwei Stunden. Nach Sonderschichten für Staubsauger und Waschmaschine ist jetzt mein Schreibtisch an der Reihe. Schon Tage vor Ostern kamen zwei Pakete mit archäologischen Fundstücken. Jetzt ist endlich Zeit dafür! Nichts Teures, aber eines doch immerhin aus Jerusalem. Das Öffnen der Pakete hat immer etwas besonders Feierliches für mich.
Das eine ist eher ein dickerer Brief vom Münzhändler: zwei Prutahs, also kleine Bronzemünzen aus Palästina, die eine aus der Zeit des Antonius Felix. Besonders schön erhalten ist sie nicht, aber das sind die wenigsten aus dieser Region. Zwei gekreuzte Langschilde und zwei Speere auf der einen Seite, die obligatorische Dattelpalme auf der anderen. Und natürlich mit der Aufschrift „KLAV KAICAR“, also „Claudius ist Kaiser“. So ein Statthalter durfte natürlich nicht seinen eigenen Namen auf Münzen prägen, selbst wenn er derjenige war, der in den Fokus der Geschichte trat, als er Paulus nach Rom verfrachtete. Und zuerst eben nach Kreta. Deshalb auch diese Münze!
Und dann „LIZ“, nicht „LIH“, sonder „LIZ“! Darauf habe ich nun schon über ein Jahr gewartet. Nicht alle Buchstaben kann ich entziffern, dieses „LIZ“ aber schon, das „KAICAROC TIBEPIOV“ nur teilweise. „LIZ“ bedeutete damals „17“, warum auch immer. Und das 17. Re-

gierungsjahr des Tiberius war das Jahr 30 nach Christi Geburt: das Todesjahr Jesu! Und das Jahr seiner Auferstehung, also auch eine Ostermünze! Eine Münze des Pilatus aus Palästina, geprägt in Jerusalem, von Hand zu Hand gegangen in eben diesem Jahr. Ich halte sie lange in der Hand. Dann aber schalte ich den Computer ein und beginne, meine neuen Schätze ordentlich zu katalogisieren.
Jetzt aber zu dem umfangreichen Paket aus Jerusalem. Wenn von dort etwas kommt, wurde es meist erst vor Kurzem ausgegraben. Natürlich nichts von musealem Wert, sondern Objekte von der Art, wie sie die Keller und Archive der Institute füllen. Und wenn die voll sind, machen sie ein Foto und ab zur eBay-Versteigerung. Vor 2.000 Jahren Massenware – oder zerbrochen und unvollständig. Unter Unmengen von Schaumstoff-Flocken kommt nochmals fest verpackt ein Öllämpchen zutage. Zweites Jahrhundert nach Christus. Was aber hier zerbrochen ist, macht es für mich noch wertvoller: Das ursprünglich kleine Einfüllloch wurde gut zwei Zentimeter weit ausgebrochen. Obwohl es sich in einer Art Trichter befand und seine Größe durchaus ausgereicht hätte. Die Römer prägten ihren Lämpchen oft irgendwelche Figuren auf. Die jüdische Bevölkerung wollte auf die billige Ware nicht verzichten, hatte aber stets Angst, dabei könne es sich um heidnische Götterbilder handeln. Also brachen sie diese Bilder penibel heraus – und das Problem war gelöst.
Zuletzt aber noch ein größerer Becher. Ich habe länger überlegt, ob ich da überhaupt mitsteigern soll, denn er

ist in mehrere Teile zerbrochen, von denen drei kleinere sogar fehlen. Aber er stammt aus der unmittelbaren Umgebung Jerusalems und weist die typischen feinen Rillen auf, die nur zur Zeit des Herodes auf diese Weise eingedrückt wurden. Also ein Becher, gut elf Zentimeter hoch, aus der Zeit und Umgebung Jesu. Und da der Preis bis zuletzt nicht weit kletterte, griff ich vor gut zwei Wochen zu, das heißt: Ich klickte zweimal mit der Maus.
Der Becher ist besonders dick eingepackt. Kein Wunder bei seinem Zustand! Was ich da in der Hand halte, ist immerhin ordentlich geklebt. Er liegt gut in der Hand – und zumindest von einer Seite her sieht er fast unversehrt aus. Ich fülle mein übliches Formular aus und messe wie immer nach. Das Geschäft hat Renommee, besteht seit vielen Jahrzehnten. Und um die Echtheit müsste ich mir ohnehin nur Sorgen machen, wenn er vollständig erhalten und zehnmal so teuer wäre. Aber wer sollte denn um diesen Preis fälschen, zerbrechen, wieder zusammenkleben?
„Erhaltungszustand“ ... na ja, ich trage ein: „In 13 unterschiedlich große Teile zerbrochen, 3 kleine Fehlstellen im Korpus. Standfläche aber in einem Teil. Dort 4 kleinere Absplitterungen ...“ Oder sind diese kleinen Fehlstellen bereits beim Töpfern „passiert“? Möglich. Moment einmal, das ... woran erinnert mich das jetzt, ja ... die Reliquienkammer, natürlich ... dieses Tuch! Jetzt stell dir vor, das Ding hier hätte drei Absplitterungen. Weil ... ja eben: Den Radius habe ich in etwa so in Erinnerung. Diese seltsamen Ringe auf dem Tuch im Dom ... aber

auf was für einem Tuch! Das vom Letzten Abendmahl ... angeblich. Unvorstellbar, wenn das Ding da dieselben drei Fehlstellen hätte ... Aber so ... Aber was! ... Ja aber, nur gesetzt den Fall, eine davon wäre erst später ... in der Erde eben, sind ja fast 2.000 Jahre seither, da passiert viel. Also wenn ich diese da wegdenke ... zwei knapp nebeneinander – und eine gegenüber, das würde passen. Also angenommen einmal ... Ich sitze da und schaue noch einmal auf meinen Becher. Meine Hände zittern. Zwei nebeneinander, einer gegenüber ... auch die Größe, kommt hin, natürlich ... Aber wenn das zusammen passt, dann ... was hab ich denn da in meinen Händen?
Erschrocken stelle ich den Becher in die Mitte des Schreibtisches, dass er nur ja nicht ... nur mit der Ruhe jetzt: Der *ist* doch schon zerbrochen, wäre auch schon egal. Außerdem hab ich noch nie eines meiner Artefakte zerbrochen ... Also ganz ruhig! Ich bin Mathematiker genug, um zu wissen, was das heißt: derselbe Radius, dieselbe Dicke des Randes, zumindest auf den ersten Blick, und vor allem diese drei Abschläge, nicht nur an denselben Stellen, sondern, also *wenn:* auch im gleichen Winkel. Das ergibt Wahrscheinlichkeitswerte ... also so etwas tritt im ganzen Universum nicht zweimal auf. Noch dazu, wenn beides wirklich aus Jerusalem kommt ... ja dann ... Der Heilige Gral! Nichts weniger.
So, jetzt mach dich bloß nicht verrückt, ja. Alles mit der Ruhe. Nichts davon ist erwiesen. Bei Größen täuscht man sich oft. Und die Erinnerung auch. Zuerst einmal genau nachmessen, ja und dann noch einen Abdruck

machen. Und dieses Tuch, das muss ich nochmals sehen – und ausmessen. Vielleicht darf ich's ja sogar fotografieren. Und dann muss ich noch herausbekommen, wo genau sie diesen Becher ausgegraben haben, und wer ... Und eine Thermoluminiszenz-Untersuchung. Kostet zwar ein Schweinegeld, aber in dem Fall. Damit sichergestellt ist, dass er auch wirklich so alt ist. Und die Untersuchungsergebnisse vom Tuch, die müsste ich doch einsehen dürfen. Aber bloß nicht zu viele Leute einweihen. Muss mich doch jeder für einen Spinner halten ... schon wieder!
Wenn das stimmt! Armes Valencia, dann könnt ihr einpacken mit eurem Achatkelch. Wenn dieser geflickte Terrakotta-Becher hier ... um 78 Euro ... Jetzt mach dich bloß nicht verrückt!

Kapitel 28
Franziska
Donnerstag, 24. April

So, jetzt ist es mit einem Schlag viel ruhiger im Lokal. Erst neun Uhr. Nicht ungewöhnlich für Wiener unter der Woche. Aber Italiener? Eine größere Reisegruppe auf Osterferien. Sie kommen öfters aus dem Hotel, in dem eine Verwandte von Kostas arbeitet. Italiener, die um neun Uhr abziehen? Vielleicht haben sie morgen ihren Rückflug, aber trotzdem. Griechen kommen ganz selten, obwohl

wir unseren „Alexander den Großen“ halb als indisches und halb als griechisches Lokal führen. Griechen haben kein Geld heutzutage. Na immerhin haben sie tischweise bezahlt und nicht „auf deutsche Art“, wie sie das bei Kostas zu Hause auf Kreta nennen, wenn jeder Einzelne getrennte Rechnung verlangt. Ich brauch diese endlosen Abende ohnehin nicht, auch wenn die Trinkerei am meisten einbringt. Außerdem ... sie sollten eigentlich schon da sein, die beiden Usbeken. Hab ich endlich einmal Zeit, mich zu ihnen zu setzen. Wir wollen sie ja nicht nur so abfüttern, wenn sie alle paar Tage mal kommen. Aber oft sind sie schon wieder weg, bis ich Zeit für sie habe.
„Kostas? Kostas, was haben wir denn noch? Haben wir noch was vom Giouvetsi?“
„Nein, brauch ich gar nicht nachschauen! Wenn Italiener da sind, ist nachher alles weg, wo Nudeln sind drinnen. Briam, Fisolen, Jemista...“
„Aber die sind doch keine Vegetarier. Mach ihnen bitte noch ein paar Spieße, aber vom Lamm, du weißt schon ...“
„Meine liebe Franziska, traust du mir wirklich zu, dass ich Moslems mit Schwein abfüttere, obwohl ...“
„Obwohl was?“
„Also wenn du fragst mich ... die Kerls essen alles. Ich hab auch gehört, die Usbeken nehmen das nicht so genau, die trinken auch Wodka!“
„Ja, wirklich? Meinst du? Aber die zwei ... also manches nehmen die schon sehr genau.“
„Schon gut, aber wo bleiben sie denn heute?“
Ich schaue zur Tür hinaus und da kommen sie auch

schon angetrabt. Sie haben immer Angst, dass sie jemand sieht. Zumindest jemand, der sie sucht. Darum kommen sie möglichst spät. Ich winke sie herein und sie sind sichtbar erleichtert, als sie das Lokal fast leer vorfinden.

„Danke sehr schön, danke, liebe Frau Franziska, begrüße, Herr Kostas!" Ismailow ist immer der Erste, der den Mund aufmacht, Tamerlan nickt freundlich.

Wir nehmen Platz und Kostas bringt uns, was noch da ist: „Souvlaki kommen gleich, zwei Minuten!"

„Große Dank, wir gar nicht wissen, wie wir ..."

„Ist schon gut, Tamerlan, schön, dass ihr da seid!"

Ich merke, dass ich seit dem Frühstück kaum etwas gegessen habe und setze mich zu ihnen. Kostas bringt den letzten Gästen noch Kaffee und Loukoumades. Bald hat er's auch geschafft.

„Und? Wisst ihr schon, wann die große Reise starten kann?"

„Reise?" Tamerlan schaut Ismailow fragend an.

„Australien, Franziska meint Australien. Ja, nur noch wenig Wochen, noch Mai, dann ..." Er beschreibt mit beiden Händen den Start eines Flugzeugs.

„Wohin wollt ihr denn? In eine Großstadt?"

„Jaja, groß Stadt, sehr groß Stadt, Hauptstadt."

„In die Hauptstadt? Das ist doch ... Canberra!"

Ismailow scheint etwas überrascht: „Äh, Canberra Hauptstadt? Is nicht Sydney?"

„Sydney ist die größte Stadt, aber Canberra ist die Hauptstadt. Wollt ihr wirklich nach Canberra?"

„Ach so. Ja wie in Usbekistan: Taschkent Hauptstadt, nicht so schön, viel kaputt wegen Erde bebt. Aber Samarkand! Samarkand viel viel mehr schön. Du weißt, große Platz, Registran, drei Moscheen auf eine Platz, alle so schön Vorderseite, alle ein Blick, und so schön Farben ..." Ismailow kommt ins Schwärmen und Tamerlan nickt begeistert.

„Und wisst ihr schon, was ihr dort machen werdet, ich meine: in Canberra?"

„Ja Freunde gut, auch flüchtet, schon vor fünfte Jahr. Gut Freunde, alles machen."

„Ja aber ... haben sie auch einen Job für euch?"

„Jajaja, großes Bergwerkt, sehr große. Du weißt, in Australien sehr gut und schön Diamanten. Freunde in Bergwerkt arbeiten. Verdienen gut Geld. Tamerlan in Bergwerkt. Ich in Marketing, wenn Englisch gut, hoffe ..."

Na ja, ob das etwas werden kann? Als Grubenarbeiter musst du ja nicht viel reden. Aber Marketing? Stefan hat mir erzählt, dass es nach anfänglichen Fortschritten doch nicht weit her ist mit ihrem Englisch. Und dass sich die Jungen schon Sorgen machen um die Zukunft der beiden. Die Arbeiten im Turm sind ihnen viel wichtiger.

„Aber keine Angst, sehr liebe Frau Franziska: Vor Fliegen machen alles fertig mit Stiege. Sehr gut Stiege, feste Stiege für hundert Jahre, sehr sicher. Nur noch kleine Stück, dann ..."

Ismailow lächelt und nimmt sich Gemüse nach: „Immer so gut, wer kochen, du?"

„Dafür ist Kostas zuständig. Ich meine, langsam kann ich's auch."

„Noch ein paar Spieße? So, jetzt mach ich zu und setz mich

auch zu euch! Zehn vorbei. Jetzt kommt keiner mehr. Tun mir die Füße heute weh ... schmeckt's?“
Beide haben den Mund voll und können nur nicken. Ich weiß, wie gerne sich Kostas jetzt ein Bier einschenken würde, aber für einen perfekten Gastgeber wie ihn kommt das nicht infrage. Er würde auch niemals Hammel essen an einem Tisch mit lauter Vegetariern. Er wird Tamerlan und Ismailow auch nie nach Australien fragen. Das könnte ja den Anschein erwecken, wir möchten sie bald loswerden. Obwohl auch er weiß, dass manche in der Pfarre Stefan schön langsam die Hölle heiß machen wegen der beiden. Weil sie ohne Meldung schon seit zweieinhalb Monaten als U-Boot, als „Illegale“ im Pfarrhaus wohnen. Und es lässt sich auch nicht verhindern, dass sich ihre Anwesenheit langsam herumspricht. Bei der nächsten Pfarrgemeinderatssitzung wird sich zeigen, ob die Gegner der Aktion schon in der Mehrheit sind. Die Jungen sind dort ja nur durch Gregor vertreten.
Und auch Kostas sind die beiden nicht geheuer. In seinem Haus und an seinem Tisch würde er das nie zeigen. Aber er sagt, er weiß nicht so recht, warum, aber ... irgendwie ... Schon vor Ostern hat er einmal beobachtet, dass Tamerlan vor der Kirche ein Kreuz geschlagen hat. Also nur aus den Augenwinkeln hat er's gesehen, als er gerade kurz vor die Tür ging, um zu rauchen. Ein ganz schlampiges und undeutliches Kreuz, auf orthodoxe Art, also er kann's nicht mit Sicherheit sagen ... muss auch nichts bedeuten, sagt er. Aber ich weiß, dass er sie jetzt genau beobachtet. Ob sie das spüren? Sie scheinen mir plötzlich unruhig und essen

hastig fertig. Noch bevor Kostas sie in ein Gespräch verwickeln kann, wollen sie auch schon aufbrechen: „Nicht böse, bitte. Essen so gut, so viel und gut. Aber jetzt Nachtgebet. Ganz wichtig ist Nachtgebet, wichtiger als andere Gebet am Tag. Viele Dank, ganz von Herze!“

Viel können wir nicht mehr sagen, schon sind sie weg. Kostas knabbert an seinem letzten Spieß. Er sagt nichts, aber ich spüre, dass er etwas sagen möchte. Also berichte ich ihm, was mir die beiden erzählt haben. Und dass sie ohnehin bald über alle Berge, also über alle Ozeane sein werden. Er zieht nur die Schultern hoch. Ich weiß, wie ungern er mir widerspricht. Besonders, wenn es spät ist. Mein Kostas will niemals mit einem Streit oder auch nur so etwas Ähnlichem schlafen gehen. Ich kenne keinen taktvolleren Menschen als ihn.

Es ist jetzt schon fast Mitternacht, als wir oben unsere Wohnung aufsperren. Er werkt noch schnell am Computer im Büro herum. Er geht keinen Abend schlafen, ohne nachgeschaut zu haben, wie das Wetter morgen wird ... auf Kreta!

Als wir drinnen sind, schaut er mich fast ängstlich an, schüttelt leicht den Kopf.

„Was hast du denn, was ist denn los, Kostas? Da ist doch was ...“

„Also ... ich hab nachgeschaut ... also verzeih, aber ... von Canberra aus die nächste Diamantenmine, das sind mindestens 3.000 Kilometer ...“

„Zeigt zumindest, dass die beiden keine Australien-Experten sind.“

„Zumindest ...“

Kapitel 29
Victor
Donnerstag, 24. April

Jeden Tag stopfen sie mir den Briefkasten voll. Als ob ich das ganze Zeug verstehen könnte! Ich bin nicht neugierig auf eure Pizza-Cola-Menüs um 7 Euro 90! Pfui Teufel, steckt euch das fettige Zeug in den ... Einen neugierigen Pizzaboten hier in meiner Tarnwohnung, das fehlt gerade noch. Obwohl die wirklich feinen Sachen hier auch schön langsam ausgehen: Kaviar, Lachs, Käse ... sogar schon der Wein. Wird Zeit, dass ich hier endlich wegkomme! Überhaupt nichts mehr da, mit dem ich Gruscha beeindrucken könnte. Blöde Kuh! „Vic, ich werd' nur wirklich heiß, wenn alle Lichter an sind!" – So ein Schwachsinn! Das hast du jetzt davon! Sex bei Kerzenlicht könnten wir jetzt immer noch haben. Es sei denn, diese Paparazzi arbeiten auch schon mit Nachtsichtgeräten. Ich bin's gewöhnt, dass ich kriege, was ich will. Aber jetzt, hier? Ich kann mir doch keine kommen lassen, zu viel Risiko. Wenn die was schnallt, die sind doch gerissen wie nur was in diesem Gewerbe. Noch eine, die mich erpresst oder gar verpfeift? Kann ich mir nicht leisten!
Möbelhäuser ... Sommermode ... das unnötige Zeug stapelt sich ja schon im Vorzimmer! Ah schau, die Kirche, diese Kirche, klar, die da drüben. Ein Kirchenblättchen, oh wie schön! Eure frommen katholischen Geschichten könnt ihr euch bei mir sparen! Ich lern' doch nicht Deutsch für diese Aktion hier! „Kreta", das kann ich gera-

de noch lesen. Nach Kreta wollen sie, schön für sie. Aber kommt mir ja nicht in die Quere! Lauter junge Gesichter auf dem Bild. Und irgendwas mit „1.200 Euro“ ... kostet die Reise? Na, das wird was können, um den lächerlichen Preis. Na dann freut euch mal drauf! Was? Bitte wer ist denn das? Da! Da hinten auf dem Bild! Ich verstehe ... endlich verstehe ich! Das ist doch Kyrillow, natürlich Kyrillow! Mitten unter den jungen Leuten ... von da drüben! Was macht denn der ... Das ist doch einer von Pjotrs Leuten, mittlere Ebene, immerhin. Verdammte Scheiße, Pjotr hat die Bilder! Jetzt hat er mich an der Angel. Pjotr Welofkinow! Ich muss mich setzen. Wodka! Verdammt, ich brauch einen ...
Nein! Nein, nein, nein, da läuft etwas ganz anderes. Wenn Pjotr wüsste, dass ich seine Frau vögle, hier, dann ... nein, er weiß es nicht, sicher nicht, sonst wäre ich schon tot! Pjotr ist verdammt rachsüchtig, und in so einem Fall auch jähzornig bis zum Exzess. Und wenn's bekannt würde ... und ich lebe noch ... kann er sich nicht leisten. Nein, nein, dann wäre ich längst tot. Er weiß es nicht. Irgendwer hat mir einmal gesteckt, dass dieser Kyrillow ein extrem falscher Hund ist. Und wenn ich das weiß, weiß es Pjotr schon lange. Der verrückte Kerl ist abgesprungen und schlägt sich jetzt allein durch, mit Erpressung, warum nicht? Hat sich da drüben eingenistet, diese kleine Filzlaus. Da drüben in der Kirche! Wie originell! Na warte, dich werd' ich ausräuchern, dir mach ich jetzt Feuer unterm Hintern, dass dir das Fotografieren vergeht!

Und wenn er die Fotos dann doch Pjotr gibt? Nein, wenn der seine Witterung aufnimmt, macht er ihn alle. Und das weiß die Filzlaus. Wird sich zukünftig in sehr unattraktiven Ländern herumtreiben müssen, dieser Kyrillow. Oder eben in Kirchen einnisten, armes Schwein, tust mir fast leid. Und ich bin ohnehin bald weg hier, und zwar endgültig. Ich darf jetzt bloß keinen Fehler machen, nicht den kleinsten! Und am wichtigsten ist jetzt der Code. Ohne den geht gar nichts. Ich hab ihn ja längst, aber ich brauch noch die Bestätigung. Bei 128 Stellen schleicht sich schnell mal ein Fehler ein. Ist schon ... ja, Mitternacht, vorbei schon. Ich muss anrufen ... Satellitentelefon natürlich, logisch. Verschlüsselt und absolut abhörsicher. Man weiß ja nie!

„Ja, in der Leitung, wer sonst? Mach schon, aber fehlerlos, ist das klar. Du kriegst genug Kohle dafür, dass du keinen Fehler machst ... los, ich schreibe mit ... Q... 3... 9... R... Z... 4... 4... zweimal? ... schon gut, mach weiter! ... G... H... S... 7...“

Kapitel 30
Arnold
Freitag, 25. April

„Eine Bibelreise? Du musst zugeben, Stefan, das ist schon ordentlich an den Haaren herbeigezogen, was?“ Ich möchte endlich wissen, warum er so darauf besteht.

„Schon ... aber immerhin: Dieses „Phinix“, also dieser Strand, also da *war* er, da gibt’s nur diese eine Möglichkeit. Und dorthin werden wir wandern. Genau dort musste er seine Reise ins Zentrum der Welt unterbrechen, immerhin ... Soll auch ein wunderschöner Weg sein, frühmorgens zumindest. Und am Strand übernachten ist auch möglich. Das wird ihnen sicher gefallen.“
„Abends dorthin, also zwei oder drei Stunden. Dort übernachten, Lagerfeuer, also wenn kein Wind geht, aber dort steht die Luft ohnehin fast immer, Abendgebet mit der Paulus-Geschichte. Und am nächsten Tag zeitig nach Roumeli rüber und die Schlucht hinauf ...“
„Wer sich’s zutraut, Arnold! Also ich glaub nicht, dass das alle schaffen.“
„Aber ja, so hoch ist das auch wieder nicht! Wir haben ja den ganzen Tag Zeit, und oben ist es viel frischer als an der Küste.“
„Aber bevor uns jemand kollabiert?“
„... dann kennt Eberhard bestimmt einen von den Nationalpark-Rangern, und der hat ein Maultier und ...“ Stefan, sei nicht so überängstlich!
„ Okay, du hast recht ... und es wird ihnen sicher Spaß machen, wenn alle runtergehen – und wir, die Heros, gegen den Strom, wir gehen als Einzige rauf! Sag einmal, was ganz anderes: Weißt du, was die jetzt wirklich vorhaben? Das Musical ist ja wohl endgültig Geschichte. Oder? Ein Theaterstück?“
Ich weiß doch auch nichts Genaues! „Stefan, da halten wir uns besser raus! Sie halten dicht, aber die Spannung

steigt, das spüre ich. Sie habe irgendeine ‚geniale Idee', irgendwas ‚noch nie Dagewesenes' ... mal sehen. Nur das mit der Modenschau, das ist fix. Die Entwürfe sind angeblich fertig, sie sind mitten in der Näherei."

„Aber das ist doch wahnsinnig viel Arbeit!"

„Na ja, sie greifen da eher zu ‚Umstyling', also sie peppen gekaufte, billige Sachen auf. Du schneidest zwei T-Shirts in der Mitte durch – und nähst die Teile mit der jeweils anderen Hälfte zusammen. Nur passen muss es halt, das ist der Clou. Schaut sicher ziemlich verrückt aus. Wenn sie genug junges Publikum zusammentrommeln – warum nicht! Aber was ich dich noch fragen wollte ..."

Stefans Handy läutet. Er schaut mich fragend an: „Nummer unterdrückt, soll ich? Das sind oft die mühsamen Anrufe." Ich nicke ihm zu.

„Pfarre Canisius, Stefan ..."

„Jetzt hörren Sie gut zu ... verrstehen Sie: ... wirklich gut zu. Denn ich warrne Sie nurr einmal: Wenn Sie dieses Ausländerrgesindel nicht hinausschmeißen, und zwarr noch heute, dann geschieht ein Unglück! Haben Sie das verrstanden? Da ist das mit der Turrmspitze noch ganz harrmlos dagegen! Ich warrne euch kein zweites Mal!" Klick ... tüüüt – tüüüt ...

„Wer war denn das?"

„Keine Ahnung, eigentlich ... gar niemand ..."

„Was ... niemand?" Ich verstehe nicht.

„So eine künstliche Stimme, computergeneriert ... wir sollen das ‚Ausländergesindel' hinausschmeißen ...

und wilde Drohungen." Erst nach einigen Nachfragen kenne ich mich aus: „Aber doch nicht Walter?"
Walter, der ängstliche Walter? „Glaub ich nicht, nein, sicher nicht, der hat sich nur abgeseilt. Der Walter ist kein Ausländerhasser, der hat nur die Panik, in was Illegales reingezogen zu werden. Und? Was machen wir jetzt?"
„Wir müssen uns was einfallen lassen. Aber sie bleiben, das ist klar, da bleib ich hart. Ich muss das einfach ... Nach den ganzen Streitereien und Diskussionen der letzten Wochen ... nein, das ziehen wir jetzt auch noch durch. Sind ja nur noch wenige Wochen, sagen sie ... Obwohl, wenn ich ehrlich bin ... froh wär' ich schon, wenn die endlich im Flieger sitzen, na und sie selbst doch sicher auch."
„Also noch besser verstecken?"
„Ja ... wir können nur hoffen, dass die nicht wissen, wo sie wirklich wohnen. Ist ja von nirgends einsichtig. Aber sie dürfen das Areal jetzt nicht mehr verlassen. Bitte, wen stören sie denn da ... wen denn? Die tun doch keinem was! Das ist doch ..."
„Hattest du solche Anrufe schon mal, Stefan?"
„Nein, das heißt, ja! Vor Jahren, als wir dieses ‚mobile Notquartier' hier hatten, aber diese ... Tschetschenen, ja Tschetschenen waren das, die waren ja nur zehn Tage bei uns. Und dann war wieder Ruhe."
„Sind wahrscheinlich dieselben Idioten! Das drücken wir jetzt auch noch durch! Nur ... jetzt fällt's mir wieder ein, hast du ein Pfarrblatt da?" Dass mir das erst jetzt einfällt, ich wollte ihn schon länger fragen, warum dieses unnötige Bild ...

Er holt ein Exemplar aus dem Nebenzimmer: „Was ist damit?“
„Da schau: Dieses Foto, also das hätten wir uns wirklich sparen können. Eigentlich geht es in dem Artikel ja um die Pläne der Jugendgruppe. Dass sie ausgerechnet dieses Foto nehmen mussten dafür! Da sind die beiden drauf, klar erkennbar, ich glaub, das war bei dem ersten Zusammentreffen mit ihnen. Weil da sind die noch ganz schön armselig angezogen, wie ‚Flüchtlinge‘ halt. Vielleicht hat das ja wer Falscher gesehen und sich seinen Reim drauf gemacht …“
Stefan ist überrascht, wie ein Pfarrer eben, der sein eigenes Pfarrblatt nicht liest: „Zeig her, ja, blöd gelaufen. Aber wir können sie doch nicht deswegen … Nein, jetzt, wo ich mich mehr mit dem Paulus beschäftigt habe. Bitte, wo ist der nicht angefeindet worden? Von Römern, von Griechen, von Juden, von den eigenen Leuten … Hat er weggesteckt! Der Auftrag von Jesus war ihm wichtiger. Dagegen sind wir doch Waschlappen, oder? Also meistens zumindest … aber dieses eine Mal, diesmal sind wir keine Waschlappen.“
Er hat recht: „Wir müssten uns ja auch genieren, vor den Jungen mein’ ich. Ohne die wär diese ganze Aktion längst abgestürzt!“
„Die haben sich ihre Reise wirklich verdient, ich meine: eine Reise, die sie nie vergessen werden!“ Er macht eine lange Pause, als müsste er sich erst zu etwas Schwierigem aufraffen: „Ich hab da noch was, was dich interessieren wird. Aber zu niemandem ein Wort, das musst du mir versprechen!“

Ich bin verwundert, fast belustigt: „Schon gut, ich gelobe feierlich, aber jetzt sag schon!"
Er nimmt einen ziemlich ramponierten Becher aus seiner Sammlung, aus der untersten Schublade, wickelt ihn aus einem Tuch und der unvermeidlichen Noppenverpackung: „Also, jetzt lach mich bitte nicht aus! Ich möchte wissen, was das hier ist. Ich möchte es genau wissen, so genau wie möglich ... Du kennst doch diesen Physikprofessor von der Uni, der macht doch so Spektraluntersuchungen. Sag einmal, könntest du den ..."
Klar kann ich den nach einer Altersbestimmung fragen. Was soll die ganze Geheimnistuerei? „Mach ich, kein Problem, nur ob das Ding hier die Kosten dafür überhaupt lohnt?"
Aber er bleibt dabei. Auch gut.

Kapitel 31
Marcella
Dienstag, 6. Mai

Klare, geschwungene Schattenlinien. Sie ziehen sich über die Hügel und Gipfel hier weit heroben. In der untergehenden Sonne zartrosa bis leuchtend orange, im Schatten schon düster grau. Der Himmel darüber aber immer noch intensiv blau, wie lange noch? Ich sehe keine einzige gerade Linie. Auch der verfallende alte Hirtenweg schmiegt sich den Kegeln an, die tagsüber wie ausgeschütteter Braunzucker rundum gleich hoch ragen. Sie tragen erhabene Namen wie „Heiliger Geist“ oder „Prophet Elias“. Aber selbst Eberhard kann sie kaum unterscheiden.

Ich sitze in der schnell einbrechenden Dämmerung vor einem Unterstand. Hütte wäre hier zu viel gesagt. Gerade Platz genug für uns drei. Steinmauern, mit den Jahren bedenklich krumm geworden, aber durch eine neue Mauer abgestützt. Und darüber eine Betonplatte, das einzig gerade Gebilde weit und breit ... abgesehen von der Zisterne gleich dahinter. Clara sitzt neben mir, geduckt und schweigsam. Beide stecken wir längst in unseren Schlafsäcken. Auch sie blickt auf die letzten rötlichen Spitzen. Es ist kein Augenblick, um irgendein Thema anzuschneiden. Aber sie ist schon seit Tagen sehr still. Gerade mal drei Monate lang war sie glücklich, meist zumindest. Giannis!

Vor drei Tagen hat sie ihn in die Wüste geschickt. Giannis, jetzt ein Mitglied der „Goldenen Morgenröte“. Mit Ambitionen sogar bei den kommenden Kommunalwahlen. Am meisten hat sie aber getroffen, dass er sie hat anwerben wollen, für diese Neonazi-Partei! Ihr „sensibler“ Giannis! Wann war er denn wirklich sensibel, hab ich sie gefragt. Da wusste sie nicht viel zu erzählen, nur etwas von seinem manchmal so verträumten Blick. Mehr wusste sie nicht – und hat mich ziemlich entgeistert angeschaut. Und dann zaghaft erzählt, wie er sie manchmal einfach gepackt hatte, mit seinen Boxerhänden. Sie wollte Leidenschaft darin erkennen, aber jetzt? Seine

Schüler hätten allesamt keine Chance, sie würden von den verhassten Deutschen um alles gebracht, was ihnen noch Zukunft eröffnen könne. Und all diese Albaner und Roma aus Bulgarien, die unaufhaltsam strandenden Syrer und Afrikaner: Das alles müsse schleunigst ein Ende haben. Wenn schon seine Generation geopfert würde: Die Kinder, für die müsse man sich doch einsetzen! Notfalls eben auch „außerparlamentarisch". Und jetzt war er ohnehin in Athen, auf „Schulungen" und „Seminaren". Ein Schwall von Schimpfworten, die sie noch nicht versteht, war das Letzte, was sie von ihm hörte. Und als sie ging, knallte ihr noch einer seiner Laufschuhe ans Ohr, die er ihr nachwarf.

Sie hatte ja keine Ahnung gehabt. Das ganze Land ist ihr mit einem Schlag unheimlich und fremd geworden. Giannis einer von denen, die Ausländer, manchmal sogar Touristen, überfallen! Natürlich ist er selbst kein Schläger, aber so etwas wie ein Schreibtischtäter? Nein, wozu denn dann dieses ständige Boxtraining? Haben sie ihn damit geködert? Angeblich wollte er sich doch nur fit halten. Wofür denn? Um mit Schuhen um sich zu werfen? Sie hat ihn angeschrien und ist weggelaufen. „Scheiß-Deutsche!", hat er ihr noch nachgebrüllt. Natürlich hat er sie nicht einholen können. Was ist nur los mit diesem Land?

Wir mussten sie aus ihrer Schockstarre herausholen, es zumindest versuchen. Jetzt, wo sich der Schnee auch hier heroben zurückzieht, wollten wir ohnehin einmal die lange Pachnes-Route ausprobieren. Über den Hirtenweg, den es in einigen Jahren wahrscheinlich nicht mehr geben wird, der neuen Schotterstraße zum Trotz. Tagsüber konnte sie sich austoben, jetzt verkriecht sie sich immer tiefer in die wärmenden Daunen.

Eberhard funktioniert gerade in der Hütte drinnen eine leere Sardinendose in eine Öllampe um, was ihm mit dem restlichen Öl und einem Stückchen Papiertaschentuch auch keinerlei Probleme bereitet. Meine LED-Lampe täte es auch, die leuchtet eine Ewigkeit mit einer Batterie und stinkt auch nicht so. Aber das Kind im Mann! Die Dunkelheit hat alles verschluckt außer dem kleinen Schneefeld in der Mulde unter uns. Dort liegt der Eingang zu einer unheimlich tiefen Höhle. Noch ein Abgrund! Von französischen und einheimischen Höhlenforschern hat Eberhard vor Jahren erfahren, dass sie 700 Meter in die Tiefe reicht, übertroffen nur noch von einer Höhle auf Yucatán. Ein schauerliches Hobby! Dieser eindrucksvolle Lagerplatz ist im Sommer überfüllt mit den Zelten der Höhlenforscher. Also doch ungeeignet für unsere Planung.

„Seine Freunde aus Athen, die haben ihn verdorben. Die waren jetzt häufig herüben bei ihm. Wollen ihre Partei hier aufbauen mit seiner Hilfe. Normalerweise sind die Kreter ja für dieses rechte Zeug nicht empfänglich, aber heutzutage …“ Sie sucht immer noch nach Erklärungen: „Für Geld oder einen Machtposten tut er das nicht. Er macht's aus Überzeugung … Aber ist das nicht noch schlimmer?“

Was soll ich darauf sagen? „Wie lange war er denn drüben?“

„Etliche Jahre. Seit seinem Studium. Wegen seiner damaligen Freundin, denk ich. Darüber spricht er wenig. Ein begeisterter Lehrer sicher war er und ist er. Damals waren die alle nicht radikal, diese Typen, warum auch. Im Vorjahr haben sie dann seine Schule eingespart, einfach geschlossen. Mit der fadenscheinigen Begründung, dass jetzt so viele Arbeitslose mit ihren Familien von Athen weg und wieder aufs Land ziehen, wo es billiger ist. Dabei waren seine Klassen übervoll. Und jetzt ... jetzt haben sie ihm mit Ende Juni auch hier gekündigt ... wie so manchem seiner Studienkollegen auch. Es ist verrückt, was sich hier abspielt. Aber ... eine Nazipartei mit altbekannten faschistischen Parolen ... nein ... niemals, nein!“

Wir rücken näher zusammen. Eberhard hat die Gesprächspause mitbekommen und bringt uns etwas zu essen. Ich schließe die Augen und rate: Weißbrot, Schafkäse, Oliven und ... nein: Tomaten gibt es noch keine, also Weinblätter aus dem Supermarkt. Ich mag das ja, immer noch ... aber jeden Tag? Zumindest für unsere Gäste müssen wir uns im Sommer etwas mehr einfallen lassen. Wein haben wir nicht heraufgeschleppt, aber Raki, natürlich. Clara trinkt am meisten – es wird ihr schon nicht schaden. Spät trifft dann noch ein SMS auf Claras Handy ein, von Manu, mit mehrstündiger Verspätung. Unter diesen gleichförmigen Kegelbergen gibt es nur ausnahmsweise Empfang. Sam wird morgen aus dem Spital entlassen. Es geht ihm einigermaßen gut, es wir nichts bleiben. Und seine Kretareise in zwei Monaten wird auch immer wahrscheinlicher. Wir stimmen darin überein, dass wir auf ihn besonders achtgeben werden, in mehrfacher Hinsicht.

Kapitel 32
Arnold
Donnerstag, 8. Mai

Das Ganze hier hat schon etwas seltsam Feierliches an sich. Als ich komme, sitzt Stefans Freund Gerald bereits erwartungsvoll am Tisch. Kein Glas, keine Teller, nur Mappen, Briefe und Papiere. Normalerweise hält Stefan es mehr mit der Gastfreundschaft. Auch Geralds dezenten, ja eigentlich gar nicht so dezenten „Hinweis" auf die Möglichkeit eines Grappas ... übergeht er mit einem schlichten „Später!". Der quittiert das mit einem süffisanten „Sollen wir vielleicht die Vorhänge zuziehen, wenn das hier alles so konspirativ aufgezogen wird?". Aber Stefan überhört derartige Ironie. Er hat ja gar keine Vorhänge; wer sollte hier heroben auch hereinschauen können?
„Sagt mir einfach, was ihr davon haltet. Ganz offen. Arnold, du hast mir diesen Professor Gerscher vermittelt, kennst du ihn eigentlich genauer?"
„Ach so, der Strahlungsphysiker. Persönlich nicht, aber er kam früher öfters zur Supervision. Da ging's jedoch mehr um seine Stellung im Institut und um Leitungs-

fragen. Was er genau macht am Institut, da kenn ich mich nicht wirklich aus. Aber sein Ruf ist sehr gut, also zumindest fachlich."

„Also: Ich habe hier einen Becher ..."

Er holt aus seinem Kasten ein Bündel hervor, aus dem er langsam und übervorsichtig einen Becher herausschält. Als Erstes erkenne ich Rillen, enge, parallele, eingedrückte Rillen. Ich kenne seine Sammlung ein wenig. Und so etwas Ähnliches habe ich schon einmal gesehen. Ich schaue zur Vitrine gleich neben mir.

„Genau, da sind zwei Vergleichsstücke mit demselben Muster: eine kleine Vase und noch so ein Becher. Das typische Design der herodianischen Epoche."

„Aber warum machst du dann so ein Theater wegen diesem Ding hier? Ich meine, die beiden anderen sind doch weit besser erhalten!" Gerald ist ungeduldig. Er hat schließlich noch immer keinen Grappa.

„Ja, das Ding hier ist doch ... ich meine, warum legst du dir so was Zerbrochenes überhaupt noch zu, wo du doch schon zwei ordentliche Exemplare hast?", frage ich ihn, obwohl ich natürlich weiß, dass man Sammlern nicht mit normaler Logik beikommen kann.

„Frag ich mich ja auch. Aber das ist jetzt nebensächlich, ich muss da so einen Riecher gehabt haben ... Also zu den Fakten. Die Zeit der Herodes-Dynastie ist die Zeit Jesu. Sagen wir mal im Wesentlichen so von 50 vor bis 39 nach Christi Geburt, als Herodes Antipas starb. Dieses Muster gibt's nur damals, also ist dieser Becher mehr oder weniger genau aus der Zeit Jesu – also wenn er echt ist."

„Und? Ist er das? Hast du den Professor dafür gebraucht?"
„Genau dafür! Für einen möglichst professionellen Themolumineszenz-Test. Damit kann man das Alter auf zehn Prozent genau bestimmen, wenn man den Fundort kennt und so weiter – war alles gegeben."
„Und? Jetzt sag schon!"
„Die Zeit stimmt, 20 vor Christus, plus/minus 150 Jahre. Nicht sehr genau. Aber wer sollte im zweiten Jahrhundert eine Fälschung produzieren?"
Gerald ist beeindruckt: „Also wirklich ein Becher aus der Zeit Jesu, und das noch dazu über jeden Zweifel erhaben. Sein Besitzer ein Zeitgenosse ... also er hat wahrscheinlich von Jesus gehört, hat ihn vielleicht sogar gekannt. Ja, das kann was! Ich meine, bei all deinen alten Schätzen hier, ganz so sicher war ich mir da ja nie, ob die alle echt sind ... Aber warum hast du ausgerechnet den hier untersuchen lassen? Und nicht die besseren Stücke? Ist ja nicht gerade billig, so ein Test ..."
„Das kannst du laut sagen, jedenfalls viel teurer als diese Objekte selbst! Gut, ich weiß inzwischen auch, woher dieser Becher stammt: aus einem Grab ganz nahe bei Jerusalem. Der Verkäufer hat mich an die Leiterin der Grabung vermittelt, so eine Art Notgrabung. Sie bauen dort ja eine Siedlung nach der anderen, in Ost-Jerusalem. Und das muss schnell gehen, bevor irgendwer das wieder stoppt, je nach Verhandlungslage mit den Palästinensern eben. Und was bei den Funden nicht viel hergibt und ... sie hat gesagt, ihre Archivräume quellen schon

über. Also solche Stücke verscherbeln sie lieber, bessern damit ihr Budget auf, Kleinvieh sozusagen ..."
Ich spüre, dass das alles erst die Einleitung ist, obwohl so ein Becher aus der Zeit und der Umgebung Jesu, auch in diesem geflickten und löchrigen Zustand – da empfindet man schon ... Ehrfurcht?
„Was jetzt auch feststeht: Das Grab war ein christliches. Einzelne Gräber aus dieser frühen Zeit kann man meist noch gar nicht von den jüdischen unterscheiden. Aber in diesem Fall ... also sie ist sich jedenfalls sicher. Denn die ganze Gruppe von Gräbern weist durchwegs neutestamentliche Namen auf, zwei sogar das typische Christusmonogramm XP. Sie schätzt Ende zweites, vielleicht noch Anfang drittes Jahrhundert. Und sie ist natürlich Jüdin, warum also sollte sie ...? Obwohl: Ein Fehler ist ihr schon unterlaufen, ein Flüchtigkeitsfehler. Professor Gerscher war da genauer! Er hat da etwas entdeckt, was ihn aufhorchen ließ: Reste von einem antiken Klebstoff. Und er hat nach Rückfrage mit mir auch untersucht, womit die Teile des Bechers geklebt wurden ..."
„Wen interessiert denn das? Hauptsache das Ding hält zusammen, also ich meine auf Dauer." Schön langsam werde ich ungeduldig bei dieser Inszenierung.
„Langsam! Sein Institut hat auch so ein Spektrometer. Mit dem hat er den Klebstoff untersucht ... ein moderner Komponentenkleber."
„Und? Wenn's Superkleber wäre, was ändert das?"
„Sag ich doch: Er hat aber noch einen anderen Kleber gefunden, darunter, so eine Art Harz, aber *antikes* Harz,

mit Sicherheit! Da schau, an der Stelle kann man es noch erkennen!"

„Das da? Antikes Harz? Das heißt, die alten Römer, also die Christen in dem Fall, haben das Ding schon geflickt? Aber das war doch nichts Teures, oder? Da hat man doch was Neues gekauft! Gibt doch ganze Hügel bei Rom, die nur aus zerschlagenen Amphoren bestehen. Einwegflaschen sozusagen." Gerald ist aufgewacht. Ich auch. Da steckt irgendetwas Rätselhaftes dahinter.

„Eben! Ich mein', ich bin ja kein Experte. Aber in meiner Sammlung ... also ich hab überhaupt noch nie von einem Artefakt gehört, das sie schon damals geklebt hätten. Bronze hat man ausgebessert, ja, aber billige Keramik? Noch dazu, wo drei Splitter schon damals gefehlt haben dürften. Da, schaut: Da wo die Löcher sind, hat er *keinen* Kleber gefunden."

„Ich glaub's noch immer nicht: „Und das, das hier ist wirklich antiker Harzkleber?"

„Er sagt Ja. Das Spektrometer hat ihm Hinweise gegeben, ein Test mit einem Marker, also so einer Säure, warte ... Dehydroabietinsäure! Damit weist man so eine Art Kiefernharz nach. Birkenpech war noch gebräuchlicher, aber in Palästina wachsen kaum Birken."

„Und so was gibt man einem lieben Verstorbenen mit ins Grab? Einen geklebten und trotzdem noch löchrigen Becher? Wenn das alle so gemacht hätten, gäb es keine Grabräuberei ..." Ich bin echt enttäuscht von den knausrigen Urchristen.

Gerald mischt sich ein: „Also ich sehe da nur eine Erklärung: Dieser Becher war kein Gebrauchsgegenstand, sondern eine ... Erinnerung oder etwas Symbolisches. Ich meine ... sein Lieblingsbecher? Also einem Kind würde man ja auch keinen neuen Teddybären mitgeben, sondern den beim Spielen malträtierten ‚echten' Teddy."
„Schon, aber das passt mir nicht so recht in diese Zeit. Grabbeigaben waren kostbar oder zumindest gut brauchbar. Und es gab doch Hunderte gleichartige Becher überall. Und jetzt passt auf, jetzt wird's erst richtig spannend. Ich war da noch einmal in dieser Reliquienkammer im Dom. Du kannst dich erinnern?"
Gerald starrt den Becher mit offenen Augen an: „Senftenburgers Reich. Dort ist aber kein Becher, dort ist doch überhaupt keine Keramik!"
„Ich hab mir das Tuch noch einmal angesehen, Fotos gemacht und die Ringe genau vermessen."
„Du meinst jetzt aber nicht im Ernst ..." Gerald kippt fast auf die Tischplatte. Nur ich verstehe gar nichts und schaue beide ratlos an.
„Arnold, zur Erklärung: Im Dom bewahren sie ein Tuch auf, angeblich ein Stück vom Tischtuch vom Letzten Abendmahl. Ja, schau mich nur an, ich weiß, wie seltsam das klingt. Aber es ist aus der Zeit und wurde in Judäa gewoben, das gilt als erwiesen. Sie haben es genau untersuchen lassen. Und auf dem Tuch sind zwei Ringe, es könnte Wein sein, zweimal hat ein Gefäß diese Ringe hinterlassen, zur Freude der Hausfrau ..."
Er fasst vorsichtig nach dem Becher: „Und man kann dort

deutlich drei Fehlstellen in den Ringen erkennen, muss ausgebrochen sein, zweimal gleich. Und jetzt seht euch das an!"
Er dreht den Becher um und zeigt uns die Standfläche: fast kreisrund, aber innen vertieft. Und auf dem Wulst ... Tatsächlich! Fehlstellen! ... Ja aber vier, also doch nicht ...
„Ja, das dachte ich zuerst auch. Aber alles stimmt überein: der Durchmesser, die Dicke des Randes, die Position der ausgeschlagenen Stellen, sogar Breite und Winkel ..."
„Aber es sind doch vier, nicht drei?" In Geralds Stimme liegt etwas Enttäuschung.
„Na und? Das gute Stück lag doch fast 2.000 Jahre in der Erde. Und ist dabei wieder zerbrochen, durch Setzungen wahrscheinlich oder durch Wurzeln, egal ... Da kam halt noch ein vierter Abschlag dazu, wen wundert's. Der damals noch nicht da war ... also?"
„Was also?" Ich will es gar nicht aussprechen!
„Was habe ich hier in meiner Hand?"
„Du meinst? Nein!" Auch Gerald bringt es nicht über seine Lippen.
„Den Heiligen Gral?"
„Oder, wenn du willst, vielleicht *einen* von den Heiligen Gralen. Der Becher ist wahrscheinlich zu klein dafür, dass sie alle nur aus diesem hier getrunken hätten, aber was soll's? Mathematisch gesehen gibt es so eine Übereinstimmung im ganzen Universum kein zweites Mal!"
Stille ... Ungläubige, angespannte Blicke.
Stefan hat beim Staunen ja schon Zeitvorsprung: „Das erklärt auch, warum sie ihm oder ihr den Becher mit ins Grab legten. *Dieser* Becher war wertvoller als alle anderen,

ganz egal, in welchem Zustand. Was gäbe es für eine wertvollere Grabbeigabe ... für einen Christen!“
Wir haben noch lange erwogen und gerätselt, uns die frühen Christen vorzustellen versucht, dieses Begräbnis, den Impuls, sich *davon* zu trennen. Vielleicht schon in einer frühen Welle der Verfolgung? Über die Bedeutung von Reliquien, aber auch von Zufällen. Kein Grappa, kein Imbiss.
Als ich mit Gerald danach im Lift hinunterfahre, sprechen wir beide kein Wort, wir sehen uns nur fassungslos an.
Erst ein paar Tage später kam mir die Idee ... Ja, ich will doch schon seit Jahren etwas inszenieren, das die Canisiuskirche weltberühmt macht. Mit den bunt angemalten Türmen ist uns das im letzten Jahr auch schon ganz gut gelungen. Aber das! „Sonderausstellung in Canisius: Unter anderem zeigen wir Ihnen den Heiligen Gral“? Nein, das geht nicht! So dürfen wir mit diesem Schatz nicht umgehen! Aber wie dann?

Kapitel 33
Stefan
Sonntag, 11. Mai

Sie haben absolut dichtgehalten. Nichts ist über diese groß angekündigte „Weltpremiere“ nach außen gedrungen, absolut nichts. Nein, nicht nur das Stück ist neu, sondern es soll ein ganz neues Genre sein. Schon kurz nach dem Einlass ist die Krypta voll. Sogar jene Plätze,

von denen aus man gar nicht so gut zur Bühne sieht. Und die Programmhefte gibt es erst *nach* der Vorstellung, auch das ist wohl ziemlich einzigartig. Als einziger Hinweis steht das Klavier vor der verschlossenen Bühne. Also voraussichtlich ist Florian an diesem „nie da gewesenen Event" beteiligt – aber wie? Und der Beamer auch. Der war jetzt seit 14 Tagen immer wieder unauffindbar. Aber heutzutage wird das Bühnenbild ja immer wieder mal elektronisch aufgepeppt. Verrät auch nicht viel. Neugierig? Und *wie* ich neugierig bin. Allein schon aus Sorge: So lange haben sie daran herumgedoktert. Da kommt dann meist nichts Gescheites mehr heraus dabei ... das kenn ich vom Predigen. Bloß kein Flop! Immerhin: Die Werbung war kein Flop, mehr gehen jetzt bald nicht mehr herein. Auf einmal sitzt David neben mir, das war einer der letzten freien Plätze. Ich schaue ihn fragend an, aber er zuckt nur mit den Schultern: auch keine Ahnung, was seine Töchter hier aufführen wollen.
Das Licht erlischt, Florian setzt sich von den meisten unbemerkt auf die Klavierbank und schlägt gleich einmal kräftig in die Tasten. Der Vorhang geht auf: ein Stummfilm? Ja klar, mit Klavierbegleitung live improvisiert. Gut, das hat was, aber so neu ist das jetzt auch wieder nicht. „DER SCHATZ" erscheint als Titel, ruckelnd und flimmernd und mit den üblichen Streifen – wie alles auf der Leinwand. Mitten im Wald steht ein uraltes, gedrungenes Haus. Es raucht aus dem Schornstein. Idyllisch, märchenhaft, aber auch irgendwie unheimlich, warum eigentlich?

Auf einmal sind sie da: Gregor und seine Freundin Lena. Ein kurzes Blackout nutzend. Aber da muss man schon zweimal hinsehen: Gregor mit dickem Rauschebart wie einer aus dem Reich Iwans des Schrecklichen und Lena mit doppelter Leibesfülle und bodenlangen Röcken, wahrscheinlich drei übereinander. Und mit aufgestecktem Zopf, da muss auch eine Perücke mit im Spiel sein. Beide konsequent in Schwarz, Weiß und Grautönen, auch grau geschminkt, keinerlei Farbe, genau wie der Film hinter ihnen. Sie sitzen auf der Bank vor ihrem Haus, das einem eingeblendeten Titel nach auch eine Glockengießerei beherbergt. Er raucht eine lange Pfeife, sie schlägt in einer Schüssel Teig. Beide „reden" heftig miteinander, was wir nur heftigen Gesten und Florians erstem dramatischen Höhepunkt entnehmen können. Ihr Spiel ist drastisch überzeichnet, geradezu exaltiert! Ein weiterer Titel erklärt uns, dass es um die Verheiratung ihrer Tochter geht.
Die tritt in Gestalt Bellas sogleich auf: hübsch und schlank, wie es sich für die aufblühende Tochter des Hauses gehört, also auch mit dicken Zöpfen und gar nicht so züchtigem Dekolleté. Sie wird ins Gespräch mit einbezogen und verdreht entsetzt die Augen, schüttelt sich vor Ekel, streckt beide Arme abwehrend von sich und verdreht den Blick himmelwärts. Nein, den düsteren Gesellen wird sie niemals, niemals ... vorher springt sie in den Bach, zu dem sie voller Entsetzen hinüberdeutet. Aber auch jetzt kein Schwenk, der Hintergrundfilm bleibt statisch. Sie aber fährt wiederum entsetzt ruckartig he-

rum, als der Geselle naht: nicht direkt Quasimodo, aber doch auf halbem Weg dahin. Und sehr dunkel wirkt er. Tommy? Ja, er trägt ebenfalls Bart und zerzauste Haare, ein betont verdrecktes Wams und läuft ziemlich bucklig durch die Welt. Wir alle verstehen die arme Tochter, der er unter den Augen ihrer Eltern unappetitliche Avancen macht. „Igitt!“, „Weg mit deinen Fingern!“, „Knall ihm doch eine!“, verlautet es rund um mich. Florian tastet sich Takt für Takt weiter an Zwölftonmusik heran, einfach grausig!

Plötzlich ganz andere Töne. Der raue Vater schickt den wilden Gesellen Holz nachlegen für den Guss und erzählt via ruckelnder Einblendung, dass er einen Handwerksburschen anstellen möchte, der große Begabung für die feinen Verzierungen der Glocken habe. Und flugs erscheint dieser mit smartem Lächeln und überzeugendem Äußeren. Ich erkenne ihn nicht. Sie haben ihn scheinbar eigens für diese Rolle gecastet. Mit diesem pfiffigen Schönling kommt Schwung in die archaische Bude. Erstmals bewegt sich der Hintergrund. Und die vier müssen den Kamerafahrten jetzt folgen. Aber nicht lange: Blackout. Szenenwechsel. Alle fünf und noch zwei weitere Akteure sitzen in der Stube, trinken aus heftigen Humpen und diskutieren zum wiederholten Mal die Frage, ob Soldaten in einem fern vergangenen Krieg hier im Haus einen Goldschatz versteckt hätten. Keiner glaubt daran, nur der finstere Geselle – und der entsetzlich kluge Bursche. Der eine will mit dem Gold die holde Maid freien, der andere einfach seine überragende Gescheit-

heit erneut unter Beweis stellen. Szenisch alles kein Problem.
Die folgende Nachtszene jedoch schon: Denn nächtens schleichen beide über die Treppen des Hauses – hinauf und hinab. Der tumbe Geselle sucht im Obergeschoss, die Lichtgestalt weiter unten. Das Haus war in selbigem Krieg doch bis auf die Grundmauern abgebrannt. Und bis auf eine alles beherrschende Mittelsäule, die das ganze Haus zusammenhält. Also muss der Schatz ganz unten verborgen sein. Der Geselle, der A und B nicht zusammenzählen kann, klopft oben herum – natürlich vergeblich. Toll, wie sie dem Schwenk der Kamera entsprechend die Stiegen nach oben folgen, indem sie auf der Stelle treten. Wenn sie ein wenig über dem Bühnenboden stehen müssen, steht plötzlich ein Schemel da – gut geprobt, alle Achtung!
Zwei Nachzügler schlüpfen in die Krypta und suchen vergeblich nach freien Plätzen. Während ich kurz zum Eingang hinüberschaue, fällt mein Blick auf die Figurengruppe über dem Altar. Nein, bloß nicht! Einmal genügt wirklich! Die Marienstatue flackert im ruckelnden Licht des künstlich gealterten Filmes. Und wieder scheint sie sich zu bewegen. Nein, doch nicht, nicht anders als grauer Stein im flackernden Licht eben wirkt. Ich beschließe, dort heute nicht noch einmal hinzusehen. Hart aufschlagende Akkorde helfen mir dabei: Der Jungspund lässt den gierigen Gesellen für sich im Fundament der Säule schuften, bis der Schatz auch tatsächlich herauspurzelt. Mit einem Schlag ist auch der bauernschlaue Va-

ter zur Stelle – und alle drei beanspruchen das Gold: fürs Schuften, für die richtige Idee – oder einfach als Hausbesitzer. Letzterer setzt sich durch. Er schickt die längst Verliebten in einen Weingarten ... wie das Liebespaar im Hohelied der Bibel, sonderbar ... Die Besitzer wühlen im Goldschatz und besaufen sich, der verbitterte Grobian hämmert ganz unten so lange auf die Säule ein, bis sie zusammenbricht – und mit ihr das ganze Haus, das daraufhin lichterloh abbrennt, weil das Feuer im Keller, das für den Glockenguss ...

Die Verliebten sehen das von Weitem, drehen sich angewidert um und schreiten eng umschlungen der untergehenden Sonne entgegen. „ENDE". Tosender Applaus für die Schauspieler, für Florian und auch für Manu, offensichtlich die Regisseurin. Aber das Programmheft bekommen wir ja erst beim Ausgang. Eine unglaubliche Idee, mit einfachen Mittel umgesetzt. Und auch das drastisch überzeichnete Spiel der Stummfilmzeit köstlich getroffen. Wie sie diesen Hintergrundfilm gemacht haben, das muss ich jetzt gleich unbedingt in Erfahrung bringen. Das war wirklich ... vielleicht sogar *wirklich* eine Weltnovität!

Wir drängen hinaus. Das Buffet gleich draußen im Hof sorgt schnell für nachhaltigen Rückstau. Ich laufe fast auf Lisa, Manuel und Ruth auf und frage sie: „Wisst ihr, wie sie diesen Film gemacht haben, ohne die Personen drin. Die müssen das ja eigens gefilmt haben."

„Das hat mein großer Bruder gemacht!", vermeldet die kleine Ruth stolz.

„Geht's ihm schon wieder so gut?"
Lisa scheint erleichtert: „Für PC-Spielereien reicht's schon, aber er muss noch zu Hause bleiben, das hier wäre noch nichts für ihn. Das haben sie wie Kulissen gemalt und abgefilmt. Und Sam hat's am Computer bearbeitet, tagelang. Bewegte Bäume drüberkopiert oder auch die Wölkchen aus dem Rauchfang und solche Sachen ... Er meint, das war gar nicht so schwierig. Das Problem waren die Schatten, da haben sie am längsten herumgetüftelt. Darum soll die Lichtquelle möglichst keine unnatürlichen Schatten auf die Leinwand werfen, am besten nur auf den Boden, also in der Nähe aufgehängt sein. Andererseits müssen die Gesichter ja auch wieder ausreichend Licht bekommen."
„Stimmt. Ist mir aber gar nicht aufgefallen ..."
„Beim ersten Mal kein Problem. Wenn du's öfter siehst, fällt es dir schon auf ... Bleibt immer ein Kompromiss."
„Sam hat gesagt, das ist zu gruselig für kleine Mädchen! War gar nicht zu gruselig! Aber ich bin ja auch schon fast in der zweiten Klasse! Hab mir nur zweimal die Augen zuhalten müssen! Ich muss ... ich muss auf's Klo, Mama!"
„Dringend?"
Ruth nickt heftig.
„Könnt ihr unsere Ruth einmal durchlassen, bitte! Du weißt, wo's ist? Da rechts vorne! Lasst sie doch durch!"
Die „große" kleine Ruth schlängelt sich schon durch. Seit sie hier im Kindergarten war, weiß sie Bescheid.
Die Ersten, die uns gegenüber beim Buffet stehen, sind

„Isma“ und „Tami“. Als Köche sind sie zwar bisher noch kaum in Erscheinung getreten, als Verkäufer werden sie heute aber dringend gebraucht. Denn die Jungen, besonders die Mädchen, wollen ja schon in knapp einer Stunde mit ihrer Modenschau starten. Aufgrund der Doppelbelastung präsentiert sich das Buffet auch mit griechischem und indischem Schwerpunkt. Zumindest die Insider wissen daher, wer dahintersteckt und dass an der Qualität kein Zweifel besteht. Entsprechend lang ist die Schlange. Auch Fabiola hat alle Hände voll zu tun: „Du? Du bist beim Servierdienst? Brauchen sie dich nicht ... Gib mir bitte was von dem Hühner-Curry!“

„Mit Fladenbrot?“

„Bitte.“

„Wo sollen sie mich brauchen?“

„Na als Model!“

„Geh, red' keinen Blödsinn, da ist doch meine Enkelin schon zu alt dafür! Obwohl ...“ Sie lächelt, ahmt die typischen Bewegungen der Models am Ende des „Catwalks“ nach, gekonnt übrigens ... „Na ja, wenn sie mich gefragt hätten ...“ Wir lachen beide. Aber rein figurmäßig könnte sie mithalten, bewundernswert. Andererseits: Wie das hier schmeckt, werde ich jetzt gleich wissen, sie sicher nicht. Irgendetwas *muss* Fabiola doch essen, aber *bezeugen* könnte ich das nach all den Jahren nicht ...

„Und? Wie waren wir?“ Lena strahlt mich mit bleichgrauem Gesicht und grauen Haaren an, ein seltsames Bild. Und dann auch noch diese unförmigen Röcke!

„Wie seid ihr bitte auf so was gekommen? Das war ja wirklich noch nicht da! Und wie lange ..."
„Wir waren zufällig nach Ostern in Breitensee. Du weißt schon, in dem ältesten Kino der Welt. Kinokonzert! Wie die damals gespielt haben und wie sich die geschminkt haben, das ist einfach cool, so übersteigert, so ... ahhhh, so überintensiv. Der Rest war Technik. Und der Florian natürlich, der improvisiert das alles, aber der is halt ein echter Profi, weißt eh."
„Du hast die Ruhe weg. Bist du nicht auch bei der Show drüben dabei?"
„Jaja schon, aber ich muss mich nicht umziehen. Ich komm als Erste raus, so als Brücke halt zum Film-Theater. Praktisch, gell? Hab als Einzige keinen Stress. Aber nichts verraten, bitte! Und die anderen müssen den ganzen Tag hungern, weißt eh, lauter knappe Teile, bauchfrei und so auch ... aber in *dem* Aufzug – null problemo! Ist das gut?"
„Keine Ahnung, das heißt: Sicher ist das gut, ist ja von Franziska!"
„Na dann, bis ... bleich!" Das letzte Wort mit schaurig-gehauchter Stimme. Bis ich verstanden habe, ist sie schon weg.
„Ein Raki?" Kostas ist soeben mit Nachschub angekommen. Das Auspacken übernehmen die Usbeken. Wir stoßen an. „Auf den glücklichen Bräutigam!"
Er lächelt, dann aber ernst: „Bin ich! Wie frisch verliebt! Du kommst doch!"
„Sicher! Ehrensache, wir kommen alle, macht euch ru-

hig darauf gefasst, die ganze Reisegruppe. Als krönender Abschluss im Programm unseres Reisebüros: griechische Hochzeit auf dem Lande!"

„Und vergiss nicht: Es gibt keine Krise! Vorher, nachher, rundherum – überall Krise, is halt so. Aber wenn wir heiraten, gibt's keine Krise! Und dir bring ich das Tanzen auch noch bei, so richtig. Der Pappas tanzt ja auch mit, das gehört bei uns dazu! So wie das Meer. Und wie der Raki. Evíva! ... Aber jetzt muss ich Franziska ablösen drüben. Sie will zur Modenschau kommen. Besser so."

„Besser so? Warum?"

„Weißt, ich will mich nicht aufregen. Sie haben uns Fotos gezeigt, nein ... Sind doch so hübsche Mädchen dabei, und dann dieses Zeug! Kann doch niemand anziehen, so was! Schlimmer noch: Die ziehen das am Schluss *wirklich* noch an! Furchtbar! Also zu unserer Hochzeit ... sag ihnen du bitte, also mit so was ... das würden unsere Leute nicht verstehen. Es gibt doch so hübsche Kleider ... na ja, ich muss!"

„Wenn du einen guten Platz haben willst, komm mit. Geht los in fünf Minuten!" Ich drehe mich um: David will mir einen Weg in den Saal hinunter bahnen. Ich esse schnell fertig, entledige mich meines Papiertellers, Serviette wäre jetzt nicht schlecht – und folge ihm.

Kapitel 34
Lena
Sonntag, 11. Mai

„Da bist du ja, wo bleibst du denn, schnell!" Ich weiß nur, dass sie Carola heißt und kaum schon 16 sein dürfte.
„Muss ich schon raus? Aber die stehen doch alle noch im Hof!"
„Nein, noch zehn Minuten. Aber wir brauchen dich!"
„Bin schon da, wofür denn?"
Sie steht da vor mir, auf dem engen Gang, wo ständig jemand durchmuss: barfuß, in einem Top mit abenteuerlichem Farbenmix und Jeans, zwar Stretch, aber so supereng, dass ihr immer wieder mal die Luft wegbleibt. Dabei ist der oberste Knopf noch offen.
„Den mach ich erst im letzten Moment zu, frag nicht, wie ich da reingekommen bin." Sie hält mir weiße Sandalen mit feinen Riemchen entgegen: „Bitte!"
Ich schaue sie kurz fragend an, dann kapier ich: „Klar, wo ist denn hier mehr Platz?" Bei der Treppe. Sie steigt drei Stufen hinauf und streckt mir einen Fuß entgegen. Fünf feine Riemchen, das kann sie in diesem Outfit nicht hinkriegen, ohne ohnmächtig zu werden.
„Kannst du mich noch nachschminken?"
„Klar, wo?"
Das größte WC ist zur Schminkstube umgebaut, oje! Aber immerhin riecht es hier nach einem frischen Parfum – und das Licht ist gut. Zwei verschiedene Farben Lidschatten, immerhin passend zum Top, natürlich grell

wie bei solchen Shows üblich. Sie fährt sich durch ihre tiefschwarzen Haare, blickt dabei kritisch in den Vollkörper-Spiegel und fragt unsicher: „Und? Geht das? Kann ich so ...?“

„Du schaust echt ...“, ich muss anerkennend lachen: „Du schaust echt stark aus, wirklich, Wahnsinn!“

Sie strahlt: „Sexy?“

„Definitiv! Total verrückt und sexy ... aber nicht vergessen!“

„Was?“

Ich deute auf ihren obersten Jeansknopf. Carola lacht, atmet tief aus – und schafft es. Sie will mir um den Hals fallen, lässt es aber im letzten Moment doch sein und deutet auf mein dickes, mausgraues Make-up: „Sorry, verzeih, geht nicht!“ Sie schaut sich noch einmal in den Spiegel, fährt sich mit spitzen Fingern unter die Augen – und huscht davon. Tränen vor lauter Aufregung – und Stolz! Ob ich jetzt da so raus möchte ... wie Carola? Also auf die Straße könnt’ ich mit so was nie, auf eine Party, na ja? Aber da jetzt raus mit diesem Top, wo jeder hinschauen muss, und in diesen ... okay, aber eine Nummer größer schaut immer noch echt gut aus ... echt Scheiße dieser muffige Fummel mit der Uroma-Perücke. Ich hab mich noch nie so alt gefühlt wie in diesem Theaterzeug ...

„Bitte, schnell!“ Sophie dreht mir gehetzt ihren Rücken zu. Sie zieht mich in die Küche, die Hauptgarderobe – und dementsprechend überfüllt. Ihr weißes Shirt ist durchgängig rückenfrei und wird nur von einem Seidenband gehalten. Das muss zum Nacken hin noch geschnürt werden. Dazu einer enger, kurzer Rock, links rot,

rechts violett – und Sommerstiefletten: in zwei verschiedenen Farben: Pink und Rot. Sie schaut mich lächelnd, aber auch selbstbewusst an: „Na? Was ... Warum nicht!" Noch fünf Minuten. Der Saal soll schon voll sein. Immer wieder dringt laute Musik heraus. Für unsere „Männer" ist Catwalk-Laufen ein absolutes No-Go. Sie haben ja nichts gegen Schwule, überhaupt nicht, aber ... Wär ohnehin kein gutes Geschäft gewesen. Mädchen investieren viel mehr in ihren Fummel. Und unsere Sachen kann man halt viel leichter umnähen, da steckt einfach mehr drin. Immerhin müssen wir uns um Einlass, Musik und Lichteffekte keine Sorgen machen. Ein schriller Aufschrei! „Raus, raus, hier haben Kerls nichts zu suchen!" Ein Freund von Tommy, Sandro oder so heißt der, ist einfach rein. Er hält sich demonstrativ die Hand vors Gesicht: „Sorry, geht nicht anders, der FI ist gegangen, kommt nicht wieder vor, wir verteilen's jetzt auf zwei Stromkreise. Wow, ihr schaut ja echt krass aus, Mädels!"
„Raus!!!"
Ich erhasche einen kurzen Blick hinaus. Gegenüber hängt das übergroße Werbebanner eines Schuhgeschäftes. Das haben wir erst letzte Woche hingekriegt. Manu hat die Devise ausgegeben: „Super-stylishe Schuhe – oder wir sagen das hier ab! Ihr seid jung, ihr könnt den verrücktesten Fummel tragen. Aber an den Schuhen sieht man, ob was Klasse hat oder nicht!" Erst vor wenigen Tagen fanden wir einen wirklich geilen Laden, den wir ausräumen durften, bis morgen natürlich nur. Der Preis ist das Transparent, und ein paar Werbe-Durchsagen auch.

Und jede von uns zwölf oder 13 Models darf sich danach ein Paar aussuchen, auch wenn wir ein wenig draufzahlen müssen vom Gewinn, hat Manu so festgelegt.
Nein, nein, nicht für diese abgelatschten Treter, mit denen ich jetzt hinausmuss.
„Lena ... 3, 2, 1, jetzt!“
Für mich gibt's Klamaukmusik wie aus einem Buster-Keaton-Film. Ich soll stelzen und mich bewegen wie echte Models, also gut. Im grellen Licht musst du ganz schön aufpassen. Aber der Belag ist okay, das schaffen auch die Jüngsten mit ihren Heels. Klar bin ich die Lachnummer, aber es gibt auch Applaus. Sicher nicht wegen meines Outfits, wahrscheinlich nochmals fürs Spielen zuvor ... und ab! Geschafft! Die Musik geht mit einem Schlag in weit härtere Rhythmen über. Und ab geht's für die richtige Show. Eine nach der anderen, fast alle zittern sie. Ich möchte nur noch raus aus dieser archaischen Kluft, hab aber vergessen, etwas anderes mit herunterzubringen. Und so einfach abhauen kann ich jetzt auch nicht. Gleich werden die Ersten wieder reinkommen, die sich dann blitzartig umziehen müssen. Wenigstens schnell abschminken!
Bella steht vor der Tür, gelöst und lächelnd, ein Modeprofi. Ihre weit geschnittene Bluse ist links schwarz und weiß gestreift, dicke Streifen, und rechts diese unsäglichen 70er-Retromuster, Kreise und Spiralen in allen Leuchtfarben zugleich. Dazu schwarze Shorts mit einem hellgrünen Seidenschal als Gürtel und rote Pumps. Das durchgehende Motiv sind meist in der Mitte von oben

nach unten durchgeschnittene Teile, die mit grenzgeil kontrastierenden Hälften wieder vernäht wurden. Möglichst günstig bis spottbillig eingekauft. Eine der mir unbekannten Models hat eine Mutter, die das sogar mit Jeans kann. Bisher ist jedenfalls noch keine Naht geplatzt!

Carola wendet sich wieder an mich: „Hilfst du mir wieder? Du, denen da draußen gefällt das voll, die schreien und pfeifen, echt geil ... nur einmal wär' ich fast umgekippt. Hilfst du mir raus?"

Ihr zweites Outfit ist um einiges bequemer. Strenges, schwarzes, tailliertes und überlanges Sakko. Dazu eine weiße, weite, voll durchsichtige Haremshose mit Fesselbündchen. Nur dass diese Hose ziemlich schräg mit schwarzem Spray „akzentuiert" wurde. Ein echtes Meisterwerk! Und dazu schwarze silberbestickte ... Samtpantoffeln!

„Die? Bist du sicher?" Denn gleich daneben stehen im wahrsten Sinn des Wortes steile, klassisch schwarze Heels.

„Ja klar! Manu sagt doch: ‚Nie das Naheliegende! Nie!'"

Manu hat uns beobachtet und nickt lächelnd: „Die sind für mich!" Als Letzte des ersten Durchgangs kommt sie jetzt an die Reihe. Sie schlüpft hinein und ist gleich einmal zehn Zentimeter größer. Sie wirkt erstaunlich simpel: bauchfreies Top, weite Shorts, alles tiefschwarz. Aber um den Hals trägt sie gleich drei feine, voluminöse Schals: in Grün, Himmelblau und Gold. Und sobald sie loslegt, umwehen sie ihren Körper wie ein

weites, leichtes Sommerkleid. Und *wie* sie loslegt! Bald ist Halbzeit, die Stimmung ist echt super. Aber es darf keinen Leerlauf geben. Jede muss viermal raus. Mia ist immer noch so aufgeregt, dass sie ihre Sachen nicht findet. Aber eine rot-weiße Hose kann doch nicht unauffindbar sein! Da! Ihr schwarzer und ihr roter Schuh finden sich auch im zunehmenden Chaos. „Wie schaut dein Shirt aus, Mia?"
„Weiß-rot-schwarz!"
„Mia, du bist die Übernächste!"
„Verdammt! Ich kann doch nicht ... so!" Sie steht im roten BH vor mir.
„Kannst du nicht! Aber wo bitte ...?"
Endlich habe ich etwas in den gewünschten Farben in der Hand, das ich zuerst für Seidenschals gehalten habe. Waren es auch einmal. Als sie's anhat, staune ich nicht schlecht: Das *sind* Schals, nur so kunstvoll verknotet, dass sie ein weites Top ergeben, durchaus tragbar sogar, genial. Ich tupfe ihr zwei Tränen von der Schminke, sie lächelt erleichtert und zeigt auf ihre Schuhe: „Die sind nicht gleich hoch!"
„Du schaffst das!" Ein weißes und ein knallrotes Hosenbein staksen in den Applaus hinaus. Wie soll man so etwas jemals waschen?
Letzter Durchgang. Manchmal erkenne ich jetzt rechte Hälften, deren linkes Gegenüber schon zuvor unterwegs war: Logisch, wir haben nichts zu verschenken! Eine grün-schwarze Jeans hat es mir angetan: jeweils mit kontrastierender Po-Tasche und mit einem breiten goldenen

Gürtel. Schon verrückt, aber die würd' ich auf eine Party schon anziehen ... das orange-goldene Wickeltop dazu ... also nein, das nicht! Im letzten Durchgang nochmals Jeans, in allen Farbkombinationen, Längen und Kürzen. Und nicht immer sind beide Beine gleich lang.

„Einmal noch!" Carola steigt aus einem kurzen Rock mit Zipfeln, die bis weit über ihre Knie gehen. „Die da, die sind echt krass!"

„Warum? Noch enger als die zu Beginn? Geht doch gar nicht mehr!"

„Nein, da, schau!" Sie fährt mit einem Finger durch ein Loch, ein kreisrundes Loch, rund um einen Ring genäht, der die Form hält. Wie zufällig sind verschieden große, kreisrunde Löcher über die Hose verteilt. Einfarbig weiß, aber die Löcher mit wechselnden Farben eingefasst. Schön auffällig! Als sie drinnensteckt und nach einem Blick in den Spiegel grinsen wir uns an und rufen gleichzeitig aus: „Sexy? ... Sexy!"

„Dabei gibt's welche, da sind die Löcher noch höher! Was soll's – aufgeschnittene Jeans sind doch ein alter Hut!" Sie stellt sich grinsend in Pose.

„Trotzdem ... und jetzt hau noch einen raus! Keine, die da draußen sitzt, soll ohne so eine Hose heimgehen! Verstanden? Gimme ..."

„Gimme ..."

„... five!" Geschafft. Verdammt, ich kann doch nicht noch länger mit diesem Zeug da rumlaufen! Die Letzten schaffen's jetzt allein auch, ich schau schnell einmal hinauf zu meinen Sachen.

„Lena! Du, Lena, schnell, wir brauchen dich!“ Bella? Ausgerechnet Bella braucht mich?
„Ich wollte nur schnell ... na dieses Zeug da ...“
„Mia hat Nasenbluten, es hört einfach nicht auf!“
„Wo ist sie denn?“
„Egal, schnell, *du* musst für sie raus ... damit! Nur noch fünf oder sechs sind vor dir!“ Sie hält mir ein Bündel und die mir längst bekannten Riemchensandalen hin: „Schnell!“
Ich lasse die grauen Röcke fallen, zieh' mir die kratzige Wolljacke über den Kopf und schlüpfe in die schwarze Hose, versuch's zumindest: „Geht nicht, sorry!“
„*Muss* gehen, bitte, nur für zwei Minuten! Carolas Mutter hat gerade an der drei Tage lang genäht!“
Sie helfen mir, ziehen das Ding an mir hoch. Scheiße, das ist die Hose mit den größten Löchern überhaupt! Das oberste Loch liegt voll am Po! Fast zumindest ... Ich hab doch nie solche zerschnittenen Jeans getragen! Gold geränderte Löcher in schwarzen Jeans! Na super! Das Glitzertop ist ja okay. Die Riemchen haben sie auch schon zu, ganz schön hoch! Für den Spiegel ist keine Zeit mehr. Scheiße, wie sieht denn das aus?!
„Mia, du bist dran ... 3, 2, 1 ...“
„Lena kommt statt Mia!“
„Auch gut, toi, toi, toi! Los!“
Einfach nicht dran denken! Lächeln! Mann, blenden diese Scheinwerfer! Aufrecht! Im Takt! Zeig's ihnen! Wie viele sind denn das, so laut wie's hier zugeht. Vorne in Pose nach links, nach rechts, ist das eng! Drehung, bloß

nicht stolpern! Geschafft! Zuletzt noch Manu und Bella gemeinsam. Ich sehe sie nur im Gegenlicht. Und dann noch einmal alle im Defilee. Auch Mia ist wieder dabei. Los, schnell zum Verkauf. Wir müssen die Stimmung nutzen. An einem normalen Tag in einem normalen Laden wäre das meiste hier unverkäuflich. Mal ehrlich: Manches ist genial, manches kann man schon mal riskieren, wenn man sich traut und gut drauf ist – so wie mein Outfit, aber manches ist einfach nur schrecklich. Zuerst schauen einmal alle, schauen aufeinander, ob das da jetzt wirklich jemand kauft. Aber dann geht's los. Die schrillsten Teile zuerst, die Lochjeans auch, die gesprayten Sachen weniger, die brauchen doch einen zweiten Blick.

„Können wir uns hier wo umziehen?" Zwei mir unbekannte Mädchen wollen die Wirkung gleich vor Ort testen. Mir fällt nur noch die Waschküche ein, egal. Offensichtlich können sie's nicht erwarten. Sophie hat sich schnell umgezogen und führt nochmals ihren rot-violetten Rock mit den verschiedenfarbigen Stiefletten vor. Die Haremshosen gehen nicht so gut, sind auch etwas teurer. Aber sonst klingelt die Kasse. Ein paar ganz junge Mädels bitten um Musik, um sich drinnen am Laufsteg selbst zu erproben. Danach steht wieder das Buffet im Mittelpunkt und wir schließen ziemlich erschöpft unseren Laden.

Florian hat Franziskas Platz übernommen. Im „Alexander" drüben ist heute Abend Hochbetrieb. Er bietet mir einen Raki an. Und zu seiner Überraschung nehme ich an. Das Zeug fährt aber richtig ein. Erst jetzt bemerke ich, dass ich seit dem Frühstück nichts mehr gegessen habe. „Hast dich ganz schön verändert, Lena ... und nicht zum Schlechteren!"

Ich schaue ihn verständnislos an. Bis ich begreife.

„Cool! Aber verkühl dich nicht! Ist noch nicht Sommer!"

„Echt sexy, was?" Gregor kommt mit dem schwarzen Sakko, das Carola zuvor vorführte und hängt es mir um.

„Danke, Schatz!"

„Gehen wir?"

„Ich muss mich noch umziehen!"

Aber er besteht darauf, dass wir gleich gehen. Und ich so, wie ich bin: im einzigen Catwalk-Outfit meines Lebens. So hat er mich noch nie erlebt, das stimmt. Ich bin eben mehr der Kumpeltyp, die Praktische und Verlässliche. Aber ab und zu ... balanciere ich dann doch ganz gerne in Augenhöhe mit ihm mit eiskalten Zehen und schmerzenden Füßen.

„Aber du warst doch gar nicht eingeplant, oder ... ich meine ..."

„... als *richtiges* Model? Nicht nur als alte Hexe? Und? Hat's dir gefallen?"

„Du besonders, aber ihr alle, die Sachen sind echt schräg, aber am schrägsten war diese Hose, echt süß."

„Ich hab mich einfach überrumpeln lassen. Sonst ... Aber wer weiß, vielleicht lass ich mich ja gleich noch einmal überrumpeln ..."

Kapitel 35
Stefan
Dienstag, 13. Mai

Lena und Gregor sitzen mir in immer noch aufgekratzter Hochstimmung gegenüber. Zwischen uns liegt eine ganze Mappe mit Abrechnungen auf dem Tisch, aber auch schon mit einem kleinen Stapel Fotos vom Sonntag. Schaut wirklich professionell aus, wie sie da über den Laufsteg laufen!

„Und, seid ihr zufrieden? War ja beides wirklich ein voller Erfolg! Und ohne Frage mal was ganz anderes! Gratuliere!"

„Also das Filmtheater hat voll eingeschlagen. Vom Applaus her, mein ich, und den Reaktionen nach zumindest. Von den Einnahmen her ... okay, also genau ... 1.123 Euro bei immerhin 130 bis 140 Zuschauern."

Lenas Begeisterung für den Körberl-Inhalt hält sich in Grenzen. Meine auch: „Na ja, die üblichen 5 bis 10 Euro wie immer halt. Aber es waren ja viele Junge da. Die haben nicht so viel Geld ..."

„Wenn du dich da nicht täuschst!", lächelt sie mich vielsagend an: „Für unsere Klamotten haben die sage und schreibe ... tatata-tam: 10.736 Euro ausgegeben. Die haben Geld genug! Die haben sich's nur aufgehoben für nachher ..."

„Zehntausendsiebenhundert? Das gibt's ja nicht. Also nichts gegen eure Kollektion, aber ..."

„Ja, das meiste ist weg. Gestern haben sich noch ein

paar so richtig „stylishe“ Mädchen ihre reservierten Teile abgeholt. Und morgen, wenn wir abends da sind, kommen noch mal zwei. Also sicher über elftausend!“

„Hätt’ ich nie gedacht. Ich meine, da sind ja wirklich ... wilde Sachen dabei, die könnt ihr ja nicht jeden Tag tragen.“

„Nein, aber bei den Sommerpartys jetzt und im Urlaub ... Du willst ja nicht wie alle anderen aussehen! Ja gut, wir müssen da noch einmal knapp 3.000 abziehen für unsere Ausgaben. Und dann haben wir noch jede Menge 10-Prozent-Minus-Gutscheine von dem Schuhgeschäft verteilt. Wenn dort noch ein paar was kaufen damit, bekommen wir noch ein bisschen Provision. Und vielleicht noch mal ein knapper Tausender bei der zweiten Aufführung ...“

„Macht zehneinhalbtausend Reingewinn plus/minus. Eher plus sogar, weil da kommt ja noch das Buffet dazu“, schaltet sich Gregor ein. „Und wir stehen jetzt bei 14 oder 15 Anmeldungen, Jugendliche meine ich. Die halben Reisekosten haben wir locker herinnen. Den Rest kriegen sie schon von zu Hause.“

„Ja, zwei von den Mädels wollen jetzt auch mitfahren, also von den Models. Die hab ich vorher nie hier gesehen, die Carola und die Vicky, die Mia überlegt noch. Zuwachs für unseren Jugendtreff, sind echt süß. Schauen immer diese Castingshows und steigern sich da richtig rein. Tut ihnen auch gut, ich mein: fürs Selbstvertrauen.“

„Aber ihr wisst, bis Ende Mai muss die Zahl feststehen

für die Flüge, besser schon vorher. Na, da haben wir ja jetzt einiges zu berichten im Pfarrgemeinderat. Bleibst du da, Lena?“

„Nein, ich nicht, aber Gregor bleibt. Wir haben Frauenabend heute, die ganze Mannschaft. Wir schauen uns das Video vom Sonntag an, sicher zwanzigmal ... und endlich gibt's mal wieder Chips. Ich mein', die zwölf haben ja gemeinsam fast das Gewicht von einer abtrainiert und weggehungert in den letzten Wochen.“

„Ach, das sagen sie doch immer, dass sie Chips essen! Also zwei Stück vielleicht ... und dann kommt die Heidi, und sie bekommen alle ihr Bild!“ Gregor lächelt überlegen.

„Welche Heidi?“ Ich kenne mich nicht so aus im Modelalltag.

„Na, die Heidi Klum! Germany's Next Topmodel!“

„Ach so ...“

„Ja okay, in dem kichernden Haufen fühl *ich* mich auch fast schon alt. Aber es ist lustig mit ihnen. Und vergesst nicht: *Wir* Mädels haben den größten Anteil an der Kohle, meine Herren!“

„Schon gut, Lena, ihr seid die größten! Definitiv! Aber ich sollte jetzt mit Stefan ...“

„Ja, darf ich den Beamer ausborgen ... ehrlich gesagt, er steht schon bei Manu und Bella zu Hause.“

„Im Pfarrgemeinderat beamen wir selten ... das heißt, also manchmal, da würd' ich mich ja ganz gerne wegbeamen, wenn ewig um Kaisers Bart diskutiert wird. Kein Tagesordnungspunkt ist zu unwichtig, dass man

nicht eine Dreiviertelstunde ... Gregor, du kennst das ja!“ Wir nehmen den Lift. Lena eilt davon, Gregor kommt mit seiner ganzen Mappe mit mir. Die ersten warten auch schon. Ach ja, Frau Wandruschka! Sie ersetzt heute erstmals Walter Merowitsch, der wegen der Usbeken ausgestiegen ist. Ich denke, sie ist ein Gewinn, obwohl wir es noch nie bis zu einem längeren Gespräch gebracht haben und darum auch noch nicht per Du sind. Hätte sich der Walter sparen können: In spätestens zwei Wochen sitzen die ohnehin im Flieger!
Langsam trudeln alle ein. Daniele hat Sekt vorbereitet für unser Geburtstagskind Arnold. Pech für ihn, dass er dessen Absage nicht mitgekriegt hat: wegen der familiären Geburtstagsfeier eben. Daniele schaut grimmig, als ich ihn daran erinnere. Diesen Blick wird er wohl nie verlernen. Ganz zuletzt kommen noch Frau Schwerzig und Frau Luftensteiner mit ihrem Mann, einem pensionierten Juristen, den alle „Hofrat“ nennen. Allesamt keine gewählten Mitglieder, sondern Gäste. Wann immer Frau Schwerzig kommt, muss ich Kritik einstecken. Nur aus diesem einen Grund kommt sie. Frau Luftensteiner kommt selten und sagt dabei noch seltener irgendetwas. Und ihr Mann war überhaupt noch nie hier. Sie sitzen fast demonstrativ nebeneinander – mir gegenüber. Franziska fehlt noch, aber alle wissen, dass sie kommen wird, sobald es ihr Lokal erlaubt. Die organisatorischen Punkte und die Finanzen sind wir schneller als erwartet durch. Auch die Neuordnung der Messen im Sommer findet bald Zustimmung.

Da steht jetzt nur noch „5. Bibelreise der Jugendgruppe auf den Spuren des Paulus“ und „6. Allfälliges“ auf der Agenda, also eigentlich nur noch Berichte, noch dazu erfreuliche! Aber bevor Gregor über unsere Reiseplanungen und den Erfolg der Sonntags-„Events“ erzählen kann, meldet sich Herr Luftensteiner energisch zu Wort: „Herr Pfarrer! Wissen Sie eigentlich, was auf Ihrer Homepage steht, also ich meine, was da zu sehen ist?“
Ich bin überrascht. „Im Allgemeinen schon, aber ich weiß, sie könnte aktueller sein, aber ...“
„Die ist *allzu* aktuell, sehr aktuell oder was man heute so dafür hält!“
Ich schaue ihn nur erstaunt an. Worauf will er hinaus? Dann wirft er unter dem entrüsteten Nicken seiner beiden Tischdamen einige Blätter in die Runde, die ich wenig später als Abdrucke einzelner Bildschirmseiten erkenne: „Das ist ein Skandal! Und Sie kümmern sich nicht darum, niemand hier! Ordinärer geht's wohl nicht mehr, oder? Dabei sind die sicher alle minderjährig, kaum 15 oder so. Hergerichtet und angeschmiert wie ... wie für den Strich!“
„Wie bitte? Nehmen Sie das sofort zurück!“ Gregor reagiert schnell und sehr emotional.
„Ich ... wie? Ich denk doch nicht daran! Obszön und ... lasziv, und das in einem katholischen Pfarrsaal! Und dann auch noch im Internet! Und deine Freundin mittendrin!“
„Seit wann sind wir beide per Du? Und woher wissen Sie überhaupt so genau, wie die Frauen ‚am Strich‘ aus-

sehen? Warum bitte sollen sich gut aussehende junge Mädchen wie alte Jungfern anziehen?"
Herr Kluftensteiner ist schon ganz rot angelaufen. Alle anderen halten den Atem an. Wäre bloß Arnold da! Der hat nie damit Probleme, Kontra zu geben, in aller Ruhe, aber eisern. Und wo bleibt Franziska! Dann muss ich selbst ...: „Also so nicht! So bitte nicht! Ich weiß nicht, was hier obszön sein sollte? Verrückte Kombinationen, keine Frage. Aber das macht doch den Reiz einer Modenschau aus ..."
„Reizend, wirklich allzu ‚reizend'! Diese ordinär zerrissenen Hosen! Und Sie verteidigen das auch noch! Ein Saustall ist das hier, dass es zum ..." Jetzt ist Frau Schwerzig an der Reihe, die das Ganze hier wohl inszeniert hat.
„Also jetzt kriegt euch bitte wieder ein und bleibt am Boden!" Frau Wandruschka muss ja einen Eindruck bekommen von ihrem neuen „Arbeitsplatz". „Also ich find das alles sehr originell, wirklich kreativ ..."
„Also so nennt man das heute ... ich nenn' das ... billigster Zeitgeist, allerbilligster, nachgehechelt! Und nicht nur ich! Wirklich nicht nur ich!" Er deutet auf ein Papier, sichtlich eine Unterschriftenliste. Na klar, auch noch möglichst viele Unbeteiligte aufhetzen ...
Aber Frau Wandruschka bleibt am Wort und lässt Herrn Luftensteiners Tirade ins Leere laufen: „Und natürlich können so etwas nur junge, schlanke Mädchen anziehen. Und sollen sie auch, wo's passt. Aber ... wie soll ich sagen, also ich hab da ein anderes Problem damit: Ich seh' da lauter schlanke junge Frauen, hoffentlich tendiert

keine zur Magersucht ... Aber es sind nicht alle Mädchen schlank! Wo sind die anderen, wo sind die, während ihr eure Modenschau plant und durchzieht? Die sitzen irgendwo zu Hause, stopfen vor lauter Frust ungesundes Zeug in sich – und verzweifeln. Gibt es in eurer Jugendgruppe auch Mädchen, die nicht so aussehen? Trauen sich die überhaupt her? Versteht mich nicht falsch, das ist kein Vorwurf, aber denkt drüber nach. Ich war auch immer zu dick ... und das war schon vor 40 Jahren deprimierend, aber heute, ich glaub, heute ist das noch viel schlimmer."
Ein starker Einstieg! Obwohl mich diese Kritik härter trifft als die Unsäglichkeiten zuvor. Herr Luftensteiner hat nur darauf gewartet, dass sie Luft holt: „Also ich bestehe darauf, dass derartige Schweinereien nicht mehr vorkommen in unserer Pfarre. Ich stelle also den Antrag, bekräftigt durch 28 Unterschriften von Pfarrmitgliedern, dass derartige Veranstaltungen ab sofort generell untersagt werden, der Bericht unverzüglich aus dem Internet verschwindet und die Einnahmen aus diesem ... vom christlichen Standpunkt unverantwortbaren Geschäft karitativen Werken zugutekommt. Ich bitte um Abstimmung!"
Nichts wäre einfacher, als diesen Antrag aus Juristenmund abzuschmettern, da er von keinem Mitglied des Rates kommt. Aber diese Freude mache ich ihm nicht, dass er dann sagen könnte ... Außerdem ist Franziska endlich zu uns gestoßen und wird von der bisher schweigsamen Fabiola gerade instruiert.

„Wir kommen also zur Abstimmung: Wer ist für den Antrag?“ Die drei zeigen geschlossen auf, das heißt Frau Luftensteiner nur zögernd. „Also *keine* Stimme!“ Die drei sind ja nicht stimmberechtigt. Das müsste doch gerade er wissen! „Enthaltungen ... keine ... also ist der Antrag einstimmig abgelehnt.“ Erstmals ist Gregor neben mir etwas entspannter. Fast wortlos erheben sich die drei: „Minderjährige *so* ins Internet stellen, *das* ist strafbar, das wird ein Nachspiel haben!“

Jetzt reicht es sogar Fabiola, der ehemaligen Profitänzerin mit „Vorleben“: „Seid doch ehrlich: Wir haben doch auch ganz schön was aufgeführt, als wir jung waren, oder? Und uns was einfallen lassen, damit die Burschen auf uns aufmerksam werden ...“

„Ja, *du* vielleicht, aber ...“

„Wenn nicht, dann seid ihr selber schuld! Und lasst euren Frust nicht an den Jungen aus!“ Da verschlägt es sogar Frau Schwerzig die Rede, und alle drei verlassen den Saal. Aber nicht ohne mir eine Kopie der Liste hinzuknallen.

Wir sitzen da wie begossene Pudel. Weil immer, weil einfach immer, wenn etwas wirklich fantastisch gelingt, irgendwer alles miesmacht. Immer! Und auch wenn die anderen sich einig sind, dass das jetzt einfach nur außerirdisch war – der Schatten bleibt. Das erreichen die einfallslosen und blassen ... Pharisäer, was sonst: Pharisäer sind das, das erreichen sie immer wieder! Und ich, ich weiß kein Mittel dagegen. Und gerade die Jungen, die bleiben dann weg. Würd' ich auch. Na ja, und die Kritik am Schönheitskult, der ja oft wirklich nur ein Schlankheitswahn ist, also da ist was dran. Und der Gedanke hätte mir schon auch kommen können. Da hat sie recht. Völlig recht. Das bohrt. Die drei, die ärgern nur.

Franziska, die alles nur am Rande mitbekommen hat, lädt uns noch in den „Alexander" ein. Aber mir ist nicht danach. Und Gregor auch nicht. Schließlich hat man seine Freundin angegriffen und fast schon als Prostituierte hingestellt. Lächerlich: wegen einer Hose mit verspielten Löchern! Oder was sonst? Er kann das jetzt noch nicht wegstecken, das verstehe ich sehr gut. Ich werde heute auch wieder lange nicht einschlafen können. Was macht Menschen nur so verbohrt? Und das mit der Homepage? Ist das wirklich ... kann man uns da wirklich einen Strick drehen? Das Ganze macht doch sowieso in diversen Foren die Runde, so wie die vorgestern alle fotografiert haben. Aber ... ich muss meinen Freund anrufen, der kennt sich da rechtlich aus ... nein, schon halb elf, da muss ich bis morgen warten damit!

Kapitel 36
Victor
Dienstag, 20. Mai

„So, aber jetzt Lichter aus! Und halbe Fahrt ab sofort, verstanden? Ob du verstanden hast?"

„Ja doch ... Ist aber nicht viel zu sehen, nicht einmal von dem großen Kloster da oben!"

„Du hast die GPS-Koordinaten, der Chef hat sie dir doch schon vor Wochen durchgegeben, oder? Mehr brauchst du nicht! Du hast sie doch? Ich möchte ihn jetzt wirklich nicht wecken, bevor ..."

„Klar, Igor, alles okay, Du bist der Chef, also nicht *der* Chef, also *mein* Chef ... keine Untiefen, kein Schiffsverkehr, nicht einmal Fischerboote. Aber dass es hier so dunkel ist ...?"

„Mensch, hast du dir Neonreklame erwartet? Oder Souvlakibuden mit Bouzouki-Geplärre ... auf dem Athos? Die sind alle im Katholikon, also in der Kirche oben, von vier bis acht ungefähr – und singen ihre endlosen Choräle."

„Bist du sicher? Hat Vitali angerufen?"

„Der muss höllisch aufpassen, wenn er anruft. Dort oben schweigen sie doch den ganzen Tag. Da fällt jedes Wort auf. Und der Empfang ist auch miserabel. Aber gestern war er auf einem Feld, da konnte er ..."

„Und was sagt er, alles roger?"

„Pass doch auf, schau auf die Wellen! Meinst du, ich will wegen dir nass werden und die ganze Nacht frieren, Idiot? ... Er sagt, alles läuft wie geplant. Und alle sind sie in der Messe. Und die dauert heute noch länger, weil sie den Kaiser Konstantin und seine Mutter Helena feiern."

„Unglaublich spannend!"

„Idiot! Keine Ahnung von Geschichte! Ohne Konstantin keine christlichen Kaiser, ohne die keine Zaren, ohne Zaren kein Putin! Aber kann uns doch egal sein, Hauptsache sie feiern ... endlos! Also wer das verschläft,

kommt in die Strafzelle oder gleich wieder zurück nach Meteora, das hassen sie dort ..."
„Meteora? Meteora, diese berühmten Felsenklöster, in Nordgriechenland?"
„Von dort kommen viele von ihnen, sind geflüchtet vor den Touristenscharen. Nein, nein, hier sind die ganz Frommen, von vier bis acht ist sturmfreie Bude. Außerdem ist das unten ja nur ihre alte Anlegestelle. Ich glaub, da wohnt gar keiner mehr. Und seit sie die Straße zum Kloster oben gebaut haben, verfällt das unten nur noch, da kümmert sich keiner mehr drum, umso besser! Sie holen ihre Sachen jetzt vom russischen Kloster nebenan, haben ja immer schon gute Beziehungen zu denen. War kein Problem, den Vitali hier einzuschleusen ... so wie das läuft, war's vielleicht gar nicht nötig, aber sicher ist sicher bei so einem Geschäft."
„Der arme Vitali, schon fünf Wochen nur Brot und Gemüse, und das nur bei halben Rationen, ist ja Fastenzeit, ist ja dauernd Fastenzeit bei denen, die spinnen ja ..."
„Der ewige Weiberheld Vitali – am Athos!"
„Hat er was ausgefressen? Ich mein', Victor ist ein harter Knochen, aber ... foltern tut er doch nur seine Feinde!"
„Für dich immer noch ‚Herr Krawtschuk'! Pass ja auf, er mag dieses Anbiedern überhaupt nicht!"
„Wart'! Wir müssen ganz nahe sein, aber ich seh' noch immer überhaupt nichts!"
„Mach halt langsam ..."
„Wie ist er überhaupt auf diese gottverlassene Gegend hier gekommen?"

„Der Athos – *gottverlassen*? Das ist gut. Idiot! Na eben weil da nichts los ist! Und weil er diesen äußerst merkwürdigen Abt angeblich kennt. Ich bin mir fast sicher: Er kennt irgend so eine dunkle Vergangenheit bei diesem Abt, was weiß ich: was Politisches – oder so eine Frauensache, stell dir vor, hier! Und der überlässt ihm dafür für ein paar Wochen einen unnötigen, verfallenden Schuppen mit Anlegestelle. Für uns das ideale Zwischenlager, bis alles beisammen und ausverhandelt ist. Und alle sind glücklich."
„Und wenn uns die Küstenwache ..."
„Dann sind die auch glücklich. Die zahlt er aus der Portokasse. Du weißt doch, was hier los ist! Stehen doch alle vor der Kündigung. Da kann man so eine nette ‚Abfertigung' doch gut gebrauchen! Aber weil sie schon so viele kündigen mussten, wird auch bestimmt gar keiner kommen ..."
„Da! Da vorne, da ist die Mole!"
„Okay, ich weck ihn – und die Mannschaft. In zwei Stunden sind wir auf und davon, bevor die da oben noch ihre letzte Ikone geküsst haben."

Jetzt wird er gleich anklopfen. Ich schalte aus und lege meine Kopfhörer in die Lade. Auch wenn Igor alle anderen so gerne „Idiot" nennt: Er selbst ist der größte! Glaubt doch tatsächlich, dass ich schlafe ... in *so* einer Nacht! Wo's um das ganz große Ding geht ... Und kommt gar nicht auf die Idee, dass ich den Führerstand meines Bootes abhöre, ist doch logisch. Aber genau solche Idioten braucht man für sowas. Die sind schlicht zu blöd, um dich zu bescheißen.

Fürs Kistenschleppen wird's schon reichen. Und um wie viel es hier geht, kapieren die sowieso nicht. Solche Typen kommen einem billig. Man muss nur immer wissen: wen – wofür!
Es klopft. Natürlich reagiere ich nicht sofort. Natürlich frage ich „blöd", ob wir schon da sind. Und jetzt volle Konzentration. Jetzt darf kein Fehler passieren. Der Frachtraum wird gerade mal ausreichen, ist aber alles ausgemessen. Mit schwachen Stirnlampen springen wir an Land. Der Ladesteg liegt schon auf der kleinen Mole. Bei praktischen Dingen sind die fix. Sechs Mann, das muss reichen. Und stören wird uns keiner. Der Abt ist ein ehrlicher Kerl, von wegen „dunkle Vergangenheit" und „Erpressung". Aber vor fünf Jahren ist ihm seine halbe heilige Bude abgebrannt. Und seither haben sie wenig zuwege gebracht. Bevor ihm das alles noch verfällt, nimmt er mein Geld eben, ohne viel zu fragen. Ausgenommen ... also wichtig war ihm nur, dass keine Frauen mit von der Partie sind. Ich hab ihm erzählt, dass wir bloß den Staat, also das Finanzamt umgehen wollen mit unserer Ware. In dem Fall hätt' er uns sicher auch ohne Geld geholfen. Eigentlich hätten wir uns Vitali da oben sparen können. Aber der Mistkerl nimmt sich in letzter Zeit etwas zu wichtig: Kein Sex und nur ganz wenig Gemüse, das tut ihm schon gut. Da wird er wieder ein paar Zentimeter kleiner.
„Chef, Chef, kommen Sie, da ... da ist ... da ist nichts!"
„Was, nichts? Der ganze Schuppen ist voll, ihr faulen Säcke, jetzt macht schon ...!"

„Wirklich, hier sind nur ein paar morsche Bretter, ein Stapel Säcke und ein altes Boot, sonst ist da nichts!"
Sind die wahnsinnig? Lasst mich da mal rein! Meine Stirnlampe beleuchtet Mauern, ringsum Steinmauern, und oben Holzplanken und einen offenen Dachstuhl. Und sonst nichts, außer eben … Victor, jetzt dreh nicht durch, bleib ruhig, Du bist der Chef. Du bist der Einzige hier, der kein Idiot ist. Ich muss den Verräter eingrenzen, isolieren. Wer? Wer wusste …? Wer ist so unverfroren …? Ein Seitenwechsel? Die hier wissen doch gar nicht, worum es überhaupt geht, und ich bezahle sie gut … durchatmen …
„Chef, was sollen wir …?"
„Halt's Maul, du Idiot!" Die's angeliefert haben, sind absolute Profis. Denen ist alles zuzutrauen. Aber die haben noch keinen Rubel gesehen von mir. Warum sollten die, nein, das gibt keinen Sinn. Und die Käufer der heißen Ware? Die kenne nur ich – und die haben von dem hier keine Ahnung. Der Abt? Der lebt doch in einer anderen Welt. Und der hat doch dafür keine Abnehmer. Vitali! Ja, der … macht auf oberschlau und Großkotz, der … aber der muss doch unter Aufsicht beten und fasten. Wie soll der das organisiert haben. Nein, und so weit geht der nicht. Ja, aber … hier kommt doch keiner einfach so vorbei und nimmt fast 50 Tonnen mit, einfach so? Aus einem gottverlassenen Klosterschuppen … Und sonst kann einfach niemand davon wissen. Nicht einmal Gruscha hat von all dem hier einen blassen Dunst. Ich bin doch kein Vollidiot, aber … ich hab wirklich keine Ahnung. Leute, ich schwör's euch: Ich hol mir das alles zurück! Egal, wer das hier war:

den Code, den habe ich – und wirklich *nur* ich ... und meine Lieferanten natürlich, also macht es einfach nur Sinn, wenn sie selbst ... nein, nein, das bin ich ja schon durch. Immerhin: der Code. Ohne den ist das ganze Zeug wertlos. Ich werd jetzt verdammt aufpassen müssen. Wer auch immer: Sie brauchen den Code, also brauchen sie ... *mich!* Nichts wie weg hier! Sie werden doch nicht hier auf mich lauern? Aber nur das gäbe einen Sinn!
„Weg hier! Alle an Bord! Los, schnell, wir müssen weg von hier, bevor die Sonne aufgeht. Und wer eine einzige Frage stellt, den werfe ich persönlich über Bord! Verstanden!"
Sie nicken nur mit ihren Stirnlampen. Sie wissen, wann ich es ernst meine! Das ist das Erste, das ich ihnen beibringe. Ein Strahl trifft mich ... ein Leuchtturm! Dass es die überhaupt noch gibt in Zeiten von GPS! Wahrscheinlich von der Spitze der Halbinsel her, alle acht, neun Sekunden ein feiner Strahl ... der Laser! Ein Laserpointer, natürlich ... von dort aus! Das ist es! Ich muss so schnell wie möglich nach Wien ... von dort oben, einfach unglaublich!

Kapitel 37
Gerald
Freitag, 23. Mai

„Na aber hallo! So eine Frechheit! Unglaublich ..."
Da hat uns doch glatt und fast ohne Zwischenlandung ein Spatz ein Stück Brot stibitzt! Einfach so, aus heite-

rem Himmel. Und weg ist er. Tatsächlich blauer Himmel, wenn's auch jetzt schon ein wenig dämmrig wird. Der erste wirklich heiße Tag des Jahres war das heute, sicher über 30 Grad. Und auch jetzt noch ist es richtig warm hier heroben auf Stefans Balkon. Gegenüber die Kirche mit dem kleinen Gerüst auf dem entfernteren Turm. Turmspitze und Kreuz fehlen noch. Wir sind schon fast fertig mit dem Abendessen. Also sein Artischockensalat mit feinem Räucherschinken, der kann echt was. Nicht zum ersten Mal, aber immer wieder was Besonderes. Mir hat er's ja verraten, anderen angeblich noch nicht: In der Marinade befinden sich süßer Senf und ... tatsächlich Honig, das macht's aus. La dolce vita!

„Zur Feier des Tages: ein Chardonnay Grand Cru aus dem Burgund ..."

„Du? Seit wann ..." Stefan hat doch wirklich keine Ahnung von Wein. An ihm ist doch alles über fünf Euro verschwendet!

„Ist ein Geschenk vom Eberhard, du weißt schon ..."

„Deinem vorjährigen Praktikanten? Aber entschuldige, wie konnte er ausgerechnet dir so etwas schenken? Der ist doch sicher wieder Hunderte ..."

„Ja, an die 400 im normalen Handel, ich hab's gegoogelt. Klar ist der verschwendet an mir, aber ich musste ihm versprechen ihn selbst zu trinken. Dabei hat er ihn sicher auch geschenkt bekommen, er selbst trinkt doch fast nur roten."

„Was für eine Ehre! Gib doch einmal her ... Stefan! Weißwein muss man kühlen, nicht einfrieren! So können wir den nicht trinken, lass ihm Zeit. Komm, nimm den Riesling von mir, der passt ohnehin für den Anfang besser." Morgen haben wir beide frei, das hab ich mit ihm geklärt, bis auf die Vorabendmesse zumindest. Also darf's heute ruhig einmal ein bisschen später werden: „Prost! Auf einen schönen und erholsamen Sommer!"

„Da sind aber noch fünf Wochen! Ist das nicht ein wenig früh?"

Wann kommt der endlich mal runter? „Heute Abend *ist* Sommer, spürst du das nicht?"

„Schon, aber da ist noch die Firmung, Fronleichnam, heuer gemeinsam mit den Nachbarn, das braucht noch einige Planung, dann das Pfarrfest, zwei größere Hochzeiten sind auch noch und ..."

„Prost, also *ich* trinke jetzt mal!"

„Sag einmal, ist da wer in der Kirche?" Wir sitzen ihr ja direkt gegenüber. Ich höre Musik durch ihre Fenster.

„Jugendnacht."

„In der Kirche?"

„Wollten sie schon lange einmal. Wahrscheinlich machen sie die ganze Nacht durch. Schon auch Stille, Meditation, nur Kerzenlicht und so. Und dann schlafen sie auch gleich in der Kirche, das heißt: *wenn* sie schlafen! Eigentlich wollte ich da ja dabei sein, aber als du dich angesagt hast ... Ich werde mit ihnen frühstücken, und das wird nicht allzu früh stattfinden."

„Jesus Christ Superstar? Das hören sich die noch an?"

„Retro, du weißt schon. Sie wollen ein paar Songs tanzen, ein Tanzworkshop, das wird's jetzt wohl gerade sein."

„Du hast jemanden, der das kann? Unsere möchten auch immer tanzen, aber es wird dann doch nicht viel mehr draus als diese abgeschauten Disconummern."
„Ja, wir haben da jemanden. Sogar eine Profitänzerin. Sie wird im Herbst 82."
„Oh!"
„Jaja, Fabiola hat was drauf. Und sie haben sie fest ins Herz geschlossen. Sie hat sie auch entschlossen verteidigt gegen diese Front der anständigen ... Schreckschrauben."
„Was war denn da schon wieder?" Ich muss ihm die ganze Geschichte vom verunglückten Pfarrgemeinderat erzählen. Das Stummfilm-Theater hat er sich ohnehin angesehen bei der Wiederholung. Ungläubig geht er ins Zimmer hinein und kommt schnell wieder mit seinem Laptop: „Also den Skandal muss ich mir jetzt aber ansehen ... ihr habt es doch nicht gelöscht?"
„Natürlich nicht."
„Na bitte, da, das sieht doch richtig professionell aus ... Ein bisschen verrückt, okay, ... ein bisschen *sehr* verrückt, das da... links Hippie, rechts gestreifter Häfen-Look ... also das muss ja keine anziehen, ich wüsst' jetzt keine Gelegenheit, wo man so was ..."
„Keine Sorge, *die* wissen schon ... Partys oder so halt ... Warte, geh ein Stück weiter, da!"
„Deswegen?" Ich glaub's nicht. „Wegen dieser Löcher-Jeans? Geh, bitte, zerrissene Jeans, die hatten doch schon wir in den 70ern. Ja, du vielleicht nicht ... Also ich find das witzig, und überhaupt nicht schlampig, sogar

sehr gekonnt ... vergiss es. Auf deine Jugendgruppe!"
„Ja, und auf eine unvergessliche Reise!"
Stefan blickt erstmals einigermaßen entspannt vor sich hin. Ich hab mir fest vorgenommen, ihn auf die mysteriösen Vorfälle der letzten Monate anzusprechen. Von seiner „Vision" weiß ja nur ich, denk ich mal: „Und dein Becher? Ist der hier?"
„Ja sicher, steht in der Vitrine unter den anderen Sachen. Oder hätte ich ihn in eBay einstellen sollen? ‚Heiliger Gral, garantiert echt, no reserve-auction, startet bei einem Euro' ...?"
„Unsinn. Aber ... was denkst du?"
„Wann komm ich denn zum Nachdenken? Also jetzt vielleicht ... Was soll ich schon denken? Wer bitte restauriert in der Antike einen kurz und klein geschlagenen, billigen Becher? Eine Statue des Phidias vielleicht, ja, aber so wertloses Zeug? Und wenn dann alles zusammenpasst – und noch dazu in einem christlichen Grab ... was soll ich da viel denken? Aber andererseits ist es völlig unmöglich so was, also wer kann sich schon einbilden, als einziger im Universum ... ausgerechnet ich?"
„Vielleicht bist du eben ein Auserwählter! Ich meine: Mir und Milliarden Menschen ist ja auch nicht Maria erschienen ..."
„Du erzählst aber niemandem davon, oder hast du ...!?"
Er ist so erschrocken, dass er fast aufgesprungen wäre.
„Nein, wie könnte ich? Reicht schon, dass dieser ... Arnold? Ja, dass der von dem Becher weiß. Der heckt sicher was aus. Der will doch immer, dass die Canisiuskirche

weltweit in die Schlagzeilen kommt. Und an eure bunten Türme gewöhnen sich die Leute ja langsam schon."
Stefan denkt lange nach. „Frag mich nach dem Sommer! Oder besser in einem Jahr. Jeden Tag denk ich anders davon. Es kann einfach nicht sein, dass ich so eine Erscheinung habe. Und alle Verrückten bilden sich doch fest ein, dass das alles stimmt, was sie sich ... ja, eben einbilden. Wenn ich bloß verrückt wäre! Ich meine: *damals* gewesen wäre. Dann wär's das gewesen. Aber dann wäre ich jetzt vielleicht unter der Erde, und ein paar andere auch." Er deutet zur Turmspitz hinüber. „Ich meine, das kann ich doch nicht wegwischen!"
„Und eure Flüchtlinge, diese ... Usbeken, sind die schon ...?"
„Nächste Woche ist Abschied. Sie sagen, es ist alles eingefädelt für Australien. Ich weiß nicht, ob ich ohne diese ... ich meine, ohne das alles so hartnäckig geblieben wäre. Hat mich Nerven gekostet, das durchzuziehen."
„Ach, übrigens: War da noch etwas mit dieser Drohung?"
„Nein, wollte sich wohl nur wer aufplustern. Trotzdem bin ich froh ... auch für die beiden, wenn sie im richtigen Flieger sitzen. Aber die Jungen ... ja auch diese Jugendreise, hat doch richtig eingeschlagen diese Reise mit ihren ganzen Vorbereitungen und so ... Manchmal denk ich, diese drei Wünsche galten im Grunde alle der Jugendgruppe, die hat sich prächtig entwickelt seither. Aber es kann auch eine Eingebung gewesen sein, so eine Art weiser Traum, ich weiß es nicht!"

Aber damit ist das alles noch nicht abgetan. Im Laufe des Abends erzählt mit mein Freund dann noch, wie sehr sich seine Sicht auf das Leben doch verändert hat. Dass er Menschen mit ganz besonderen Erfahrungen ernster nimmt als früher. Und dass solche Menschen jetzt viel häufiger auf ihn zugehen und sich ihm anvertrauen – warum auch immer. Jetzt zündet er sich sogar eine Pfeife an, das kenn ich sonst nur vom Urlaub. Ich mag diesen Pfeifentabak. Kein Wunder, ich rieche ihn ja auch nur, wenn völlige Entspannung in der Luft liegt. Mitternacht muss schon durch sein. Und immer noch recht lau.

„Glaubst du, der Wein ist jetzt ...?"

Ich springe auf: „Na klar! Dass ich *den* vergessen konnte, jetzt kommt die Krönung dieses Abends!"

Und gerade als wir anstoßen ... „Orgel? Orgelmusik ... volle Register!"

„Das versteh ich jetzt auch nicht. Wenn die einen Gottesdienst vorbereiten, ist doch immer die erste Frage, ob dabei die Orgel spielen *‚muss'*. Und sie muss *nie!*"

Aber es *ist* die Orgel. Nach einem Bach-Stück jetzt etwas Ausladendes, Romantisches, nein eher Messiaen? Wir lauschen still. Nur ein bellender Hund stört eine Weile. Und einmal auch die nahe Nacht-U6. Dann nur noch ferne Akkorde. Plötzlich ist da Geschrei, aufgeregt, von oben, direkt vor uns. Vom Dach der Kirche. Von diesem Türmchen. Dort bewegt sich doch etwas, leuchtet etwas auf. Ein Knall!

Wir fahren beide hoch. Stefan ist erschrocken und sicher zugleich: „War das ein Schuss? Von da oben!"

Sicher keine Fehlzündung. Auch keine Jungs mit Knallkörpern. Wieder Schreie, dumpf, wie im Dach. Dann laut und deutlich aus dem Turmfenster. Wieder Schüsse. Einer pfeift aus dem Fenster, irgendwohin. Stefan kommt mit dem Handy wieder: „Ruhandl, ich muss sofort Ruhandl, schnell! Ich hab ihn noch eingespeichert ... komm schon ... Inspektor? Ja, ich ... natürlich weiß ich ... Sie müssen sofort kommen ... keine Ahnung, ich sitze gegenüber der Kirche, dort wird geschossen, und in der Kirche sind Jugendliche, ja ... wirklich. Kommen Sie schnell, aber Vorsicht ..."

Kapitel 38
Fabiola
Freitag, 23. Mai

„Also ohne Aufwärmen geht das nicht! Nicht mit 70, aber auch nicht mit 16!" Muss ja nicht jeder wissen, dass ich bald 77 werde – oder so. Jetzt sind sie den ganzen Film lang auf dem Boden gelegen, also immerhin auf Decken. Das ist Gift für Muskeln und Bänder! Ja, das ist schon eine Ewigkeit her, dass ich den ‚Jesus Christ' getanzt habe: „Los, Aufwärmen, zehn Minuten ist Minimum, sonst gibt's Zerrungen und Krämpfe!"
„Um Gottes willen! Was hast du denn mit uns vor?" Die kleine Carola sieht mich ganz entsetzt an: „Wir wollen doch nur Spaß haben!"

„Eben! Spaß macht, was man *kann*. Gehüpfe ist langweilig. Los, alle in eine Reihe! Zuerst ein paar Dehnübungen. Solltet ihr vor und nach dem Laufen auch immer machen!“ Sie machen tatsächlich mit. Die Mädchen. Die Herren der Schöpfung nur sehr halbherzig. Eigentlich wollten sie ja gar nicht. Ich hab sie dann aber doch überredet. Damit, dass Männer aller Völker ihre Frauen mit Tanz beeindrucken. Und nur wer da was drauf hat ...
„Ich bin doch kein Eingeborener, der vor seiner Hütte Balztänze aufführt! Auf so was steht doch heute wirklich keine mehr!“ Aber Tommy wird schnell eines Besseren belehrt: „Wirst schon sehen, wie weit du's mit deiner Computer-Laberei bringst. Also so ein athletischer Tänzer, das sieht schon gut aus, *sehr* gut sogar ... das stellt man sich schon sehr angenehm vor, ich meine in solchen Armen zu liegen, ja wirklich!“ Sophia muss laut loslachen, nachdem sie zuvor ganz ernst geschaut hat. Ein Luder! Aber danach machen dann auch wirklich alle mit, so gut sie halt können. Bis auf Samuel natürlich. Er ist heute das erste Mal wieder mit von der Partie. Aber ziemlich gehandicapt natürlich noch.
Bella ist eine der letzten, die danach noch Luft bekommen: „Hast du das früher auch getanzt, Fabiola? War doch genau deine Zeit!“
„Nicht vorlaut werden, meine Liebe, bitte sehr! Meine Zeit ist hier und jetzt!“ Na warte nur! Ich werfe mein rechtes Bein so hoch ich es noch kann, also fast bis zum Kopf hinauf ...
„Wow!“ Applaus.

„Du musst jeden Tag trainieren in meinem Alter. Wenn du drei Tage nachlässt, geht es nicht mehr, geht gar nichts mehr. Ja, einmal hab ich den ‚Jesus Christ' getanzt, aber nur in der Truppe. Einem lieben Freund zuliebe bin ich schnell einmal eingesprungen. Muss irgend so eine Epidemie ausgebrochen sein in München. Damals hab ich ja sonst nur Solo gemacht, war wirklich meine beste Zeit. Aber die Schritte, die weiß ich schon noch ... und die zeig ich euch jetzt, vereinfacht natürlich!"
„Trinken, bitte!"
„Fünf Minuten Pause, aber kein Alkohol, verstanden! Auch kein Bier!"
Im Gang zur Sakristei haben sie ein kleines Buffet eingerichtet. Ziemlich vegetarisch – und ziemlich alkoholfrei. Gut so! Ihre Schlafsäcke sind hinter den beiden Seitenaltären verstaut. Denn sie wollen im Kirchenraum schlafen. Wenn es je dazu kommt. Da hat sich schon einiges verändert, seit ich 17 war! Also wirklich!
Seit ich ihnen vorigen Sommer den Kleinbus spendiert habe, also seit dieser ersten Ausfahrt damals, haben sie mich sozusagen adoptiert. So eine Art „Sondermitglied" der Jugendgruppe. Soll ich mein Geld mit hinübernehmen? Wahrscheinlich das einzige Mal in meinem Leben, wo ich so reichlich was zu verschenken hatte. Natürlich musste ich auch zur Modenschau kommen. Fabelhaft! Ich habe sogar eine ihrer Kreationen erworben. Sie haben es ja nicht geglaubt, aber es passt mir! Und ich find das durchaus tragbar – für den Fasching, versteht sich!

„Pause ist zu Ende, los geht's! Samuel, hast du ‚Christ, you know I love you'?"
Er nickt.
„Passt! Und bitte möglichst laut, dass muss euch richtig in die Beine fahren! Stellt euch einmal in drei Reihen auf. Nicht alle hinten verstecken. Ich mach's einmal vor – Musik bitte!"
Natürlich hab ich das zu Hause alles durchgeprobt. Hätte nicht gedacht, wie viel davon noch da war, gleich beim ersten Mal. Den Rest hab ich halt ergänzt. Und das Schwierige durch einfache Schrittfolgen ersetzt. Ein paar Begabte sind schon dabei, ein paar ... aber richtig trainiert haben die alle noch nicht. Also Sprünge gehen da nicht viel, das seh ich gleich. Aber den Kick bis auf Schulterhöhe, also fast zumindest, da müssen sie durch, sonst sieht das ja nach gar nichts aus.
„Kopf tief runter, Arme Hampelmann, hoch, verschränkt, Kopf runter, volle Drehung, Side-Step ... so geht das, doppelt so schnell natürlich. Volle Drehung gesprungen aus dem Stand ... so ... schafft ihr das ... probiert das mal ... gut, aber jetzt mit angezogenen Beinen im Sprung ... Arme dabei hoch. Du, mit Socken wird das nichts, da liegst du schnell da ... Kopf tief, Arme Hampelmann, verschränkt, Sprung, Drehsprung, schon besser ... so, und jetzt im Echttempo, Sam, dreh mal richtig auf ..."
Nach 20 Minuten klappt das schon ganz gut. Was Zweites geht schon noch: „Wollt ihr das ‚Hosanna' oder den Titelsong?"
„Fabiola, have mercy!"

„Ja, ich habe fertig!"
„Wie schaffst du das in deinem ... verzeih!"
„Ha, in meinem Alter? Da sollte man nichts mehr hinausschieben. Man weiß ja nie ..."
„Geh, bitte, wer so eine Nummer abzieht wie du!" Von den Jungen kenne ich die Namen noch gar nicht. Sie zum Beispiel ist erst seit der Modenschau mit dabei. Wir einigen uns auf das „Hosanna" und sie haben nur so lange Pause, wie ich es ihnen vortanze. So wie ich sie hernehme und wie sie nachher keuchend daliegen, werden sie heute ja vielleicht doch noch eine Runde schlafen. Aber jetzt sind Gregor und Lena an der Reihe. Während diverse Wasser- und Saftflaschen herumgehen, zünden sie alle in der Kirche verfügbaren Kerzen an und machen das Licht aus. Langsam gewöhnen wir uns an das warme Licht, das bald schon den ganzen Raum ausfüllt.
„Zwei Kräfte herrschen über das gesamte Weltall: die Schwerkraft – und das Licht. Schwerkraft zieht hinunter. Sie ist mächtig wie schwarze Löcher, die alles verschlingen. Vor ihr resignieren viele, ihr gibt so vieles nach. Sich aus der Affaire ziehen, den anderen im Regen stehen lassen, den Schwachen seinem Schicksal überlassen ... alles Schwerkraft ..."
Nach einiger Stille übernimmt Samuel: „Schwerkraft packt dich, wirft dich nieder, wirft dich auf die nasse Straße ... aber da ist noch das Licht! Und wenn's nur eine kleine Flamme ist, die keine Kraft hat. Sie leuchtet doch das Schwere, das Dunkle, weg."
Samuel wird es nie einfach haben im Leben, er macht

es sich nie einfach. Er könnte einfach drauflosmeditieren und philosophieren jetzt ... und bringt doch seinen Unfall mit herein. Ja, Manu sitzt neben ihm, Gott sei Dank ... Jeder soll einem anderen mit einer Kerze ins Gesicht leuchten ... bin ich kurz eingenickt? Ich beleuchte Bellas Gesicht. Sie lächelt schwach. Ich bin sicher, ihr geht Clara am meisten ab. Ich hab ihr Gesicht immer noch vor Augen, als ihre Mutter damals auf und davon ist, bei dieser übergroßen Ehejubiläumsfeier hier in der Kirche. Damals, als Clara ihr Kleid hinwarf, hinausrannte und für Wochen verschwand. Ich sehe sie noch deutlich vor mir: Bella mit ihren schmutzigen Füßen, die Schuhe hilflos in der Hand, in diesem lächerlich kurzen, verrutschten Rock, der zerlaufenen Wimperntusche und mit diesem krampfartig herausgestoßenen Weinen. Vor der Kirche, gestützt auf ihre Schwester Manu.
„Bella, es wird alles gut! Bald schon, alles wieder gut!"
Ich halte die Kerze ganz nahe vor ihr Gesicht ... Heute hat sie ausnahmsweise keine Wimperntusche im Einsatz, sonst ...
„Danke!"
Manu leuchtet ihrem Sam, sehr ernst. Andere kichern, aber nur kurz. Und dann beginnt ganz unmerklich die Orgel. Alle horchen auf. Seit sie mit Florian am Klavier geprobt haben, gehört auch er irgendwie dazu, obwohl er schon über 30 ist ... egal, was soll denn ich sagen? Musik ist wie Licht, Musik, das war immer mein Leben, was für eine Macht, wenn sie dich einmal mitzieht. Nach und nach zieht er alle Register. Manchmal habe ich sogar

den Eindruck, dass die Kerzenlichter flackern. Bella sitzt immer noch neben mir. Was war denn das? Die meisten sind zusammengezuckt, schauen nach oben. Geschrei, gedämpft zwar, aber voll Angst – und ein Knall. Und Schritte über uns ... ja über uns, zwanzig Meter über uns! Aber da ist doch das Dach, was sonst. Lautes Schreien von der Empore. Mitten im Takt. Einer läuft über die Empore, noch einer, nein, zwei hinterher. Ein Schuss! Was ist da los? Ich sehe in ängstliche Gesichter.

„Lichter aus, schnell!“, ruft jemand. Die meisten tun's. Ich auch. Wir kauern hinter den Bänken, manche sind schnell hinter einem der Altäre verschwunden. Einer ... da ist einer im Kirchenschiff ... der rennt auf uns zu, auf mich zu ... direkt.

„Tami, bist du das?“

Zwei Schüsse quer durch die Kirche, auf uns, nein, auf ... Tamerlan? Der dritte trifft, mein Gott, er schreit auf, ein entsetzlicher Schrei ... und bricht zusammen. Liegt direkt vor mir, reglos. Samuel hat sich auf Manu geworfen. Die anderen ... ich sehe sie nicht, außer Bella, zitternd neben mir auf dem Boden. Die Schreie entfernen sich. Die Kirche ist ja offen heute. Es ist still. Nur der Orgelmotor von oben ... nein, da stöhnt jemand, hinten ...

„... Lustkandlgasse, keine Nummer, die Kirche ... Canisius, ja, keine Ahnung, Schüsse ... nein, sie sind doch weg, aber da liegt ein Toter, wahrscheinlich tot, erschossen, schnell, kommen Sie schnell ...“

Kapitel 39
Gregor
Samstag, 24. Mai

Endlich haben die geschnallt, dass sie einfach kommen müssen. Verdamm noch mal! Er liegt ganz verdreht da. Ich kann sein Gesicht nicht sehen. Ich sehe aber auch kein Blut. Kein Wunder bei so wenig Kerzenlicht. Ich nehme mein Handy, das ist heller; vielleicht ist er ja doch noch nicht ... Die werden doch hoffentlich auch einen Notarzt mitschicken! Ich muss es selbst versuchen, ich war ja Sanitäter beim Zivildienst. Ich muss seinen Puls fühlen. Meinen eigenen, den hör ich – und wie! Sonst ist es still. Wo sind sie denn alle? Nur Bella und Fabiola kann ich sehen, vor die erste Bank gekauert. Sie winkt mir leicht zu, also so weit okay. Es *ist* Tamerlan! Und da ist tatsächlich ... ganz normaler Puls!
„Alle weg? Finger weg, aber schnell!"
Ich zucke zurück. Tamerlan springt auf, einfach so, ohne irgendwas, also ohne Hinken oder so und rennt durch den Mittelgang nach hinten. Dort bleibt er kurz stehen. Dort hinten beim Gitter richtet sich Ismailow auf, zieht sich am Schriftenstand hoch, sackt aber mit einem Aufschrei in sich zusammen, verschiebt dabei das Tischchen. Schon nach wenigen hektischen Worten stürmt Tamerlan hinaus. Nur noch das Stöhnen von Isma hören wir bis nach vorne.
Diese Schweine! Dass sie so weit gehen, bloß wegen zwei armseliger Flüchtlinge, die doch keinem was antun!

Draußen kreist endlich Blaulicht. Licht geht an. Da steht Stefan mit seinem Freund, beim Schaltkasten. Entsetzte Gesichter kommen hinter den Seitenaltären hervor. Dort also haben sie sich verkrochen, bei ihren Schlafsäcken. Scheinen alle heil zu sein. Wo ist Sophia?
„Sophia! Verdammt, Sophia, wo bist du?“ Sie können sie doch nicht ...
„Sie ist am Klo, komm wieder runter, Gregor!“, beruhigt mich Lena, um selbst sofort loszuschreien: „Florian! Florian?“
„Sind sie weg? Was ist denn geschehen?“ Florian hat bis jetzt offensichtlich hinter der Orgel Deckung genommen. Erst jetzt traut er sich hervor und beginnt ... Mann, hat er sie noch alle? ... Beginnt auf allen möglichen Registern herumzuspielen. Steht der unter Schock?
„Was soll denn das, hör auf damit!“ Aber wie sollte er mich bei dem Gedröhne hören? Schwarz vermummte Polizisten stürmen die Kirche – von zwei Seiten gleichzeitig. Geben aber schnell Entwarnung. Einer hat zeitgleich die Orgelempore gestürmt und bremst Florian ein.
„Wer ist dieser Mann, kennen Sie ihn?“ Ein Mann in Zivil lässt Ismailow nach vorne bringen, gestützt auf zwei nun nicht mehr Vermummte. Sein rechtes Hosenbein ist blutverschmiert. „Wo bleibt denn der Notarzt. Nicht dass er uns noch verblutet!“
„Ismailow ... so heißt er.“
„Und wie noch?“
„Ismailow, mehr weiß ich nicht. Und dass er aus Usbekistan kommt. Ein Flüchtling. Journalist.“

„Und Sie?"
„Ich bin unverletzt, und die anderen von uns, soweit ich sehe, auch."
„Wie Sie heißen! Ich kenne Sie doch ... Ich heiße Ruhandl, Inspektor Ruhandl."
„Gregor Schranz, der mit dem VW-Käfer."
„Ach ja! Was ist denn hier vorgefallen?"
Ich muss ihm alles erklären und erzählen. Inzwischen umstellen uns immer mehr aus der Gruppe, wollen auch mitreden. Sie haben inzwischen entdeckt, dass zwei Schüsse das Holz der Vorderbank zersplittert haben. Das war also knapp! Isma wird abtransportiert. In Handschellen!
„Warum fesseln Sie ihn denn, er hat doch nichts gemacht!", setzt sich Bella vergeblich für ihn ein.
„Flüchtlinge, aus Usbekistan? Wenn ihr euch da bloß nicht täuscht! Woher kennt ihr die denn?"
Charlie fällt mir ins Wort, ziemlich überstürzt und unbedacht: „Wir haben sie hier untergebracht. Hinten im Saal. Sie wollten nächste Woche nach Australien auswandern, war alles schon eingefädelt. Sie wollten oben im Turm noch fertig machen. Und dort müssen sie die Schweine entdeckt und angegriffen haben ... War ja easy heute für die, wo ja alles offen ist."
„Und wo ist der zweite?"
„Der ist geflüchtet, kurz bevor Sie kamen. Wir dachten schon, er sei tot, hat sich tot gestellt. Sie haben ja auch auf ihn geschossen, diese Schweine ... War seine einzige Chance!"

Da kommt Stefan mit Sophie. Sie ist kreidebleich. „Wir brauchen einen Arzt. Sie kollabiert uns sonst noch! Schnell. Leg dich hin, ruhig durchatmen!“
„Herr Pfarrer! Sie haben hier Illegale einquartiert?“
„Ja ... ja, und ich stehe dazu! Sie brauchten unseren Schutz. Gerade weil wir doch zuletzt sogar bedroht wurden ...“
Das interessiert Herrn Ruhandl besonders. Als er noch einmal erfragt hat, wo die Schreie und Schüsse begonnen hatten, schickt er sofort zwei Polizisten ins Dach hinauf und in den Dachreiter: „Aber passt auf, vielleicht verschanzt sich dort ja noch jemand. Und nichts anfassen!“
„Ihr glaubt doch nicht im Ernst, dass das ein paar verrückte Skinheads waren! Die beschmieren eure Türen, die werfen vielleicht noch einen Brandsatz, aber so was, nein! Da steckt ganz was anderes dahinter.“
Fabiola hat inzwischen Gläser und einen Wasserkrug geholt und gibt uns allen etwas zur Beruhigung. Wir stehen alle hilflos herum, herausgerissen aus allem. Ich denke an Tamerlans Gesichtsausdruck, als er aufsprang. Er war so fremd! Als hätte ich einen ganz anderen gekannt. Erschrocken natürlich, das auch, aber viel mehr noch ... verächtlich, ja fast wie ein Grinsen, ein bitteres zwar, aber ... ein ganz anderer. Ruhandls Handy läutet.
„Sind Sie sicher? Nicht nur die übliche Kirchentechnik für's Glockenläuten oder so? ... Jede Menge Hightech! ... Ein Peil...? Zum Abhören! Neuester Standard, aha ... danke für's Erste!“

Alle schauen gebannt auf den Inspektor: „Wie ich's mir dachte! Eure Flüchtlinge, eure Usbeken, die haben da oben eine Hightech-Abhöranlage installiert, aber vom Feinsten! Richtmikrofone auf Laser-Basis, Antennen für was weiß ich alles. Frag mich nur, wen die da abhören wollten. Was diesen Aufwand hier lohnt. Wie lange sind die eigentlich schon da gewesen?" Jetzt hat er Stefan an der Kandare.

„Drei, nein dreieinhalb Monate. Die dürfen einfach nicht dem Geheimdienst in die Finger kommen!"

„Welchem Geheimdienst denn? Dem usbekischen? Also ich weiß nicht, ob es den überhaupt gibt, ich meine in Wien. Wofür denn auch? Wie kommen eure Usbeken bitte zu einer Abhöranlage, dass der amerikanische Geheimdienst vor Neid erblasst?"

„Was? Also doch! Paps hatte doch recht, der hat denen nie geglaubt ...", fährt es Manu heraus. „Schon gleich zu Beginn. Wo sie teure Elektronik eingekauft haben, vor seinen Augen. Und er hat gesagt, dass sie untereinander immer nur Russisch sprechen, er versteht das nämlich ganz gut."

„Russisch? Das passt schon eher. Obwohl dort sprechen auch viele Russisch."

Sophie richtet sich langsam auf, atmet durch: „Aber es sind doch Muslime, die zwei!"

„Woher wisst ihr denn das?"

„Sie haben es uns gesagt ... und gebetet ... und kein Schweinefleisch gegessen."

„Das beweist was? Dass sie vorgeblich fromme Teilzeit-

Vegetarier sind, mehr nicht. Haben euch ganz schön am Schmäh' gehalten, die beiden ... möglicherweise, ich meine, was weiß denn ich zum gegenwärtigen Zeitpunkt." Wir haben sichtlich alle derart grenzwertig dreingeschaut, dass er zuletzt noch ein wenig zurückrudert.
Die beiden Polizisten kommen vom Dach zurück: „Die verstehen was von ihrem Fach. Das da oben müssen Sie sich ansehen, Herr Inspektor. Und das Ganze ist eindeutig auf ein Haus nebenan ausgerichtet, auf so eine Art Terrassenwohnung, Penthouse, sicher nicht billig. Die müssen wir uns ansehen. Derzeit ist dort kein Licht ... ach so, zwei Uhr 17, kein Wunder. Was anderes dürfte sie nicht interessiert haben. Und eine Unmenge frischer Holzbohlen liegen oben herum."
„Und irgendwelche Speichermedien?"
„Nein, keine, waren aber sicher da. USB-Kabel und so liegen herum, aber alles weg. Nur diese Jacke, die hing an einem Fenstergriff ..."
„Schauen Sie nach, ob da was drinnen steckt!" Der Inspektor hat keine Handschuhe an und will sichtlich sehr vorsichtig vorgehen.
Außer ein paar Münzen und einem Kugelschreiber findet sich nichts ... doch, ein Foto!
„Aha! Na schau an ... Paparazzis? Dass sie sich bloß nicht erkältet ..." Der Inspektor zeigt das Bild herum. Es zeigt ein Paar auf der Dachterrasse gegenüber und ist außergewöhnlich scharf. Sie ist nackt und er hat auch nur ein Handtuch um. „Das ist bestimmt von da oben aufgenommen. Und wahrscheinlich ist das auch der ein-

zige Ort, von dem aus diese Penthouse-Wohnung einsichtig ist. Wer dort wohl wohnt? Der ganze Aufwand nur dafür? Zum Schluss sind die ja wirklich Journalisten … der übelsten Sorte allerdings."

Kostas kommt von hinten auf uns zu. Das Blaulicht hat ihn geweckt. Auch er sieht sich das Foto an: „Das muss in Canisiusgasse sein. Ich glaube … ja, glaube, da war ich, also nicht so direkt … aber …"

„Was soll das heißen? Kennen Sie jemanden auf dem Bild?"

„Nein, aber … das ist kompliziert – und seltsam. Ein Mann hat bei uns im Lokal bestellt, nur ganz teure Sachen, Fisch und Hummer, also nichts von Speisekarte. Und er hat Geld überwiesen. Ich sollte bringen, ist gut zwei Monate her. Er hat den Türöffner … und durch Lautsprecher mir gesagt, ich soll Essen nur in den Lift stellen. Seine Stimme war … Russe, klar Russe, Ukrainer kann auch sein. Haben ja Geld heutzutage! Der Lift fuhr hinauf, das war's."

„Ich fürchte, das können wir erst morgen klären, wer da wohnt …"

Kostas unterbricht den Chefpolizisten: „Sie müssen wissen, sie haben Kreuz gemacht, dieser Tamerlan und … egal, ein orthodoxes Kreuz, machen es vor der Kirche … ich sehe das vom Lokal aus, kein Moslem macht ein Kreuz. Das sind Russen, einfach Russen." Klar, auch er „hat alles schon gewusst und vorher gesehen". Und warum hat er uns nichts davon gesagt?

„Russen, die Russen ausspionieren, ja das denk ich auch.

Und wahrscheinlich keine ganz unbekannten, was unseren Computer angeht. Na, einen haben wir ja immerhin. Da wissen wir bald mehr. So und ihr geht jetzt schlafen, aber bitte nicht hier, das ist jetzt ein Tatort. Morgen um neun Uhr möchte ich Sie alle hier wiedersehen, hier vor Ort. Aber heute bringt das nichts mehr. Herr Pfarrer, die Schlüssel bitte. Und Sie sind mir dafür verantwortlich, dass da morgen früh kein Mesner etwas putzt oder so!"
Stefan nickt. Folgsam traben wir aus der Kirche. Aber wir beschließen, gemeinsam in den Jugendräumen zu übernachten. Fährt ja jetzt nichts mehr. Und bis neun ist nicht mehr viel Zeit.

Kapitel 40
Stefan
Samstag, 24. Mai

Wie schaff ich jetzt noch die Predigt für die Abendmesse? Ich hätte ja den ganzen Tag dafür Zeit gehabt, aber jetzt ist es fünf und ich komme gerade erst von den Vernehmungen. Wir müssen es einfach akzeptieren, *ich* muss es akzeptieren: Die beiden haben uns die ganze Zeit über belogen und ausgenutzt. Was für ein Aufwand, was für ein gekonntes Theaterspiel! Alles hat doch gepasst! Jeder Augenaufschlag, jedes schüchterne: „Viele Danke, meine Herr!" Ismailow ist Russe, aus St. Petersburg. Das musste er zugeben. Er hat ihnen seinen Reisepass ausgehändigt. Vermutlich war er nie in seinem Leben in Usbekistan, und wenn auch. Aber es liegt nichts gegen ihn vor. Zumindest nichts, was die Russen herausrücken würden. Der Mann aus dem Penthouse dürfte eine ganz große Nummer sein in seiner Heimat, und das will dort was heißen! Ein „Geschäftsmann“ mit üblem Ruf, aber ohne rechtskräftige Verurteilung. Dafür „ohne jegliche finanzielle Sorgen“ und unerreichbar für die österreichische Polizei. Sie glauben ihn auf dem Bild erkannt zu haben. Bei ihr war das viel einfacher: „die standfeste Tanja“, eine Kitzbüheler Promi-Größe, standfest im Dauerfeiern und Dauertrinken. Auch Russin und verheiratet mit einem der reichsten Oligarchen ihres Landes, ohne jedes Limit beim Shopping selbstverständlich. Für Ruhandl liegt Erpressung auf der Hand. Einer wie Tanjas Mann muss Ehebruch bestrafen, besonders, wenn solche Bilder an die Öffentlichkeit kommen. Und wie solche Strafen aussehen, kann man sich ja denken ... Für solche Bilder kann man einiges verlangen. Da geht's dann schon mal um richtig hohe Summen. Aber Ruhandl ist davon überzeugt, dass es um noch mehr geht. Die Fotos hätten sie einfacher haben können. Die hatten sie doch schon im März oder früher, weil die Bäume darauf noch völlig kahl sind. Warum sind sie so lange geblieben? Und wofür diese sündteure Ausrüstung? Mit der konnten sie wahrscheinlich sein Handy abhören und Gespräche im Inneren mitverfolgen – mit einem Laser-Richtmikrofon. Das tastet die Glasscheiben optisch ab und verwandelt das irgendwie in Schallwellen. Das Gerät kostet 30.000

Euro oder mehr und schafft das angeblich über mehr als zehn Kilometer. Bei knapp 100 Metern wie hier hörst du alles, wie wenn einer neben dir spricht. Sagt zumindest der Polizeitechniker.

Was mich aber wirklich fertig macht, ist meine eigene Dummheit! Wie konnte ich diesen Typen bloß so auf den Leim gehen. Kostas hat doch immer wieder seine Zweifel angemeldet. Und was David gleich zu Beginn beobachtet hat, war ja mehr als verdächtig. Und dieser Stiegenaufgang! Der war doch überhaupt nicht morsch! Die haben unsere Ängste wegen der abgebrochenen Turmspitze beinhart ausgenutzt. Kein einziges Brett haben sie erneuert, wozu auch? Alles nur, damit keiner von uns in die Turmstube nach oben geht, damit sie das alles ungestört aufbauen und monatelang abhören können. Aber sonst? Sie waren so echt, so freundlich, so bescheiden. Wie sollten wir denn ahnen, dass sich russische Kriminelle freiwillig monatelang in so eine ... eine armselige Asylanten-Rolle begeben würden.

Alles nur, wirklich alles nur wegen ... nein, das ist ungerecht: nicht wegen dieser „Vision", nein, wegen meiner Naivität! Der standhafte Pfarrer, unbeirrbar im Kampf gegen Rechtspopulisten ... Ja eben, natürlich: Diese „Warnung" kam nicht von irgendwelchen Rechten, die waren von dem ehrenwerten Herrn da drüben. Irgendwie hat er rausgekriegt, dass die noch bei uns wohnen. Und ich geb's ungern zu: Walter hatte recht! Er ist ja nicht gegen Asylanten eingestellt, aber er ist eben weniger blöd als ich! Da steht auch noch eine Entschuldigung an ...

Wenigstens war ja doch etwas Gutes dran: Die Jugendgruppe hat sich großartig geschlagen; die haben sich so ins Zeug gelegt, sind richtig zusammengewachsen dadurch. Immerhin – ach was, ich bin ein Idiot! Die sind jetzt völlig fertig – und desillusioniert! Die sind ja noch mehr betrogen worden als ich! Die haben die beiden ja richtig ins Herz geschlossen ... und das alles auch noch mit ansehen müssen.
Zum Glück kommt jetzt bald unsere Reise. Die kann uns helfen, das alles aus dem Kopf zu bekommen, ja mir auch. Wenn nicht auch da noch! Nein, unsere Reise wird ein Erlebnis, für uns alle, die drei sind richtig gut und werden zeigen, was sie mit ihrer „Agentur" so alles draufhaben. Ich pfeif auf die *„Bibel"*-Reise, wegen einer „Vision" allein mach ich jetzt gar nichts mehr ... Unsinn, dann stünde ja jetzt „9. Februar" auf meinem Grabstein, das Datum werd ich nie vergessen! Wenn ich damals nicht den Bleistift abgebrochen hätte, nur wegen dieser „Vision" ... Ich weiß überhaupt nicht mehr, was ich denken soll! Ja, und du? Von dir weiß ich auch nicht ...! Der Becher steht immer noch mitten auf meinem Esstisch. Ganz in der Mitte und auf einem weichen Vlies, damit er nur ja nicht ... Aber ist doch egal, zerbricht er halt ein drittes Mal. Alles spricht dafür, dass er es ist, aber ich weiß gar nichts mehr. Ist dieser Gralsbecher genauso falsch wie „Tami" und „Isma"? Ich schaff jetzt keine Predigt mehr. Das müssen doch alle verstehen! Gerald! Vielleicht ... Mann, das wäre jetzt eine Hilfe!
Drei Minuten später hat er zugesagt. Er ist heute frei

und springt für mich ein. Gott sei Dank! Auf ihn kann ich mich wirklich verlassen. Ich mach mir einen Tee. Es ist immer noch warm, warm genug für meinen Balkon. Ob sie mich auch ausspioniert ... na klar, der Laserstrahl! Als keiner wissen konnte, dass ich schnell noch einmal zu mir hinauf ... damit richtet man solche Abhöranlagen ein. Alles andere ist unsichtbar.

Gott sei Dank mussten nur alle über 18 aussagen. Und ihre Aussagen deckten sich weitgehend. Trotzdem hat das Ganze sieben Stunden gedauert! Immerhin scheint der Verlauf jetzt klar: Es dürften zwei gewesen sein, die sie oben überraschten. Und nutzten wohl die gestern überall offenen Tore der Kirche. Unsere „Usbeken" dürften aber schon das meiste abtransportiert und in Sicherheit gebracht haben, alle Datenträger zumindest. Sie wollten die beiden wahrscheinlich unverletzt abführen, um an all das Material doch noch heranzukommen, notfalls mit Gewalt. Dabei muss Ismailow ihnen die Metalltür zum Dach hin vor der Nase zugeworfen haben. Aber der Vorsprung reichte nicht. Sie haben von der Orgelempore herunter auf sie geschossen. Und dachten wohl, beide sind tot. Oder sie hatten doch schon gefunden, was sie suchten, und wollten nur verhindern, dass sie flüchten? Eine Fahndung nach solchen Profis konnte sich Ruhandl ersparen. Denen genügen drei Minuten Vorsprung, sagt er.

Wir haben vereinbart, dass wir alle morgen nach der Messe essen gehen und alles noch mal rauslassen. Heute sind sie bei ihren Familien besser aufgehoben. Hab ich einfach vorgeschlagen, und alle haben genickt. Dabei ... manche von ihnen waren noch selten bei einer Messe ... Der Tee tut gut, der abendliche Wind jetzt auch, wirklich!

Kapitel 41
Manu
Samstag, 24. Mai

„Und, Manu? Hast du es herausgehört?"
„Herausgehört? Was denn?" Sam gibt sich wieder einmal sehr kryptisch.
„Das Thema, das Florian angespielt hat, also das, zuletzt bevor sie ..."
„Ja, ja das hab ich ... ich hab's mir oft angehört in letzter Zeit: der arme, zerrissene Hirt auf seinem hohen Felsen ... Ich hab's nur ganz vergessen. Da kamen ja die Schüsse!"
Wir schweigen. Und ich möchte mich so gerne an ihn schmiegen. An meinen ach so einsamen Hirten. Aber ich weiß, dass ihm das noch wehtut, auch wenn er sich's bestimmt verkneifen würde, auch nur sein Gesicht zu verziehen.
„Und, tut's noch weh?"
Mir? Warum mir? „Was meinst du?"
„Dein Handgelenk ..."
Und wenn auch. Sam hat sich über mich geworfen, blitzartig, ohne Nachdenken, gestern, als der erste Schuss durch die Kirche dröhnte zu uns nach vorne. Und da-

nach lag ich unter ihm, vor der ersten Bank. Noch drei oder vier Schüsse lang, die über uns drüber...
„Danke!"
„Wofür denn?"
„Sam! Das weißt du doch!"
„Und hab dir dabei fast die Hand gebrochen ..."
„Idiot, du! Das ist doch völlig wurscht, meine Hand. Du hättest ... Du wärst für mich gestorben, Mann, wenn die Kugeln ... verdammt, ich will gar nicht dran denken! Aber: Danke!"
Er will etwas sagen, sagt aber nichts, wie üblich eben, doch ...
„Ist doch besser, *für* dich zu sterben als ..."
Mir kriecht es nasskalt über den Rücken: „... als ... als *wegen* mir?"
„Ja."
„Sam, ich will es jetzt wissen, ich *muss* das jetzt wissen ..."
„Ob ich damals absichtlich ins Auto ...?"
„Ja."
„Das frag ich mich seither jeden Tag. Ich dachte da nur noch eins: Das war's, das ist es gewesen, jetzt ist alles zerbrochen, wir haben alles zerstört, uns gegenseitig zerstört, nein: ich ... ob ich's wollte, nein, aber wie denn ohne dich? Wie denn, Manu? Gar nichts wollte ich, es war mir einfach alles nur noch egal, alles hätte geschehen können damals, wirklich alles ... ‚Auf Erden mir die Hoffnung wich, ich hier so einsam bin.'"
„Hör mit dem Schubert auf, bitte! Das ist ja gruselig!

Und gestern ... da hätte ja auch alles ... alles vorbei sein können. Ist es aber nicht! Also ich hab noch nie an eine ‚Vorsehung' geglaubt, an eine ‚Vorsehung' glauben doch uralte Omas, dachte ich ..."

„Du und eine alte Oma?"

„Das eine Mal ja! Irgendjemand *will* einfach, dass wir beide noch eine Chance bekommen und dann noch eine ... was weiß denn ich, wie viele wir noch brauchen. Ich weiß nur, wir *kriegen* sie ... das weiß ich einfach, warum auch immer das so ist."

„Freust du dich schon? Auf Kreta?"

„Na klar doch! Ich bin urneugierig! Besonders auf den Strand, wo Papa und Mama mich ... äh, ich hab's: herbeigeliebt haben! Na und wie! Aber du musst noch ganz fit werden bis dahin, ist nicht mehr so viel Zeit!"

„Nun mach ich mich fertig, zum Wandern bereit!" Er lächelt ja, irgendwie zumindest, endlich!

„Was?"

„Singt der Hirte zum Schluss!"

„ Okay, *den* Hirten, der ein bisschen high ist, den von mir aus spiel ruhig. Aber den düsteren und einsamen, den vergiss bitte! Abgemacht?"

„Aber nur, weil du es bist! Sonst für niemanden!"

„Mann, wo bin ich? Dass ich einmal meinen Freund mit Schubert-Liedern aufheitern würde, nein also ... Das ist ja verrückter ..."

„... verrückter als deine Modekollektion?"

„Definitiv!"

Kapitel 42
Marcella
Dienstag, 27. Mai

„Hast du den Ordner mit?", ruft mir Eberhard ins Haus herein zu, als ich gerade meine Wanderschuhe einpacke.
„Den Ordner? Du hast doch alles auf deinem Laptop!"
„Die genaueren Landkarten nicht. Und du weißt doch, dieser Kunde möchte das Programm ausgedruckt. Das ist alles im grünen Ordner."
Also ob Kunde, das wird sich erst zeigen. Ein seltsamer Typ, der da gestern angerufen hat, bei dem ich nicht recht weiß, was er überhaupt will. Einerseits spielt er den Insider, der uns noch Tipps geben möchte. Andererseits will er das genaue Programm für die Canisius-Gruppe, als ob er selbst für eine Gruppe buchen möchte. Zufällig wohnt er ziemlich genau dort, wo wir ohnehin das Wochenende verbringen wollten, in Ajios Ioannis an der Südküste. Jetzt aber schnell ...
„Da, schaut! Kommt einmal, ist sogar auf der ORF-Seite!"
„Clara, wir haben es jetzt wirklich eilig!"
Aber sie lässt nicht locker. Zu dritt starren wir auf ihren Bildschirm: eine Bilderserie mit einer zersplitterten Kirchenbank, einem Teppich mit dunklem Fleck, dem Inneren der Turmstube mit zurückgelassenen Kabelbündeln, der bunten Kirchenfassade ... und daneben noch ein Bild von Stefan. Erst gestern haben wir von dem Überfall

auf die Kirche erfahren. Zum Glück kam zugleich auch schon die Entwarnung. Bis auf Kleinigkeiten ist ihnen nichts zugestoßen, zumindest, was äußere Verletzungen anbelangt. Nur diesen „Isma“ haben sie erwischt, weil er verletzt wurde. Das auf dem Teppich muss sein Blut sein. Alles nur Betrug, von Anfang an. Sie müssen ja alle noch unter Schock stehen, obwohl zumindest Manu und Bella auf Skype einen ziemlich gefassten Eindruck hinterlassen haben. Aber die Jüngeren?
Es hilft nichts: „Clara, wir müssen jetzt wirklich! Wir können es uns nicht leisten, mögliche Kunden zu versetzen. Halt die Stellung! Ciao!“
„Fährst du?“
Meine Frage ist rein rhetorisch. Eberhard wird nicht rasen, die Reifen werden nie quietschen, er wird sich nicht verrückt in die Kurven legen – und dann doch eine halbe Stunde schneller sein, als ich es wäre. Bis heute weiß ich nicht, wie er das macht.
Wir können gerade noch auf die Klimaanlage verzichten. Aber nur, weil uns beiden Fahrtwind nichts ausmacht. Für Wiener Verhältnisse ist hier schon Hochsommer. Alles steht in voller Blüte, die meisten Hänge sind noch in sattes Grün gekleidet. Wenn sie im Juli kommen, wird davon nur noch wenig übrig sein. Ich lehne mich zurück und genieße. Am Ende des Sommers wird meine Haut dunkler gebräunt sein denn je. Ich strecke meinen Arm ein wenig aus dem Fenster, aber nur so lange, bis ihn ein Oleanderzweig trifft. Die Ortsdurchfahrt von Spili kostet wie üblich einige Zeit, dann noch eine endlose Baustelle,

an der schon seit Wochen nicht gearbeitet wird. Marktstau in Mires. Niemand scheint es hier eilig zu haben – nur wir. Ob sich das noch ausgeht? Dann endlich die Auffahrt ins Asterousia-Gebirge, jetzt schon einer Wüste ähnlich und kaum bevölkert.
Bei einem alten Schotterwerk sitzt ein hagerer Alter, der aber sehr energisch aufspringt und sich uns in den Weg stellt: „Kapetanianá? Pros Kapetanianá?" Seine Jeans haben schon bessere Zeiten erlebt, zuletzt aber vor mindestens 20 Jahren. Seine langen weißen Haare sind eigentlich gelblich. Er hat sich soeben einen sichtlich schweren Sack über die Schulter geworfen und lächelt uns auf eine undurchschaubare Art an, wie sie hier eigentlich nicht üblich ist. Eberhard bremst ab. Ich deute ungeduldig auf meine Uhr. Er nickt nur ungerührt. Klar kann er ihn mit dieser Last hier nicht in der Sonne stehenlassen. Dann aber bitte schnell. Den Sack wirft er in die Ablage und schwingt sich auf die Hinterbank. Sein „Evcharistó" kann ich nur vermuten. Er spricht kein Wort, traut uns wohl kein Griechisch zu. Und ich lasse ihn in dem Glauben. Eberhard zieht jede der unzähligen unübersichtlichen Kurven in einem Zug durch, immer im richtigen Gang und doch ohne jede Hektik. Im menschenleeren Kapetanianá setzen wir ihn bei der ersten Kreuzung ab. Das ‚Evcharistó' kann ich gerade mal von seinen Lippen ablesen. Er öffnet die Heckklappe, holt umständlich seinen Sack heraus und verschwindet hinter der nächsten Ecke.
„Seltsamer Vogel! Kein richtiger Kreter, kein echter Aus-

steiger, nicht einmal ein Original, auch irgendwie zu schräg für so ein Bergdorf."
Ich muss ihn antreiben: „Los! Wir dürfen keine Zeit mehr verlieren!"
Nach wenigen Kehren kommt die Felskante und jetzt auf einmal spüre ich meinen Magen. Ein Wahnsinnsausblick weit über Küste und Meer. Aber bei dieser Streckenführung verschlägt es mir den Atem: „Da sollen wir jetzt ...?"
„Entspann dich, in zehn Minuten sind wir unten, das ist schon Ajios Ioannis, alles halb so schlimm." Das mit dem „*halb* so schlimm" ist ja nur allzu wahr: Morgen müssen wir da auch wieder hinauf!
Zwei Minuten vor zwölf erreichen wir das einzige Kafenío des Ortes. Aber diese Pünktlichkeit hätten wir uns sparen können: kein weiterer Gast, kein Kunde. Auch der Gastwirt konnte sich an niemanden erinnern, der nach uns gefragt hätte. Und kennt doch hier bestimmt jeden.
„Dann gehen wir das Programm eben noch einmal durch. Gibst du mir den Schlüssel, ich hol die Unterlagen." Außerhalb des Schattens spüre ich jetzt eine beachtliche Hitze. Ich schaue mich um, die Straße den Steilhang hinauf, nichts ... Wo ist der Ordner? Der war doch ... Eberhards Laptop liegt unberührt da, aber der grüne Ordner. Ich könnte doch schwören ... Wir stellen den Wagen auf den Kopf, was keine zwei Minuten ausmacht, aber er bleibt verschwunden.
„Er hat ihn mitgenommen!"
Ich verstehe nicht: „Wer? Du meinst dieser seltsame Kerl?"

„Keine Ahnung, warum, aber mit seinem Sack ... groß genug war der ja, um den Ordner zu verstecken. Aber bitte wozu? Wozu braucht der da oben einen Aktenordner? Wer stielt denn so was?"
„Hast du alles gespeichert?"
„Sicher, keine Angst, wir brauchen das alles nur noch einmal ausdrucken, völlig wertlos für ihn."
„Irgendwie unheimlich ist das schon. Als ob er's nur auf den Ordner abgesehen hätte. Hätte doch den Laptop genauso klauen können. Egal, wir lassen uns den Tag nicht verderben! Ab zur Höhle?"
Aber Eberhard beschäftigt noch etwas: „Das war der Typ. Ich sag dir, das war er!" Und als ich ihn fragend anschaue: „Der Anrufer, sicher! Dieser Kunde! Außer Clara wusste nur er, dass wir hierher fahren. Und er wollte doch unbedingt den Ausdruck. Und weil er ihn jetzt schon hat, lässt er uns hier versauern, und ist selbst längst über alle Berge. Alles klar, nur ..."
„... wofür braucht ein kretischer Sonderling die Reisepläne einer Wiener Jugendgruppe?"
„Betriebsspionage?"
„Du meinst ein Konkurrenzunternehmen? Ja und wenn schon: Ohne deine Kontakte ist doch die Hälfte davon wertlos. Egal, warten brauchen wir jedenfalls nicht mehr. Ich will jetzt endlich diese unglaubliche, mystische, romantische, ornithologisch einzigartige Höhle sehen!"
Ein paar Minuten später sind wir unterwegs. Trotz geplanter Übernachtung nur mit leichtem Gepäck. Denn die Antonius-Höhle verfügt über eine Quelle. Oder besser

gesagt: Diese Quelle hat im Laufe vieler Jahre die Höhle geschaffen, die sich vor uns schon in der Felswand des nächsten Kaps abzeichnet. Wie ein schwarzes gotisches Fenster liegt sie vor uns. Erst als er mich darauf aufmerksam macht, erkenne ich im Halbdunkel der Höhle, ganz hinten, ein weiß gekalktes Kirchlein. Ehrfürchtig schweigend treten wir in den Schatten, während im Gewölbe des mächtigen Spitzbogens schwalbenartige Vögel immer wieder von Neuem, aus nicht erkennbarem Anlass einen Höllenlärm veranstalten. Zwischendurch ist nur das sanfte Rauschen der Wellen zu hören, die vorne am Kap ein wenig aufspritzen. Natürlich muss ich zuerst die Quelle aufsuchen. Links an der kleinen Kapelle vorbei ist ein Durchlass. Tropfsteine! Und wo ihre Tropfen hinfallen, kleine Becken, halb gefüllt mit glasklarem Wasser. Erfrischend kühl. Sonst aber ist es hier hinten stickig und schwül. Auch vorne steht die Luft, und kein Windhauch unternimmt auch nur den Versuch, den Geruch von Vogelmist zu vertreiben. Daran ändert sich auch nichts, als die Sonne zu sinken beginnt und auch den hinteren Teil mit dem Kirchlein ausleuchtet. Aber davon spüren wir nichts mehr bei dem Schauspiel, das sich vor uns ausbreitet. Drei weitere Kaps liegen vor uns, zwischen ihnen bald goldorange glitzerndes Wasser. Schwarz zeichnen sich ein paar Kanus ab, die von Ajios Ioannis aus aufs Meer hinausgleiten. Wir schweigen und schauen, schon eine Stunde lang? Längst sind die spärlichen Lichter deutlich zu erkennen.
„Bleib ... bleib nur!“
Eberhard wühlt hinter mir in unseren Rucksäcken.

„Willst du Wein?“
„Ja, sicher, aber nur gekühlt!“
Sollte ein Scherz sein. Aber schon ist er hinter der Kapelle und holt die Plastikflasche aus dem Wasserbecken. Ich wusste gar nicht … für das Stück „Kreta“ gibt es keinen besseren Regisseur als ihn. Und genießt mit mir den primitivsten Landwein, den man sich vorstellen kann. Ohne auch nur im Geringsten die Miene zu verziehen. Und er schmeckt auch fantastisch, nachdem wir mit unseren Plastikbechern angestoßen haben.
Die Sonne ist längst hinunter und die Kaps liegen tiefschwarz vor uns. Ein magischer Ort. Nur die Luft ist vollkommen bewegungslos und immer noch schwül-heiß. Wir rühren uns nicht von der Stelle. Ich habe keine Ahnung, was die Nacht hier bringen wird. Bis auf das seltener werdende Vogelgeschrei ganz ruhig und nur für uns beide: „Noch ein Schluck?“
„Gerne.“
Das … was ist das? Das sind Trommeln, tatsächlich Trommeln, von gar nicht so weit weg, vom Strand unten? Nein, bitte nicht! Nicht heute … hier!
Eberhard schaut mich verzweifelt an: „Die kommen näher! Die bleiben nicht am Strand, die kommen hier herauf. Ausgerechnet!“
Junge Leute, zuerst sehen wir einige mit Laternen. Studenten vielleicht. Etwas mehr Mädchen als Burschen. Drei Mädchen schlagen große, flache Trommeln und tanzen dazu, zwei Burschen blasen in eigentümliche Doppelflöten mit schnarrendem Klang. Andere tragen

Krüge, alle in weißer oder zumindest sehr heller Kleidung. Wir scheinen sie überhaupt nicht zu stören, manche nicken uns zu, eine Tänzerin gießt uns Wein in unsere Becher, die wir immer noch halten. Eberhards Blick will mich wohl zur Flucht auffordern. Wer sind die? Dieses Kreta ist selbst ihm fremd! Längst sind es mehr als zwanzig junge Leute, die zwischen uns und der Kapelle herumwirbeln, den Staub aufwirbeln und jetzt auch stark rhythmisch akzentuiert zu singen beginnen. Ich schüttle den Kopf, deute ihm, sitzen zu bleiben, komme aus dem Staunen nicht heraus über die Energie, die von ihnen allen ausgeht. Bis sich eine der Tänzerinnen aus einer wilden Drehung heraus zu mir herunterbeugt, meine Hand ergreift und mich hochzieht, ich mich zuerst noch stolpernd von ihr mitnehmen lasse, drehe, mit allen zugleich niederbeuge, aufrichte, in die Knie gehe ...
Ich bemerke, dass sie alle barfuß sind, streife schnell meine Schuhe ab, der grobe Sand tut gut trotz der Steinchen da und dort. Ich klatsche mit ihnen, mitzusingen gelingt noch nicht so gut, komme bei Eberhard vorbei, der aufgestanden ist, packe ihn, wie sie mich gepackt hat, zieh ihn hinauf und hinunter, zieh ihn weiter, den längst schriller tönenden Flöten nach, nicke einem Mädchen zu, obwohl ich nicht verstehe ... sie gießt mir einen ganzen Krug Wasser über, ich zucke zuerst zusammen, weil es mir überall hinrinnt, genieße aber die dringend nötige Abkühlung, bitte um einen zweiten Guss übers Gesicht, wische mir die Haare aus der Stirn ... und blicke in aufgeregt begeisterte Augen: Eberhard! Auch er? So

schnell mit dabei, mittendrin, eingetaucht in die Schläge der Trommeln. Also bleiben wir, lassen wir uns treiben, mit geschlossenen Augen lasse ich immer neue Schritte, Sprünge und Drehungen aus mir heraus, stolpere und werde von einem der jungen Männer aufgefangen, lachend dreht er mich im Kreis, meine Fußsohlen brennen und wollen doch immer mehr von diesem Wühlen im Staub. Eberhard zieht sich gerade sein Hemd aus, wirft es zur Seite. Auch mir hilft jetzt kein Wasser mehr. Wenn ich weitertanzen will, muss mein Bikini reichen, wie bei den anderen inzwischen auch.

Sie bilden eine Kette, die immer im gleichen Takt in die Knie geht. Bald brennen mir die Oberschenkel, aber niemals würde ich jetzt ausscheren, der Kreis wird enger, alle schwitzen und glühen längst, rücken dennoch zusammen, werden wieder mit kühlem Wasser übergossen, der Staub schmiert sich, berauschendes Glücksgefühl, und all diese huschenden leuchtenden Augen, Eberhards Augen auch, spüre seine Hand um meine Hüften, lasse mich drehen, weiterdrehen, auch von anderen, lasse mich fallen ... und auffangen und ... lache laut auf und ...

... liege nur noch da, völlig erschöpft, schweißnass und mit Sand beschmiert. Liege da nicht als Erste ... atme tief und höre auf die langsam verklingende Musik vergangener Jahrtausende.

„Marcella?“ Er hat mich gefunden, nur noch im Licht einer einzig verbliebenen Laterne. „Ich kann nicht mehr!“ Legt sich zu mir: „Gut, dass uns keiner so sehen kann! Was?“

Ich fahre mit der Hand meinen Schenkel entlang und weiß, dass er recht hat. „Ich will dich auch gar nicht sehen, ich will deinen Atem spüren!“ Und lege mich auf seine Brust.
„Wein?“, lächelt uns eine der Trommlerinnen zu.
„Ja, bitte!“
„Muss für euch beide reichen ...“ Sie zaubert für uns einen Becher herbei, füllt ihn randvoll. „Jámas!“
„Sag einmal: Wer seid ihr, was war das jetzt?“
„Hat’s euch gefallen? Oh doch, haha, hat euch ...!“
„Ich hab noch nie so etwas, mich so, also ...“ Eberhard ist noch ganz durcheinander.
Ich springe für ihn ein: „So hab ich noch nie getanzt, als ob es in einem Augenblick um das ganze Leben ginge, ohne Heute und Morgen, so ... was war das?“
„Ja was es eben ist ... Okay, viele von uns sind Freunde oder waren Freunde, bevor wir alle wegzogen zum Studieren, zum Heer oder wegen irgendeiner Arbeit. Jetzt, wo es kaum noch Jobs gibt und alles so teuer wurde, plötzlich waren wir alle wieder da und erwachsen, aber jung und ausgehungert, haben alle etwas gesucht, etwas Gemeinsames. Griechisches.“
„Das ist doch irgendwie uralt“, will ich mehr wissen.
„Zwei von uns haben Geschichte studiert und Musik. Wir wollten anknüpfen an der alten Zeit, bei den Vorfahren, wo das Leben kurz war – und die Menschen gierig danach. Aber nicht nach Geld, sondern nach etwas ... Überwältigendem ... Göttlichem, aber ganz sinnlich.“

„Und dann habt ihr euch Trommeln gebaut und Flöten? Nach alten Mustern?“
„Uns doch egal, ob die irgendwie ‚echt‘ sind. Aber sie wirken, turnen uns voll an, packen dich und lassen dich nicht mehr aus, diese Dinger, ganz ohne Drogen, nur das bisschen Wein, was soll's. Wir sehen uns die Woche über natürlich auch. Manche sind hier sogar Bauern geworden oder jobben bei Gelegenheit wo herum. Aber einmal die Woche ... was soll ich sagen, ihr habt auf Anhieb verstanden, je heißer es ist, umso besser, umso wilder ... klar ist das auch sexy, der Tanz, die fließenden Bewegungen, die Nähe ... der große, dunkle Eros ... aber die Gemeinschaft ist uns wichtiger, die große, verschworene Gemeinschaft ... Macht süchtig, richtig süchtig, das Tanzen, meine ich, das Tanzen, bis du umfällst ... Noch ein Schluck?“
Ich nicke, obwohl ... „Und jetzt?“
„Mal sehen, ich glaube der Mond kommt bald heraus, ansonsten reichen die paar Decken, die hinter der Kapelle liegen. Manchmal spielt noch einer auf der Lyra, aber heute, denke ich, nicht mehr. Bei Sonnenaufgang schwimmen wir dann eine Runde da unten, damit wir wieder wie ordentliche Menschen aussehen ... und freuen uns auf nächste Woche. Schlaft gut! Aber zuvor noch eine Umarmung und ein Kuss, ja?“
„Versprochen!“ Ich schaue ihren grazilen Bewegungen nach, bis ich sie im Dunkel nicht mehr erkennen kann. Ob sie selbst jetzt ihrer eigenen Aufforderung nachkommen wird? Ich wünsche es ihr!

Eberhard sucht spürbar meine Nähe, sandig und staubig wie ich selbst. Erschöpft bis in die letzte Zehenspitze kommt der Mond heute zu spät, um uns noch wach vorzufinden.

Kapitel 43
Stefan
Pfingstdienstag, 10. Juni

Das ist jetzt schon lange her, dass wir so ein friedliches Bild boten, ein ausgelassen fröhliches sogar. Seit ... nein, nicht seit der Modenschau, da war's hektisch wie nur was ... nein seit ... ja eben seit diesem improvisierten Mittagessen mit den beiden „Usbeken", die natürlich gar keine Usbeken sind, mit Tamerlan und Ismailow, obwohl: Die heißen in Wirklichkeit sicher ganz anders. Aber das interessiert mich jetzt nicht mehr, wie diese Betrüger tatsächlich heißen! Aber das Bild hier, das hat tatsächlich gewisse Ähnlichkeiten nach fast vier Monaten. Äußerlich natürlich nicht, denn damals waren Stiefel angesagt und hier sind es bloß Flipflops oder Ähnliches.
Unter den Plastikstühlen des Eissalons stehen ihre Wanderschuhe. Ich hab meine noch an, obwohl angenehm wäre es schon, aber ich hab nur Hausschlappen für die Hütte ... Die wenigen ernsten Blicke gelten ihren Blasen, den Errungenschaften der letzten drei Tage. Wegen des traumhaften Wetters haben wir hier in Mürzzu-

schlag noch diesen Stopp eingelegt. Alle sind sie mitgekommen, die ganze Kreta-Partie. Außer Sam, der's nicht herausfordern wollte, und natürlich Ulli, die ja ihr Auslandssemester noch abschließen muss. Ja, und seit gestern ist auch Carola nicht mehr dabei. Sie hat es tatsächlich geschafft, sich für morgen noch eine Entscheidungsprüfung in Biologie einzuhandeln. Ihr Vater hat sie gestern abends abgeholt. Oben vom Raxplateau.
Nach dieser schrecklichen Nacht in der Kirche, in der wir von ziemlich weit oben auf den Boden der Realität hinuntergeworfen wurden, nach dieser menschlichen Enttäuschung sondergleichen, nach all den Verhören und Vorwürfen, die wir alle über uns ergehen lassen mussten ... sie brauchten einfach etwas Aufbauendes. Fand Arnold, und fand ich, und fanden wir alle. Nach der Pfingstmesse am Sonntag waren wir nur noch Staubwolke. Noch ein weiteres Pfarrcafé mit all den bohrenden Fragen und mehr oder weniger versteckten Vorwürfen brauchte ich jetzt wirklich nicht. Obwohl unser Pfingstfest in Wien ein ganz kleines Nischenprodukt geworden ist. Noch dazu, wenn es so spät fällt wie heuer und ausgezeichnetes Badewetter verspricht. Wer kann, verlässt die Stadt. Aber die mit den allerlästigsten Fragen, keine Sorge, genau die sind sicher noch da. Und wenn sie sonst Jahr für Jahr über jene herziehen, die „von einer Sonntagspflicht sichtlich keine Ahnung haben, sogar die Damen und Herren Pfarrgemeinderäte nicht" – dann bietet sich ihnen heuer das Thema „Murder in the Cathedral", obwohl die Kathedrale gut zwei Kilometer südöstlich liegt und

die „Mordopfer" sich relativ guter Gesundheit erfreuen. Egal, ich hab jetzt genug davon!
Also nichts wie weg! Keine richtige Bergtour, nur ein wenig Training. Und Arnold wollte mal testen, wie gut die Gruppe vorankommt. Zuerst einmal ein paar Stunden auf und ab vom Semmering hinüber aufs Preiner Gscheid. Arnold gibt dort öfters Seminare und improvisierte für uns ein Schlafsacklager in einem geräumigen Seminarraum. Der Abend war immer noch ausgefüllt mit all den Geschichten von „Tami" und „Isma". Warum sie die beiden überhaupt noch so nennen? Das sind doch nichts als gerissene Kriminelle. Nur dass der eine längst über alle Berge ist und der zweite schlau genug, dass man ihm sicher nichts Gröberes wird nachweisen können. Sie sind ja nirgends eingebrochen. Wir selbst haben sie hereingelassen. Sie haben nichts gestohlen. Wir haben ihnen alles freiwillig gegeben – und das ganze unnötige Holz liegt ja säuberlich geschichtet oben im Dachstuhl. Erpressung liegt auf der Hand, aber das Opfer wird sich sicher niemals melden. Und was sie da oben alles abgehört haben und wofür ... dazu schweigt dieser „Ismailow" natürlich beharrlich, offensichtlich der Schlauere und der Anführer der beiden. So wie's aussieht, wird er bald „als geheilt entlassen" sein. Und die Kosten für seine Behandlung, die könnten dann noch mich und die Pfarre treffen. Das musste ich Ruhandl zugestehen. Im Gegenzug dürften wir nun doch nicht angezeigt werden. Diesen Deal verdanken wir unserem Diözesan-Juristen. Und da wir diesen „Isma" zur weite-

ren Behandlung zu den Barmherzigen Brüdern verlegen konnten, wird auch das – finanziell gesehen – mit einem blauen Auge abgehen.
Ruhandl ist sich ziemlich sicher, dass es um illegale Geschäfte der oberen Preisklasse geht, wo eine Gangstertruppe der anderen etwas abjagen will. Drogen, Menschenhandel, Waffentechnologie, wer weiß? Solche Typen tun sich so ein erbärmliches, monatelanges Flüchtlingsleben sicher nur an, wenn's um sehr viel geht. Aber die Datenträger mit den Ergebnissen ihrer Horchaktion sind längst über alle Berge. Und das alles läuft sicher nicht über Österreich, also können sie nichts nachforschen und sind wahrscheinlich froh, die beiden auf möglichst lange Zeit wieder los zu sein. Aber fantastische Schauspieler sind sie allemal, keine Frage. Und ich mit meinem „überirdischen Auftrag", ich war natürlich das ideale Opfer für die beiden. Also nach Kreta will ich von all dem dann wirklich nichts mehr wissen. Ich werd wohl nie begreifen, was das wirklich war – damals in der Krypta. Und wofür? Das schon gar nicht! Und all diese anderen, oft unnötigen Wunder und Erscheinungen.
„Wir gehen nur mal schnell ... ich hab dort drüben so ein geiles T-Shirt gesehen, kommen gleich!"
„Tailliert?"
„Würd' ich sonst sagen: ‚Geil'?"
„Wart', ich komm mit! Kannst du mir was borgen, ich geb's dir ..."
Langsam kehrt wieder Normalität ein. Schon gestern abends kreisten unsere Gespräche fast nur noch um

Kreta. Diesmal auf einer richtigen Berghütte auf der Rax. Fast wöchentlich schickt uns Eberhard Details zur Planung und die wildesten Fotos, die unsere Fantasie mächtig in Bewegung setzen. Gregor und Lena müssen immer wieder von ihrer Reise im Vorjahr erzählen. Dabei waren sie ja fast nur in Touristenzentren unterwegs und haben kaum etwas von dem gesehen, was diese Bilder verheißen.

„Also da steig ich nicht hinauf, aber ganz sicher nicht! Eine 23 Meter hohe Eisenleiter, die eine senkrechte Felswand hinaufführt! Bin ich denn bescheuert? Ich meld mich wieder ab! Das ist ja krasser als ... als eine Jugendnacht in Canisius!" Zum Glück konnte Lena die verschreckte Sophie gerade noch beruhigen. Sie hat in einem Internetforum gelesen, dass man dort auch rundherum gehen kann, ganz ohne Leiter. Auch das abenteuerliche Übernachten am Strand bereitet manchen Gänsehaut: „Gibt's dort nicht auch Krebse und Spinnen?" Womit wir wieder beim Schreckensbild giftiger Skorpione wären. Auch wenn das meiste nicht ernst gemeint ist, bleibt doch in manchen ein wenig Angst zurück. „Und das Geisterheer, das jedes Jahr am Strand von Franjokastéllo herumspuken soll? Dem möchte ich auch nicht begegnen!" Zum Glück geistern die nur zu irgendeinem Jahrestag Anfang Juni herum, also jetzt gerade. Und das noch dazu an einem überfüllten Strand, der uns im Gefolge Eberhards sicher nie sehen wird.

„Kommt einmal raus, genauso ist's angeblich am Psiloritis-Gipfel! Na los, aber zieht euch was an!" Arnold löst

damit einige Verwunderung aus: „Is ja saukalt, und der Sturm!“ Es ist kaum zu glauben, dass die gerade einmal drei Grad, die das Thermometer anzeigt, auch für Kretas Gipfel normal sind, wenn die Sonne einmal weg ist. „Ich hab euch ja gesagt, dass dort oben noch Schnee liegen wird! Also genau diese Jacken, genau die müsst ihr einpacken, capito? Und dort oben gibt's dann keine Heizung, also keine Kompromisse bei der Schlafsack-Wahl!“ Und schon hatte Gregor die Leitung der ungläubigen Horde wieder übernommen! Und trotzdem: Auch in dieser Nacht wurde ich zweimal durch Aufschreie geweckt. Der brutale Überfall in der Kirche, die Schüsse und der Schrecken über den scheintoten Tamerlan sitzen noch tief. Und die menschliche Enttäuschung wahrscheinlich noch viel tiefer.
Das alles war heute Morgen aber kein Thema mehr. Blasen und Muskelkater schon eher – nach dem gestrigen 1.000-Meter-Aufstieg. Ob wir die 2.000 Höhenmeter wagen, werden wir erst vor Ort entscheiden. Ich nehme mir jedenfalls vor, die fünf Stockwerke zu mir hinauf in den verbleibenden drei Wochen öfters zu sprinten. Na ja, reichlich spät!
Die Sonne verzieht sich gerade hinter der Kampalpe. Die neu erworbenen T-Shirts werden den Gehsteig entlang vorgeführt, als wär's der ultimative Catwalk. Nur für die obligatorischen High Heels haben sie keinerlei Ersatz mit eingepackt. Auch Tommys zweiter Becher geht zur Neige. Als einer von wenigen hat er nicht darauf geachtet, mithilfe von Joghurt-Eis die Übermacht der Kalorien

zu überlisten. Als sich Bella einen Pullover überzieht, betrachten wir das als Signal zum Aufbruch. Gregors antiker Käfer, Arnolds geräumiger Audi, mein kleiner Punto und der Jugendbus unter Manus Lenkung werden gestürmt und verschwinden bald schon in den Tunnels der Passhöhe. Drei Wochen noch.

Kapitel 44
Clara
Dienstag, 24. Juni

Marcella und Eberhard sind hinüber nach Santorini. Da will ich schon lange einmal hin, aber die beiden sollen doch auch einmal füreinander Zeit haben. Für unsere Programme ist diese Insel weniger geeignet. Begrenzte Wandermöglichkeiten; den Kraterrand kann jeder selbst entlanggehen. Laut, teuer, Kreuzfahrtschiffe, obligatorisches Eselreiten, na ja. Aber dieser Ausblick über die Caldera ... sollen die beiden mal gemeinsam genießen.
Momentan ist wenig zu tun, also hab ich diese drei Tage noch frei. Und bin gleich heute früh mit dem Wagen los, in den Westen. Bis mir ein kleines Haus mit Taverne etwas abseits der Küste ins Auge fiel. Der Wirt, ein älterer, liebenswürdiger Herr, brachte mir „eine Kleinigkeit nach Art des Hauses“, die meine ganze Familie in Höchstform nicht verputzt hätte. Er erzählte von seiner erst vor Kurzem verstorbenen Frau. Von der Tochter, der er ein

ganzes Haus gebaut hat – und die jetzt doch nach Athen geheiratet hat. Manchmal kommt sie zu Besuch, oft sogar, aber das ganze Haus ... Ja wer weiß, er wünscht es ihr nicht, aber in dieser Krise sind ja schon viele Junge wieder zurück, aufs Dorf, zu ihren Eltern ...

Er fragt mich besorgt nach meinen viele Kratzern, wo ich denn gewesen sei. Ich lache. Die gehören schon wie selbstverständlich zu mir, ohne diesen Tribut an die allgegenwärtige Macchia wäre ich doch noch gar nicht richtig angekommen! Er hört amüsiert zu. Murmelt etwas mit „anjelos“ – ob die Orthodoxen auch Schutzengel verehren?

Und dann erzählt er mir von einem Weg durch eine kleine Schlucht, einen Bach entlang, bis zu einer Bucht hinunter, einer sehr ruhigen Bucht, wo vielleicht einmal ein Fischer vorbeifährt, aber sonst ... Gut eine Stunde von hier, nicht mehr. Ganz harmlos, nicht ... Passt! Da will ich jetzt hin. Baden, sonnen, lesen, bei Wellengeplätscher einschlafen, gleich unten übernachten. Und morgen dann bei ihm ein Zimmer nehmen. Nein, ich will das sehen, gleich jetzt. Auch wenn die Hitze jetzt um halb drei ganz schön brütet. Ich fülle zwei große Wasserflaschen. Aber es soll dort in der Nähe sogar eine kleine Quelle geben, also los! Das bisschen Dickicht? Die zwei, drei unübersichtlichen Abzweigungen? Also bitte!

Ich stürme an den Strand, lege mein verschwitztes Zeug unter einen Stein. Und werfe mich ins Wasser. Es ist hier wilder, lauter und auch windiger als im Süden. Weit und breit niemand, nur etwas Treibgut, von den Westwinden

im Winter angespült. Die Wellen heben und senken mich wie ein Lift. Ob man davon auch seekrank werden kann? Ich tauche so tief ich kann, die Kratzer brennen, meine Muskeln katern – einfach fantastisch! Clara, das Leben muss man doch spüren! Und ... ganz wichtig! Keiner schießt sich mit der Harpune ins eigene Bein ...
Und jetzt liege ich hier im Schatten, fast im Schatten, unter meinem flatternden Seidentuch. Eine fast ununterbrochene Brise macht es zum perfekten Sonnendach. Die Sonne längst auf Halbmast, die Farben werden langsam frischer. Ich habe meinen Bikini herausgesucht, man weiß ja nie ... Fischer ... und döse vor mich hin. Endlich wieder wie am ersten Tag, der Feigenbaum, der Wein damals ... Ich spüre den Wind auf meiner Haut, den sanften Wechsel von Sonne und Schatten, manchmal, nach einer dumpf anschlagenden Welle, einen feinen, salzigen Schauer.
Wache auf! Brummen, ein Motor. Ich schrecke hoch: ein Schlauchboot! Ach so, der Fischer ... aber warum denn bitte auf mich zu. Hau ab! Die Bucht ist so weit, warum exakt auf mich zu? Ich greife neben mich, schlüpfe geübt in den Bikinislip. Verdammt, wo ist das Oberteil? War doch gerade ... Zu spät. Ich werfe mir das Badetuch über die Schultern. Was wollen die ausgerechnet hier? Von mir?
Drei Männer, unterschiedlichen Alters, wie Großvater, Sohn und Enkel. Sie schreien herum, steigen aus. Ich bekomm gleich die Panik: Der Alte hält eine Flinte lässig unterm Arm. Die zielt zeitweise auf mich! Sie beachten

mich gar nicht, oder doch? Mein Badetuch! Kein Gruß, ich sehe auch weg. Der Alte geht den Weg hinauf, den ich gekommen bin, den einzigen hier! Jetzt bin ich in der Falle. Die Jüngeren hantieren gleich hinter meinem Felsen, offensichtlich mit Holzbalken. Das Boot liegt an der Wasserlinie, nur an einem dünnen Holzstecken vertäut. Darüber die Sonne, noch gut eine Stunde vor Untergang. Ein Schuss hinter mir! Steine spritzen auf. Der Aufschrei einer Ziege, noch zwei Schüsse, Stille. Ich fasse nach dem flatternden Seidentuch, ziehe es an mich, ob sie mir zusehen? Verknote es über meinem Busen ... immerhin, das ist geschafft. Nach Minuten schwere Schritte. Der Alte kommt mit der toten Ziege, sie laufen ihm entgegen, wie groß die ist! Sie übernehmen sie. Verdammt, Clara, zeig jetzt bloß keine Angst, Eberhard sagt, auf Kreta fürchtet er sich vor niemandem, na eben! Nur weil ich eine Frau bin, aber sicher nicht, will doch hier Gäste begleiten, die brauchen eine couragierte Clara! Ich stehe auf, komme aus meinem Felsenspalt heraus und setze mich davor, wo noch spätes Sonnenlicht hinfällt.
Die beiden blicken kurz auf, werken jetzt wenige Meter neben mir. Sie säbeln dem armen Tier die Füße ab und werfen sie einfach ins Meer, sie schlitzen ihm den Bauch auf, weiden es aus. Was den Hund freut, wie konnte mir der bisher nur entgehen? Der ist extrem gehorsam, beachtet mich nicht. Sie spannen das Tier auf den Balken auf. Ich verstehe, das geht nur hier beim Felsen, darum! Das ist ja Schwerstarbeit. Der Alte ist verschwunden. Fast eine Stunde kämpfen sie mit der Haut, bis sie runter

ist. Die Steine ringsum sind voller Blut. Ich schaue angewidert weg. Das Tier werfen sie ins Boot. War's das? *Was* ist das hier eigentlich? Wilderei, Viehdiebstahl? Aber warum verschwinden sie dann nicht blitzschnell und machen den Rest zu Hause, in aller Ruhe?
Was ist dort? Sie schauen angespannt in die Felsen oberhalb der Bucht. Ich kann nichts sehen. Sie zeigen auf etwas. Wieder ein Schuss, von dort oben, nur einer diesmal, Opa ist in Hochform. Nach wenigen Minuten wiederholt sich das Ganze. Die Sonne ist untergegangen, und ich habe es gar nicht bemerkt. Ihr Diebe, jetzt habt ihr mir auch noch den Sonnenuntergang gestohlen! Die Dämmerung ist mindestens so eindrucksvoll. Der Alte rührt jetzt nichts mehr an. Er ist der Chef, er hat das Gewehr. Er raucht sich eine an. Er kommt auf mich zu, will Feuer? Mann, welche Anmache ist denn hier gerade aktuell? Ich habe Feuer, für meinen kleinen Kocher, den ich gar nicht heruntergebracht habe. Er lächelt seltsam, schaut ungeniert auf mein improvisiertes Oberteil. Ich lächle zurück, es gelingt mir sogar, ich habe Angst, schon, aber ich habe auch dazugelernt.
„Hitler, Nazi, peng, peng, peng!" Er zeigt auf den Hang, auf dem er gerade „peng" gemacht hat. „Kriti, Palikares, peng, peng, peng!", wobei er auf den gegenüberliegenden Hang deutet. Palikaren sind kretische Heldenfiguren, meist Widerstandskämpfer. Das weiß jede, die Katzantzakis gelesen hat, so wie ich. Hat sich ausgerechnet in dieser bis vor Kurzem so friedlichen Bucht ein Kampf zwischen Wehrmacht und Partisanen ereignet? Kreta

war hart umkämpft. Aber warum erzählt er mir das? Will er mich zur Täterin stempeln? So alt ist er auch wieder nicht, auch er hat das doch nur vom Großvater. Ich wende mich ab und schaue auf das schwindende Licht am Horizont. Es ist klarer als im dunstigen Süden, ohne diese silbrige Stimmung.

Mit dem allerletzten Licht haben sie es geschafft. Auch die zweite Ziege klatscht im Schlauchboot auf. Sie verstauen ihre Schlächterwerkzeuge und springen selbst hinein. Der Jüngste muss ins tiefere Wasser, das Boot hinausziehen. Auch er klettert hinein, der Motor heult auf, sie verschwinden schnell in der Dunkelheit – lassen mich ziemlich ratlos zurück. Jetzt erst zittern mir die Knie. Was habe ich da beobachtet? Durfte ich das überhaupt sehen? Wenn sie es mit der Angst zu tun bekommen und zurückkommen. Ich muss mich verstecken. Wozu? Der Hund! Den Weg hinauf finde ich jetzt nicht. Der Mond kommt erst nach Mitternacht. Ich muss bleiben ...

Ich habe eine kleine Weinflasche mit. Der alte Herr oben hat sie mir mitgegeben. Ein Schluck tut gut. Lass dich nicht einschüchtern. Das ist hier ganz normal. Die wissen, was sie tun. Die fürchten gar nichts. Vielleicht ist das alles ein Spiel. Einer wildert beim anderen. Ich suche mir einen Platz abseits des Felsens. Dort ist ja immer noch alles voller Blut. Ich habe keinen Hunger. Aber sein Wein tut jetzt wirklich gut, obwohl er miserabel schmeckt, sorry. Wahrscheinlich trinken die drei jetzt auch gerade, und bestimmt mehr als ich. Und grillen das Fleisch für ein kleines Fest mit Freunden. Immer noch

eine ganz schön fremde Welt! Aber wahrscheinlich ist das hier für die meisten Kreter genauso fremd wie für mich, *fast* genauso fremd.
Ich habe Lust, noch einmal ins Wasser zu gehen. Meine ganze Panik abwaschen. Ich lasse mich ein wenig treiben. Es ist stockdunkel, aber das Weiß der Gischt ist selbst jetzt im Sternenlicht nicht zu übersehen. Ich tauche ein und sehe funkelnde Lichter vor mir, gelbgrüne Lichter. Für einige Sekunden, dann erlöschen sie wieder. Da sind sie wieder! Wie ein Schwarm Glühwürmchen leuchten sie vor mir auf – und verglühen wieder. Ich kann mich davon gar nicht trennen, obwohl das Wasser mich langsam auskühlt. Einmal noch, ein kräftiges Tempo nach vorne und ... was ... was ist das?
Meine Hand ist an etwas gestoßen. Es treibt im Wasser. Es ist hart. Sogar scharf! ... Und Haare! Knochen? Ein Mensch? Ein Kopf? Das ist ja der reinste Horror hier! Ich stolpere aus dem Wasser, stoße meine Zehen an einem übergroßen Kiesel, Schmerz fährt ein. Ich robbe aus dem Wasser. Stoße mit dem Arm auf etwas ... Schon wieder! Nicht noch einer! Ich brauche ... wer weiß wie lange, bis ich noch einmal dorthin greife. Ich muss es wissen! Ich sehe ja nichts. Das ist kein Mensch, viel zu klein, aber haarig, hart, sogar scharfkantig ... ein Huf! Es ist unheimlich grauslich. Und doch bin ich erleichtert. Es sind die Füße der Ziegen, die das Wasser gerade wieder antreibt. Zum Glück habe ich nichts gegessen. Wo ist der Wein. Ich trinke den Rest aus, viel ist es ja nicht mehr. Schlüpfe in den Schlafsack, so wie ich bin – und versinke in mich.

Kapitel 45
Arnold
Mittwoch, 2. Juli

„Hihihi ... und wem verpassen wir jetzt noch ein Date?"
Was führen Mia und Vicky hier schon wieder im Schilde? Gerade erst haben sie entdeckt, wie man sich an diesen Self-Check-in-Bildschirmen Fensterplätze reservieren kann. Irgendwie müssen sie an die Liste aller Registriernummern herangekommen sein. Zuerst hatten sie schon alle Fensterplätze, dann wieder alle Plätze am Gang, weil man da am schnellsten flüchten kann – und möglichst in den mittleren Reihen, weil dort angeblich die meisten einen Absturz überleben. Weil im System irgendein Fehler aufgetreten ist, konnte bis jetzt niemand den Platz endgültig fixieren. Und das nützen die beiden jetzt natürlich aus.
„Carola und Charlie? Was?"
„Ein Traumpaar. Aber schau, dass sonst niemand von uns in der Nähe sitzt!"
Die ominöse Liste gibt ihnen die Chance, Schicksal zu spielen. Carola ist soeben mit einem verzückten „Die ist ja ursüß, diese gelbe Badetasche" an mir vorbei zu einem der Shops gelaufen. Und bemerkt in ihrer Begeisterung natürlich nicht, was ihre Freundinnen gerade aushecken.
„Sandro und Kathi?"
„Da läuft doch ohnehin längst was! Ha?"
„Auch von seiner Seite?"
„Eben! Das ist ihre Chance ... los, mach schon!"

Was da noch rauskommt! Ob sie mich auch noch ... und mit wem? Nein, die beachten mich doch gar nicht. In ihrer Dating-Welt komm ich nicht vor. Ein wenig scheinen sie doch zu frieren in ihren Shorts und Tops, auf die sie sich offensichtlich in zahllosen Anrufen und SMS-Mitteilungen geeinigt haben. Dieses Problem haben die Jungs in ihren Dreiviertelhosen und T-Shirts nicht. Aber die mussten sich sicher nicht absprechen.
Gregor fällt Sandros klein geratene Tasche ins Auge: „Habt ihr auch sicher alle einen Schlafsack mit?“ Kathi grinst ihn an: „Ich hab dafür einen großen mit, einen ganz kuscheligen, groß genug ...“
„Und wenn ihr euch zwischendurch einmal nicht ganz so lieb habt?“
Nur kurz fällt ein Schatten über ihr Gesicht: „Am Abend verstehen wir uns dann ganz bestimmt wieder!“ Welche Dramen kommen da noch auf uns zu!
Lena steht plötzlich aufgeregt neben mir: 35 Euro! So eine Frechheit! Also eigentlich 70, weil beim Rückflug gleich noch einmal ...“
„Wofür?“
„Gepäckgebühr! Als ob irgendjemand ohne Gepäck nach Kreta fliegt!“
Früher musste man manchmal plötzlich Flughafen-Gebühren bezahlen. In irgendeiner Währung noch dazu. Das wurde verboten. Aber die sind erfinderisch. Immer wieder neue Tricks, immer wieder diese oberschlaue Abzockerei! Ich rufe Marcella in Iraklio an.
„Das ist so eine Sauerei!“ Die ehemalige Chef-Manage-

rin ist offensichtlich in ihrer Ehre gekränkt: Dass ihr das passieren muss! Aber irgendwo im Kleingedruckten gibt es den Passus „bags: 0“. Ich kann ja verstehen, dass bei diesen Ticketpreisen, aber ich will einfach nicht für blöd verkauft werden. Ich soll Marcella noch ein Bild von unserem Gepäckhaufen schicken, damit sie gleich einmal Bescheid weiß, was auf unsere Kleinbusse so alles zukommt. Aber ... das geht jetzt noch gar nicht. Was machen die da bloß? Lena klärt mich auf: Sie stopfen den Inhalt der kleineren Taschen in die großen Koffer, behängen sich mit den Jacken und Pullovern. Zwei kleinere Taschen werden noch mit Riemen zu einem Gepäckstück verknotet. Die Jungs ziehen sogar ihre Wanderschuhe an, die Mädels bringen das natürlich nicht übers Herz. Weiteres wandert in die langsam überquellenden Handgepäcke. Ergibt in Summe ganze acht Stück Reisegepäck. Mit dickem Grinsen wird das jetzt eingecheckt. Die beim Schalter lächeln auch, ist ja nicht ihr Kaffee. Eine raunt mir sogar zu: „Geschieht ihnen schon recht! Was wir uns hier jeden Tag anhören können, seit die das eingeführt haben!“

„Hihihi ... locker 400 Euro gespart, was?“ Vicky hat ihr „Dating Service“ offensichtlich abgeschlossen und lenkt jetzt gerne davon ab. Erst auf dem Weg zum Gate sickert langsam durch, was mit den Sitzplätzen geschehen ist.

„Igitt!“

„Wie peinlich!“

„Was? Und das zweieinhalb Stunden lang?“

Natürlich glauben – fast – alle an die Computerpanne.

Und beschließen, sich in ihr „Schicksal“ zu fügen. Das manchen ja gar nicht so ungelegen kommt. Wenn die älteren Leute bei uns in der Pfarre nur auch so beweglich wären, aber da sitzen fast immer dieselben nebeneinander. Na ja, also ich sitze neben ... Stefan, wie originell. Da hätte ich mir mehr erhofft ...

Kapitel 46
Lena
Mittwoch, 2. Juli

Chania, venezianischer Hafen, aah! Kurz nach Sonnenuntergang. Einfach zum Zurücklehnen. „Hier werden wir dann abendessen!“ Soeben kommen die ersten Fischplatten des Abends vorbei, viel zu früh für Griechen. Wo bleiben sie denn? Endlich kommen die Letzten auch „schon“ ums Eck: Carola, Mia, Sophie und Vicky, abgesehen von Marion aus der Firmgruppe unsere Jüngsten. Und *wie* sie daherkommen. Noch einmal hauen wir uns voll ab. Mann, Mädels, ihr macht mich fertig. Ich stoße Gregor leicht in die Seite, der die Jungs gerade noch davon abhalten kann, sich über die Fische herzumachen, die doch noch gar nicht für uns bestimmt sind. Gregor muss sich zurückhalten, um nicht laut loszulachen: unsere Beautys!

Am Flughafen noch vor dem Gepäckband sind sie abgebogen, „um mal schnell ...“ – alle mit Handgepäck. Und erst wieder aufgetaucht, als unser seltsam verknotetes Gepäck längst heraußen war: geschminkt, gestylt, umgezogen natürlich, Mini oder Edel-Shorts, echt verrückte Oberteile, zum Teil aus unserer eigenen Kollektion ... und die Schuhe erst – nichts unter acht Zentimetern!

Und wir? Wir „Ältere“ stinken dagegen ab wie lasche Touris! Sogar Manu und Bella.

„Na, wir dachten nur, weil wir ja heute Abend noch so richtig fein ausgehen, oder?“ Mia ist voll Erwartung.

„Stimmt! Schaut echt ... super schaut ihr aus. Aber sorry, oft werdet ihr das nicht brauchen können!“ Auch Marcella hat sich sicher innerlich abgehaut über diesen Auftritt, aber es taugt ihr auch, dass es ihnen so viel Spaß macht: „Mädels, ihr seid's ein Wahnsinn!“

„Klar, aber zur Hochzeit schon wieder, was? Da können wir doch nicht in Badelatschen aufkreuzen.“

Also Kathi schaut wirklich verdammt gut aus in diesem flatternd-weiten, meerfarbigen Top, tatsächlich türkisen Pumps und ... was wohl der Pappas von Soughia zu diesem echt arschknappen Rock sagen wird? Also echt, wenn ich noch so ein Nerd wäre, würd' ich hier nicht auf tote Fische schauen.

„Moment, ich mach ein Foto von euch!“ Marcella taugt es, dass die Jüngsten gut drauf sind. „Aber jetzt ist noch zu früh zum Essen, raus auf die Mole mit uns, den Sonnenuntergang dürfen wir nicht versäumen!“ Ganz sanfte Hinweise auf wachsenden Hunger werden schlicht überhört.

Unsere „drei Weisen“ waren sich von Anfang an einig:

Unsere nachmittägige Ankunft in Chania fordert einfach einen Hafenbummel und anschließendes Fischessen, aber erst weiter hinten, wo es viel uriger sein soll. Darum sind wir zuvor noch durch den vorderen Hafen geschlendert, durch noblere Lokale hindurch, vorbei an penetranten Kellnern, die dich abschleppen wollen, an wackeligen Ständen mit Modeschmuck, beleuchtet durch Gaskartuschen-Lampen, an grellen Zuckerl-Wagen, Malern und Blitz-Karikaturisten ... doch nicht vorbei. Stefan musste dran glauben. Unter Kichern und Gejohle verpasste ihm John Lennons Wiedergänger in gestoppten vier Minuten ein Portrait mit listigen Augen, übergroßen Ohren und ... „Hab ich wirklich schon so wenige Haare?", war er danach kurz erschrocken.
„Trag sie kürzer, dann fällt's nicht so auf!" Im Urlaub kann ihn selbst Manus Modetipp nicht erschüttern.
Hier im hinteren Teil lösen kleine Fischerboote die Jachten ab, den ausladenden Polster-Fauteuils folgen einfach Holzsessel. Die Pflastersteine werden kleiner und unregelmäßiger. Eine echte Herausforderung für unsere Modeltruppe, die jetzt auf der langen Mole zum Leuchtturm hinaus längst aufgegeben hat, mit den Jungs mitzuhalten und stehen geblieben ist. Um die schaukelnden Boote und die alten Balkonhäuser gegenüber zu bestaunen, das Glitzern der spiegelnden Lichter und natürlich sich selbst im Vordergrund zahlloser Selfie-Bilder.
Ein kleines Fischerboot tuckert genau unter uns durch einen kleinen Einlass in der Mole. Sanfter Wind ist aufgekommen hier heraußen, angenehm auf der Haut.

Fast so angenehm wie Gregors Arm, wie lange sind wir eigentlich nicht mehr so eng? Natürlich drücke ich ihn ganz schnell auch fest an mich, Gänsehaut! Und würde ihn gerne ganz wild küssen, gleich hier auf Teufel komm raus ... Als ob er's ... ein sanfter, zärtlicher Kuss von ihm, ganz kurz, aber verheißungsvoll ... aha? Wann hab ich mich zuletzt so verliebt gefühlt in ihn? Wir sind ein Spitzenteam, keine Frage, aber das hier ist nochmal so viel schöner. Wir kehren um, möglichst langsam ... verweile doch ... Natürlich haben die Mädels vor uns etwas mitgekriegt, schauen sich verstohlen nach uns um und kichern auch gleich los. Aber sie lassen uns ausnahmsweise in Ruhe. Längst baumeln ihre Schuhe lässig an zwei Fingern, tänzeln sie barfuß die Mole entlang, ab und zu ein spitzer Aufschrei, wenn doch einmal ein Steinchen oder aufgesprungener Asphalt sie ein wenig zusammenzucken lässt.
Auch ich schlüpfe aus meinen weniger eleganten Ballerinas, bücke mich nach ihnen und genieße das abwechselnd glitschige und raue Gefühl. Jetzt ist wirklich Sommer ... und Urlaub!

Marcella und Eberhard erwarteten uns schon im Lokal. Sobald sie in die ersten Lichtkegel treten, zupfen unsere Beautys schnell ihre Röcke zurecht, streichen sich durchs Haar, bücken sich – und schauen mich wenige Augenblicke später wieder von oben herab an.
Natürlich fehlt niemand, als die wohlsortierten Fische kommen, mehrere Sorten, meist kleinere. Eberhard er-

klärt: „Jorgis entschuldigt sich für die Größe, aber dafür sind sie auch sicher nicht aus Argentinien!“ Was aber niemanden gestört hätte. Marcella und Eberhard entschuldigen sich, sie müssen schnell noch zum hiesigen „Alpenverein“ oder wie das hier heißt, die Schlüssel für die Berghütten holen.

„Für den Fall, dass jemand nichts essen möchte, was einen noch anschaut: Es kommen noch Briam, also Mischgemüse, das müsst ihr hier unbedingt kosten, Tsatsiki und gefüllte Zucchiniblüten.“ Clara erntet gar nicht das übliche „Igitt, wie gruselig!“ auf ihren Vegetarier-Hinweis. Das ganze Interesse der Mädels gilt ihrer allzu hellen Garderobe. Nicht zu Unrecht, denn das viele Olivenöl ist zwar köstlich, aber eben auch gefährlich. Diesen technischen Vorteil nützen die Burschen schamlos aus, was die wachsenden Grätenberge auf ihren Tellern deutlich vor Augen führen.

„Wie lang sitzt denn der schon da, Lena? Der Typ ist ja unheimlich, so wie der aussieht.“

Ich sehe möglichst unauffällig in die Richtung, in die Sophie sichtlich bemüht nicht hinsieht.

„Der Weißhaarige?“

Sie nickt.

Genau genommen ist er Gast im Nachbarlokal, doch sitzt er im Stil der Einheimischen lässig schief mit nur einer Pobacke auf diesem unbequemen Sessel, einen Fuß lässig auf der Quersprosse eines zweiten Sessels. Keine fünf Meter von uns entfernt. Ich muss lachen und schaue sie von oben bis unten an: „Sophie, schau dich an! So was Abgefahrenes wie euch kriegt der doch nicht oft zu sehen hier hinten!“

Ihr verlegenes Lächeln scheint mir zuzustimmen, als sie unwillkürlich an sich hinuntersieht: Unser irrstes Shirt, das mit schwarz-weißen Blocksteifen links und psychedelischem 70er-Retro rechts, grasgrünen Shorts und gelben Pumps.

„Ja, okay, aber trotzdem, also ... ich mag den nicht!“

Der überschlanke Oldie scheint ständig in der Sonne herumzuhängen. Darum wirken seine langen, strähnigen weißen Haare noch heller. Verwaschene, eigentlich schon völlig ausgebleichte Jeans-Shorts, ein Shirt, das an Opas Unterhemden erinnert und barfuß ... Sandalen liegen unter dem Tisch. Er kaut ab und zu eines von diesen weißlichen Dingern, die auf unseren Platten zum Glück selten vorkamen, und trinkt dazu aus einem ziemlich großen Duralex-Glas, wahrscheinlich Raki, na prost! Irgendetwas wie ein Etui liegt vor ihm, aus dem Drähte bis zu seinen Ohren führen. Und an dem Etui fummelt er immer wieder herum. Eine seltsame Gestalt, bei der irgendwie nichts zusammenpasst. Ich mache Gregor auf ihn aufmerksam. Er meint aber nur, dass doch bei uns beim Heurigen auch wahrlich seltsame Gestalten herumziehen. Stimmt ja auch wieder.

Der erste Hunger liegt hinter uns, der zweite eigentlich auch schon. Nur noch ein paar allerkleinste Fischlein liegen zwischen Gräten und Servietten. Auch noch die Letzte aus der schmachtend aufblickenden Katzenschar hat sich in Richtung üppigerer Tische verabschiedet.

Erst jetzt kann Clara mit Aufmerksamkeit für ihre Programmansagen rechnen. Zwischendurch verweist sie auf ihre immer noch vorhandenen Gliedmaßen, um die Ängste vor küstennah agierenden Haien zu zerstreuen. Und sie kann auch „fast versprechen“, dass bei der Bootsfahrt Delphine auftauchen und uns begleiten werden ... Wale? Nein, Wale höchstwahrscheinlich nicht. Und dass sich bei der Hitze niemand Knossos ansehen muss. Das können wir ja einmal in der Pension vom Kreuzfahrtschiff aus nachholen. Nur eine Frage bleibt unbeantwortet: „Jetzt ist bald Mitternacht, also ... wo werden wir denn heute schlafen?“

„Schlafen wollt ihr? Ach so! Mal sehen, das ist eine Überraschung!“

Gregor macht mich darauf aufmerksam, dass sich jemand zu dem Typen nebenan gesetzt hat. Ein Mann so um die dreißig. Und um was der Weißhaarige selbst für diese Gegend zu schlecht gekleidet ist, um das ist der Jüngere eindeutig zu gut gestylt unterwegs. Sakko und Schlips! Die beiden wechseln nur ein paar Sätze.

„So wie die *nicht* zu uns herüberschauen, ist schon wieder auffällig. Sind doch fast nur noch wir da und nicht gerade unauffällig, was!“

Als der Wirt kommt und uns noch Baklava und Wassermelone bringt, winkt ihn der Elegante zu sich und bezahlt – offensichtlich auch für den Weißhaarigen. Steht auf und geht. Wir trinken aus, suchen langsam unsere Sachen zusammen.

„Habt ihr alle eure Handys? Mag noch wer das letzte

Stück? Charlie?“ Wenn selbst Charlie verweigert, dann wird es eben überbleiben.

Der Wirt entschuldigt sich für die Fluglinie und ihre fiesen Tricks, beglückwünscht uns für die unsrigen. Eberhard muss ihm das alles detailreich erzählt haben. Klar kennen sich die zwei seit ... immer schon. Trotz aller Sparmaßnahmen dürfe so etwas nicht vorkommen. Also nichts für ungut und kaló taxídi!

Als wir aufstehen, ist der Typ spurlos verschwunden. Viel mehr interessiert uns aber jetzt unser Nachtquartier. Es ist längst Mitternacht durch. Wir sollen einfach mitkommen, na gut ... Ich muss lachen: „Gregor, warte bitte, meine Schuhe!“ Wär ich doch jetzt glatt ... Ich bin barfuß losgezogen, sie liegen noch unter dem Tisch. Sommer! Herrlich! Jetzt zieh ich sie auch nicht mehr an!

Zwei Gassen weiter stehen schon Marcella und Eberhard mit unseren beiden Kleinbussen und dem Clio bereit. Irgendwie stopfen wir uns noch einmal hinein. Für längere Strecken wird dann ein Pick-up ab morgen für Erleichterung sorgen. Es geht quer durch die Altstadt, vorbei am modernen Hafen, wieder zurück zum Flughafen, dann aber dran vorbei ins finstere Nichts hinein. Sam neben mir entlockt seinem Smartphone Aufsehenerregendes: „Hier ganz in der Nähe wurde die berühmte Tanzszene für Alexis Sorbas gedreht! Eine App für besondere Schauplätze auf GPS-Basis.“ Was aber nicht im Geringsten erklärt, wo wir da hinfahren. Schottergerumpel, Schieflagen, Steinschlag von unten ... die Taschen und Schlafsäcke erweisen sich als praktikable Airbags.

„Das war's! Ihr könnt aussteigen."
„Mama, wo sind wir denn hier! Is ja stockdunkel hier!"
Draußen völlige Stille. Wir tappen Claras Stimme hinterher.
„Achtung, drei Stufen aufwärts!"
Eine Tür quietscht. Eine Gittertür. Und plötzlich liegt vor uns ein erleuchteter Horizont. Und davor spiegelt und glitzert es. Unter uns liegt das Meer, das muss die langgezogene Souda-Bucht sein. Und dahinter, weit dahinter die Küstenstraße. Und zwei große Schiffe, die gerade ausfahren. Damit hätte ich jetzt nicht gerechnet. Alle scheinen zu staunen, so still bleibt es. Und ich spüre wieder den Arm, den ich mir gerade ersehnt habe! Und dann spontaner Applaus: „Super, einfach ein Wahnsinn!"
Clara klingt erleichtert: „Das hier war einmal ein kleines Kloster, die Kapelle drüben steht noch. Und hier im ehemaligen Garten können wir übernachten. Habt ihr eure Matten und Schlafsäcke? Fünfzehn Meter die Straße hinunter sprudelt eine gefasste Quelle, falls jemand ..."
Sie selbst kommt mit etwas, das sich im Licht unserer Taschenlampen als grober Besen entpuppt: „Wenn da noch wo Ziegenpemmerl vom Winter liegen, kehrt sie einfach weg."
Hier ganz in der Nähe lagern die NATO-Atomraketen ... ja, tatsächlich, ungeheuer so was!"
Es wird reihum eifrig gekehrt. Der Gedanke an die möglichen Hinterlassenschaften der Ziegen ruft unter uns mehr Besorgnis hervor als jene an den Kalten Krieg. Es ist immer noch warm, aber manchmal kommt stoßweise

der abendliche Wind zurück. Wir legen uns auf einen geöffneten Schlafsack und decken uns mit dem zweiten ein wenig zu.

„Du, Gregor, mit so schmutzigen Füßen bin ich noch nie schlafen gegangen."

„Ist dein Mund wenigstens sauber?"

„Was? Na ja, warum sollte der ..."

„Dann komm her, wo bist du denn, komm!"

Wir holen nach, was wir zuvor nur angedeutet haben, dort auf der Mole. Und wollen gar nicht mehr aufhören ... hat da drüben schon wieder eine gekichert? Das gibt's doch nicht!

„Komm!"

Erschöpft schlafe ich ein, wie besoffen glücklich, seinen Pulsschlag an meinem Ohr.

Kapitel 47
Clara
Donnerstag, 3. Juli

Der Anruf kam kurz vor dem Abendessen, dem wir alle schon entgegenfiebern. So gut riecht es schon aus der Küche und vom Grill! Die Terrasse reicht bis fast ans Meer. Ein paar kühlere Windstöße ließen zwei oder drei der Mädels aufspringen und schnell noch ihre Pullis holen. Inzwischen ist es aber wieder windstill und feuchtheiß wie zuvor. Unten im Speisesaal

für die kühleren Monate haben sie ihre Matten schon aufgelegt.
Es wurde eingebrochen! In die Canisiuskirche. Das schwere Eisengitter hinten aufgebrochen. Aber Franz, der Mesner hat den Einbrecher offensichtlich verscheucht. Die Aufregung ist ihm am Handy noch anzumerken: „Der Kerl hat mich auch angegriffen, mit dem Kuhfuß ... nein, ich meine mit so einem Stahlhebel, mit dem er ja zuvor das Gitter ... das hat noch keiner geschafft, unser Gitter, dieser Mistkerl, ganz verbogen ... ist mich angegangen mit dem Ding, stell dir vor, wenn er mich damit ... Ich hab geschrien und da sind mir die zwei zu Hilfe gekommen ... na, der Elektriker und sein Helfer ... jajaja wegen der Leitungen zur Orgel, die noch aus der Kaiserzeit, egal, zum Glück waren die ja da und haben den vertrieben ... stellt euch vor, wenn ich allein ...“
Da hat er noch mal Glück gehabt. Nur erkennen konnte er den Mann nicht, weil er eine Kapuze trug und kein Wort gesagt hat. Bis das Gitter repariert ist, hat er eine dicke Eisenkette angebracht. Und bei den Messen sitzt jetzt sein Cousin immer hinten in der Kirche. Der war zwar nie Boxer, wie viele behaupten, aber schaut aus wie einer. Und der Schlosser schaut sich das morgen an ...
Sein Redefluss ist kaum zu bremsen, während Stefan aufgeregt neben mir steht und Fragen stellen möchte und sich langsam eine ganze Traube um uns bildet. Eigentlich interessiert uns jetzt mehr, was der Typ denn gesucht hat. Aus dieser Kirche kann man schwerlich große Werte abschleppen. Ich gebe mein Handy an Stefan weiter:

„Was wollte der denn, ich mein, dieser Aufwand ... und in der Kirche ist doch wirklich nichts ... hinten, der alte Opferstock, welcher ... der ist doch gar nicht mehr in Gebrauch, da steht doch der Schriftenstand davor ... wie kann der auf die Idee kommen, dass dort ... ja eben ... aber schau doch sicherheitshalber mal rein, du hast doch immer alle Schlüssel ... hast du schon? Na eben, ein paar Cent, Schilling sogar, so lange unbenützt ... was? Ein Feuerzeug? Was haben wir nicht schon alles in Opferstöcken gefunden ... schon seltsam das Ganze ... und nur dort, sonst nichts ... na ja Hauptsache unnötige Ausgaben ... Und jetzt erhol dich und trink ein Gläschen Wein, versprochen? ... Alles Gute, Franz!"

Dabei war das heute ein wirklich gelungener erster Tag für uns alle! Gegen Sonnenaufgang fuhr unter uns gerade die mächtige Piräus-Fähre ein, als die ersten munter wurden – und natürlich keine Ahnung hatten, wo sie da überhaupt waren. Wen die ersten Sonnenstrahlen erreichten oder wen die Nachbarin weckte, war bald schon unterwegs zum Brunnen. Sogar ein einigermaßen intaktes Plumpsklo haben die Mönche hinterlassen. Wir haben es erst vorgestern wieder in Schuss gebracht.

Eberhard kennt den hiesigen Bürgermeister. Der hatte gegen den Abriss und einen geplanten Hotelbau mobil gemacht und erreicht, dass das Projekt noch im Planungsstadium abgebrochen wurde. Dabei half ihm der Umstand, dass in Griechenland Kapellen nicht so einfach abgerissen werden. Vielleicht aber auch, dass die Besitzverhältnisse so umstritten sind, weil es hier ja kei-

ne Katasterpläne gibt. Jetzt wäre ohnehin kaum jemand zu finden, der Geld für Investitionen hätte. Also darf dieser malerische Ort etwas außerhalb des Dorfes unberührt und friedlich bleiben.
Eberhard kommt mit dem Wagen um die Ecke und hat frisches Brot, Paradeiser, Schafkäse und Joghurt mitgebracht. Joghurt mit Früchten und Honig sind nachher der Renner. Es ist aber noch still, sogar beim Essen. Ich denke, nicht nur weil sie alle noch müde sind. Irgendwie will niemand diesen zauberhaften Morgen über der großen Bucht stören. Die ersten Zikaden melden sich, irgendwoher einzelne Ziegenglöckchen.
„Schön hier, habt ihr gut ausgesucht. Einfach irgendwo, aber der Ausblick!" Sophie hat sich neben mich gesetzt, in einem riesigen Shirt mit einer Mickymaus darauf, einen Becher Tee in der Hand und räkelt sich wie ein Kätzchen. Scheinbar so entspannt, dass sie noch nicht einmal daran denkt, was sie heute anziehen soll. Bis dann ein extra tieffliegender NATO-Jet über uns donnert, nein drei gleich, in kurzen Abständen. Da ist die Idylle schnell vorbei. Und bald danach, tatsächlich fast pünktlich, erscheint der versprochene Pick-up, der unsere weitere Reise vom Gepäck auf den Knien befreien wird. Der etwas säuerlich lächelnde Fahrer, den kenne ich doch! Das ist doch dieser bescheuerte Beamte von der Zulassungsbehörde, dieser Manoli! Auch ihm haben sie jetzt fast die Hälfte seiner Stunden gestrichen. Zum Glück nicht wegen Bestechlichkeit, sondern wie bei so vielen: Einsparungen, besonders bei den Jungen. Onkel Stefanos hat ihn unserer Gruppe zugeteilt.

Seine sichtlich großartige Laune bekommen ohnehin nur unsere Taschen zu spüren.
Nach wenigen Kilometern Küstenstraße zweigen wir nach Süden ab. Rechts von uns reißt das größte Gebirge der Insel die letzten aus dem Schlaf: „Das sind ja richtige Berge! Müssen wir da rauf?“ Ich kann Vicky beruhigen: „Zuerst einmal nur mitten durch. Übermorgen durch die Samaria-Schlucht, dann wird's erstmals anstrengend, heute noch nicht.“
Die Gipfel vor uns erheben sich weit über jeden Bewuchs, je nach Tageszeit sind die „Weißen Berge“ tatsächlich grellweiß, später rosarot und im Abendlicht rostrot bis lange nach Sonnenuntergang. Nach dem Sattel zeigt sich unter uns die kleine Askifou-Ebene: eine Burg und drei Dörfer wie aus einer Modelleisenbahn-Anlage, besonders die abseits gelegene Kirche. Die Abfahrt zur Südküste überlassen wir den Autos. Eine kurze, aber durchaus imposante Schlucht soll uns auch einen ersten Aufschluss geben über die sportlichen Kapazitäten der Gruppe.
„Wanderschuhe?“ Kathi lächelt mir ganz leicht resigniert zu. Sie liebt diese sommerlichen Flip-Flops sichtlich.
„Ist ja nur für zwei Stunden. Dafür kannst du dir die Sonnencreme sparen. Die Schlucht wird so eng, wir gehen meist im Schatten.“
Für die meisten ist es eine neue Welt. Die unscheinbare Macchia und die unvermeidlichen Kratzer auf den Beinen, die einfach dazugehören. Ohne dieses ganz leichte Brennen hätte ich gar nicht mehr das Gefühl, auf Kreta zu

sein. Der schwere Duft von wildem Thymian, besonders in den heißen Mittagsstunden. Manche bleiben stehen und atmen tief ein, mit geschlossenen Augen, nicht nur die Mädchen, manchmal auch einer unserer Freaks. Die ohrenbetäubenden, aber unsichtbaren Zikadenschwärme. Der üppig blühende Oleander, der am Talgrund die stacheligen Büsche ablöst und immer in Bewegung ist, noch bevor du einen Windhauch spürst.
Der Einschnitt wird tiefer, die Schattenabschnitte länger, bis die Sonne ganz draußen bleibt und einzelne Böen sich richtig kühl anfühlen. Bald ist alles nur noch Felsen und Geröll, bis du mit ausgestreckten Armen beide Steilwände gleichzeitig berühren kannst. Hier ist endgültig für Pflanzen kein Platz mehr, obwohl das Wasser einmal sogar an die Oberfläche tritt. Irgendwer hat angefangen – und wenige Minuten später sind wir alle klatschnass wie kleine Kinder. Und sie haben plötzlich ganz vergessen, auf ihre hellen Shorts aufzupassen. Jetzt sind wir wirklich angekommen auf Kreta! Ich weiß es, und sie spüren es. Der Ausgang kommt ganz unvermittelt. Anfangs ist die schlagartig wiederkehrende Hitze ganz angenehm. Bis dann unsere Geruchsnerven auf eine harte Probe gestellt werden.
„Igitt, werfen die hier den ganzen Müll runter?"
„Nein, so stinkt nur ein verendetes Tier, echt eklig."
„Sogar die akrobatischen Ziegen können mal abstürzen."
„Besonders wenn sie noch klein sind und ein Raubvogel sie auf die Kante zuhetzt."
Sandro hat sich natürlich Kathi als Opfer gewählt und

stürzt sich mit ausgebreiteten Armen und Gekreische auf sie! „Idiot!“, schreit sie erschrocken auf und schlägt auf ihn ein, wie man nur mit 16 und verliebt auf jemanden einhauen kann.
Nachmittags dann die ersehnte Bootsfahrt entlang der Küste. Wir machen hier alles in die Gegenrichtung und werden die Schlucht hinaufgehen. Darum haben wir das Schiff jetzt fast für uns allein. Ein Stück des alten Küstenweges wird erkennbar: In die senkrechte Steilwand hat man ihn hineingemeißelt, was für ein Aufwand! Das Licht wird schon etwas milder. Wir genießen den Fahrtwind und warten ...
Und dann sind sie da! Delphine! Vielleicht ein Dutzend – und wir alle an der Reeling. Im Einklang mit den Wellen, und doch meist im Gegenrhythmus. Möwen sind auch plötzlich um uns, meist im Kielwasser hinter dem Schiff, wo sie Essbares erhoffen und dabei ordentlich Wirbel schlagen. Die Delphine aber spielen nur, ab und zu ein kurzes Geschnatter, meist aber in stiller Eleganz, die schon die Minoer kannten und in ihren Fresken festzuhalten verstanden. Marion hängt verzückt an der Reling, mit offenem Mund, scheinbar atemlos. Ihr ganzer Körper ahmt die Bewegung der Tiere nach. Ich stelle mich vorsichtig neben sie. Niemand spricht.
„Ich möchte so gerne mit euch sein!“
Hat sie das zu mir gesagt? Nein.
Wenig später sind sie verschwunden, ein kleiner Ort wie ein Amphitheater taucht auf. Ein hübscher Ort, den ich nicht sonderlich mag. Wenn du hier mit Wanderschuhen

auftauchst, dich in eines der vielen Cafés setzt, wirst du schon bedient, ja, aber von einem Kellner, dem man ansieht: Er hat eben noch gehofft, du setzt dich doch ins Nachbarlokal ... so eben. Aber das scheine nur ich zu bemerken ... Unser Wirt holt uns mit zwei Booten ab, einmal ums Kap, vorbei an einem winzigen Leuchtturm. Wir kennen uns schon vom Vorjahr. Für mich heißt er Odysseus: üppiger tiefschwarzer Vollbart, fast schmächtig, aber mit aufmerksamen, hellsichtigen Augen, denen nichts entgeht. Einer, der auf jedes neue Problem schnell Antwort weiß.

Wir haben zwei Zimmer gemietet, eines für Stefan und Arnold und eines als Hauptquartier, wenn jemand krank wird ... oder für uns „ältere Mädels". Karo kommt mit einer Blase. Ihre eingegangenen Schuhe haben die Rax nicht überstanden. Morgen bleiben wir hier und übermorgen spürt sie nichts mehr. Sie werden alle draußen am Strand schlafen, das steht außer Frage. Darauf freuen sie sich schon, seit wir die Idee hatten. Nur muss sich jetzt noch klären, wer bei wem? Und diese aufregendste aller Fragen wird uns sicher bis zum Heimflug begleiten.

Ein überaus harmonischer Tag. Wäre da jetzt nicht dieser aufgeregte Anruf gekommen. Natürlich bekommt Stefan das nicht aus dem Kopf: „Opferstockdiebe im Vorraum hatten wir schon des Öfteren. Aber diesmal wollte jemand unbedingt in die Kirche hinein, mit aller Gewalt. Unbedingt dorthin, wo eigentlich nichts zu holen ist. Eine alte Büchse aufbrechen, in der noch ein paar Schillinge rumliegen! Zum Glück ist dem Franz nichts passiert."

Und jetzt nach dem Essen haben wir ihn endlich dazu gebracht, sein Handy auszuschalten. Einer nach dem anderen bringen sie ihre Matten und Schlafsäcke jetzt in Stellung, unten, wo ganz leicht die Wellen rauschen. Ich könnte ja schnell schauen, wer ... wo ... Aber ich sitze nach so langer Zeit wieder mit Manu und Bella zusammen, entspannt und ohne Vorwürfe. Und wir finden immer wieder Dinge, die uns zum Lachen bringen. Hoffentlich ist da unten jetzt niemand allein. Da kommt mir eine Idee: „Habt ihr Lust, ich zeig euch was!"
„Was denn? Jetzt noch?"
„Geht nur jetzt, bevor der Mond aufgeht. Das leuchtende Plankton!"
„Du meinst?"
„Na kommt schon! Dort drüben fällt kaum eines von den Lichtern hin, dort ist auch ein Stück Sandstrand."
Und dann tauchen wir fast lautlos ein, wir drei. Und vor uns blitzt und glüht es auf. Hunderte Lichter, von allen Seiten, verglühen wieder, andere folgen ihnen. Wir tauchen, so tief wir können – auch hier herunten! Kein Wort! Immer und immer wieder. Erst als uns kalt wird, verlassen wir diese faszinierende, schweigsame Welt.
„Das müssen wir morgen unbedingt den anderen zeigen!" Manu denkt sicher an Sam, der irgendwo am Strand drüben auf sie wartet. Morgen ja, aber heute leuchten sie nur für uns.

Kapitel 48
Vicky
Freitag, 4. Juli

Schade! Gerade noch bin ich mit den Delphinen durchs Wasser, sanft und schwerelos wie sie ... und wir haben ständig nur gelacht ... Unter Wasser? Egal, ein Traum, gerade noch, und zu Ullis Musik ... Die kann Gitarre spielen! Jeden Song, den du ihr vorsingst, also fast jeden zumindest. Und wenn sie dann einfach so loslegt, ohne Plan, nur so, als würd' das alles nur so aus ihrer Gitarre heraussprudeln ... dabei muss ich eingeschlafen sein ... und zum Plätschern der Wellen. Ich muss ja krass unmöglich aussehen mit dem ganzen Sand in den Haaren ... na, so wie Mia wahrscheinlich, die gerad ins Wasser steigt ... die lag doch gerade noch ... ja, ihr Schlafsack ist noch ganz kuschelig warm ... hat mich aufgeweckt. Sie deutet mir, ich soll doch auch ... nein, nein, jetzt nicht ... jetzt? Also gut, morgen um die Zeit sind wir ja schon weg ... Ich komme! Wir spielen Delphine, tauchen dicht nebeneinander, schnattern uns mit wippenden Köpfen an, tauchen noch tiefer, bis uns endgültig die Luft wegbleibt. Ein Wunder, dass wir niemanden aufgeweckt haben.
„Glaubst, gibt's da einen Tee, jetzt schon? Hätt' gerne was Warmes!"
Fest in unserer Badetücher gewickelt balancieren wir barfuß über die Steine zur Taverne hinüber. Da sitzt schon wer! Aber nur einer, ein älterer Mann, der aufs

Meer hinausblickt und uns dann zulächelt. Und wir mit verkniffenen Lippen zurück. Gänsehaut auf Kreta!
„Something warm für drinking? Ha? Wait, I try!"
Ein seltsames Englisch, aber verständlich. Zugegeben, mein Englisch reicht halt am besten für Leute, die auch kaum Englisch können. Er geht erstaunlich gelenkig zur Küche.
„Den hab ich doch schon mal wo gesehen!"
„Sicher? Also ich nicht ... wüsste nicht ..."
„Paragallo!"
„Evcharisto!" Erstaunt nehmen wir kurz danach je einen großen Becher mit Tee aus seinen Händen in Empfang, lächeln ihm dankbar zu und wärmen uns die Hände. Er organisiert sogar noch einen Toast für uns, gehört also scheinbar irgendwie zum Haus. Natürlich will er von uns hören, wie schön Kreta ist. Warum nicht, ist ja auch nicht gelogen. Was wir hier vorhaben, was uns am besten gefällt?
„Chillen!"
Das Wort kennt er nicht, ist aber doch englisch, oder? Er glaubt, wir meinen „Abkühlen", wie wir's gerade im Meer getan haben. Und es gibt so viele „wonderful places" entlang der Südküste. Wir fragen ihn nach Ajios Pavlos, der Anlegestelle von Paulus, wo wir morgen hingehen werden. Ein schöner Ort, das meint auch der weißhaarige Alte, mit dem uralten Kirchlein am Strand. Aber leider jetzt auch wilde Zelte und eine Taverne und viel Mist. Er macht eine wegwerfende Handbewegung. Aber dann winkt er uns näher, als müsste er uns etwas

ins Ohr flüstern. Dabei ist doch nur die schwarz gekleidete Oma unserem Odysseus in Hörweite, eben erst erschienen. Also, wir hören gespannt zu, also die richtige Anlegestelle, die ist ganz woanders, die liegt bei Ajios Nikephoros, weiter östlich, die schönste und ruhigste Bucht von ganz Kreta. Mit einem uralten Höhlenkloster. Irgendwo hab ich von dem Kloster schon gehört, in Wien noch. Warum haben wir das nicht im Programm?

„Wahnsinn! Klingt spannend. Aber fahren wir dort nicht hin? Und warum heißt das dort nicht Ajios Pavlos, wenn der Paulus eigentlich dort ...?"

Er lächelt uns nur vielsagend an: „Was heißt denn ‚Nikephoros'? Na? Der den Sieg trägt, der den Sieg davonträgt! Und was schreibt Paulus über sich selbst? Ich strecke mich aus nach dem Siegeskranz! Und als er Rom erreichte, hat er und seine Botschaft gesiegt ... na was? Nikephoros ist nur eine Geheimchiffre für Paulus!" Bei den letzten Worten ist er noch näher an unsere Ohren gerückt. Unglaublich, das müssen wir unbedingt Stefan erzählen. Aber warum diese Heimlichtuerei? Der Alte ist überzeugt davon, dass die Mönche dort einfach ihre Ruhe haben wollen – und nicht von Pilgern überlaufen werden. Darum haben sie den Mund gehalten, bis die Leute einen anderen Ort gefunden haben. „Die Bucht ist wunderschön! Und wollt ihr noch einen Beweis?"

„Ja, aber ..."

„Also hinter der Höhlenkirche, also noch tiefer im Berg drinnen, ist noch ein ausgeschmückter Raum. Wo kaum einer hinkommt. Und dort an die Wand gemalt eine uralte Ikone, blass, aber doch erkennbar: Paulus steigt vom Schiff, jaja, und der Hintergrund, was denkt ihr? Genau die Felsen dieser Bucht, wie abgemalt! Das müsst ihr euch ansehen. Und ein Delphin ist auch auf dem Bild, weil die sind dort besonders oft zu sehen."

„Wahnsinn!" Mia ist genauso begeistert wie ich. „Aber die lassen uns doch dort sicher nicht hinein, wenn die ihre Ruhe wollen."

„Die jetzt dort sind, sind jung und ziemlich gastfreundlich. Sagt denen nur, ‚der Sarde' hat euch geschickt."

„Der Sarde?"

„So nennen die mich hier, weil ich auf Sardinien geboren wurde, aber das ist lange her ... kennt ihr Tavli?"

„Wie, was?"

Wir sind noch ganz verwirrt von all den Geheimnissen und dem plötzlichen Themenwechsel, da hat er schon einen der Holzkästen in der Hand, die hier in jedem Lokal herumliegen.

„Ach so, Backgammon!"

„Nein, Tavli, viel raffinierter, besser als Schach ... wenn man's kann."

Gerade erst begreifen wir die wichtigsten Regeln, als Sophie auf der Bildfläche erscheint, zuerst mit „Schlafzimmerblick", dann aber hellwach. Sie fuchtelt uns aufgeregt zu, kommt aber nicht zu uns. Was ist denn? Wir sollen schnell zu ihr kommen, dringend! Hat sie einen Skorpion im Schlafsack, was ist denn los? Ich lasse Mia zurück und laufe zu Sophie hinüber: „Du nervst! Was ist denn los?"

„Was will denn der ungute Typ von euch?“
Ich verstehe nicht: „Unguter Typ? Der ist doch urcool drauf für sein Alter. Und kennt sich überall aus hier. Der hat uns Sachen erzählt ... die weiß nicht einmal der Eberhard! Da müssen wir unbedingt hin!
„Bist du bescheuert, Vicky? Das ist doch der undurchsichtige Kerl, der uns in Chania beim Fischessen so angestarrt hat!“
„Also erstens esse ich keine Fische – und zweitens hätte uns dort bald ein Mann angestarrt, so gestylt, wie wir dort eingeschwebt sind.“
„Mann, das ist er, und das kann doch kein Zufall sein!“
„... und drittens bringt er uns gerade Tavli bei. Und wenn er dir nicht gefällt, deine Sache. Ist Stefan schon munter? Wenn ich ihm das erzähle, was uns der Sarde über Paulus und die ganze Geschichte hier auf Kreta erzählt hat ...“
„Der Sarde?“
„So nennt er sich ... Ich weiß jetzt, wo Paulus wirklich war!“
Da kommt ja Marcella!
„Marcella, Kalimera! Du, hast du eine Landkarte, ja, von hier, aber weiter östlich? Kennst du Ajios Nikephoros? Dort war der Paulus wirklich, ja hör einmal zu! Der Alte da drüben hat Beweise, wart, ich erzähl dir ...!“

Kapitel 49
Stefan
Freitag, 4. Juli

Der dritte Tag, ja das ist so eine Sache mit den dritten Tagen. Seltsam, aber bestätigt sich immer wieder, diese Regel: Den dritten Tag, den musst du überstehen, wenn du mit Gruppen unterwegs bist, da kommt oft die Krise, was auch immer für eine Krise, sie kommt und erst nachher hast du es geschafft. Darum ist für heute ja ein eher gemütlicher Tag zum Entspannen angesagt, bevor es richtig anstrengend wird. Von Krise ist jetzt kurz vor Sonnenaufgang aber keine Spur: unter mir am Strand die friedlich Schlummernden, hinter mir die Dusche, die es ja nicht immer geben wird, vor mir kaum wahrnehmbar plätschernd das Meer, am verschwommenen Horizont gerade noch erkennbar Gavdos, wo Kostas aufgewachsen ist. Ich will soeben mit Arnold auf einen frühen Kaffee gehen und mir von ihm das nachmittägliche Spielangebot erklären lassen, da stürmen Mia und Vicky gerade die Stufen herauf:

„Stefan, schon munter? Stefan, wir haben da was erfahren, ein Wahnsinn, das glaubst du nicht, was sagst du dazu, da müssen wir unbedingt hin, diese Bucht ..."

Es braucht ein paar Minuten, bis ihre aufgeregte Botschaft bei uns angekommen ist. Also wenn das stimmt, das wäre schon eine ziemlich heftige Geschichte. Obwohl ... ich meine, wer so einen ganz bestimmten Becher bei sich zu Hause stehen hat, den wirft diese Entdeckung auch nicht vom Sessel, aber ...

Nikephoros, der den Sieg davonträgt, damit könnte schon Paulus gemeint sein. Wie viele frühchristliche Heilige haben nie gelebt, zumindest nicht unter ihrem späteren Namen. Da schrieb man „der Gesegnete“ auf ein Grab, und schon hatte man einen heiligen Benedikt. Oder „Lichtgestalt“ – und schon wurde eine Lucia verehrt. Und die ursprünglichen Namen gingen verloren. Warum soll nicht von einem hier verehrten „siegreichen Paulus“ nur noch „Nikephoros“ übrig geblieben sein, noch dazu, wenn das im Interesse ruhebedürftiger Mönche lag. Eine tatsächlich alte Ikone wäre schon ein starkes Indiz.

„Also, wir fahren dorthin, was? Ja? Schon wegen der Delphine: Habt ihr schon einmal einen Delphin auf einer Ikone gesehen? Na bitte!“

Ich sehe Eberhard, wie er gerade baden gehen will, und rufe ihn zu uns herauf, weihe ihn in unser Geheimnis ein.

„Geht sich das aus, Eberhard?“

„Na ja, ein bisschen schwierig ist das schon, liegt nicht gerade auf unserer Route. Also mit den Autos geht das nicht, zu Fuß ... ich nenn so was einen langen, faden Hatscher.“

„Ihr habt doch gesagt, wir sollen euch drei so richtig fordern“, wirft Arnold ein.

„Ich sag ja nicht, dass es nicht geht ...“

„Bitte!“ Mia fällt ihm fast um den Hals.

„Also die Straße ist erbärmlich, das riskier ich nicht. Aber der Pick-up packt das.“

„Also ja? Ohne Gepäck packen wir das schon!" Mia lächelt ihn unwiderstehlich an.
„Also ... drei Stunden hin und drei Stunden zurück, nicht schwierig, aber sehr heiß, Schatten könnt ihr vergessen. Nur diese Typen, die dort neuerdings hausen ... ich kenn die nicht, die Leute sagen, die sind irgendwie seltsam."
„Sind ja Mönche!" Für Vicky sind Mönche sowieso seltsam.
„Früher war das so eine Art Senioren-WG. Die haben sich über jeden Besuch gefreut. Aber diese jungen Mönche jetzt, sollen ziemliche Scharfmacher sein. Deine Kollegen, Stefan, die halten uns doch nur für irregeleitete Ketzer. Ob uns die da reinlassen?"
Für Mia kein Problem: „Wir brauchen nur sagen, ‚der Sarde' schickt uns!"
„Welcher Sarde?"
„Der Alte, der da unten sitzt, der kennt sie. Also?"
„Bitte!"
„Das müssen wir schon gemeinsam entscheiden, Vicky. Ich meine, die Bucht ist wirklich traumhaft. Und von der kann uns keiner vertreiben. Strände sind hier immer Gemeingut. Aber das mit den Mönchen ... Gehen wir auf einen Kaffee!"
Der steht noch nicht auf dem Tisch, sind wir schon von fast allen anderen umringt. Sophia traut dem Ganzen nicht: „Das war doch dieser fiese Typ aus Chania, der aus dem Fischlokal, der mich immer so angestarrt hat. So einem glaub ich doch kein Wort!"
„Der mit den fettigen Haaren?"

„Vorurteile habt ihr ja bestimmt keine, was?“
„Also wir möchten dort unbedingt hin, schon wegen der Delphine!“
„Noch so ein G’schichtl? Warum sollen denn dort mehr sein?“
„Mann, weil’s dort so ruhig und chillig ist. Ihr seid doch bloß fett und faul!“
„Einsam und ruhig kann’s doch nur dort sein, wo ihr beide gerade *nicht* seid.“
„Wir haben halt mehr Spaß am Leben als du mit deinem öden Smartphone-Getippse!“
„Also Schluss jetzt!“
„Was mischst du dich da ein, Charlie, nur weil du ...“
„... weil ich sicher keine sechs Stunden in der prallen Sonne irgendwelchen Unsympathler-Mönchen nachrenne, nur wegen so einer windigen Gestalt. Wo ist denn der jetzt überhaupt, dieser Sarde?“
Erst mit Charlies Frage kehrt kurz eine Atempause ein. Ja wo? Er ist spurlos verschwunden, wie damals in Chania. Auch „Odysseus“ weiß es nicht: „Der kommt und geht, was weiß ich, war aber heuer das erste Mal da. Er weiß eine Menge über die Gegend, aber ... ich will ihm nichts nachsagen.“ Inzwischen sind auch Clara und Marcella dem Meer entstiegen: Marmara-Bucht hin und retour, nicht schlecht. Zu dritt schlagen unsere „drei Weisen“ vor, einmal die anstrengenden Touren der nächsten beiden Tage abzuwarten – und danach abzustimmen. Und jetzt? Herrscht trügerische Ruhe. Wo immer du hinhörst, wird gezischelt und um Mehrheiten gerungen. Die einen

spielen verbissen Tavli, nach welchen Regeln auch immer, die andern tun so, als ob sie den Sarden suchen würden: „Ja wo isser denn, der Sarde, der große alte Meister? Habt ihr nur geträumt von ihm?"
Schlafplätze werden versprochen – oder auch entzogen, je nach Stand der Diskussionen. Und das schon am Vormittag. Erstes Opfer des allgemeinen Lagerkollers wird Arnolds „Strategie-Spiel". Darauf hat niemand jetzt „Bock", darin immerhin sind sie sich einig, während sie ihre eigenen Strategien entwickeln. Und was wird aus meinem Paulus-Tag morgen? Unser Morgengebet bei der Paulus-Kapelle? Mit lauter zerstrittenen Grüppchen? Und noch dazu ist der Platz zum Schluss gar nicht der echte ... Ich mach gerade, was Pfarrer allzu oft tun: Wir tun uns leid! Diese dritten Tage sind wirklich ein Luder!
Ja, noch was! Kathi hat Sandro letzte Nacht aus ihrem „kuscheligen" Schlafsack verbannt: „Zu eng! Zu heiß! Nicht auszuhalten!" Sandro hat Glück: Normalerweise hätten sie ihn damit den ganzen Tag über aufgezogen. Nach all dem interessiert das aber nicht einmal mehr die Jüngsten. Kriegsgewinnler!

Kapitel 50
Eberhard
Dienstag, 8. Juli

Wir sind über den Berg. Ich hole Karo ein, die ganz allein geht. Als eine der Letzten.

„Noch eine halbe Stunde, Karo, dann haben wir's geschafft! Dort sieht man schon den Klostergarten!"

„Keine Sorge, ich pack das schon! Schaut irgendwie unecht … wie eine Fatamorgana aus, dieser Garten, rundherum nur Wüste und Meer!"

„Ich dachte nur wegen deiner Blasen."

„Geht schon! Gut gekühlt gestern Nacht. Du, das war, also für mich war das gestern der Höhepunkt. Zwar nicht so richtig kretisch, einfach traumhaft, so richtig romantisch. Ich wollte gar nicht einschlafen!"

Ja, gestern Abend haben wir Applaus bekommen, eigentlich der Vollmond, aber von uns inszeniert. Eine enge Schlucht, nur über riesige Steinblöcke im Bachbett zu erreichen, ständig begleitet vom tatsächlich fließenden Bach, eine Seltenheit hier. Essen und Übernachten auf einer Sandbank … und dann kam der Mond!

„Zuerst auf der Felswand, dann hat er uns voll angestrahlt, dann die andere Felswand … Das glaubt mir zu Hause keiner!"

„Ihr sollt auch nicht zu viel verraten!"

„Klar, bleibt unser Geheimnis. Du, wie geht es denn Mia? Die hat's ja voll erwischt!"

Mia ist uns gestern fast kollabiert, das war ihr ein-

fach zu viel. Clara ist mit ihr hier ganz in die Nähe gefahren. Auch Carola wollte bei ihnen bleiben. Der Aufstieg in der Samaria-Schlucht allein kann's nicht gewesen sein. Sie ist eine der sportlichsten. Da muss noch irgendeine Infektion dazugekommen sein.
„Sie hat schon wieder was gegessen und lacht wieder. Ich habe gerade angerufen. Der Tag wird ihr guttun. Vielleicht kommen sie ja morgen zum Kloster nach.
Plötzlich bleibt Karo stehen, dreht sich zu mir, reißt die Augen weit auf und spricht mit tiefer Stimme:
„You do a great job, yeah, a great job, really!"
„Was? Ich? Was war das jetzt?"
„Na der Ami, der in der Samaria-Schlucht – weiße Shorts, weißes Flatterhemd, weißer Hut, weiße Sneakers ... knallrotes Gesicht ... und sooo große Augen!"
„Was war mit dem?"
„Da waren wir schon ziemlich weit oben. Der hat uns für Extremsportler gehalten, bloß weil wir *hinauf*gegangen sind. Der war hin und weg!"
Extremsport betreiben wir hier keinen. Aber die letzten drei Tage waren schon eine kleine Herausforderung. Zuerst der Küstenweg vorbei an der Paulus-Kirche. Im Morgenlicht im lichten Wald mit Blick hinunter ins türkis blitzende Meer. Tags drauf dann die berühmte Schlucht hinauf. Wo du die Wächter am unteren Eingang erst aufwecken musst und dann die ersten Stunden ganz allein bist. Und gestern dann zur Erholung diese kleine Vollmondschlucht, so richtig zum Ausspannen.
Und die Abstimmung? Ach ja, die Abstimmung! Als der

dritte Tag vorbei war, waren alle wieder friedlich und wollten hierher zum Höhlenkloster und in die Bucht. Warum auch nicht? Mit oder ohne Paulus-Ikone: Es ist doch wunderschön hier! Irgendwie wollte dann keiner mehr streiten. Und Sandro darf auch wieder kuscheln, bis auf Weiteres ...

Manu und Sam haben gestern freibekommen. Sie war aufgeregt, richtig aufgewühlt. Clara musste ihnen ganz genau erklären, wo ... Dann sind sie losgelaufen. Manu sagt, das sei „ihre Bucht". Vor gut zwanzig Jahren, als David hier seine Clara zum ersten Mal ... genau hier! „Ohne diese Bucht gäb's mich nicht! Wär doch schade, was?" Für sie ist dieser magische Ort der Höhepunkt unserer Reise und für Sam muss er das gefälligst auch sein: „Sonst hättest du mich ja nicht!" Erst in der Dämmerung sind sie zu uns auf die Sandbank dazugestoßen.

Wir traben einmütig vor uns hin, kleine Grüppchen vor uns, Nachzügler hinter uns. Die Gegend macht wortkarg. Die Hitze müde. Bis wir dann alle vor einem Gittertor in der Mauer stehen.

„Und das hier ist das Paradies!" Stefan deutet über die Mauer. „Zumindest für Ziegen!"

„Siehst du hier welche?", will Manu wissen.

Nein, hier gibt es nicht einmal Ziegen, zumindest im Sommer nicht. Der Garten liegt direkt über einem steilen Abbruch, der gut dreißig Meter direkt ins Meer hinunterführt, zum Teil sogar vom Meer unterspült, das bis herauf hörbar an den Höhlen saugt. Und mitten drin das kleine Kloster mit der alten Höhlenkirche. Die Anla-

ge kenne ich gut, auch die Bucht unten, die immer schon als Anlegestelle diente. Nur diese jungen Mönche, die sich hier neuerdings eingenistet haben, die kenne ich nicht. Und junge Mönche sind überhaupt nicht meine Sache, schon gar nicht so strenge vom Balkan. Vielleicht weil ich selbst einmal so ein junger Mönch gewesen bin, so ein übereifriger. Ob uns die reinlassen, nur weil wir diesen seltsamen „Sarden" kennen? Na ja, immerhin gehört Gastfreundschaft zu jeder mir bekannten Klosterregel. Fragt sich nur, wie weit die reicht.
„Seid ihr die Letzten?"
Gregor und Lena bejahen: „Braucht wer Wasser? Ist aber schon ziemlich warm."
Keine Reaktion. Sie stehen schon alle erwartungsvoll vor dem schweren Gittertor. Aber keiner traut sich hinein. Ich soll vorausgehen, mit Marcella, wegen Griechisch. Ich weiß gar nicht, ob die überhaupt griechisch sprechen. Der Riegel geht leicht auf. Und ist gut geölt. Stille. Das Wasser rauscht, aber weit unter uns. Kein Lufthauch. Wir steigen die Stufen hinunter, dicht beisammen. Flüsternd. Bis wir zu den ersten Häuschen kommen. Alles Beton, und ziemlich schäbig, wohl auch sehr stickig drinnen. Auf dem ersten Gebäude hängt ein Schild: „WC". Ich deute fragend in die Runde. Einige laufen hinüber zu den Plumpsklos direkt über dem Steilhang. Ich kann mich erinnern: Zwei davon sind mit einer Dusche versehen. Du kannst also gleichzeitig ... Erst als sie wiederkommen, gehen wir weiter zum Platz vor der Kirche, umgeben von den etwas freundlicheren Mönchszellen. Und ums Eck, tatsächlich:

zwei Mönche, dunkelgrau, würdig, natürlich bärtig – aber doch jung. Einer verschwindet in der Kirche, die eigentlich von außen nur eine Wand ist, mit dem siegreichen Ritter Nikephoros über der Tür. Der zweite kehrt den Hof, sehr bedachtsam, als ob sein Kloster in Japan stünde. Ich gehe auf ihn zu, Stefan kommt mit, und begrüße ihn auf Griechisch. Sein Griechisch ist dürftig, sein Englisch besser. Irgendwie wirkt er auf mich bald wie eine Karikatur, wie eine Karikatur eines vorgeblich Frommen, der in einer ganz und gar unerwarteten Situation nur ja jeden Fehler vermeiden möchte.
Bringen wir's hinter uns! Ob wir die Kirche besichtigen dürfen? Der Strand gehört ihnen ja nicht. Und Wasser und Toiletten werden sie uns ja doch nicht verwehren können.
Er wiegt bedächtig sein Haupt: „Ekklesía? Katholikón?"
Na bitte, da kennt er sich ja doch wieder aus. Ist doch gleichgültig, wie du deine Kirche nennst, lass uns einfach mal rein! Er mustert uns der Reihe nach, die unbedeckten Beine der Mädchen besonders lange, dreht seine Augen resigniert zum Himmel und öffnet uns mit Achselzucken und Gebrumme das Kirchentor, das genauer betrachtet einer simplen Rippglas-Gartentür ähnlich sieht.
Wir legen unsere Tagesrucksäcke ab und treten ein. Drinnen ist es zuerst sehr dunkel und stickig. Nur zwei Öllichter verbreiten Schummer und leicht ranzigen Ölgeruch. Der Mönch bekreuzigt sich mehrmals vor den Hauptikonen. Plötzlich steht wie aus dem Nichts der zweite Mönch hinter mir. Ich versuch's bei ihm. Sein

Englisch ist besser. Ob wir den zweiten Raum, die Hinterkirche ... die Krypta oder was auch immer betreten dürfen? „Krypta“ versteht er und fragt mich streng, ob wir denn „orthodox“ seien. Mann, ist das so wichtig? Du bist doch selbst ein Mönch in Griechenland, der Englisch mit slawischem Akzent spricht, also reg dich nicht auf! Ja, ich weiß, dass diese Krypta sehr alt und sehr heilig ist. Deswegen sind wir ja auch hier – und dann steht Stefan blitzartig neben mir. Ich sehe noch, wie Marcella sich das Lachen kaum verbeißen kann bei all dem frommen Getue.

„Ja, wenn er nicht will ...“, höre ich schon ungeduldig aus unserer Gruppe. Und: „Ich hau mich lieber gleich ins Wasser, als hier noch lange ...“ Als ob er's verstanden hätte, öffnet der erste Mönch eine bisher nicht wahrnehmbare Eisentüre und geht mit einer Taschenlampe voraus. Wir beugen die Köpfe und folgen ihm. Bis alle drinnen sind, schlägt er sich mit der Hand auf die Stirn und geht zurück zur Türe: „Forget, forget something, important ...“

Ja was denn jetzt wieder? Was hat er denn vergessen? Dass der Lichtschalter draußen ist? Oder die Eintrittskarten? Wir schauen uns an, die einen verwirrt, die anderen schmunzelnd ... Als er seine Kutte gerafft, sein Haupt gebeugt und die „Heilige Pforte“ durchschritten hat ... knallt er die Türe zu und dreht den Schlüssel im Schloss. Und das auf einmal mit einem ganz anderen Tempo.

„Was jetzt?“

„Bitte, der spinnt doch!"
„Wieder so ein Spielchen?"
„Klosterkerker! Urlaub im Klosterkerker! Auf Alcatraz kannst du das auch machen, aber im Kloster? Echt stark, Eberhard!"
„Gibt's da irgendwo bitte ein Licht! Hat wer eine Kerze gesehen?"
„Schön langsam wird das strafbar, meine Herren, was ihr hier mit uns aufführt!"
Endlich, eine Kerze! Karo hat sie gefunden, und Zünder gleich auch.
Draußen werden Stimmen immer lauter, mehrere Stimmen jetzt, hektischer. Russisch?
„Russisch, vielleicht auch Ukrainisch!" Marcella hatte schon mit aller Welt zu tun. Aber das Lachen ist ihr vergangen: „Ich sag euch was: Das sind nie und nimmer Mönche! Das sind russische Verbrecher, das war alles Theater, was uns die aufgeführt haben. Den Eindruck hatte ich ja sofort. Warum hab ich bloß nicht die Konsequenz daraus gezogen?"
„Theater vorgespielt, natürlich Theater – und das nicht zum ersten Mal!" Stefan lehnt resigniert an einem vergoldeten Bibel-Stehpult. „Verdammt: Russisch! Versteht ihr?"
„Du meinst doch nicht ..." Lena versteht als Erste, was er meint. Aber das eine war Canisius – und jetzt sind wir im einsamsten Kreta. Wo soll hier ein Zusammenhang liegen?
„Pssst! Das sind mehr als zwei Stimmen!"

„Was wollen die von uns?“ Kathis Stimme ist die erste, die wirklich vor Angst zittert.
„Ich hab euch ja gesagt, das ist ein ganz fieser Typ, dieser ‚Sarde‘, wenn einer schon so grindig aussieht!“ Sophie sagt das diesmal ganz ohne Vorwurf, es ekelt ihr richtig.
Langsam dämmert mir, dass dieser ‚Sarde‘, den ich ja weder in Chania noch vor ein paar Tagen gesehen habe ... natürlich! Das ist er! Der uns den Ordner gestohlen hat ... damit er unsere Gruppe findet, aber warum?
„Aber kann mir einer sagen, was die von uns wollen? Ich mein, was ist denn an uns so mega-wichtig?“ Gregor schaut uns der Reihe nach an. An das schwach-flackernde Licht haben wir uns jetzt schon gewöhnt. „Lösegeld? Bei wem von uns ist denn groß was zu holen?“
Lena ist schon einen Schritt weiter: „Die haben das von langer Hand geplant und diesen Typ auf uns angesetzt. Zuerst hat er uns ausgehorcht. Könnt ihr euch noch an das seltsame ... Etui erinnern und die Kopfhörer ... in Chania, passt doch gar nicht zu so einem Aussteiger-Freak! Und dann hat er uns hierher gelockt. Ein historisches Geheimnis, eine uralte Ikone, Delphine oder auch nur ein Superstrand – lauter Köder, für jeden von uns etwas Passendes. Nur: Wozu bloß der ganze Aufwand?“
„Die werden uns doch suchen, oder?“
„Ob die wissen, dass nicht alle mit sind?“
„Ob sie Clara auch entführen ... und Mia und Carola?“
Eine Stimme kommt näher zur Tür, wird verständlicher,

fast verständlich. Ist immer noch in lautstarker Diskussion mit den anderen, entfernteren. Unruhe kommt auf, ungläubige, entsetzte Blicke.
„Das ist doch ..." Karo hat ihn zuerst erkannt, schaut uns entgeistert an.
Der Schlüssel wird gedreht, die Türe springt auf. Eine gar nicht mönchische Gestalt wird sichtbar, im Arm eine ... Kalaschnikow?
„T... Tamerlan!?"
„Haltet Fresse, ja! Ganz still, sonst ...! Du rauskomm, ja du! Schnell oder ...!"
Er deutet auf Sam. Der steht eingeschüchtert auf, geht zur Tür. Manu will dazwischen springen: „Nein, nicht, das sind Verbrecher!"
Seine Faust schlägt sie ansatzlos und brutal zurück. Ich kann sie gerade noch auffangen, es ist ja kaum Platz zum Fallen.
Und weg ist er, sind sie, die Türe zu, die Kerze durch den Luftzug ausgeblasen. Es ist still, auch draußen, Ich höre Manu weinen, sonst kein Ton.
„Hat er dir wehgetan?"
„Ist doch egal, scheißegal!"
Ich muss etwas tun, und zwar sehr schnell! Zuerst einmal Licht: „Karo, hast du noch?"
„Was? Ah, ja!" Wenigstens nicht im Dunklen!
Marcella hat denselben Gedanken wie ich: „Eberhard, so ein altes Schloss kann doch für dich kein Hindernis sein!"
Stimmt: zwei, drei Sperrhaken, etwas Draht und einen

kleinen Schraubenzieher hab ich unterwegs immer bei mir. „Ich brauche Licht! Moment ... Scheiße, das Schloss ist neu, und extra gesichert, das schaff ich nicht!" Hab ich „Scheiße" gesagt? Tatsächlich!

Kapitel 51
Clara
Dienstag, 8. Juli

„Was? Sie sind nicht dort? Ja wo denn?" Angeblich hat er sie überall gesucht, dieser Manoli mit dem Pick-up, dieser Schnösel vom Amt.

„Es gibt doch nur ein Kloster Nikephoros an der Küste, das stimmt doch, oder? ... Haben Sie auch unten ... ja natürlich in der Bucht? Sicher?" Hat er angeblich auch nachgesehen. Keine Spur von ihnen. Ich trau's dem faulen Kerl zu, dass er ... „Ehrenwort? Und auch nicht im Garten? Nicht irgendwo einquartiert? ... Vielleicht schlafen sie schon, es war anstrengend ... Nur Mönche, freundliche Mönche? Und die haben auch nichts gesehen? ... Und das Gepäck? Was? Einfach vor's Tor gelegt, mitten auf die Straße ... Wo sind Sie denn ... aha, schon wieder zu Hause, Rethimno? Na danke sehr!"

Ich drücke ihn weg, einfach weg, diesen Vollidioten. Wirft das Gepäck einfach auf die Straße und fährt wieder heim. Und nach einer Dusche und einem doppelten Raki ruft er vielleicht sogar einmal an. Das Gepäck ist aber

jetzt meine geringste Sorge. Ist vielleicht noch jemandem schlecht geworden, so wie gestern Mia? Machen sie auf halbem Weg Rast? Warum rufen sie dann nicht an? Akku leer? Aber bei allen? Ich nehme die Liste zur Hand und rufe sie an: Manu, Bella, Stefan, Eberhard, Marcella ... alles tot. Vielleicht ist die ganze Gegend ohne Empfang. Zahlt sich nicht aus für eine Handvoll Mönche, die ihre Ruhe haben wollen ... wer weiß.
Aber ich kann hier nicht rumsitzen. Die beiden hier sind wieder okay. Ich muss dort rüber ... Eberhard hat von drei Stunden gesprochen, glaub ich aber nie: ein steiler Hügel und dann geradeaus, das müsste ich in einer Stunde schaffen. Zum Glück hab ich meine Laufschuhe noch herausgenommen, sonst lägen sie jetzt auch da drüben auf dem Haufen ... Idiot, dieser Manoli! Kriegt bei mir nie wieder einen Auftrag, da kann sein Onkel sich ... Unsere Vermieterin hier, eine Oma, bei der man zwei Enkelkinder den Sommer über untergebracht hat, hat uns schon ins Herz geschlossen und wird den beiden eine Kleinigkeit kochen. Sie können sich ja als Babysitterinnen revanchieren. Ich komme spätestens morgen vormittags, macht euch keine Sorgen. Ich hab ihnen was von Problemen mit dem Gepäck erzählt. Hoffentlich haben sie meine Unruhe nicht mitbekommen.
„Und lasst eure Handys eingeschaltet!“ Das hätte ich mir sparen können: Wer schaltet in dem Alter sein Handy jemals aus?
Vieles hier erinnert mich an meinen ersten Küstenlauf kurz nach meiner Ankunft vor einem Jahr. Total ver-

schwitzt, aber voller Energie. Nur dass die jetzt aus meiner Angst kommt. Damals war's die reine Befreiung, die mich beflügelt hat. Und dass die Sonne jetzt kaum noch die obersten Gipfel erreicht. So, es geht abwärts, leicht, aber spürbar, dann ist es nicht mehr weit. Das grüne Trapez, das muss es sein, wenn auch schon kaum noch Farben erkennbar sind im vorrückenden Dunkel. Da ist es! Lieber vorsichtig. Ich bemühe mich, unbemerkt zu bleiben. Ha, unsere Rucksäcke! Säuberlich die Mauer entlang aufgestellt, gleich neben dem Müllbehälter. Moment! Ein Blick hinein ... na bitte, Manner-Schnitten! Eberhard! Das kann kein Zufall sein. Also zumindest er war hier.

Dass der Türriegel nicht quietscht und ächzt, ist fast schon verdächtig. Ich versuche mich abseits der spärlichen Lampen zu halten und verdrücke mich auf den schmalen Weg zu den Duschklos. Dort drüben, dort sitzt einer auf dem Platz vor der Kirche. Sieht aus wie ein Mönch ... und hat ein Gewehr, mehr als ein Gewehr! Was geht denn hier vor? Sieht nicht in meine Richtung. Gott sei Dank. Bloß kein Hund! Da kommt noch einer, aber ohne Kutte. Fast schon finster. Ich drücke mich die unbeleuchtete Wand entlang. Clara, mach jetzt keinen Fehler! Da! Etwas Hartes – in meinem Rücken ... ein Wasserhahn! Durchatmen, ruhig ... Daneben Müllsäcke, zwei oder drei große, aber zu wenig als Deckung. Das Meeresrauschen ist hier ganz deutlich zu hören. Ich muss ganz nahe an der Klippe sein, es kommt direkt von unten, jetzt seh ich's, dreißig Meter? Da ruft einer was,

hat der mich gesehen? Nein, der andere antwortet. Hier kann ich aber nicht bleiben, der Mond kommt bald heraus, Vollmond erst gestern! Auch das noch!
Neben den vier WC-Häuschen ist noch ein Betonraum. Wäre da einer drin, hätte ich das schon bemerkt. Das Dach ist nicht hoch, zwei Meter? Das pack ich ... nicht. Doch! Ein Rohr an der Wand, wofür auch immer, kommt mir zu Hilfe. Ein Zug, und ich bin oben, fast geräuschlos. Von hier aus habe ich einen guten Überblick. Und wenn ich mich hinlege, sehen sie mich nicht – hoffentlich! Puh, fast nicht auszuhalten, wie warm der Beton noch ist. Das sind nie und nimmer Mönche! Auch der zweite hat eine ... mir fällt nur „Kalaschnikow“ ein. Ich kann sie jetzt gut beobachten: Die sind nervös. Ein dritter kommt aus der Kirche heraus, redet beschwichtigend und geht ... in meine Richtung! Direkt auf mich zu! Was will er, hat er mich ... aufs Klo will er. Die Spülung. Ich ducke mich. Kommt wieder näher, räuspert sich unappetitlich und geht unter mir vorbei, Händewaschen Fehlanzeige, typisch Mann! Hab ich Probleme ...
Im Laufe der Zeit zähle ich vier Männer: zwei Mönche, aber offensichtlich nur verkleidet – und zwei „Zivile“. Ich muss mich kurz aufrichten, ich halte den warmen Beton einfach nicht mehr aus. Einer schaut genau in meine Richtung, steht genau im Lichtkegel da unten ... Tamerlan! Das ist doch Tamerlan! Und das sind Russen! Aber wie ...? Und Ismailow! Jetzt bin ich mir sicher. Diese verdammten Betrüger! Die beiden ohne Kutte, die „Usbeken“ aus Canisius. Warum waren die eigentlich bei unse-

rer Reiseplanung immer dabei? Nikephoros, ja genau! Ausgerechnet den Namen haben sie gekannt, angeblich aus ihrem usbekischen Dorf. Dass wir nach Kreta reisen, da haben sie aufgehorcht.
Aber wo sind sie, wo ist unser ganze Gruppe? Die sind alle in der Kirche, wo sonst? Hier gibt es überall Empfang. Nur in der Kirche, nein dahinter, in der Krypta mit der angeblichen Ikone, dort ist sicher keiner. Und der „Sarde“ musste uns herlocken, hat er großartig hingekriegt, sind ihm ordentlich auf den Leim gegangen. Aber warum? Was wollen die von uns?
Los, ich muss etwas tun, irgendetwas, und schnell noch dazu, hier wird es brenzlig. Telefonieren geht nicht, das hören die da unten. SMS! Polizei, warte, die hab ich eingespeichert, aber Notruf, weil ob die SMS überhaupt abfragen, bei dem Personalmangel hier? Die Wachstube Rethymno, weit genug, geht aber nur auf Englisch, ob die das verstehen? Heißt ja nicht jeder Manoli ... „Help us. Urgent! Russian Criminals, weapons, Moni Nikephoros ... Senden, funktioniert, Gott sei Dank. Verdammt, der Akku piept, wie stellt man denn das ab? Schnell noch eins ... an wen denn ... an David, wenn er will, so schlau ist er. Und bei Russen wird er hellhörig:
„David, mach was! Russenverbrecher gekidnapped uns. Nikephoros. Höhlenkloster.“
So was Blödes. Der Akku! Senden ... aus ... Ende, der piept nicht mehr. Ob das noch rausgegangen ist?
Die Tür geht auf, zwei waren jetzt kurz drinnen, die von Canisius ... Sie bringen Sam raus, nur ihn, hatte ich also

recht. Sieht der fertig aus! Er hat einen Zettel in der Hand, und Ismailow hält ihm ein Handy hin – der ist hier eindeutig der Chef. Schreit brutal laut auf ihn ein, ich kann's trotzdem nicht verstehen. Stefan muss wählen, spricht, nur ein paar Sätze, vom Zettel. Das Einzige, was ich verstehe: „Kein Feuerzeug." Kein Feuerzeug? Oder doch *ein* Feuerzeug? Ich geb's auf, ich versteh gar nichts mehr, oder ist Sam schon ganz verwirrt? Was will er mit einem Feuerzeug? Oder warum keines? Sind die einfach nur irre? Unter irgendwelchen Drogen? Ismailow reißt ihm das Handy weg, drängt ihn wieder hinein, mit seinem Gewehr. Ich bin wie gelähmt. Was geht denn hier vor? Sicher ist nur, wir sind alle in Gefahr, in Lebensgefahr.
Nichts geschieht, mindestens zwei halten immer Wache vor der Kirche. Der Mond steht längst hoch, mein Bewegungsspielraum ist minimal. Mitternacht muss längst durch sein. Hoffentlich halten die durch drinnen, meine Mädchen! Schlafen sicher genauso wenig wie ich.
Ich schaue mich vorsichtig um. Das Wasser glänzt. Aber da ist ... ein Schatten, ein Schatten auf dem Meer! Ein Boot, aber ganz schön groß, ein schwarzer Fleck mitten im glitzernden Wasser, ohne jedes Licht, lautlos, zumindest leiser als alles Rauchen und Gurgeln unter mir. Ja, es gleitet dem Anlegesteg entgegen. Die beiden bei der Kirche können das nicht sehen. Die Küstenwache? So schnell? Hätt' ich ihnen nicht zugetraut. Aber beim Militär und so darf man die Griechen nie unterschätzen. Wenn die das hier bloß nicht unterschätzen. Aber dem Boot nach gehen die aufs Ganze. Ich kann nur abwarten.

Kapitel 52
Stefan
Mittwoch, 9. Juli

„Was machen die mit ihm? Warum Sam?“
Manus Aufschrei hinterlässt eine schreckliche Stille, auch wenn er ganz leise, fast erstickt klingt.
„Sie kennen ihn, er hat sich für sie engagiert in Canisius, er am meisten.“ Gregor durchbricht das Schweigen.
„Ja du und wir doch auch?“, rätselt Lena.
„Ja, aber mit Sam haben sie zuerst Englisch gelernt. Sie wissen, er versteht sie.“
„Stimmt!“
Wir hören sie draußen reden, Ismailow und Sam, der Russe ruhiger als zuletzt, aber bestimmt. Sam kommt kaum zu Wort, so als ob er nur nachfragen würde. Aber es ist kaum etwas zu verstehen. Immerhin: Manu ist erleichtert. Was wollen die von uns? Eine zweite Kerze erleuchtet nun die Hinterwand. Fast alle kauern am Boden. Marcella tippt in ihr Smartphone.
„Hast du denn hier Empfang?“, frage ich ungläubig.
„Nein, nur für den Fall, dass wir hier rauskommen, wer von uns auch immer. Ein Notruf, den ich dann schnell absetzen kann. Und mein Akku ist mit dem von Eberhard austauschbar, für alle Fälle ...“ Die Frau ist organisiert!
Ich entdecke an der Hinterwand tatsächlich Reste von Fresken, vermutlich alt, venezianische Zeit. Ein Gesicht ist noch gut erkennbar: Maria. Ausgerechnet! Wenn du uns das nicht eingebrockt hättest: Flüchtlinge ... Bibel-

reise ... Dann säßen wir jetzt nicht hier! Ich ... zugegeben, dann säße ich jetzt auch sonst nirgends, dann hätte mich das Turmkreuz erschlagen. Du kannst natürlich nichts für meine Leichtgläubigkeit. Bist wie immer aus dem Schneider!
Das Türschloss! Sam steht in der Tür mit einem ... Plastikkübel und zwei Wasserflaschen drin.
„Stefan, sie brauchen *dich*, nimm dein Handy mit. Keine Angst, aber tu bitte, was sie sagen!"
„Dawei, come, come!"
Ich greife prüfend in meine Brusttasche, zögere aber noch.
Schon ist Manu bei Sam, will ihm um den Hals fallen, aber da ist ... dieser Kübel.
„Was willst du denn damit?"
Mit gezwungenem Lächeln und einer hilflosen Handbewegung schaut er zuerst sie, dann uns alle an: „Werden wir noch brauchen können. Ist da irgendetwas, das sich als Deckel eignet? Und ich hoffe – hat irgendwer Klopapier eingesteckt?"
Charlie muss laut lachen: „Sam, du alter Depp, wir hocken hier in dieser Scheißfalle und du denkst nur ans ... verzeih, du hast ja recht, sogar verdammt recht."
Inzwischen hat mir Sam zugeraunt: „Unser Mesner heißt David!"
„Nein: Franz!" Ich verstehe nicht.
„David!!! Für die da draußen David! Manus Vater. *Der* soll kommen! Der Franz, der packt das nicht! Verstanden?"
Ich verstehe nicht, gar nichts. Marcella steckt mir Klo-

papier in die Oberschenkeltasche meiner Wanderhose: „Lass das da drinnen, sie dürfen's auf keinen Fall kriegen. Sonst musst du nichts tun!"

„Dawei! Come out, come – or I ..."

„Ich komme ja schon ..."

„Mobile? Mobile!"

„Ja, yes, I have!"

Ismailow macht mir auf Deutsch und Englisch zugleich klar, was er will. Einen Speicherstick. Nur den, sonst nichts, aber unbedingt, und der ist in Canisius. In der Kirche rechts ganz hinten, hinter dem Tischchen mit Regalaufbau, eine Kasse mit Schlitz. Endlich verstehe ich wieder irgendetwas. Dort ist Ismailow verletzt gelegen. Und dort hat er den Stick hineingeworfen. Darum hat man nichts bei ihm gefunden. Der Einbruch! Galt dieser längst versiegten Geldquelle der Pfarre! Das Feuerzeug! Franz' „Feuerzeug"? Franz hat keinen Computer, kennt keine Speichersticks – und hat das hier so heiß ersehnte Ding für ein Feuerzeug gehalten. Hoffentlich hat er es nicht ... nein, Franz wirft nie etwas weg. Als Mesner doch kein Feuerzeug!

Der „Mann aus der Kirche" muss kommen, morgen mit dem ersten Flieger, und natürlich mit dem USB-Stick. Und er darf niemandem etwas sagen. Das Ticket ist reserviert. Wir müssen nur noch den Namen durchgeben. In Iraklio fangen sie ihn beim Ausgang ab. Sie bekommen den Stick, und wir sind nach ein paar Stunden frei, wenn ... ja wenn! Ich frage lieber nicht, was auf diesem Stick so Wichtiges ist.

Franz ist doch herzkrank, der steigt in kein Flugzeug ... David, ach deshalb! Unser Mesner heißt David, eben. David kommt statt ihm, der ist abgebrühter. David als neuer Mesner! Ich müsste aufbrüllen, wenn da nicht ...
„Number, telefon – number David!"
„Ja, die hab ich natürlich, one moment."
Mit Argusaugen verfolgt er, was ich mit meinem Handy anstelle ... Telefonbuch ... D... David.
„Give me number, come on!"
Ich sage sie ihm an, er tippt sie selbst ein.
„Komm, aber still, you understand!?" Er will mich einschüchtern und öffnet die Kirchentüre und ich stehe nach Stunden wieder im Freien. Endlich Luft! Und Empfang! Es ist längst tiefe Nacht, aber Vollmond.
„You speak, okay? Only was I said!"
„David? Ja, Stefan, der Pfarrer ... nein, hör mir bitte nur zu! Wir wurden entführt. Du musst tun, was ich sage! In der Kirche, wahrscheinlich in der Sakristei muss ..." Ich bitte ihn eindringlich, Franz den Stick abzunehmen und gebe ihm die Flugdaten durch. „Ihr müsst diesen Stick auftreiben, unbedingt ..."
Ismailow reißt mir das Handy aus der Hand: „Don't cheat me! We can kill you all!"
Als Beweis drängt er mich mit gezückter Pistole in die Kirche zurück und weiter in unser stickiges Verlies. Und in so einem Moment hat Sam an den Kübel gedacht ...
Wieder bei den anderen muss ich das jetzt zuerst wissen: „Was hast du mir da zuerst in die Tasche gesteckt, Marcella?"

„Eberhards Handy, das ist das kleinste. Die SMS müsste jetzt draußen sein ... wenn vor der Kirche draußen Empfang ist."
„Ich hab aber nichts damit getan."
„Geht ganz von selbst: SMS mit Zeitfunktion ... vor fünf Minuten abgelaufen. Zeig einmal her! ... Ja, es ist rausgegangen!"
„An wen?"
Eberhard nimmt es wieder an sich. Ein Freund, ein höherrangiger Polizist in Iraklio. Der kann alle Hebel in Bewegung setzen, hoffentlich ... Ich muss natürlich schnell alles erzählen, was sie nicht ohnehin schon von Sam wissen. Wir kommen zu dem Schluss, dass sie etwas sehr Wertvolles haben, was auch immer, das aber ohne diesen Stick und seine Daten wertlos oder unbrauchbar ist. Der Stick ist irgendwie die Schatzkarte dafür. Die letzte Wasserflasche geht im Kreis. Alle sind müde und verschwitzt. Wir können nur abwarten und hoffen, dass uns da nicht die Luft ausgeht.
„You are good boy. If I had son like you, I proud!"
Wir schrecken auf, als Sam plötzlich drauflos spricht, wie im Schlaf.
„Was ist los?" Manu neben ihm ist plötzlich hellwach.
„‚I proud!', hat Tamerlan gesagt. Und dann hat er mir heimlich diesen Schlüssel zugesteckt. Und geflüstert, wir sollen noch drei, vier Stunden warten, wenn alles still ist, nicht vorher rauskommen, wenn ich sein Kauderwelsch richtig verstanden habe." Ein Schlüssel? Warum sagt er das nicht gleich? Aber von Bella kommt kein Vorwurf,

im Gegenteil: „Er mag dich, schau mal an. Ein Schwerverbrecher, aber dich mag er. Wenn er kann, wird er uns helfen, immerhin, wenn ... Und jetzt betritt Paps die Bühne? Paps, der strahlende Held, der Retter in auswegloser Not, davon wird er noch zehn Jahre lang erzählen."
„Dass er Aushilfsmesner war, davon sicher nicht!" Manu kennt ihren Vater.
„Stimmt, aber er ist der Richtige dafür!"
Langsam schlafen nun doch fast alle ein. Oder tun zumindest so. Ich kann nicht, will auch nicht. Ich kann nicht mehr sitzen, stehe vorsichtig auf. Und stoße fast mit der Nase auf ein anderes Fresko, klein und mit verblassten Farben, in den Konturen aber noch erkennbar. Tatsächlich: Paulus landet auf Kreta. Die Felsen an der Küste sind typisch byzantinisch, stilisiert, irgendwelche Felsen am Meer eben. Und der Delphin ist ein Fisch. Trotzdem, dieser „Sarde" muss hier gewesen sein. Wie wären sie auch sonst auf den gekommen. Die brauchten ihn wegen seiner Ortskenntnisse, so seltsam er auch ist, denn auf einen mit russischem Akzent wären nicht einmal wir reingefallen.
Es wird immer wärmer und stickiger. Das Atmen wird immer schwerer. Trotzdem liegen sie eng beisammen, immer zwei zumindest. Marcella ist wach, sie sucht ständig Auswege. Bisher wohl ergebnislos.

Plötzlich lautes Geschrei, draußen, ganz panisch, voller Angst, wild durcheinander. Ein Schuss? Nein, ganze Salven, drei treffen die Eisentür. Alle herinnen sind mit

einem Schlag hellwach, Angst in den Augen. Noch eine Salve, ein Schrei, ein entsetzlicher Aufschrei!
„Was ist? Was sollen wir ...?“
Jemand stürmt in die Kirche, schreit in Todesangst.
„Weg von der Tür, schnell, da rüber!“, versucht uns Eberhard in Sicherheit zu bringen. Oder war es Arnold? Alles geht durcheinander. Sam springt zur Tür und steckt den Schlüssel an: „Damit die nicht rein können!“
Ein zweiter draußen brüllt etwas. Eine Gewehrsalve, ein Aufschrei, noch eine Gewehrsalve, Kugeln hämmern gegen die Eisentüre, ein dumpfer Schlag, auch gegen die Tür. Dann noch Schüsse von weiter her. Eine aggressive, drohende Stimme ..., aber sie entfernt sich. Von da ab ist es nur noch still.
„Wenn es still ist, sollten wir drei, vier Stunden warten ...“ Aber Arnolds Worte klingen wie eine Frage. Ob das jetzt auch noch gilt?

Kapitel 53
Clara
Mittwoch, 9. Juli

Ich darf nicht einschlafen. Aber trotz aller Aufregung ... also wenn ich mich wenigstens bewegen könnte! Die letzte Nacht in der Schlucht am Bach, der Mond, einfach zu aufregend zum Schlafen. Und jetzt ist es zu gefährlich. Was ist denn mit diesem Boot, das hab ich mir

doch nicht nur eingebildet? Oder doch nur noch eines von dieser Bande?
Ein Schatten, ganz kurz nur, hab's nur aus dem Augenwinkel gesehen, dort bei den Büschen! Nichts zu sehen. Hab ich mich getäuscht? Nein, da kommt jemand angeschlichen, von unten. Noch einer, ohne jedes Geräusch. Bewaffnet, im Anschlag. Küstenwache? Oder Polizei? Warten ab, winken, noch zwei, nein ... vier.
Jetzt! Sie springen auf, brüllen etwas. Die zwei Wachen greifen blitzschnell zu den Waffen. Nicht schnell genug. Werden angeschrien ... das ist nicht Griechisch! Russisch? Verdammt, schon wieder Russisch! Was geht denn hier vor?
Bevor der „Mönch" zielen kann, trifft ihn eine Salve. Erreicht noch die Kirchentüre, schleppt sich hinein, der Angreifer hinterher, drinnen noch eine Salve. Er schreit auf, nein, nicht laut, fast erstickt. Der andere rennt los ... Tamerlan! Er hat eine Taschenlampe, rennt ... genau auf mich zu, den Weg zu den WCs, versteckt sich in einem, ich höre ihn keuchen. Einer stürmt mit Waffe im Anschlag in unsere Richtung. Ducken! Tamerlan stößt die Tür auf, sieht sich in der Falle. Ducken! Ein paar Meter weiter ist der Abgrund.
Genau auf den rennt er zu, soweit ich hören kann, kann aber gar nirgends anders hinrennen hier. Ein Schuss. Rennt weiter. Wofür denn die Taschenlampe? Versucht den zu blenden. Der schießt wieder. Und noch einmal. Getroffen? Der Mond ist längst weg, ich höre nur noch Schritte. Und dann ein schrecklicher Schrei, er stürzt

in die Tiefe, die Lampe überschlägt sich. Ich höre sie mehrmals aufschlagen, sehe zweimal ihren Lichtkegel. Ein dumpfer, schwerer Aufschlag unten auf den Felsen. Freier Fall. Dann ist es still. Nur kurz. Ein Schritt, genau unter mir. Der Schütze! Ich darf jetzt nicht atmen, drücke mich auf den Beton. Ein unverständlicher Ausruf. Gut zu verstehen aber, dass er zufrieden ist. Er spuckt aus. Noch ein paar Schritte – weg von mir. Ich atme wieder, aber schwer, mit rasendem Herzschlag.
Schüsse von der Kirche her. Mein Gott, meine Kinder. Ich werde sie nie wieder ... ich versprech's! Verzeiht mir! Waren dort zuvor auch schon Schüsse. Ich konnte doch nicht achten auf sie. Tamerlan liegt unten. Wir alle mochten ihn, damals, das ist lange her. Da schleicht einer, herauf, wieder unter mir vorbei! Ismailow? Ich gehe nicht aus meiner Deckung, wozu auch? Nichts mehr zu hören. Ist er ihnen ausgekommen? Wem eigentlich? Wer sind die vom Boot? Dann ist es still, zumindest keine Schüsse mehr, keine Gewalt. Nur noch Stimmen. Sie sammeln sich vor der Kirche. Sechs sind es, die jetzt ihre schwarzen Gesichtsmasken abnehmen. Einer zielt auf einen Verletzten, der sich hinter eine Tamariske verstecken will. Ein anderer macht eine verächtliche Handbewegung. Der mit dem Gewehr im Anschlag zögert kurz, schwenkt dann ab und spuckt mit einem Schimpfwort – es ist sicher ein Schimpfwort – in Richtung des Schussopfers. Alle streben sie entschlossen das untere Tor an, von wo sie auch gekommen sind, unten vom Strand.
Schritte und Stimmen verhallen. Ismailow schein ent-

kommen zu sein, lauert er noch irgendwo? Der Angeschossene rührt sich nicht. Tamerlan ist tot, abgestürzt, ich zucke zusammen. Fehlt noch der Vierte? Der müsste in der Kirche sein, zumindest eine Salve aus nächster Nähe galt ihm. Aber sicher kann ich nicht sein. Wer waren die? Eine rivalisierende Bande? Warum diese verbissene Brutalität, was soll denn hier zu finden sein, hier am Ende der ... Europas? Was ist mit unseren ... ich muss doch etwas tun! Nein, ich muss abwarten, hier liegt noch etwas in der Luft. Wenn sie da drinnen sind, also nicht nur Stefan, und wo sollten sie denn sein, dann sind sie akut nicht in Gefahr, ich schon! Aber nach wenigen Minuten halte ich es nicht mehr aus. Ich klebe fast fest und bin fürchterlich dreckig, lasse mich hinunter, aber hinter die Betonhäuschen. In Deckung zum Platz vor der Kirche. Bella, Manu, ... was ist mit euch? Warum rührt ihr euch nicht?

Kapitel 54
Marcella
Mittwoch, 9. Juli

Drei Stunden nichts wissen und nichts tun!
„Eberhard, steh auf, wir müssen etwas unternehmen! Wenigstens Luft hier reinlassen.“ Es zeigt sich, dass die meisten ohnehin nicht schlafen, aber wie benommen sind. Schweiß steht ihnen auf der Stirne.

„Ihr wartet, aber sperrt euch ein!“
Wir weisen alle Proteste von Stefan und Arnold zurück: „Wir holen euch hier raus, sobald wir wissen, dass sie alle fort sind!“
Wir drehen Sams Schlüssel und wollen die Türe öffnen. Aber sie geht nicht auf. Eberhard versucht es mit Gewalt. Jetzt gibt sie etwas nach, aber nur Zentimeter für Zentimeter. Mir kommt eine böse Ahnung, so eine, wo es dir kalt über den Rücken rinnt. Diese donnernde Salve gegen die Türe, der dumpfe Schlag danach ... Wir drücken uns durch den Spalt. Im schwachen Licht der letzten brennenden Öllampe sehen wir ihn hinter der Türe liegen, einen der „Mönche“.
„Ist er tot?“
„Sei still, Eberhard, mach die Tür zu!“
Er ist tot, kein Atem, kein Puls mehr. Ich muss mich an etwas festhalten, wieder ruhig atmen, erwische einen schweren Kerzenleuchter.
„Wer war denn das? Die Polizei?“
Das glaub ich nicht: „Die können ihn doch nicht einfach niedermähen, das war doch keine Notwehr mehr! Sie dürfen ihn nicht sehen, nein, sind ja noch halbe Kinder. Komm, hilf mir!“ Eberhard hilft mir, den Toten zur Seite zu schleifen, weg von den Türen, in ein möglichst dunkles Eck der Kirche. Wir finden eine Decke, wohl eher einen Sack, decken ihn zu. Dann muss ich mich einen Moment an Eberhard klammern, meine Übelkeit unterdrücken.
„Geht schon wieder, danke ... armer Kerl!“

„Das war ein brutaler Verbrecher!“, wirft er ein.
„Trotzdem!“
Wir schleichen hinaus. Ist das schon die erste Dämmerung? Suchen Deckung im Schatten einer Tamariske. Ich kann endlich tief durchatmen – was für eine Wohltat, diese morgendlich frische Luft! Trotzdem sind wir noch ganz benommen.
„Da! Schau hin, dort! Da ist noch wer? Da kommt jemand! Vorsicht, der ist bewaffnet!“
Ganz nahe, plötzlich hinter einer anderen Tamariske hervor, mit einem Gewehr! Keine drei Meter entfernt! Panik kommt in mir auf. Aber das glaube ich jetzt nicht! Ich flüstere Eberhard zu: „Das ist eine Frau!“
„Was? Bis du sicher?“
Aber ich hatte recht. Sie kommt direkt auf uns zu, aus dem Schatten heraus ... Clara?
„Clara?“ Eberhard flüstert ihren Namen fast nur.
„Wer? ... Ihr?“
Sie hat einen Verletzten unter dem Baum entwaffnet. Von dem wussten wir gar nichts. Die Waffe lag neben ihm, etwas abseits. Er wimmert leise, keine Ahnung, wie schwer er verletzt ist.
„Sind sie noch da?“, will ich wissen, um nicht weitere Überraschungen zu erleben.
„Zumindest noch in der Nähe. Die kamen von einem Boot, das muss noch unten liegen. Und ich hab auch noch Stimmen gehört vor ein paar Minuten.“
„Ich schau zum unteren Tor, dort sieht man die Bucht und die Anlegestelle. Wenn sie alle unten sind, können

wir's riskieren." Eberhard kennt die Klosteranlage recht gut.
„Was riskieren?" Clara will keine neuen Gefahren mehr nach all dem.
„Sie da herausholen. Unsere ganze Gruppe ist in der Krypta. Die werden uns ja noch verrückt vor Angst!"
„Eberhard nein! Hier kannst du dich doch nirgends verstecken! Wenn die zurückkommen!" So lange müssen sie einfach noch aushalten da drinnen."
Clara gibt mir recht: „Ich glaube, die, also diese Angreifer, sechs waren es, die haben von uns allen gar keine Ahnung. Wenn wir still halten, passiert uns nichts!"
Wir tasten uns durch den Garten und schauen gemeinsam zur Anlegestelle: Reges Treiben. Sie verladen Kisten, schwere Kisten! Ich denke, das kann dauern: „Das Boot kann sich sehen lassen!"
„Da unten ist der Lagerraum des Klosters, ursprünglich eine Höhle, aber ausgebaut als Lager und Keller." Wo war Eberhard eigentlich noch nicht auf Kreta, kennt jeden Keller! Wir stimmen darin überein, dass die siegreichen Angreifer jetzt haben, was sie wollten. Auch wenn das noch dauern kann, sie werden danach abfahren. Also noch ein wenig Geduld, dann ...
„Χέρια ψηλά!! πολύ ήσυχο! Γύρνα!"
Ich springe so panisch auf ... wenn da kein Zaun gewesen wäre, vor dem Abgrund! Obwohl ich kein Wort verstehe! Beruhige mich, als mir bewusst wird: Griechisch! Endlich Griechisch!
„Was?"

„Hände hoch! Ganz ruhig! Umdrehen!“, übersetzt Eberhard in aller Ruhe.
Nach einer Schrecksekunde steht er seinem Freund gegenüber.
„Du? Wie?“
„Archimedes Petrakis, höchstpersönlich! Major der Polizei Iraklio!“
„So schnell? Wie hast du das gemacht, Archie?“
„Zufall. Ich mach gerade Urlaub, in Lentas ... so ging sich's aus!“
Seine drei Kollegen nehmen nach und nach ihre Waffen herunter.
„Es kam aber schon zuvor ein Notruf rein wegen euch ... aus Wien, vom Außenamt. Und eure SMS kam kurz danach. Wir wären auch so gekommen! Obwohl: diese Straße in der Nacht! Und natürlich ohne Scheinwerfer, hätten uns sonst ja sehen können, nur bei Mondlicht! Heiliger Nikephoros!“
Aus Wien? Clara klärt uns über ihre Hilferufe auf. David hat offensichtlich alles richtig gemacht. Sitzt jetzt wahrscheinlich schon im Morgenflugzeug hierher – mit dem „Feuerzeug“, das jetzt wahrscheinlich keiner mehr braucht.
„Wir vier sind nur hier, um nach unten hin abzusichern, damit keiner hier nach oben entkommen kann. Den Rest muss die Küstenwache durchziehen.“ Aber dann ist auch Major Petrakis etwas verunsichert: Mit zwei rivalisierenden Gruppen hat er nicht gerechnet. Und dass einer offensichtlich entkommen ist und vielleicht noch

hier irgendwo ... Er schickt zwei aus, um nach oben hin abzusichern. Die anderen beiden sollen den Verletzten versorgen. Immer wieder schaut er aufs Meer, wo die drei Boote der Küstenwache endlich auftauchen müssten, um die da unten „einzusammeln“, wie er es nennt. Natürlich Spezialtruppen, man weiß Bescheid über die rücksichtslose Kampfkraft russischer Banden. Sie sind mit drei Geländewägen da, zur Not groß genug für uns alle. Er verschafft sich einen Überblick bei seinen Leuten, dann kann er Entwarnung geben: „Also das Gefährlichste haben wir hinter uns ... ich meine diese Straße ohne Licht, verzeih den Scherz!“ Der Verletzte hat zwei Schüsse in die Beine abbekommen, schmerzhaft, aber nicht bedrohlich.

Endlich können wir unsere verbleibenden 16 aus diesem Verlies holen, nach 15 Stunden. Arnold fragt noch zweimal nach, ob wirklich alles ... ob wir sicher nicht mehr bedroht werden. Dann kommen sie. Eberhard und ich verstellen ihnen die Sicht auf den Toten, die anderen helfen ihnen durch die dunkle Kirche heraus ins sanfte Morgenlicht.

Stefan kommt zuletzt, auf uns zu: „Ist er tot, der Mann vor der Tür!“

Ich nicke nur, lege aber meinen Zeigefinger auf die Lippen. Er nickt.

Einige verschwinden schnell hinter Büsche oder in Richtung der Duschklos.

„Ich pinkle doch nicht vor euch allen in einen Kübel!“, ruft Charlie herüber. Wenn das ihre einzigen Sorgen sind, haben sie's ja irgendwie überstanden, momentan zumindest.

Manu kommt als eine der Ersten zu uns zurück: „Tamerlan? Und Isma? Wisst ihr, was ist mit ihnen?" Sie will es von ihrer Mutter wissen.

„Ismailow ist geflohen ..."

„Und?"

„Tamerlan ist tot, die Klippe hinuntergestürzt, auf der Flucht. Es tut mir leid."

Clara nimmt sie in den Arm. Der dankbare und liebenswürdige Flüchtling, der knallharte und zynische Verbrecher, der ihnen doch den Schlüssel gab, der Gehetzte und in seiner Angst zu Tode Gestürzte ... wie soll sie das hier, erschöpft und nach all der Angst, noch auf die Reihe kriegen. Ich sehe ihr Gesicht nicht und wünsche ihr, dass sie weinen kann ...

Und dann nichts wie weg von hier! Eben fahren die längst überfälligen drei Boote der Küstenwache in die Bucht ein. Jetzt sind sie eingekreist. „Archie" und seine Leute können uns chauffieren. Clara kann's nicht lassen und „läuft noch schnell mal zu den Mädels nach Tsoutsouros hinüber". Wir werden uns in Iraklio auf der Polizeiwache wieder treffen, das muss sein. Ja, und da ist jetzt aber auch noch ... David! Der landet in etwa zwei Stunden in Iraklio, „in streng geheimer Mission", denkt er sicher noch. Clara wird ihn wieder auf den Boden herunterholen müssen.

Als wir in die Jeeps kriechen, sind die meisten noch ganz benommen. Und es ist vielen von ihnen erstmals seit

Jahren völlig egal, wie sie aussehen. Und sie sehen aus! Wie lange werden sie brauchen, um das alles zu verdauen? Schon zum zweiten Mal für die meisten, damals in ihrer Kirche – und hier noch schlimmer! Nach der ersten Kehre ruft Marion aufgeregt aus: „Dort! Dort! Seht ihr sie?"

„Wen denn?"

„Die Delphine! Da sind sie!"

„Wirklich!", rufe ich aus, obwohl ich von hier heroben beim besten Willen keine erkennen kann – zumindest nicht mit den Augen. „Wirklich! Seht ihr sie?" Marion sieht sie mit dem Herzen - sie *sind* da, wirklich, weil wir sie jetzt wirklich brauchen! Und sie hört sicher auch ihre Botschaft: „Es wird alles gut!"

Kapitel 55
David
Mittwoch, 9. Juli

Na und jetzt? Hier ist doch weit und breit kein Russe! Die kenn ich doch aus jedem noch so unübersichtlichen Haufen heraus! Und das hier ist sehr übersichtlich, sind alle durch, zu den Bussen, zu den Autovermietern, die mit Namensschildern auf sie gewartet haben. Das war aber jetzt kein Scherz, was? Zuerst diese filmreife SMS von Claras Handy: „... David, mach was!" Rückruf zwecklos. Und dann der hektische Anruf von Stefan,

ohne Nummernkennung. Ich soll den Mesner spielen und einen USB-Stick an Russen übergeben, die sichtlich nicht ganz astrein sind. Alle schwer unter Druck, als wären sie gefangen, entführt oder so. David, mach was ... eh klar! Und niemand von allen erreichbar, niemand! Ist da irgendwo eine Kamera? Haben mich die voll verarscht? Oder soll das eine mehr als seltsame Einladung zum 21. Hochzeitstag sein? Aber der Flug, der war doch echt, echt hammermäßig: Business-Class, nein Senator-Class sogar. Jahrgangs-Whisky und Steak medium rare inklusive, und das um 8 Uhr 15! Rückflug frei zu buchen. Nein, Clara haut doch nicht mit so viel Geld herum für einen Scherz.
Mann, und ich setz Gott und die Welt in Bewegung und hau mir die Nacht um die Ohren. Zuerst werf ich den Fred aus dem Bett, den vom Außenamt, eigentlich für Wirtschaftsfragen zuständig, darum kenn ich den ja, was hab ich mit dem schon gesoffen, in Petersburg! Also der Fred lässt zwei Stunden lang nicht locker, bis die Kripo in Griechenland endlich schnallt, was da abgeht. Haben dann die Küstenwache losgeschickt, zu dem Kloster – also wenigstens versprochen haben sie's uns. Und wenn die Griechen noch was haben, was echt auf Zack ist, dann sind das Kampfjets und ihre Küstenwache. Müssen ja gerade jetzt beweisen, dass man sie nicht einsparen kann, den Rest zumindest von ihnen, sagt der Fred. Und dann bring mal einem Herzkranken um vier Uhr früh bei ... hat ja nicht einmal ein Handy, gibt's das? Musste Sturmläuten bei dem Franz. Und ihm erklären,

dass ich genau jetzt sofort dieses ... „Feuerzeug“ brauche, das aber alles in Ordnung ist, nur keine Aufregung, schlaf wieder, tschüss! Dabei wollte er den Stick schon wegwerfen, weil er nicht funktioniert. Lag aber noch zwischen „LANGENACHTDERKIRCHEN“-Zündern und Kerzenresten.
Und da steht doch zuvor glatt dieser Inspektor Ruhandl am Gepäckband. Hätt’ ihn ja fast nicht wiedererkannt, Durchschnittstyp. Steht jetzt beim HERTZ-Schalter und sieht betont unauffällig auf die Uhr. Erinnert sich nicht an mich. Musste Economy fliegen, der Ärmste, wahrscheinlich am Sitz für den Sky-Marshall, hähä. Stefan hat mir eingebläut, ich darf mit niemandem Kontakt aufnehmen, bevor sie mich ansprechen und ich ihnen den Stick gegeben habe. Auch nachher erst nach Entwarnung. Nur wenn da niemand kommt, dann ist etwas passiert. Keiner von ihnen weiß, worum es da überhaupt geht ... angeblich. Und warum schicken sie dann Ruhandl, ha? Das Ganze hat irgendetwas mit diesen ominösen „Usbeken“ zu tun, das hab ich im Urin. Auf diesem Stick sind Hunderte Dateien, alles WORD. Hab ihn natürlich kopiert, eh klar, aber kapiert hab ich nur, dass sie die entscheidende Datei unter jeder Menge Datenschrott versteckt haben. Hab mal einer so viel Zeit!
Lang wart ich jetzt nicht mehr. „David, mach was!“ Ja was denn? Langsam wird’s hier wieder unübersichtlich. Darf ich raten? Britischer Flieger? Hellhäute, die morgen schon Rothäute sein werden. Die ersten haben jetzt schon ein Bier in der Hand ... Bella? Lasst mich durch!

„Permesso!", laut, scharf, mit tiefer Stimme, das hilft immer. „Permesso!" Erschrocken weichen alle zurück, ich kann durch. Dort kommt sie, mit Manu ... und Clara. Alle frei!

„Wie seht ihr denn aus?" Egal, sie fallen mir um den Hals, auch Clara!

„Mehr als Gesicht waschen war noch nicht drin, Paps!"

„Und die Russen? Was ist mit denen, ich hab den Stick!"

„Verletzt, geflüchtet, tot." Clara wirkt unendlich erleichtert. Aber sie schafft nicht einmal ein Lächeln.

„Na und? Die anderen?", will ich wissen.

„Alle wohlauf ... zumindest körperlich alles überstanden. Und: Danke! Schön, dich zu sehen!"

Und das von Clara? Aber will ausnahmsweise nicht ironisch werden: „Hab ich denn was erreicht hier?"

„Dein Anruf hat die Polizei hier als erster erreicht, wie hast du das ...?"

„Später! Was ist geschehen? Wie seid ihr da ...?"

„Entschuldigung, Inspektor Ruhandl!"

„Inspektor? Sie?" Clara hat ja bisher nur von ihm gehört.

„Das Außenamt und die Griechen haben mich gebeten, so schnell wie möglich ... die Insel kenne ich ja inzwischen ein wenig. Möglicherweise besteht ja ein Zusammenhang mit dem Schusswechsel in der Canisiuskirche ..."

Manu fällt ihm ins Wort: „Nicht nur möglich! Die zwei angeblichen Usbeken waren die Drahtzieher ... von was auch immer, wissen wir noch nicht ... einer ist abgestürzt, tot, der andere konnte fliehen." Sie dreht sich dann aber

schnell weg. Clara lenkt ab und setzt uns in Bewegung. Wir sollen so schnell wie möglich aufs Kommissariat – oder wie das hier heißt. Wir stopfen uns zu fünft in ihren Clio. Weit ist es ja nicht.
„Mama, glaubst du, die haben dort eine Dusche? Bitte sag Ja!"
„Ja, schon ... aber nur für Männer!"
„Paps, du bist ein Idiot!"

Kapitel 56
Lena
Mittwoch, 9. Juli

„Das war die mieseste Straße, die ich je gefahren bin, aber definitiv! Wenn mein Magen nicht so leer wäre!"
„Stimmt", gibt mir Gregor recht, und dann kommt ihm sogar ein mildes Lächeln aus: „Nach Tibet hinauf und in Zentralkolumbien, da soll es noch gefährlichere geben ... glaub's aber nicht."
Seitdem haben wir kaum noch was geredet bis Iraklio, die meisten im Jeep sind eingeschlafen, als der Asphalt uns wiederhatte. Kathi und Sandro hinter uns so eng beieinander, dass sie nur einen Sitz brauchen. Ich kenne Gregor gut genug, um zu spüren, dass ihn etwas unrund macht: Er hat bei der ganzen Sache kaum eine wichtigere Rolle gespielt. Und Gregor ist ein Alphatier! Er konnte nichts zu unserer Befreiung beitragen, nicht einmal ei-

nen Tischfuß als Waffe einsetzen, den er einem Kerzentischchen vorsorglich ausgerissen hatte. Und hatte stets mit Übelkeit zu kämpfen, ausgerechnet er, mein Held! Kaum ausgestiegen, wird er schnell aktiv. Es gelingt ihm, Eberhard davon zu überzeugen, dass er unsere „Kleinen“, die ja nicht aussagen müssen, zu einem großen, wilden und lauten „Water-Splash“ verschippern möchte. Weg von hier, von Russen, Gewehrsalven, stickigen Verliesen und weit weg von der Vorstellung vom toten „Tami“. Ab mit ihnen in den Funpark mit jeder Menge Rutschen und Mega-Kreisel, Wahnsinns-Wellen-Becken und so halt. Für Eberhard ist das hier so unsinnig und umweltschädigend wie eine Skihalle in Dubai. Aber in dem Fall nickt er nur. Sollen sie sich doch austoben und diese unheimliche Nacht aus dem Kopf bekommen. Und sauber würden sie auch dabei. Im Gegensatz zu uns hier! Manolis Onkel Stefanos ist mit ihnen gerade unterwegs dorthin. Und Ulli konnten wir hier schnell freibekommen. Nach ein paar kurzen Fragen ließ man sie ziehen. Sie ist mit den Letzten soeben im Clio abgefahren. Die Russen sollen auch bald einlangen, also genau genommen vier von ihnen. Zwei sind im Militärspital, gemeinsam mit dem verletzten „Mönch“. Die zwei wollten nicht einsehen, dass 30 Mann Sondereinheit doch ein wenig ... die anderen waren jedenfalls klüger. Sie werden aber in einem anderen Raum verhört, um uns, vor allem aber Clara als Hauptzeugin, nicht zu gefährden. Alle können Englisch, hab ich gehört, „zumindest more or lesser“. Dieser „Archie“ ist die große Nummer hier: „Also, es

geht um Waffen, um verdammt gefährliche und sauteure Waffen, zumindest auf dem freien Markt. Russische Flugabwehr-Raketen der letzten, na ja vielleicht der vorletzten – Generation. Die holen alles vom Himmel ... außer Air Force One und Satelliten vielleicht. Wenn man damit umgehen kann und wenn man den Entsicherungs-Code kennt. Ohne den sind sie jedoch wertlos. Sechzig Stück von dem üblen Zeug haben wir da unten sichergestellt."
Ruhandl ergänzt mit Ergebnissen aus Wien. Ab und zu ergänzen wir Canisianer. Langsam lichten sich die Nebel. Victor Krawtschuk, eine ziemlich große Nummer der Petersburger Mafia, offiziell natürlich ehrenwerter Oligarch, ist irgendwie an das brisante Zeug herangekommen. Wie, das können nur die Russen selbst klären – und das *werden* sie! Intern. Da müssen hohe Militärs dahinterstecken, das ist kein veralteter Schrott aus vergessenen Sowjet-Depots.
Victors Leute versteckten diese Fracht, offensichtlich ticken die alle gleich, auch in einem griechischen Kloster – nur eben auf dem Athos! Wie originell! Noch verschwiegener als Kreta, aber auch etwas weiter weg vom Nahen Osten, dem wahrscheinlichsten Zielgebiet. In Wien, ausgerechnet gegenüber unserer Kirche, suchte er sich eine verschwiegene, uneinsehbare, aber doch auch luxuriöse Schaltzentrale im Penthouse. Schlau, aber nicht schlau genug. Denn Pjotr Welofkinow, noch eine Etage höher im Geschäft als Victor, bekam davon Wind. Und beschloss, ihm die Raketen zu klauen. Schon auch wegen der Millionen, hoch zweistellig sicher. Aber mehr noch,

um den Emporkömmling klein zu halten. Oder ahnte er sogar etwas davon, dass sein Rivale etwas mit seine Frau angefangen hatte? Und kam über deren Beschattung an die richtige Adresse in Wien?

Jedenfalls bekam er irgendwoher den Tipp von Victors doch nicht gut genug getarntem Penthouse. Nur was half's? Der Platz war gut gewählt, von keiner Seite einsehbar. Wie ihn aushorchen? Man musste ihn ja ständig abhören: Wie verläuft der Weg der Ware? Wo kann man sie am besten stehlen? Wer sind die potenziellen Abnehmer? Und natürlich auch: Mit welchem Code ist sie aktivierbar? Zwei Männer auf dem Weg nach oben in Pjotrs „Firma“ sollten das Problem lösen, sozusagen als ihr Gesellenstück. Sie erkannten, dass sich freie Sicht nur von den gegenüberliegenden Kirchtürmen aus bot, legten sich die Decknamen Tamerlan und Ismailow zu und tarnten sich als armselige Usbeken-Flüchtlinge. Obwohl sie ihre Sache nicht fehlerlos machten, legten sie uns problemlos herein. „Beide sind flüchtig – und werden wahrscheinlich erst wieder bei ihrem nächsten Coup auftauchen oder auch ...“

„*Beide* flüchtig? Aber dieser ... ‚Tamerlan‘, der ist doch abgestürzt, das hab ich doch selbst gesehen!“, fällt Clara dem Major ins Wort.

„Gesehen?“

„... nein, nicht direkt, zuerst sah ich ihn Richtung Abgrund laufen, dann ... ich hab's deutlich gehört, den Aufschrei, den dumpfen Aufprall, sogar seine sich überschlagende Taschenlampe.“

„Habe ich Ihnen das noch gar nicht gesagt? Wir haben ihn dort unten nicht gefunden, nur seine ramponierte Taschenlampe und einen prall gefüllten Müllsack, beides liegt noch nicht lange dort."
„Und das heißt?" Clara sieht ihn verständnislos an. Wir anderen auch.
„Das heißt, dass so einer nicht einfach eine Klippe runterfällt, noch dazu in bekanntem Gelände! So einer checkt die Umgebung ab, für alle Fälle. Habt ihr noch immer nicht begriffen, was für ein Schauspieler das ist? Hat den Sack gepackt, ihn mit der Lampe hinuntergeworfen, sich im Schreien abgewandt. Aber er hat nicht nur Sie getäuscht, auch die Angreifer. Hinter den WCs ist ein schmales Betonband ... da gehört schon was dazu, noch dazu im Dunkeln. Aber so einer nützt die kleinste Chance!"
Ich sehe Clara die Erleichterung an, den meisten anderen auch, und ich selbst, ja ich hab auch durchgeatmet. Irgendwie ist dieser miese Verbrecher ... also irgendwie ja immer noch unser „Tami", der uns den Schlüssel zugesteckt hat.
„Darf ich kurz?" Ich warte nicht lange und stürme hinaus. Rufe Ulli an. Die stehen gerade bei der Kasse, mächtiges Kindergeschrei im Hintergrund.
„Ulli, du sag ihnen, der ‚Tami' lebt, hat's irgendwie geschafft. Du kennst ihn ja kaum, aber sag's bitte den andern, ja?"
„Gleich, warte ..." Ich höre sie nur undeutlich, dann ein Aufschrei, ein Schrei der Erleichterung, ein Aufschrei

ehrlicher Freude, ohne Nachdenken, nicht das übliche Gekreische wie so oft, dann sogar Applaus."

Ulli ist überrascht: „Verstehst du das? Ist doch ein Gewaltverbrecher!"

„Ich versteh's, es waren doch gemeinsame Monate. Er hat unsere Auferstehungsfigur gemacht. Und hat Sam den Schlüssel gegeben ... und ist doch auch ein Mensch, trotz allem!"

„Wenn du's so siehst ... Ruft uns an, wenn ihr fertig seid. Oder kommt selber her."

„Und ersauft mir nicht, wäre doch schade nach all dem!"

„Blödfrau! ... Ja, Moment, ich komm ja schon ... Ciao!"

Drinnen geht es immer noch um die beiden „Usbeken". Sie konnten also ihrem Chef beweisen, was sie draufhaben: in ihrer Vorgehensweise, schauspielerisch, technisch, aber auch in ihrer Ausdauer und Leidensfähigkeit – als fromme Muslime ohne Alkohol und Luxus. Mit dem Laser-Richtmikrofon bekamen sie dort drüben jedes Wort mit, natürlich auch seine Liebesspiele mit „Gruscha". Sicherheitshalber hörten sie auch noch sein Handy ab. Als ersten Erfolg konnten sie die genaue Lage des Verstecks am Athos durchgeben, dann schnappten sie auch den entscheidenden Code auf, 128 Zeichen: Ziffern und kyrillische Buchstaben. Den ließ sich Victor mehrmals durchgeben, damit sich kein Fehler einschleichen konnte. Mit der Weitergabe des Codes haben sie sich jedoch offensichtlich Zeit gelassen, vielleicht aus Angst, selbst abgehört zu werden. Oder um möglichst lange unentbehrlich zu bleiben in diesem Geschäft.

Ihren größten Fehler begingen sie jedoch, als ihnen klar wurde, wer diese „Gruscha" tatsächlich war: die Frau ihres Chefs! Dem hätten sie das nie zu sagen gewagt: Man weiß ja, der Überbringer schlechter Nachrichten ... Aber versuchen konnte man es ja bei diesem Victor da drüben. Sie erpressten ihn mit den Fotos. Und so bekam Victor Wind von ihrem Ausguck. Das unnötige Foto im Pfarrblatt brachte ihn auf die richtige Spur. Zuerst drohte er Stefan, um die dort oben loszuwerden. Und als er sah, dass sie ihn am Athos auch bestohlen hatten, musste er hart durchgreifen. Und wusste auch, wo. Was zur Folge hatte, dass ihnen bei dem Überfall der Code verloren ging. „Ismailow" konnte ihn gerade noch in dem kaum sichtbaren Opferstock deponieren, kam dann nach seiner Entlassung aber nicht mehr heran. Zwei Einbruchsversuche blieben erfolglos. So blieben ihm und seinem Chef als letzter Ausweg nur noch wir, die „Bibel-Pilger".

Dass wir in die Nähe ihres Versteckes in Nikephoros kommen würden, das Kloster selbst aber nicht besuchen wollten, das wussten sie schon von den Planungstreffen. Um sicherzugehen, dass wir nicht doch noch aufkreuzen würden, wurde der „Sarde" angeheuert und auf uns angesetzt, ein mit allen Wassern gewaschener Kleinganove. Er lauerte Marcella und Eberhard auf und stahl die Mappe. Als sie den Stick dann doch nicht wieder in die Hände bekommen konnten, musste uns jetzt jemand zum Kloster hinlocken. Auch dafür bot sich wieder der „Sarde" an. Es musste ja jemand ohne verräterischen russischen Akzent sein. Obwohl sicher polizeibekannt: Was sollte man ihm jetzt beweisen? Gegen Honorar wusste der instinktiv, wie er bei uns ansetzen musste – und hatte ja auch durchschlagenden Erfolg.

„Gut, alles Weitere haben wir ja selbst erlebt, Herr Major!“, versucht Stefan die Ausführungen abzukürzen. „Nur eines noch. Mir ist noch unklar, wie dieser Victor Krawtschuk und seine Leute das Versteck auf Kreta herausbekamen?“

„Weiß nicht, ich hab da nur so eine Ahnung: Der entscheidende Tipp kam ... vielleicht vom ‚Sarden‘. Der kassierte doppelt – und tauchte unter, passt zu so einem Kerl.“

„Dass es Victor Krawtschuk war, der sein ‚Team‘ entsandte, um in Nikephoros ‚aufzuräumen‘ und sich die Raketen zurückzuholen, das wird sich außerhalb Russlands schwer nachweisen lassen. Seine Leute werden das schweigend aussitzen. Er stand ganz knapp davor, in die oberste Liga der feinen Herren von St. Petersburg aufzusteigen. Wie sollte er auch ahnen, dass ihr dort eingesperrt wart – und die Polizei herbeigerufen hattet. Immerhin, die Raketen können nichts mehr anrichten. Das allein wird Menschenleben retten. Denken Sie nur an die Ostukraine, das malaysische Flugzeug ...“

Wir sind erschöpft, müssen das alles erst einmal verdauen. Sicher nicht nur mir klebt alles am Körper. Ich will einfach nicht mehr so riechen, wie ich jetzt rieche. Und beneide die Kids, die schon seit zwei Stunden das Rutschenbad genießen. Und möchte sie jetzt auch nicht mehr länger allein lassen. Weiß ja nicht, wie es ihnen geht! Aber Major Archie muss schließlich noch einen

Mord aufklären und das hat Vorrang. Er wendet sich an Clara: „Diese sechs, also sieben, die werden länger einsitzen, keine Frage. Aber sie sind meine einzige Zeugin für den Mord. Ich weiß ja, dass die alle maskiert waren und Sie keine so gute Sicht hatten ... aber können Sie mir irgendeinen Hinweis darauf geben, wer geschossen hat ... also drinnen in der Kirche, wer den Mann erschossen hat?"

Clara spricht sehr bedacht, sehr ernst auch: „Also der, der in die Kirche stürmte, und zu dem Zeitpunkt war nur dieser eine drinnen, als diese Schüsse ... und der Schrei ... also der war kleiner als die anderen, als Einziger nicht so muskulös ..."

„Sind Sie sicher, Sie wissen, das ist entscheidend?"

„Ja ... und er trug ein Stirnband, genau, gelb, ja so dottergelb war das, trug er noch über der Haube, seltsam eigentlich, warum auch immer ... und als Einziger nur halbhohe Stiefel."

Archie ist baff: „Das alles haben Sie sich gemerkt. Also wenn das jetzt alles zusammenpasst, das spart uns viel Mühe. Haben Sie eine Beobachtungsgabe, also wenn's stimmt." Er schickt einen Untergebenen hinaus, um „die Bilder" zu holen.

Ruhandl war bisher nur Zuhörer. Sichtlich zufrieden, nach all dem auch „seinen" Wiener Fall geklärt zu sehen, stellt er noch eine Frage, die wir jetzt fast vergessen haben: „Haben Sie eigentlich irgendeinen Hinweis dafür finden können, für wen diese Raketen eigentlich bestimmt waren, also auf die Käufer?"

„Mein lieber Herr Kollege, da muss ich Sie leider enttäuschen. Nichts haben wir gefunden, keinen noch so kleinen Hinweis. Weder im Kloster noch im Boot. Wir können nur raten, ist aber schwer zu sagen. In Schlagdistanz zu Kreta kommen da einige infrage. Ob aber alle von denen genug Geld haben? Syrien, Rebellen oder Muslim-Terroristen. Dann hätte die Luftwaffe der Regierung ein echtes Problem. Der Libanon? Der ist ganz undurchsichtig. Israel? Nein, das sind dort die Einzigen, die darauf nicht angewiesen sind. Hamas? Ob die genug Geld haben für so einen Deal? Und wie sollten die das ins Land bringen? Oder doch Israel? Der Geheimdienst? Das Boot unterwegs effektvoll aufbringen, um der ganzen Welt zu zeigen, wie gefährlich die Hamas ist – und so nebenbei die Russen anzupatzen, als Unterstützer des Terrors ... Könnte auch sein, aber es gibt da viele Möglichkeiten.

Ruhandl schaut den Major halb belustigt, halb herausfordernd an: „Und jetzt? Jetzt hat der griechische Staat diese sauteuren Raketen – *und* den Code. Das kommt jetzt alles in die Asservatenkammer, oder?"

„Die ist dafür leider etwas zu klein, geschätzter Herr Kollege. Vielleicht kaufen sie uns ja die Deutschen ab. Die wollen ja ständig, dass wir alles privatisieren."

Das war's. Von mir wollten sie jetzt eigentlich gar nichts, auch gut. Also für heute zumindest. Clara wird um eine Aussage hier vor Gericht nicht umhinkommen. Aber anonym, wird ihr versichert, um sie zu schützen. Die Fotos, ach ja, auch die noch, die werden gerade ge-

bracht. Die scheinen ihre Beobachtungen zu bestätigen: Der Kleinste trägt da tatsächlich halbhohe Stiefel. Wenn sie bei dem im Spital jetzt noch das Stirnband finden, ist er dran.
„Den Rest entscheidet das Gericht. Ich danke Ihnen. Auch Ihnen, Herr Kollege. Zum Prozess könnte eine zweite Dienstreise fällig werden. Sie können dann bei mir wohnen, Ehrensache! Und die Diäten selbst einstreifen ... Schauen Sie nicht so: ein Scherz! Von einem durch und durch korrupten griechischen Beamten. Aber die Einladung gilt!"
Inzwischen ist es fast 15 Uhr. Ullis SMS zeigt an, dass sie schon wieder unterwegs sind. Sie werden bald hier sein. Was jetzt? Bis zur Hochzeit sind es noch zwei volle Tage. Schade um Nikephoros! Aber dorthin will jetzt bestimmt niemand mehr.
„Wisst ihr was, wir fahren jetzt auf die Gramvoussa, geht sich noch aus!" Eberhard, der Zauderer, überrascht und überrumpelt uns alle. Ich kenne dort eine Bucht, die ist jetzt genau das Richtige für uns alle. „Die schönste Bucht Kretas, obwohl ..."
Marcella ist ganz perplex: „Gramvoussa? Von dieser Bucht hast du uns noch nie erzählt. Oder meinst du die, wo du gesagt hast, die ist ... Wirklich? "
„Nichts verraten! Glaubt mir, dorthin müssen wir. Und zwar schnell, dass wir noch vor der Dunkelheit ankommen." Zum Glück sind „die Kleinen" soeben in den Hof eingefahren. Na dann! Da niemand von uns noch die Energie hat, weiter zu widersprechen oder zu diskutieren,

laufen wir hinunter, den gewaschenen, frisch angezogenen Kids entgegen. Ich spüre nichts als Neid! Aber Hauptsache, ich komme heute noch irgendwo ins Wasser!

Kapitel 57
Kathi
Mittwoch, 9. Juli

Eberhards Fahrstil ist echt lässig. Also mit offenen Haaren in einem Cabrio wünsch ich mir wen anderen, keine Frage. Aber wenn du wegdösen willst oder ungestört nachdenken oder einfach dein wiedergewonnenes Leben und deine Freiheit genießen willst und kuscheln ... Sandro hat mir in diesem Verlies lange mit irgendeinem Karton zugefächelt, das vergess ich ihm nie ... Ach ja, Eberhard: Der Typ bremst nicht, der beschleunigt nicht, haut sich in keine Kurve, wechselt die Spuren ganz unmerklich, einfach nur sanft, sodass du auf der Rückbank herrlich mützen kannst. Aber seit einer halben Stunde mützt und döst niemand mehr. Wir rütteln uns immer höher auf diese Halbinsel hinaus.
„Geil, wie's da runtergeht, schau doch!"
Ich hasse Sandro! Keiner von uns will sich heute noch mal vor irgendetwas fürchten, wirklich niemand! Es reicht!
„Wie oft würden wir aufschlagen, wenn wir da zu weit rechts – oder gar nicht? Und gleich eintauchen! Irre!"
„Es reicht!" Das hab jetzt nicht nur ich gesagt! Der letzte

Rest von Kuscheln endet in einem Ellbogencheck, meinerseits! Da, endlich! Da stehen ein paar Autos, auch der Pickup ist schon da – mit diesem faden und unfreundlichen ... Manoli. Also der kommt in den Feedback-Bogen vom „Reisebüro“, aber gaaanz weit unten!
„Niemand weniger als zwei Wasserflaschen ... ja, die großen! Essen ist schon unterwegs hinunter, leichte Schlafsäcke, Handtuch, Badesachen ... ja, Sportschuhe schon.“
Ja, Herr Oberlehrer Eberhard. Sind doch keine Rookies mehr. Ist doch genau das, was alle längst eingesackt haben, dasselbe wie für Nikephoros eben, nur halt frische Sachen ... mein Gott! „Lena, Lena, du hast ja noch das dreckige Zeug von heute Nacht an, tust mir leid!“
Sie lächelt schwach: „Weißt, ich bin so müde, mir ist sogar das schon egal. Ich will nur noch ins Wasser. Aber den Augenblick, den werd ich genießen, das kannst mir glauben!“
„Na dann los!“
Bald ist Sandro wieder mit den Vordersten entschwunden, soll sein, wenn er wieder da ist, wenn's mir so scheiße geht wie heute Nacht, soll's sein. Ein Stufenweg hinunter in ...
„Wow, schaut's euch das an! Eine richtige Lagune!“ So was hab ich noch nie gesehen, die Sonne scheint gerade noch hinein, alles von Türkis bis Dunkelblau. Nicht gerade ganz einsam, aber so ziemlich alle steigen gerade in das Boot, wahrscheinlich das letzte für heute. Und wir kommen! Ja, ich komme schon! Niemand mehr hinter mir? Doch, Clara, natürlich, damit niemand verloren geht. Ich komm schon, nichts wie rein! Was, weiter? Das ist jetzt aber nicht ... warum denn, hier ist's doch ein Traum! Sandro klettert

gerade am anderen Ende der Lagune auf Felsen herum und verschwindet hinter ihnen. Ich warte kurz auf Clara und schaue sie fragend an. Sie schaut mich auch an, zuckt ein wenig mit den Achseln, aber lächelnd: „He's the boss, heute zumindest!"
„Du hast leicht reden, Clara, dir tun ja die Füße nie weh, und dir geht die Luft auch nie aus!"
Irgendwer lässt nach hinten, also zu uns, durchsagen, also durchschreien: „Maximal zwanzig Minuten." Aber was für zwanzig Minuten! Für uns – oder für euch? Extrem scharfkantige Felsen, wie Rasierklingen, dazwischen anstrengender Sand. Heraußen natürlich und nicht im Wasser, wo er hingehört. Und wie das hier aussieht, das ist ja die reinste Müllhalde! Das können doch die paar Leute nicht alles ... die Plastiksackerln schon, aber das Ganze Flaschenzeugs und überall diese schwarzen Teerklumpen, igitt! Und wo soll da bitte eine Bucht sein? Die „allerschönste" noch dazu? Unsere Karawane wird immer länger. Die Hälfte ist schon ums felsige Kap, nicht mehr zu sehen. Das ist Urlaub! Sag's dir immer wieder vor, sonst glaubst es nicht. Und Ulli schleppt da auch noch ihre Gitarre mit. Leute, ich bin ... so was von ... Was? „Bucht?" Bucht in Sicht. Also Augen zu und durch. Clara ist die ganze Zeit knapp hinter mir, so still heute. Auch sie hat gerade hörbar durchgeatmet, sogar Clara! Eine richtige Sandbucht! Plötzlich, einfach so ums Eck. Klein, aber rosaoranger Sand, richtig feiner Sand! Meine armen, schottergeplagten Zehen, was sagt ihr dazu? Nichts wie rein!

„Bitte noch nicht ins Wasser, kommt alle zu mir rüber!“ Wie bitte? Nicht ins Wasser? Ist da der weiße Hai unterwegs? Nein, nicht einmal der könnte mich jetzt davon abhalten. Protest kommt auf. Aber Gregor winkt uns auch hinüber, neben ihm Lena, immer noch in ihren Verlies-Sachen. Aber nur deswegen! Nur aus Solidarität mit Lena ... und Clara. Mia und Karo sind noch kurz hinter den Felsen, sich umziehen.

„Bitte nicht böse sein, es ist meine Lieblingsbucht, und ich will sie euch richtig zeigen, weil sie ist schon etwas gewöhnungsbedürftig ... Setzt euch, aber nicht zum Wasser, schaut bitte landeinwärts, weg vom Wasser!“

Sonnenstich! Jetzt ist es heraus: Er hat einen Sonnenstich, sonst ...? Wir schauen uns alle an, wir grinsen uns an, Vicky kichert, Charlie murrt, als Einziger hat er sein T-Shirt noch an, Sandro ist plötzlich wieder neben mir, also alles ganz normalo, aber das? Das ist so schräg, dass es schon wieder gut ist. Wir alle sitzen in einer Sandbucht und schauen den Hang hinauf, auf die Macchia, auf eine einzelne Ziege ... Bäääh, auf Steine und Felsen darüber. Und auf ... Grenzwert-Grausliches!

„Was seht ihr?“

„Müll!“

„Taue, Seile, Paletten, Holzplanken ...“

„... jede Menge Badeschlapfen, echt ekliges Styroporzeugs ...“

„Undefinierbares, Plastiksplitter, Wasserflaschen, aber ... Tausende!“

„Was ist denn das schwarze Zeug da überall?“

„Teer. Teerpatzen. In der Hitze schmelzen sie wieder."
Stille.
„Na und die Graffitis da auf den Felsen ... echt mega-arm ... ausgerechnet hier!"
Längere Stille.
„Wir haben heute Nacht vieles durchgemacht, das ich euch gerne erspart hätte, mir selbst auch. Wahrscheinlich waren wir nie wirklich in Lebensgefahr. Aber das konnte niemand von uns wissen. Vielleicht waren wir's doch. Viele von uns sind betrogen worden. Monatelang. Ihr habt euch voll eingesetzt für sie, wart gutgläubig, seid ausgenützt worden – und ohne jede Rücksicht in die Gefahr gelockt. Das habt ihr nicht verdient!" Gibt's das? Ich hab das wirklich schon verdrängt gehabt. Na fast zumindest. Nur noch so im Hinterkopf. Aber ... das ist noch alles da. Ganz deutlich da, wenn ich nur kurz die Augen zumache ... einfach eingesperrt ... diese stickige Luft ... und Sandros Pappkarton, ohne das bisschen Luft hätt' ich glatt die Panik gekriegt da drinnen ...
„Das habt ihr nicht verdient. Die Bucht hat sich das auch nicht verdient, den ganzen Müll und die Schmierereien, so verdreckt zu werden, so verunstaltet ... Die Bucht ist ehrlich, sie zeigt nur, was im Meer so alles schwimmt. Sie zeigt uns, wie das ist, wenn sich Mist ansammelt in unserem Leben. Sicher haben wir schon des Öfteren versucht, diesen Mist loszuwerden ... aber manches kehrt immer wieder zurück, wird von Neuem angeschwemmt. Ist so. Aber ist nicht alles. Jede und jeder von uns ist auch dieses klare Wasser, diese Inseln dahinter, das wun-

derbare Farbenspiel, wenn uns die Sonne anstrahlt. Jetzt goldfarben glitzernd, bald schon orangerot. Ich liebe diese Bucht mehr als alle anderen hier, aber sie hat eine ordentlich dunkle Seite. Und gerade deswegen mag ich sie so sehr. Wenn wir einen Menschen lieben, fangen wir mit der Sonnenseite an: mit der farbigen, leuchtenden, interessanten Seite. Aber es ist möglich, den ganzen Menschen lieb zu gewinnen, ohne Wegschauen ... auch die dunklen, verdreckten, unverständlichen Seiten. Wir können das, ihr wisst das. Es ist eine Kunst, aber sie ist möglich. Vielleicht ist es auch möglich, diese *ganze* Welt zu lieben, nicht nur ihre Highlights und unsere Sternstunden. Diese ganze Welt, von der wir heute Nacht einmal einen Eindruck bekommen haben, wie brutal und dreckig sie sein kann und wie unendlich dumm. Vielleicht. Macht die Augen weit auf und schaut nicht gleich weg. Lasst euch nur Zeit, das alles noch einmal anzusehen ... Und dann, wenn ihr so weit seid, dann wendet euch bewusst um ... und schaut, wendet euch dem Leben zu: Wasser, Sonne, ein wenig Wind, dieses goldene Glitzern ... und taucht ein in das Wunder, wascht den ganzen Dreck ab und taucht ein. Aber lasst euch Zeit, genug Zeit. Die Seele muss erst nachkommen ..."
Ich hab meine Augen jetzt ganz weit offen. Noch das letzte Plastikröhrchen tut richtig weh ... das hat diese Bucht wirklich nicht verdient. Bretter mit rostigen Nägeln, scharfkantig zerbrochenes Plastik, bloß da nicht barfuß drüber, nicht ungeschützt. Verdammt, ich kann auch ein rostiger Nagel sein, verletzend ... dabei will ich

doch niemanden verletzen, ganz sicher nicht, nicht die Lena, nicht den Sandro, keine ... Ich schau ganz genau hin, auch wenn es wehtut ... Dass uns jemand so Angst macht wie letzte Nacht, haben wir nicht verdient. Die Schüsse an der Blechtüre, beim Gedanken allein zucke ich zusammen. Alles nur für Geld! Tami! Verdammt, Tami, wie kannst du uns das antun? Wie kann man all den Dreck ins Meer werfen? Ich hör einen tiefen Atemzug. Lena neben mir weint, wischt sich die Augen ... Dann ist es ganz still.

Ich schau noch einmal verstohlen zu Lena neben mir – sie im gleichen Augenblick auch, als ob sie ... sie weint und lacht zugleich und nickt mir zu, mit einem herausfordernden Blick, der so was wie „Aber jetzt! Los!“ bedeuten muss. Ich verstehe sofort, weil ich ja auch fest entschlossen bin. Gemeinsam drehen wir uns um ... und das ist wirklich unbeschreiblich, jetzt muss ich voll heulen, so schön. Die sanfte Sonne nur noch eine Handbreit über dem Wasser, die Wellenränder versickern im Goldglanz, dieser feine Sand zwischen den Zehen, wie aus dem Nichts manchmal Wind, wie von Sandros Kartonfächer ... Längst blicken wir alle auf das glitzernde Wasser hinaus. Und auf einmal schreie ich, ja, wirklich ich, so laut, dass ich selbst erschrecke: „Drei, zwei, eins ... Los!“ Und renne los, dass es mich nach ein paar Schritten voll reinschmeißt, vornüber, voll aufs Gesicht, abtauchen! Endlich! Und alle hinterher, überholen mich, tauchen mit mir, solange wir's aushalten. So wild, so laut, so verrückt, so ... als ginge es um unser Leben.

Und bald danach, solange es noch Sommer war ...

... verschwanden Clara und David für zwei Tage. Wo sie waren und was in der Zwischenzeit geschehen ist, erzählten sie niemandem. Auch wenn es viele nur allzu gerne erfahren hätten. Und entsprechend viel gerätselt wurde – auf Kreta und in Wien. Danach brach er nach Wien auf – und sie widmete sich ihrer ersten voll zahlenden Reisegruppe, die sich als sehr anspruchsvoll, aber auch ausnahmslos durchtrainiert erwies. Umso besser!

... war auch Gerald von seinem weit weniger ereignisreichen Urlaub zurück, was zwei Weinflaschen um Kork und Inhalt brachte und dann auch noch mindestens eine dritte. Als er Stefans Erzählungen verdaut hatte, und das dauerte gut zwei Stunden, fiel sein Blick auf den armseligen Becher im Regal: „Und was hast du jetzt damit vor? Wär der nichts für Senftenburgers Reich? Oder fürs Diözesanmuseum, die bauen doch gerade um?" – „Dann können sie ihre ganzen Planungen ja gleich wieder über den Haufen werfen!" Nach einer weiteren Stunde blieb er doch wieder dort stehen, wo er seit Monaten gut stand. Den Rest der Nacht philosophierten beide über den Sinn von Wundern, außergewöhnlichen und alltäglichen. Und darüber, was es denn mit Stefans rätselhafter Vision ... mit all ihren widersprüchlichen Auswirkungen ... was jetzt wäre, wenn ... oder besser wenn sie nicht ... und dass es ja doch wunderbare Ereignisse gebe ... und dass bei alldem der Heilige Gral

... Niemand wird je erfahren, wie tiefgründig dieses Gespräch ... oder ob doch nur der Wein ... Gerald übernachtete jedenfalls auf dem Sofa.

... fanden sich nach durchfeierter Nacht (Lena hatte Geburtstag) fast alle Mitglieder vom Jugendtreff in der Sonntagsmesse ein. Was zwar den Altersschnitt stark senkte, aber nicht das erste Mal geschah. Trotzdem sorgten sie für Aufsehen: Sie hatten sich vereinbart, ihre Outfits vom Catwalk anzuziehen. Also Carola kam mit bauchfreiem Top, weiten Shorts, alles tiefschwarz, um den Hals drei feine, voluminöse Schals: in Grün, Himmelblau und Gold ... Lena mit ihren legendären schwarzen Loch-Jeans ... „Zum Umziehen war doch keine Zeit mehr – und Frau Schwerzig ist ja scheinbar auf Urlaub!“ Und in gelöster Feierlaune lüfteten sie eines der größten Geheimnisse, jenes von der zauberhaften Melodie aus der Osternacht, zu der Manu getanzt hatte: „Ist aus dem Musical ‚Moulin Rouge‘! Echt geil, was?“ Kann man wohl so sagen!

... gelang es Persönlichkeits- und Motivationstrainer Arnold, einen Großteil der Jugendgruppe für den Feiertag am 15. August zusammenzutrommeln. Sein ausgeklügeltes Outdoor-Spiele-Programm war auf Kreta ja den Widrigkeiten der Reise zum Opfer gefallen. Während der Jause mit Erfrischungsgetränken, Cupcakes und diversen Eisvariationen wurde die Stimmung immer ausgelassener. Wieder und wieder erlebten sie die Stationen ihrer „Bibelreise“ durch, wobei die ernsten Phasen immer kürzer, das Gelächter immer heftiger wurde. Arnold und Stefan erfuhren dabei so nebenher noch so manche (meist nächtliche) Episode, von der sie noch gar nichts geahnt hatten. Als Karo dann noch eine importierte CD hervorholte und sie damit loslegten, ein paar der griechischen Hochzeitstänze nachzutanzen, ja da verschwand das aufwendig konzipierte Spieleprogramm für immer in Arnolds Aktenmappe.

... trafen einander „Tamerlan" und „Ismailow" wie für den Notfall vereinbart beim LIDL nahe Ajia Deka. Zwischen „lieblichen Rieslingen" und „Original griechischem Joghurt" beratschlagten sie ihre Flucht, die sich wegen des Ausbleibens ihres Erfolgshonorars als schwierig erwies. Es sollten noch fast drei Wochen vergehen, bis sie die Insel unkontrolliert verlassen konnten.

... suchten Marcella und Eberhard zwischen den zwei danach folgenden Wandergruppen die Antonius-Höhle ein zweites Mal auf, wobei sie diesmal darauf achteten, den Dienstag zu meiden. Bis zum allerletzten Lichtschein kosteten sie den Blick auf die Kaps im Westen aus, hinter denen die Sonne längst versunken war. Was für ein mystischer Ort – auch ganz ohne antiken Tanzrausch! Und was für eine Nacht. Jetzt drei Tage danach ist es ihr gelungen, noch ein zweites Mal von ihm unbeobachtet eine Apotheke aufzusuchen, um noch eines dieser Streifchen zu kaufen. Viel zu früh hatte sie das erste eingesetzt, wie sie erst danach auf dem Beipackzettel nachlas. Sie hat aber so ein Bauchgefühl, dass sich die kleine Investition diesmal lohnen könnte ...

... erhielt Stefan gegen Ende der Ferien eine kurze WhatsApp von Vicky: „komm morgen 17 ur 30 station stadion u2. glaich beim ausgang. Sind alle da musst kommen bitte!!! [schelmisch zwinkernder Smiley] aber sportlich bitte [grinsender Smiley] megawichtig für kira! vicky uaa“. Und kennt sich wie bei vielen SMS der Youngsters überhaupt nicht aus: Was für eine Kira, seltener Name, ist die neu mit dabei? Was heißt sportlich, Sportschuhe oder noch sportlicher? Immerhin ist am Mittwoch keine Abendmesse ...

... wurde ein hagerer Mann in Uralt-Jeans und mit langen weißen, nein eher gelblichen Haaren mit seinem Kleinbus auf der Westautobahn angehalten und als mutmaßlicher Schlepper festgenommen. Es gelang ihm jedoch bald danach, glaubhaft einen Herzinfarkt vorzutäuschen. Auf der Fahrt im Krankenwagen nutzte er einen kurzen Halt, um den Notarzt zur Seite zu stoßen, die Türe von innen zu entriegeln – und im abendlichen Verkehr spurlos unterzutauchen.

... traf Tatjana Welofkina beinahe der Schlag, als ihr erstmals in ihrem Leben etwas widerfuhr, das doch fast alle kennen: Ihre Kreditkarte streikte! Beim Shopping in Dubai! Mit einer Freundin, was für eine Demütigung! Die half ihr lächelnd aus. Lächelnd, weil sie wusste, was Tatjana nur ahnte: dass ihr Mann längst eine andere hatte und sie sich bereits auf dem Weg aufs Abstellgleis befand. Und woher ihre Freundin das wusste? Na warum schon: Sie selbst war seit zwei Monaten die Neue! Wohlgemerkt: nach Victors Fehlschlag die Geliebte der weiterhin unumstrittenen Nummer eins in St. Petersburg!

... stürzte sich die Meute gleich beim Ausgang der U-Bahn-Station auf Stefan. „Sportlich genug – für was eigentlich?" – „Es geht ... für was, für was? Wir laufen für Kira!" – „Für wen?" – „Mann, für die junge Stabhochspringerin, die so furchtbar verunglückt ist. Kann nicht einmal noch ihre Arme bewegen, aber gibt nicht auf, ein Wahnsinn, was?" Immer mehr meist jüngere Leute kommen aus der Station herauf, alle in sportlichem Outfit, fast alle mit fröhlichen, sogar strahlenden Gesichtern, alle rechts am Stadion vorbei. „Ihr meint, das hilft ihr?" – „Klar, die sammeln auch für sie, aber je mehr kommen und laufen ... Mann, dann weiß sie, dass wir alle hinter ihr stehen!" Grüppchen in den Dressen ihrer Sportvereine eilen vorbei. Es müssen Tausende sein! „Wir laufen in Gruppen, wir laufen dir schon nicht davon! Moment, seid still ... Psssst!" Alle drängen sich um die Lautsprecher: „Ich bin's, die Kira. Macht's euch nicht zu viele Sorgen. Mir geht's hier in der Reha ganz gut und ich werde auf jeden Fall weiterkämpfen. Ich möchte mich bei euch allen bedanken. Mir steigt die Gänsehaut auf, wenn ich höre, wie viele daran teilnehmen. Es ist wirklich ein wahnsinniges Geschenk von euch!" Stürmischer Applaus. Manche schlucken, keiner bringt sonst ein Wort heraus ... „Los, komm! Es geht los!" Und als sie lostraben, ist Stefan erstmals, erstmals nach all diesen rätselhaften Dingen, Vision und Kirchturm und Heiliger Gral, erstmals nach all dem wirklich davon überzeugt, Teil eines Wunders, eines *richtigen* Wunders zu sein. Das gerade erst anfängt. Und als ihm die Puste auszugehen droht, kommen sie bei einem weiß blühenden Busch vorbei ... Jasmin? Unverkennbar! Und lässt sich weitertragen von diesem wunderbaren Duft ...